retraites temporelles

Une collection de courtes comédies romantiques

daisy landish

ÉDITIONS MONTS ET MARÉES
DES HISTOIRES QUI FONT DU BIEN.

emprunter une meilleure mara

à deux doigts de
la crise de nerfs

. . .

MARA JENSEN AVAIT EXACTEMENT six minutes pour sortir de la maison, et son fils de sept ans venait de déclarer qu'il ne trouvait pas sa chaussure gauche parce que « le chat l'a volée pour se venger ».

Un mug de voyage rempli de café calé entre les dents, fouillant le bac à chaussures d'une main et défroissant son legging de yoga de l'autre, elle dit :

— Leo, nous n'avons pas de chat.

L'enfant haussa les épaules, imperturbable.

— Alors c'était un chat fantôme.

Elle ferma les yeux. Compta jusqu'à trois. À quatre, elle marcha sur un LEGO et marmonna quelque chose de peu catholique et surtout d'imprononçable devant des mineurs.

Il était 7 h 48. Son cours commençait à 8 h. Elle avait déjà raté le créneau pour avoir une bonne place de parking, un bon tapis et sa bonne humeur. Le jus détox anti-cortisol « Blessed Belly » trônait, intact, sur le comptoir, brillant d'une teinte de vert contre nature, la mettant au défi de croire à nouveau au bien-être. Elle en but une brave gorgée.

Ça avait un goût de céleri agressif, mélangé avec de l'eau de tuyau d'arrosage et une touche de trahison émotionnelle.

1

Elle manqua de s'étouffer, s'essuya la bouche sur un torchon qui proclamait *Vivre, Rire, Leg Day* et trébucha sur quelque chose qui dépassait de sous le comptoir de la cuisine.

— J'ai trouvé la chaussure !

Leo sourit, s'en emparant comme si elle avait été bénie des dieux.

— Merci, Maman ! Je savais que le chat fantôme la rendrait.

Elle n'avait pas le temps de décortiquer cette phrase.

À 8 h 06, elle sprintait pieds nus à travers le studio de yoga caniculaire, serrant son tapis comme une bouée de sauvetage plutôt que comme un rectangle de mousse avec une tache suspecte dans un coin. La porte grinça de façon théâtrale alors qu'elle se glissait à l'intérieur, et douze têtes à queues de cheval se tournèrent en parfaite synchronisation pour juger son retard.

Elle offrit un signe de tête essoufflé et prit la seule place libre, juste à côté de la femme qui portait toujours des brassières de sport pailletées et sentait l'eucalyptus assorti d'une touche d'arrogance.

L'instructeur, un homme nommé Kylen (avec un *y*), l'accueillit d'un « Namaste » serein qui sonnait étrangement suffisant.

Mara tenta de se concentrer.

Elle inspira. Elle expira. Elle inspira de nouveau et s'étouffa immédiatement avec sa propre salive.

Ça commençait bien.

La température de la pièce était réglée sur « sauna doux » mais l'atmosphère semblait plutôt « marécage maudit ». En deux minutes, la brassière de sport de Mara avait fusionné avec sa peau, et sa frange était plaquée sur son front comme si elle faisait du jazzercise sous la mousson.

— Trouvez votre souffle, conseilla Kylen d'une voix chantante, et laissez-vous porter par votre intention.

L'intention de Mara était de ne pas mourir ici, trempée de sueur à l'odeur d'une défaite parfumée au concombre.

Puis vint la posture du corbeau.

Mara savait — *elle savait* — qu'elle ne devait pas essayer. Ses poignets n'étaient pas prêts. Sa dignité, certainement pas. Mais quelque chose dans l'atmosphère de la pièce, ou était-ce la pression, ou simplement le fait que la top-modèle parfumée l'eucalyptus à côté d'elle exécutait la pose sans le moindre effort, la fit penser : *Et si aujourd'hui je ne tombais pas ?*

Chers lecteurs et lectrices, elle est tombée.

Mais elle n'est pas seulement tombée. Elle a basculé en avant sur son tapis, a renversé sa bouteille d'eau et a évité de justesse de donner un coup de tête à une femme en chien tête en bas.

Un murmure collectif plein de sympathie parcourut la pièce.

Kylen, depuis son piédestal d'illumination, offrit un doux :

— Rappelons-nous : l'ego n'a pas sa place sur le tapis.

Mara leva un pouce depuis le sol.

— C'est noté.

Au moment où elle quitta le studio, elle était à vif, émotionnellement, physiquement, peut-être même spirituellement. Son legging remontait dans des endroits peu confortables. Sa bouteille d'eau avait une nouvelle bosse. Et son aura, si tant est qu'elle en eût jamais eu une, était maintenant bosselée aussi.

Elle s'assit dans sa voiture, la climatisation soufflant à plein régime sur son visage, et fixa son reflet dans le rétroviseur. *Tout va bien.*

Puis elle éclata de rire. Pas un petit rire mignon. Un rire bruyant, rauque, du genre « tout va bien » au milieu de la fin du monde. Elle marmonna pour elle-même :

— Bien sûr, tout va bien.

Son téléphone vibra avec une alerte de calendrier :

10 h 30 - Point d'équipe T2 (N'oubliez pas de sourire !!)

Elle soupira, augmenta la clim et se demanda ce que ça ferait de disparaître pendant une semaine.

Pas pour toujours.

Juste… assez longtemps pour se souvenir de qui diable elle était avant.

Le parc de Willow Ridge sentait la crème solaire, l'herbe fraîchement coupée et on ne sait quel résidu émotionnel accroché aux balançoires pour bébés. Objectivement, c'était une belle journée : ciel bleu, légère brise, et des oiseaux qui chantaient un peu trop joyeusement pour l'humeur actuelle de Mara.

Elle était assise sur un banc usé par le temps, qui penchait légèrement mais de manière inquiétante, comme s'il avait survécu à une tempête hivernale ou une crise existentielle de trop. Son tapis de yoga était toujours enroulé sous son bras, tel un accessoire tragique. Ses cheveux étaient trempés de sueur. Elle était de méchante humeur.

En face d'elle, Lana était fraîche comme une rose. Ses lunettes de soleil noires en œil-de-chat respiraient la compétence, et son latte au lait d'avoine luisait comme la surface d'une mer calme.

— Je suis tombée au hot yoga.

Lana ne cilla pas.

— Au sens figuré ? Dans un autre gouffre émotionnel ?

— Physiquement. Dans la posture du corbeau. Et bruyamment. Je crois que j'ai choqué une autre femme au point de lui faire remettre en question ses choix de vie.

— C'est tout à fait toi, ça.

— Je sais.

Mara grogna et se laissa tomber en arrière sur le banc, fixant le ciel bleu comme s'il pouvait l'avaler toute entière.

— Et puis, je suis sûre à quatre-vingt-dix pour cent que j'ai encore de cette sorte de boue détox dans le soutien-gorge. Je sens l'épinard plein de regrets.

Lana s'assit sur le banc, croisa les jambes et but une gorgée.

— Tu es la seule personne que je connaisse qui essaie de biohacker sa paix intérieure tout en bombardant son ex de textos rageurs sur les horaires de garde du gamin.

— J'ai plusieurs facettes, déclara Mara, avant d'ajouter à voix basse, et je suis sous-médicamentée.

Un cri retentit depuis l'échelle horizontale, c'était la voix de Leo, triomphante mais légèrement dangereuse. Mara jeta un coup d'œil juste à temps pour le voir tenter une figure que l'on ne pouvait décrire que comme « vaguement apparentée au parkour ». Son cœur fit un bond, s'accéléra, puis se résigna au fait que Leo, tout comme sa mère, n'avait jamais entendu parler de la subtilité.

— Hier, il m'a dit qu'il allait devenir youtubeur, paléontologue et ninja. Puis il m'a demandé si ça incluait la mutuelle dentaire. Il a sept ans, Lana.

— Eh bien, il a de l'ambition.

Mara expira par le nez et se pencha en avant, les coudes sur ses genoux.

— Est-ce que ça t'arrive de… de te sentir comme si tu étais à mauvaise virée chez Super U de péter les plombs ? Genre, tu fais tranquillement tes courses, et puis soudain quelqu'un te bloque le passage dans le rayon des bougies et t'es prête à lui balancer une bougie d'église parfum citrouille en plein visage ?

— Ma chérie, une fois j'ai pleuré dans un Cultura parce que je ne trouvais pas la bonne nuance de paillettes. Tu es parmi les âmes brisées et bénies à la fois.

Mara eut un faible sourire.

— Mon psy t'adorerait.

— Je *suis* ta thérapie, mais sans reste à charge.

Un silence.

Mara renifla.

Puis, la catastrophe arriva.

La briquette de jus de fruits. La *foutue briquette de jus à la pomme* de Leo, qu'il avait tendrement fourrée dans son sac à main à 7 h du matin « juste au cas où », venait d'exploser. Un liquide chaud et collant s'en échappait comme une offrande aux dieux de l'échec.

Elle poussa un petit cri et retira sa main du sac, dégoulinante d'un sirop parfumé aux fruits.

— Oh, pour l'amour de…

Dans son empressement pour l'extraire de son sac, son genou heurta le côté du banc déjà instable. Un *poc* sonore retentit. Le banc tout entier bougea sous elle avec la grâce comique d'une chaise de dessin animé qui s'effondre.

Il ne s'effondra pas. Mais émit un bruit *menaçant*.

Elle se figea. Regarda Lana. Puis sa main trempée. Puis de nouveau Lana.

Et finalement, finalement, ce qui devait arriver arriva.

La crise de nerfs.

Pas une petite larme douce et pudique roulant sur une joue.

Non. C'était La Crise de Larmes™.

Le déferlement de sanglots désordonnés et hoquetants, à la lisière du rire et des pleurs, d'une femme suspendue au fil de son agenda Google. Ses épaules étaient secouées de tremblements. Sa poitrine se soulevait. Et au milieu de tout ça, elle marmonna :

— Je vais commencer une nouvelle vie d'ermite couverte de mousse et je m'appellerai Fougère. J'apprendrai à tricoter, à planter des patates, et peut-être que j'épouserai un ours sympa.

Lana plongea la main dans son sac, lui tendit calmement un mouchoir.

— Tu tiendrais quinze minutes sans Wi-Fi.

— *Douze*, corrigea Mara en s'épongeant les yeux. Grand maximum.

Elles restèrent assises ainsi un moment. Au loin, Leo hurlait, victorieux de l'aire de jeux. Un chien aboya. Quelque part, un enfant pleurnichait pour protester contre une barre de céréales qui osait avoir de la texture.

Une rafale de vent agita l'herbe à ses pieds, charriant un bout de papier sur le chemin du parc. Au début, Mara le remarqua à peine, juste un autre coupon de réduction ou un prospectus perdu de l'association des parents d'élèves. Mais lorsqu'il se colla à son tapis de yoga comme s'il avait été aimanté, elle le décolla et plissa les yeux devant le papier cartonné curieusement épais.

Fond crème. Lettrage doré. Un slogan écrit élégamment :

FATIGUÉE DE VOTRE VIE ?
ESSAYEZ-EN UNE AUTRE.

Elle fronça les sourcils. Pas de logo. Pas de numéro de téléphone. Juste un étrange petit symbole de l'infini scintillant dans le coin inférieur de la carte.

— C'est quoi, ce truc...

Lana jeta un coup d'œil dans sa direction.

— Un problème ?

Mara froissa instinctivement la carte et la fourra dans son sac fourre-tout.

— Non, rien. Je suis juste fatiguée.

Et puis, comme si le vent venait de livrer un slogan tout droit venu du cosmos, la carte fut oubliée, du moins pour l'instant.

Mara prit une grande inspiration.

— Je suis tellement fatiguée, Lan. Pas comme en manque de sommeil. Juste... fatiguée de tout. Comme si je me réveillais le matin et que j'avais déjà les batteries à plat.

La voix de Lana s'adoucit.

— Je sais.

— J'arrête pas d'essayer des trucs. Le truc des jus détox. Le yoga. Les vacances en réalité virtuelle où un dauphin avec un nœud papillon m'a dit d'« embrasser ma part d'ombre ».

Elle secoua la tête.

— Mais rien ne marche. Rien ne va mieux.

— Tu as besoin d'une vraie pause. Pas d'un savasana de trente minutes ou d'une bombe de bain. Genre... une pause dans le fait d'être Mara pendant une minute.

Mara pencha la tête, amusée.

— Quoi, tu veux dire, prêter ma vie à quelqu'un d'autre ?

Lana haussa les épaules

— Je dis juste que s'il existait des séjours en temps partagé pour les âmes, je me porterais volontaire pour jouer ton rôle pendant une semaine. Tu reviendrais et tu retrouverais un Leo qui parle couramment espagnol et une boite mail nettoyée.

Mara se mit à rire, un rire larmoyant et un peu dérangé.

— En fait, ça a l'air génial.

La femme apparut bien sûr *exactement* à ce moment-là.

Le parc connaissait ce calme étrange du milieu de matinée, où les tout-petits piquaient tous leur crise, où le café ne faisait plus effet et où le soleil était passé de *chaud* à *personnellement agressif*. Mara commençait à peine à se souvenir qu'elle avait une réunion de travail dans quarante minutes et aucune capacité émotionnelle pour feindre d'être « passionnément en phase avec la stratégie du deuxième trimestre », quand une ombre passa sur ses genoux.

Ce n'était pas un nuage.

Ni Leo qui revenait graviter autour d'elle.

C'était quelqu'un.

Elle leva les yeux et remarqua immédiatement trois choses :

1. Les sourcils de la femme étaient **parfaits**. Pas parfaits au sens d'Instagram. Pas parfaits au sens *microbladés jusqu'à l'excès*. Ceux-là étaient célestes. Éthérés. Peut-être même *enchantés*.
2. Elle portait un ensemble entièrement en lin qui tenait à la fois de l'uniforme de spa et de la tenue de secte haute couture.
3. Elle souriait comme si elle savait des choses. *Beaucoup de choses.* Comme quelle vie vous auriez dû choisir en 2012 et l'odeur de votre âme sœur.

— Vous avez l'air de quelqu'un qui a besoin de faire une pause de cette vie.

La femme parlait comme si elle proposait un Tic Tac à Mara. Celle-ci cligna des yeux.

— Pardon... est-ce que je vous connais ?

— Non. Mais moi, je vous connais.

Le sourire de la femme s'élargit. Pas de façon effrayante. Simplement... comme si elle était dans la confidence d'un secret auquel Mara n'avait pas encore été conviée.

Lana marmonna :

— Ok, c'est quoi ce délire sponsorisé par *Goop*...

La femme l'ignora, tendant une carte de visite entre deux doigts élégants.

Papier cartonné couleur crème. Lettrage doré qui chatoyait très légèrement, comme s'il était fait de poussière d'étoiles ou d'un toner coûteux.

Retraites Temporelles

Quand votre vie n'est pas à la hauteur

Pas de numéro de téléphone. Pas d'adresse. Juste le logo : un symbole de l'infini qui ressemblait étrangement à un gribouillage fait par quelqu'un qui s'ennuyait pendant un cours de physique quantique. Exactement comme le flyer que Mara venait de glisser dans son sac.

Mara la prit, principalement parce que sa mère lui avait appris à ne pas être impolie avec les gens qui vous tendent des invitations énigmatiques pour des dimensions parallèles.

— C'est une... thérapie de groupe ?

La femme pencha la tête.

— C'est un programme de relocalisation temporaire. Une remise à zéro. Une version d'essai à durée limitée d'une meilleure version de vous-même.

Lana releva ses lunettes de soleil.

— D'accord, mais genre... dans le style *start-up tech gentiment dystopique*, ou plutôt *mélange entre une intervention divine et de la sorcellerie version Etsy* ?

La femme eut un petit rire.

— Je suppose que cela dépend de votre interprétation.

Mara essaya de lui rendre la carte.

— Désolée, je n'ai pas vraiment le temps pour...

— Vous n'avez rien à *faire*. (Elle avait une voix douce, mais d'une franchise déconcertante.) Dormez, c'est tout. Nous nous occupons de la logistique.

— Attendez, quoi ?

— Si vous êtes sélectionnée, le changement se produira automatiquement. Une semaine. Sans engagement. Immersion totale. Si ça ne vous plaît pas, vous revenez. Si ça vous plaît…

Elle haussa les épaules, comme si la suite était évidente.

— Nous discutons des options.

— D'accord, mais c'est *quoi* au juste ? Genre, dans quoi est-ce que je m'engage ?

La femme avait les yeux pétillants.

— Dans un aperçu de la vie que vous avez failli vivre. Celle où vous avez choisi une autre voie. Où vous êtes restée. Partie. Avez dit oui. Avez dit non. Vous voyez de quoi je parle.

Mara ouvrit la bouche pour argumenter, pour en rire, pour dire quelque chose de très pragmatique sur le voyage dans le temps, les arnaques et *Matrix*. Mais tout ce qu'elle réussit à dire fut :

— … Je crois que vous vous trompez de personne.

La femme sourit à nouveau, d'un air chaleureux et patient, comme une maîtresse de maternelle qui contrôlerait aussi le tissu du multivers.

— Non, Mara. Vous êtes exactement celle que nous cherchons.

Et puis — *parce qu'évidemment, c'est ce qu'elle a fait* — elle tourna les talons et s'en alla.

Comme ça. Sans sortie spectaculaire. Pas de nuage de fumée ni de scintillement de lumière. Juste le froufrou paisible de son pantalon en lin dans la brise, tandis qu'elle déambulait sur l'allée du parc avant de disparaître.

Mara la regarda s'éloigner, bouche bée.

Puis elle baissa les yeux sur la carte dans sa main.

Puis sur Lana.

— Tu as bien vu ça, n'est-ce pas ?

Mara était à mi-chemin entre la confusion et une légère hantise.

Lana se pencha et lui arracha la carte des mains. Elle l'examina.

— … Ok, ouais, ça sent soit la magie, soit une combine de vente pyramidale très spécialisée.

Mara laissa échapper un grognement, encore hébétée.

— Tu crois qu'elle m'a filé une microdose de quelque chose ou un truc du genre ?

— Non, ma belle. Tu es juste crevée. Ton cerveau essaie de manifester une meilleure version de ta vie.

Elle marqua une pause. Lui rendit la carte.

— Mais franchement, s'il *existe* un univers alternatif où tu es reposée, riche et où tous tes ligaments sont encore intacts après la posture du corbeau, moi je dis : fonce.

Mara rit. Mais son rire était tremblant.

Elle glissa la carte dans son sac à main.

Elle n'appellerait pas, évidemment. Elle n'allait pas tomber dans le panneau du fantasme d'évasion de la réalité d'une femme étrange vêtue de lin.

Et pourtant…

Ce soir-là, alors qu'elle réglait son réveil et s'allongeait dans son lit, elle ressortit la carte.

La tint entre ses doigts comme un secret.

Puis elle éteignit la lumière.

ce n'est pas un enlèvement si ce sont des vacances

. . .

MARA SUT que quelque chose n'allait pas à l'instant où elle ouvrit les yeux et que ses sinus n'étaient pas en colère. Pas de lointain bourdonnement de la circulation. Pas de ventilateur de plafond qui cliquetait comme s'il ne tenait que par un vœu pieux et du ruban adhésif périmé. Pas de garçon de sept ans se jetant sur son lit tel un singe araignée sous caféine. Juste le silence. Une lumière douce. Un baldaquin en lin qu'elle ne possédait absolument pas. Et des draps — de vrais draps, des draps au nombre de fils élevé, sentant vaguement l'eucalyptus et ce qu'elle ne pouvait que supposer être la quiétude propre à la classe moyenne supérieure.

Elle s'assit lentement, s'attendant à une douleur au dos. Aucune. Elle portait un peignoir. Un peignoir moelleux, doux comme un nuage et d'un luxe insultant, noué autour d'elle avec une élégance suspecte. Ses pieds trouvèrent un parquet frais au lieu du linge sale abandonné. Elle finit par paniquer.

— D'accord. Soit je suis morte, soit quelqu'un est entré par effraction et a fait… du bricolage. Comme un enlèvement, mais feng shui.

La pièce n'était que courbes douces et tons neutres, comme si quelqu'un avait demandé à un algorithme de concevoir la « sérénité avec Wi-Fi de bon goût ». Un bonsaï trônait paisiblement à côté d'une carafe d'eau aromatisée. Son téléphone était introuvable. Pas d'ordinateur portable, pas de liste de choses à faire gribouillée au dos d'un ticket de caisse. Juste elle. Et sa confusion. Et sa peau étrangement lisse.

Puis le mur du fond chatoya.

Pas *ouvert*. Pas *coulissé*.

Il chatoya, comme si quelqu'un avait installé un portail déguisé en œuvre d'art minimaliste.

De là sortit la femme — toujours sereine, toujours vêtue de lin, brandissant toujours ses sourcils à la symétrie suspecte comme une arme silencieuse. Elle était exactement comme dans le parc, sauf que maintenant, elle semblait aussi être à sa place ici. Comme si elle était peut-être la PDG du Calme.

— Bonjour, Mara. J'espère que vous avez bien dormi...

Sa voix était aussi soyeuse que le peignoir.

— D'accord, vous savez, j'espérais vraiment que ce soit une métaphore ou un rêve dû au stress.

Elle recula légèrement vers l'eau aromatisée, au cas où elle pourrait servir d'arme.

— On ne se réveille pas dans un peignoir sans raison. Ce n'est pas normal. C'est un truc de secte.

— Vous avez été sélectionnée pour une immersion temporelle. Une semaine d'essai dans une vie adjacente. La vôtre, si une décision importante avait été prise différemment.

On aurait dit qu'elle lisait une brochure très élégante.

Mara la dévisagea.

— Je n'ai *consenti* à rien.

— Vous n'avez pas *refusé* non plus.

— Ce n'est pas du consentement. C'est... un oui passif, au mieux.

Celeste lui adressa un sourire diplomate.

— Nous préférons appeler ça une « prédisposition énergétique ».

— Et qu'est-ce qui se passe maintenant, au juste ?

— Pendant les sept prochains jours, vous vivrez la vie de la Mara de cet univers. L'originale est actuellement hors réseau dans un centre de bien-être. Tout est stable. Vous ne serez pas interrompue.

Mara passa une main dans ses cheveux. Ils étaient étrangement propres.

— Laissez-moi voir si j'ai bien compris. On m'a kidnappée pour me mettre dans ma propre vie alternative pendant que mon autre moi est parti dans une cure de jus ?

Celeste inclina la tête.

— C'est... une interprétation.

La cuisine était d'une beauté insultante. Des touches de bois chaleureux, des robinets noir mat, une crédence qui murmurait : « J'ai été posée par quelqu'un qui ne pleure pas en faisant sa déclaration d'impôts. » Tout brillait d'une manière que Mara ne pouvait pas comprendre. Des fleurs en pot qui n'étaient pas fanées. Un saladier en verre rempli de citrons qui semblaient mis en scène. Et — elle aurait pu le jurer sur sa facture d'internet — des fleurs fraîchement coupées. Juste... posées là. Nonchalamment. Comme si la joie poussait ici.

Elle ouvrit le frigo et faillit pleurer. Des bocaux Mason alignés comme s'ils passaient une audition pour un blog lifestyle. Des récipients étiquetés avec une véritable écriture manuscrite — *salade de quinoa, bouchées énergétiques au beurre d'amande, beignets de courgette*. Elle n'avait jamais fait de beignets de courgette dans cette vie ou dans une autre, parallèle.

Derrière elle, des bruits de pas se firent entendre. Elle se retourna, s'attendant à moitié à revoir Celeste. Mais c'était Leo : même tignasse de boucles, mêmes yeux endormis, même vélociraptor serré sous son bras. Il bâilla et la regarda en clignant des yeux comme si c'était un mardi ordinaire.

— Bonjour, Maman.

Il grimpa directement sur un tabouret de l'îlot central.

— Salut, mon cœur.

La voix de Mara se brisa. Elle essaya de paraître normale.

— Tu as bien dormi ?

Leo hocha la tête et se frotta les yeux.

— C'est aujourd'hui, la foire aux livres ?

— ...Oui. Tu veux des pancakes ?

Le contexte et un peu de chance l'aidèrent à trouver des réponses. Son visage s'illumina.

— Ceux avec les smileys ?

— Évidemment.

Elle n'avait aucune idée de ce que cela impliquait, mais elle trouva une poêle antiadhésive et se lança. La pâte était prête dans le frigo. Bien sûr qu'elle l'était. Elle en versa une louche avec précaution, dessinant un visage en pressant un flacon de… sauce au chocolat ? *Autre-Mara, espèce de sorcière magique de la cuisine.*

Pendant que Leo dévorait ses pancakes, elle s'appuya contre le comptoir et repéra une élégante tablette en train de charger juste à côté. Elle vibra, l'écran s'allumant sur un nom.

> Eli : Salut, mon rayon de soleil ! N'oublie pas les barres aux figues pour Mme K, ses crises d'hypoglycémie sont redoutables.

> Eli : Et aussi, si tu remets ce haut rayé, je me réserve le droit d'être complètement déconcentré.

Mara cligna des yeux.

C'était… C'était de la drague, ça ? Ça faisait si longtemps que personne ne lui avait envoyé de message sans que ce soit pour lui réclamer de l'argent pour la cantine, des papiers pour les impôts, ou des photos d'une éruption cutanée qui ne voulait pas disparaître.

Elle ne tapa rien. Ses pouces restèrent suspendus au-dessus de l'écran. Elle le verrouilla.

Leo fredonnait, balançant ses jambes, et dévorait un pancake en forme de smiley tel un petit dieu du chaos. Il lui fit remarquer, sans lever les yeux de son petit-déjeuner :

— Tu es bizarre.

— Je… non. Je suis juste bien reposée.

C'était évidemment un mensonge.

— Tu ne dis jamais ça.

Et il avait raison. Elle ne le disait *jamais*.

Elle regarda de nouveau autour d'elle. Cette vie aurait dû lui donner l'impression de jouer un rôle. Mais, d'une manière ou d'une autre, ce n'était pas le cas.

C'était comme si quelqu'un avait nettoyé sa maison, préparé ses repas et lui avait rendu son enfant, *la gueule de bois mentale en moins.*

C'était comme tricher.

Mais quelque part…

C'était comme respirer pour la première fois depuis des années.

Le couloir était tapissé de photos qu'elle n'avait aucun souvenir d'avoir prises.

Mara avançait lentement, une tasse de quelque chose à l'odeur de cannelle à la main — du thé, un bouillon d'os ou un quelconque élixir de calme de l'autre Mara. Elle n'en était pas sûre. Ce n'était pas elle qui l'avait préparé. Il l'attendait simplement sur le comptoir, comme tout le reste dans cette vie. Prêt. Chaud.

Le bout de ses doigts effleura un cadre. Leo, un peu plus jeune, pieds nus sur une plage au coucher du soleil, son sourire si franc que ça en était douloureux. Une autre la montrait — enfin, *cette* version d'elle — à une cérémonie d'inauguration devant une vitrine où l'on pouvait lire : *Bookish & Bold.* Elle était bien coiffée. Sa chemise n'avait pas la moindre tache visible. Elle riait. Avec des gens. En public.

Puis une photo la figea sur place.

C'était encore elle, mais elle ne riait pas. Elle était juste… debout. À côté d'Eli. Son bras était nonchalamment passé sur son épaule, sa main à elle glissée dans la poche avant de son jean. Ils ressemblaient à un couple sur une carte de vœux. Détachés. Intimes. Comme deux personnes qui connaissaient la commande de café et le mot de passe Netflix de l'autre, et qui avaient traversé de sérieuses *épreuves de la vie* ensemble.

Elle déglutit.

Cette version d'elle avait tenté sa chance. Ou avait dit oui. Ou n'avait pas fui. Quel que soit le choix, il l'avait menée ici. À ce couloir.

À ce peignoir. À ce thé. À cet homme qui lui envoyait des émojis de soleil comme s'il s'agissait de blagues entre eux.

Elle n'était pas envieuse. Pas exactement.

Elle ressentait une *douleur sourde*.

À quel point était-elle passée près de cette version ? Était-ce une seule décision ? Un seul après-midi ? Est-ce que l'autre Mara n'avait simplement pas flanché quand les choses s'étaient compliquées ? Ou avait-elle flanché, mais était restée quand même ?

Mara se retourna, apercevant son reflet dans un miroir accroché entre les cadres.

Elle était la même. Globalement. Peut-être un peu plus reposée. Peut-être un peu moins comme si elle se préparait perpétuellement à une mauvaise nouvelle. Mais ses cernes n'étaient plus que de vagues échos. Les rides d'inquiétude n'avaient pas disparu. Ce n'était pas un relooking. C'était juste… une pause. Elle croisa le regard de son reflet dans le miroir.

— Je ne sais pas comment être toi.

La femme la fixa en retour, silencieuse et calme. Une version peut-être meilleure. Une version peut-être plus courageuse.

Derrière elle, un carillon éolien retentit — doux, éthéré. Pas magique. Juste… *intentionnel.*

Mara ne croyait pas au destin.

Mais elle commençait à croire aux secondes chances.

rencontre fortuite...
prise deux

. . .

LA BIBLIOTHÈQUE BOURDONNAIT d'énergie et du doux murmure anxieux des enfants, surexcités par les marque-pages gratuits et le peu de surveillance. Mara se tenait derrière un stand intitulé « *Bookish & Bold* » et essayait de ne pas faire une crise d'identité en public.

La table était déjà installée à son arrivée, évidemment. Des livres mystères emballés dans du papier kraft et ficelés avec de la cordelette, une pancarte invitant les lecteurs à « retomber amoureux de la fiction », et un plat en céramique rempli de... c'étaient des barres aux figues ?

Elle se pencha pour lire l'une des notes manuscrites aguicheuses au dos d'un livre emballé :

Si vous avez aimé votre dernière rupture bien pimentée et que vous aimez les protagonistes avec des traumatismes en voie de guérison + des tatouages, celui-ci est pour vous.

— Oh mon Dieu, l'autre Moi est cool.

Des enfants passaient en coup de vent devant son stand, entraînant leurs parents récalcitrants vers l'atelier d'origami. Une femme vêtue d'un gilet ample cria quelque chose à propos de l'heure du conte dans cinq minutes. Mara farfouillait sur la tablette du stand, essayant de trouver une liste d'inventaire ou au moins un aide-mémoire.

Rien.

Elle était livrée à elle-même, lissant son pull tout en marmonnant :

— La Mara cool… Tu dois juste faire semblant d'être la Mara cool.

La Mara cool, vraisemblablement, avait une feuille de calcul pour ça. La Mara cool portait des bottes qui ne lui donnaient pas d'ampoules. La Mara cool ne s'essuyait certainement pas les mains sur son jean pour ensuite renverser une pile entière de recueils de poésie.

Mara se pencha pour stabiliser la pile, rattrapa un livre en pleine chute et — paf — elle percuta le bord du présentoir voisin. Une tour de romans d'amour vacilla, comme si sa maladresse l'avait personnellement offensée.

Elle se jeta en avant.

Trop tard.

Trois livres de poche glissèrent du bord et atterrirent — plouf ! — en plein dans la limonade d'un enfant.

L'enfant se mit à hurler comme si elle venait de noyer son chiot.

— MA LIMONADE !

— Je… attends… OK, tout va bien !

Mara attrapa les livres dégoulinants, cherchant une serviette inexistante et épongeant avec un sac promotionnel.

— Ils sont… hydratés ! Le bien-être littéraire !

Une mère à proximité lui lança un regard à faire tourner le lait.

Elle essaya d'en rire, les joues en feu. Une voix parla derrière elle :

— Excellent sauvetage.

Elle se retourna et se figea.

Eli.

Les mêmes yeux bruns et chaleureux. Le même sourire en coin. Le même gilet qui semblait avoir un avis sur les cafés indépendants.

Bien sûr qu'il était beau. Bien sûr qu'il tenait un presse-papiers, comme s'il venait de repenser le système de classification Dewey pour le rendre plus accessible émotionnellement.

Et maintenant, il la regardait avec une expression qui ne pouvait être décrite que comme un mélange d'intrigue et d'amusement.

— Salut.

Elle serrait un sac détrempé plein de regrets.

— Bienvenue à ma conférence TED sur comment ne pas tenir un stand.

Il sourit.

— Tu déchires.

Eli s'accroupit à côté d'elle pour l'aider à ramasser les livres humides, son bras frôlant le sien alors qu'il attrapait un exemplaire dégoulinant de *Beach Read*. Mara inspira brusquement, soit parce que sa lessive s'appelait « Homme gentil et plein de bonnes intentions », soit parce que son cerveau court-circuitait sous la pression de sa proximité désinvolte.

Il leva les yeux vers elle, un livre de poche détrempé à la main.

— Je suppose que celui-ci ne fait pas partie de la promotion sur le thème de l'hydratation ?

— Techniquement non.

Elle essayait de paraître désinvolte et non comme une femme en pleine tachycardie.

— Mais si jamais, cette version est livrée prête à l'emploi pour pleurer dessus.

Il eut un petit rire — chaud et grave — et bon sang, ça lui fit quelque chose dans la colonne vertébrale.

Une fois la crise à moitié maîtrisée et l'enfant à la limonade apaisé avec un autocollant gratuit, Mara se redressa derrière la table et tenta de se ressaisir pendant qu'Eli s'appuyait d'un coude sur le bord, son presse-papiers oublié.

— Je ne m'attendais pas à te voir tenir un stand cette année. La dernière fois, tu as juré que la charge émotionnelle de l'organisation était « au-dessus de tes compétences de chaotique neutre ».

Mara cligna des yeux.

— J'ai dit ça ?

— En effet.

Eli avait un sourire en coin.

— J'ai encore le SMS. Et un vocal où tu hurles quelque chose à propos des choix de polices comme si c'était un crime de guerre.

Mara rit faiblement.

— Oh. Waouh. J'ai l'air… marrante.

Il pencha la tête, l'étudiant.

— Ça va pas aujourd'hui ?

La question était simple. Mais pas désinvolte.

Il ne posait pas la question comme quelqu'un qui attendait un « ça va » rapide. Il la posait comme quelqu'un qui connaissait ses tics. Quelqu'un qui avait vu les fils qui dépassaient et qui savait comment les rentrer.

Mara essaya de sourire.

— Juste un peu distraite.

— Tu sembles… différente. Pas dans le mauvais sens. Juste… plus dans ta tête que d'habitude.

Sa voix était plus douce. Elle paniqua et lâcha d'un coup :

— J'ai un nouveau soutien-gorge. À mémoire de forme. Pour mes seins.

Un silence s'installa.

Un long silence.

Eli éclata de rire. Un vrai rire, la tête renversée en arrière, le son s'échappant par vagues.

— Oh mon Dieu, marmonna-t-elle en se cachant le visage. Je te jure qu'avant, j'étais mystérieuse et cool.

— Tu n'as jamais été mystérieuse. Mais tu as toujours été toi-même.

Le cœur de Mara fit un bruit étrange et papillonnant qu'elle n'approuva pas.

Il la regardait à nouveau. La regardait vraiment. Comme si peut-être quelque chose avait fait tilt pour lui aussi, ou presque. Son front se plissa légèrement, comme s'il n'arrivait pas tout à fait à la cerner.

— Je devrais… euh… aller voir ce qui se passe à la tente de poésie. Apparemment, les gamins des haïkus ont formé un syndicat.

— Le pouvoir aux poètes.

Sa voix était plus aiguë qu'elle ne l'aurait voulu. Il s'arrêta à côté de son stand.

— Tu te débrouilles très bien, au fait.

— C'est gentil de mentir.

— Je ne mens pas.

Il lui fit un clin d'œil. Juste… un peu déconcerté, mais dans le bon sens du terme.

Et puis il disparut de nouveau, se faufilant à travers la foule comme si ce n'était pas un moment que Mara allait se repasser en boucle dans sa tête, tel un florilège de ses meilleurs instants, pour la décennie à venir.

Elle expira.

Et se rendit compte qu'elle voulait le revoir.

Bientôt.

Ce qui posait problème.

Parce que ce n'était pas sa vie. Pas vraiment. Et quoi que ce soit qui était en train de naître ici… elle n'avait pas le droit de le garder.

Mara avait trouvé un coin tranquille derrière les rayonnages des documentaires et s'était adossée à une bibliothèque comme si ses genoux n'étaient plus tout à fait fiables. Son cœur continuait de faire des claquettes dans sa poitrine. Elle sentait son visage rougir. Et son sac en toile était encore humide, séquelle du Grand Incident de la Limonade de 9 h 42.

Elle avait survécu. De justesse.

Mais ce n'étaient ni le stand, ni les bambins, ni la mini inondation littéraire qui la chamboulaient. C'était *lui*.

Eli.

Il était chaleureux, constant et familier d'une manière qui lui serrait la poitrine. Il l'avait regardée comme si elle était *sa personne*. Pas juste quelqu'un qu'il appréciait. Quelqu'un qu'il *connaissait*. Quelqu'un qui avait mérité ses blagues, sa confiance et ses regards doux et tendres à travers les allées bondées des salons du livre.

Et le pire ?

C'est qu'elle aimait ça. Elle *l'*aimait bien. Et pas seulement l'Eli de cet univers, pas seulement ce petit ami alternatif et sexy. *Cet Eli-là.*

Avec son presse-papiers, son gilet, son flirt subtil et son stupide visage parfait.

Elle se laissa glisser le long du mur pour s'accroupir, enlaçant ses genoux.

— C'est bon, tout va bien, juste une petite urgence émotionnelle au rayon des biographies en gros caractères.

Son esprit revint au texto reçu avant de partir à la bibliothèque. Le commentaire sur le « t-shirt rayé ». L'émoji. Cette complicité désinvolte qui venait d'*années* de blagues privées, de matins paresseux et probablement de desserts partagés.

Elle n'avait pas ça.

Pas avec lui.

Elle avait quarante-huit heures d'histoire empruntée, une barre aux figues légèrement fondue et un nœud de culpabilité qui se resserrait à chaque fois qu'il lui souriait comme si elle était la vraie.

Et elle lui souriait en retour, parce qu'elle ne savait pas comment faire autrement.

Mais elle n'arrivait pas non plus à soutenir son regard très longtemps.

Pas quand cela signifiait prétendre que tout ça était réel.

Ailleurs en ville, Eli remuait son latte encore plein.

Lana était assise en face de lui, lunettes de soleil repoussées dans ses cheveux, un sourcil arqué de cette façon particulière qu'elle réservait aux hommes qui, de toute évidence, n'allaient pas bien.

— Elle est de retour. Mais c'est comme si... ce n'était pas vraiment elle.

Lana but une lente gorgée de sa boisson.

— Elle m'a semblé tout à fait être Mara. Elle avait la même odeur de panique aux huiles essentielles et d'haleine de café.

Eli esquissa un faible sourire, qui ne s'attarda pas.

— Non, je veux dire... elle est *là*, mais ce n'est pas *elle*. Ou pas la version que je connais. Elle est plus légère. Plus calme. Comme si on lui avait enlevé une couche de stress sur la peau. Mais aussi… un peu comme si elle ne me connaissait pas.

Lana resta silencieuse un instant.

— Peut-être qu'elle essaie juste à nouveau. De repartir à zéro.

Il secoua la tête.

— Ça ne ressemble pas à un nouveau départ. Plutôt à une réécriture.

Il ne dit pas ce qui l'effrayait le plus :

Le fait que cette version d'elle lui plaisait.

Ou le fait qu'elle risquait de ne pas rester.

Les mots de Celeste résonnaient dans sa tête : « L'originale n'est plus sur le réseau. Tout est stable. »

Mais l'était-ce *vraiment* ?

Parce que Mara ne se sentait pas stable. Elle se sentait comme un sac à main de contrefaçon qui essaie de passer l'inspection. Comme si d'une seconde à l'autre, quelqu'un allait lui taper sur l'épaule et lui dire : « Excusez-moi, madame, vous n'êtes pas censée être ici. »

Peut-être pas aujourd'hui.

Mais ça finirait par arriver.

Et quand ce moment viendrait, que ferait-elle ?

Que ferait Eli ?

Elle couvrit son visage de ses mains et laissa échapper un grognement sourd.

Ce n'étaient plus de simples vacances. C'était dangereux.

Parce qu'elle ne se contentait plus de prétendre vivre la vie de quelqu'un d'autre.

Elle commençait à la désirer.

l'été de la maman qui déchire (pour une semaine seulement)

. . .

POUR LA PREMIÈRE fois depuis ce qui semblait être des années, Mara Jensen ne se réveilla pas au son d'une alarme, des cris d'un enfant ou devant une boîte de réception de mails pleine d'angoisse existentielle.

Elle se réveilla avec la lumière du soleil filtrant à travers des rideaux vaporeux, l'odeur de quelque chose de citronné et de divin venant de la cuisine, et son nom prononcé doucement par une assistante domestique qui ne boguait pas et ne l'appelait pas « Margo ».

— *Bonjour, Mara. Aujourd'hui, nous sommes mercredi. Vos priorités incluent un brunch avec Lana, la confirmation d'expédition pour la commande de barres aux figues et un événement en soirée intitulé "Karaoké : NE PAS ANNULER ENCORE UNE FOIS".*

Elle cligna des yeux en regardant le plafond.

— Ai-je fini par vendre mon âme ?

L'assistante émit un gazouillis :

— *Voulez-vous lancer votre playlist "Bonne humeur du matin" ?*

— Évidemment.

Musique. Montage.

Elle s'épanouissait. Du moins, pour l'instant.

Des cours de yoga où personne ne jugeait sa posture. Des smoothies qui n'avaient pas le goût de l'eau d'un étang. Une équipe d'employés de librairie joyeux qui, d'une manière ou d'une autre, ne semblaient pas s'en soucier quand elle avait un trou de mémoire sur le système de classement de l'Autre-Mara et chuchotait, comme si c'était une honte secrète :

— Qu'est-ce que je fais des retours ?

Leo était heureux, genre, *vraiment* heureux. Il fredonnait pour lui-même au petit-déjeuner, la serrait dans ses bras sans qu'on le lui demande, et posait des questions comme :

— On peut lire encore un peu du livre sur les mythes grecs ce soir ?

Au lieu de :

— Est-ce que je peux manger que des nuggets de poulet pour toujours ?

Et puis, les textos d'Eli. Chaque jour, un petit quelque chose.

Eli : Rappel : heure du conte à la boutique demain. Porte tes lunettes pour que je puisse faire semblant de ne pas défaillir.

Eli : J'ai fait une playlist Spotify qui commence par "Lovefool" et se termine avec ce morceau de jazz obscur que tu fais semblant de ne pas aimer. De rien.

Eli : T'es libre ce soir ou émotionnellement indisponible avec panache ?

Elle n'arrêtait pas de dire oui. Même quand elle savait qu'elle ne devrait pas.

Ils étaient allés se promener. Ils s'étaient assis sur la terrasse arrière à boire du vin pendant que Leo construisait une cabane en coussins qui, par miracle, ne s'était pas écroulée en moins de dix minutes. Il l'avait embrassée une fois au coucher du soleil et une autre fois dans la réserve alors qu'elle renversait accidentellement une silhouette en carton de Jane Austen.

Elle avait plus ri cette semaine-là qu'au cours des deux dernières années réunies.

Et quelque part entre la soirée quiz où elle avait excellé dans toute une catégorie sur les comédies romantiques des années 2000 et le moment tranquille sur le canapé où Leo s'était endormi la tête sur ses genoux, Mara avait arrêté d'essayer de se comporter comme l'Autre-Mara Cool de la Chronologie Alternative.

Elle était juste… elle-même.

Et c'était ça, le plus dangereux.

La soirée avait commencé par un quiz et du vin.

Mara ne se souvenait pas d'avoir accepté de sortir, mais apparemment, le calendrier de l'Autre-Mara était plus intelligent qu'elle, et « Eli & M – Méfaits de milieu de semaine » était apparu avec un rappel qui incluait l'itinéraire vers un bistrot chaleureux dont elle n'avait jamais entendu parler et une note qui disait : *OUI, TU AIMES CET ENDROIT. OUI, ON PREND TOUJOURS LES FRITES.*

C'était déjà sa soirée préférée.

Eli attendait près du pupitre de l'hôtesse quand elle était arrivée, appuyé contre une ardoise qui annonçait de la sangria à 8 $ et un « Quiz à thème : Comédies Musicales & Oléagineux ». Il portait sa flanelle habituelle, les manches retroussées jusqu'aux coudes, une boucle de cheveux tombant sur son front comme s'il savait l'effet que ça avait sur les gens.

— Tu as mis les bottines. C'est audacieux.

Son regard glissa jusqu'à sa cheville

— Je suis suffisamment courageuse pour accepter la possibilité de me tordre une cheville au nom de la mode.

Ils s'installèrent dans une banquette d'angle avec vue sur la minuscule scène et un duo très appliqué qui installait un pied de micro et un tambourin. Le nom de leur équipe — **Les Hauts de Hurle-dents** — était apparemment un running gag. Eli sortit un stylo et gribouilla des cœurs autour, comme si c'était la chose la plus naturelle du monde.

— On en est… à flirter avec des jeux de mots sur Jane Austen, maintenant ?

Elle sirotait sa sangria.

— Oh s'il te plaît. On est passés au stade des préliminaires litté-raires il y a deux étés de ça.

Le rouge lui monta aux joues, mais de la plus agréable des manières.

Le quiz était chaotique. Leur équipe perdit de façon spectaculaire, en partie à cause de Mara qui insista avec assurance que *La Revanche d'une blonde* était sorti en 2004 (ce n'était pas le cas) et d'Eli qui identifia à tort des paroles de *Wicked* comme étant « un truc de *Rent* ». Ils se chahutèrent gentiment. Ils partagèrent des frites. Ils se jetèrent des regards furtifs.

Après le quiz, le micro avait été laissé à disposition pour le karaoké.

— Je te donne cent dollars pour que tu ne nous inscrives pas.

Eli avait déjà la feuille d'inscription à la main.

— Tu dis ça à chaque fois, et à chaque fois, tu chantes « You Oughta Know » comme si c'était ton cri de guerre.

— Je porte un pull. Je suis émotionnellement stable. Ne me force pas à perdre les pédales un mercredi.

Il sourit et lui tendit le stylo.

Ils chantèrent en duo.

C'était un désastre. Un *splendide* désastre. Elle oublia la moitié des paroles. Il ajouta des harmonies supplémentaires qui semblaient vaguement menaçantes. Quelqu'un leur offrit des applaudissements de pitié qui devinrent sincères à la fin.

Et quand ils descendirent de scène, l'adrénaline vibrant encore entre eux, il se pencha vers elle.

Pas un baiser théâtral. Pas un baiser renversé à la Hollywood.

Juste une proximité.

Confiante.

Comme si ça s'était déjà produit une centaine de fois, et que ce n'était que la suite.

Ses lèvres effleurèrent les siennes, douces, chaudes et lentes, avec la certitude tranquille de quelqu'un qui savait précisément comment elle aimait être embrassée, et qui avait gagné le droit de le savoir.

Elle lui rendit son baiser.

Pas parce qu'elle le devait.

Parce qu'elle en avait envie.

Ce qui, bien sûr, ne faisait qu'empirer les choses.

Mara ne put s'empêcher de sourire sur le chemin du retour.

Ses lèvres picotaient encore du baiser, ses joues lui faisaient mal à force de rire, et son téléphone vibrait toutes les quelques minutes au rythme des textos d'Eli ajoutant d'autres blagues spécialement sur leur performance au karaoké (« Je dis juste que, si cette histoire de librairie ne marche pas, on ferait un super groupe de reprises d'Alanis »).

Les fenêtres étaient baissées. La nuit était douce. Et pour la première fois depuis longtemps, elle n'avait pas l'impression d'être poursuivie par sa propre vie.

Mais à la seconde où elle entra dans sa maison — silencieuse, ordonnée, à la fois parfaitement sienne et celle d'une autre — son sourire commença à s'effacer.

Leo dormait, déjà blotti dans son lit. Une petite lampe luisait dans sa chambre. Un livre reposait sur sa table de nuit. Un livre qu'elle ne lui avait jamais lu. Mais *l'autre Mara*, si.

Elle traversa la cuisine, ses doigts glissant le long du plan de travail lisse. Tout était à sa place. Rien ne dépassait. Comme si quelqu'un avait appuyé sur pause et laissé la scène ouverte pour qu'elle y entre. Dans un rôle. Une routine.

Elle aurait dû se sentir reconnaissante.

Au lieu de ça, elle se sentit comme une intruse.

Elle s'assit à table et sortit son ancien téléphone du fond de son sac. Elle n'y avait pas touché depuis des jours. Pas depuis le premier matin.

Il s'alluma lentement, la batterie presque à plat. Un appel manqué de Lana. Quelques textos du travail — son vrai travail, celui qui se payait en échéances et en cauchemars stressants. Une photo que Leo avait dessinée à l'école : une silhouette en bâtons légendée « MAMAN » avec des cheveux en bataille et ce qui semblait être une perfusion de café.

Sa gorge se noua.

Elle aimait cette vie. Ce rêve de vie calme, bien rangée, au parfum de barre de figue.

Mais ce n'était pas la sienne.

Pas vraiment.

Elle ne l'avait pas construite. Elle ne l'avait pas méritée. Elle n'était pas restée debout à pleurer sur des tableurs, ne s'était pas réconciliée avec Eli après une dispute, ni n'avait trouvé comment calmer Leo quand il paniquait à cause des monstres sous son lit.

Ça, c'était *elle*. L'autre elle. L'autre Mara.

Et ce soir, elle avait embrassé le petit ami de quelqu'un d'autre.

La culpabilité s'abattit comme un poids dans sa poitrine. Lourd. Acéré.

Elle ouvrit sa tablette et trouva un autre message d'Eli.

> Eli : Je sais que tu deviens bizarre après les bons moments. Je vais juste te dire : ce soir était l'une de mes soirées préférées.

> Eli : Et non, ce n'est pas à cause de ta façon de chanter.

> Eli : (Bon, un peu à cause de ça.)

> Eli : Mais surtout parce que tu avais l'air heureuse. Ça m'a manqué. Tu m'as manqué.

Elle fixa le message.

Et pour la première fois depuis son arrivée dans cette vie alternative, elle ne se sentit pas chanceuse.

Elle se sentit comme une usurpatrice.

cette vie alternative est sous garantie, n'est-ce pas ?

. . .

MARA SE RÉVEILLA au son du chant des oiseaux, à l'odeur de pain grillé à la cannelle, et avec le sentiment troublant que sa vie était devenue suspicieusement facile.

C'est à ce moment-là, bien sûr, que Celeste réapparut.

Pas à travers un mur cette fois-ci, elle était juste nonchalamment perchée sur la terrasse, comme si elle sortait tout droit de la couverture d'une brochure pour une retraite de méditation haut de gamme. Pantalon en lin, tisane, une légère odeur de sauge. Toute sa présence semblait dire : *Je sais exactement où l'alignement de vos chakras est stocké et je n'hésiterai pas à le reformater.* Son sourire semblait annoncer le début d'une conférence TED sur le destin.

— Bonjour. Vous avez l'air… acclimatée.

Mara sortit, sa tasse à la main.

— Est-ce un compliment ou un avertissement ?

— Juste une observation. Vous vous êtes admirablement bien acclimatée. Certains participants ont du mal à lâcher leur contexte d'origine. Vous ? Vous vous êtes investie avec une pleine présence énergétique.

Mara but une gorgée de café, ne sachant si elle devait dire *merci* ou *à l'aide.*

— Je l'ai embrassé, lâcha-t-elle à la place.

Celeste ne cilla pas.

— Oui. J'ai vu.

— Vous *quoi* ?

Elle fit un geste vague et mystique de la main.

— Nous surveillons les étapes émotionnelles importantes. Cela fait partie de l'évaluation de la transition.

— Oui, bien sûr, dit Mara en serrant sa tasse comme une bouée de sauvetage. Des étapes importantes. Comme… embrasser un homme qui me prend pour une autre et peut-être tomber amoureuse de son compte Goodreads.

L'expression de Celeste s'adoucit.

— L'amour n'est pas lié aux points d'origine. Il est lié à la résonance.

Mara cligna des yeux.

— D'accord, qu'est-ce que ça *veut dire*, mais en langage humain ?

— Cela veut dire que vous êtes prête.

L'estomac de Mara se retourna.

— Prête à quoi ?

Celeste plongea la main dans son sac en toile de lin (bien sûr qu'elle avait un sac en toile de lin) et en sortit une enveloppe élégante, bordée d'or. Sur le devant était embossé le symbole désormais familier de l'infini.

Éligibilité au transfert de chronologie : CONFIRMÉE
Offre unique. Choix définitif.

— Vous avez atteint le milieu de votre période d'immersion. Vous pouvez rester dans cette vie, de façon permanente. Si vous acceptez, la Mara de cet univers sera… réaffectée.

Elle fit glisser l'enveloppe sur la table. Mara plissa les yeux.

— Réaffectée à *quoi*, exactement ? Au service courrier du Multivers ?

— Elle sera relocalisée dans une autre vie avec une compatibilité énergétique appropriée. Entièrement prise en charge. Transition en douceur.

— Ça semble… vague. Et vaguement menaçant.

Celeste sourit, sortit un diapason de son sac et le tapa contre la tasse.

Un léger carillon résonna dans l'air, comme une décision qui se prenait.

— Ce n'est pas menaçant. C'est… délicat.

Mara fixa l'enveloppe. Elle miroitait faiblement à la lumière du soleil.

Un vrai choix.

Rester dans cette belle vie fonctionnelle, avec sa cuisine propre, ses textos chaleureux et ses baisers de karaoké… ou retourner au chaos et au cortisol de la réalité. Retourner à la version d'elle-même qui n'avait jamais rien compris.

Retourner à une vie qui était encore *la sienne*.

Celeste se leva.

— Vous n'êtes pas obligée de décider maintenant. Mais le moment viendra.

Puis, comme toutes les coachs de vie magiques et légèrement terrifiantes, elle disparut dans la brume matinale avec la grâce tranquille de quelqu'un qui possédait sans aucun doute des carillons.

Mara resta seule avec son café, l'enveloppe, et cette vérité inconfortable :

Elle pouvait rester.

Tout commença avec du jus de fruits.

Plus précisément, avec le fait que Mara l'avait versé dans le gobelet bleu au lieu du rouge.

Leo la dévisagea comme si le gobelet l'avait personnellement offensé.

— C'est pas le bon gobelet.

— C'est le même jus.

Elle fit glisser avec entrain le gobelet sur le comptoir. Il plissa les yeux.

— Mais il a meilleur goût dans le gobelet rouge.

Mara ouvrit la bouche, la referma, puis se pencha en avant, l'air sérieux.

— Est-ce que c'est, genre, un complot sur la saveur basée sur la couleur ? Tu es en train de me dire que tu as menti tout ce temps sur le fait que le jus de pomme avait toujours le même goût ?

Leo haussa les épaules, clairement tiraillé entre le maintien d'une illusion de logique et la vérité de son petit cerveau de gremlin.

— C'est juste pas pareil.

— C'est juste.

Elle échangea les gobelets. Il but une gorgée. Hocha la tête. La paix était restaurée.

Ou elle aurait dû l'être. Mais il releva les yeux vers elle.

— Est-ce que tu es toujours ma vraie maman ?

La question était posée de manière désinvolte. Distraite. Comme s'il avait demandé s'ils étaient à court de ficello.

Mara se figea.

— Euh. Quoi ?

— Tu as juste l'air différente cette semaine. Pas en mal. Juste… différente.

Il articulait entre deux bouchées de céréales. L'estomac de Mara fit une lente et nerveuse cabriole.

— Comment ça ?

Leo pencha la tête, sa cuillère à la main.

— Tu as beaucoup chanté. Et tu as fait des pancakes deux jours de suite. Et tu n'as pas oublié le jour de la bibliothèque ou crié à cause du dentifrice au plafond. Et tu… (il laissa tomber sa cuillère, les yeux écarquillés) …as dansé dans la cuisine hier. Tu ne danses jamais.

Mara déglutit difficilement.

C'était censé être une bonne chose. Le calme. Les pancakes. La danse dont elle se souvenait à peine, juste une pirouette, une chanson à la radio, une petite bulle de joie qui était remontée à la surface avant qu'elle ne puisse la refouler.

— Je suppose que… j'essaie quelque chose de nouveau.

Leo plissa les yeux.

— On t'a échangé ton cerveau ?

— Quoi ?

— Comme dans ce film. Avec la fille robot qui contrôle le temps en secret.

— Je ne suis pas un robot.

Elle eut un rire, il resta sérieux.

— Mais tu *pourrais* l'être. Tu sais où est la trousse de premiers secours et tu as utilisé le vrai aspirateur. C'est suspect.

Elle s'accroupit pour se mettre à sa hauteur, une main sur le comptoir, l'autre sur son cœur.

— Je te le jure sur mes circuits, je suis toujours ta maman.

Il réfléchit un instant, puis hocha la tête.

— D'accord. Mais si tu commences à léviter ou à contrôler les écureuils par la pensée, je le dis à Mamie.

— C'est noté.

Il se replongea dans ses céréales.

Mara se releva, le cœur battant à tout rompre.

Il prit une autre longue gorgée dans son gobelet rouge, puis leva les yeux vers elle avec cette sincérité aux yeux écarquillés que seuls les enfants et les saints possédaient.

— Merci de l'avoir réparé, Maman. Tu répares toujours les choses cassées.

Mara se figea.

Parce que le Leo original avait prononcé exactement la même phrase deux semaines plus tôt, blotti contre elle sur le canapé, un genou écorché sous une main et une brique de jus de fruits dans l'autre. La même intonation. La même confiance chaleureuse dans sa voix.

Tu répares toujours les choses cassées.

Elle cilla rapidement.

C'était un compliment, bien sûr. Une gentillesse. Mais ici, venant de cette version de lui, dans cette vie brillante et empruntée, ça résonnait différemment.

Comme si quelqu'un avait fait un copier-coller de son fils dans un monde qu'elle n'avait pas mérité.

Et soudain, le jus de fruits n'était plus la seule chose qui lui retournait l'estomac.

C'était une blague.

Juste un moment idiot.

Mais quand même, il savait.

Pas avec des mots. Pas avec des faits.

Mais de cette manière profondément intuitive propre aux enfants.

Quelque chose en elle avait changé.

Et même si elle faisait tout *bien*, ça ne collait pas tout à fait.

Parce que Leo ne savait pas seulement qui elle était quand elle avait tout sous contrôle.

Il savait qui elle était *quand elle perdait pied.*

Tout commença avec un post-it.

Rose vif. Glissé sous la caisse de la librairie. Écrit d'une écriture ronde et assurée qui était sans aucun doute la sienne, mais aussi… pas tout à fait.

> *Mara — N'oublie pas de réorganiser le présentoir des livres interdits. Eli dit que si un autre exemplaire de La Servante écarlate se retrouve en science-fiction, il va faire une émeute.*
>
> *(Aussi : commander plus de barres aux figues.)*

Mara l'examina un long moment.

Ce n'était pas elle qui l'avait écrit. Pas dans cette vie, en tout cas.

Ce qui signifiait que c'était l'Autre Mara.

Elle glissa le mot dans sa poche, ne sachant pas pourquoi cela lui donnait l'impression de venir de trouver le reçu du bonheur de quelqu'un d'autre.

La librairie était chaleureuse et animée. Les gens lui souriaient. Une femme aux cheveux roses coupés court lui a fait un signe de la main.

— Merci encore pour la conférence sur l'auto-édition, vous aviez raison pour l'intrigue secondaire du barista vampire. Ça a *super bien* marché.

Mara sourit, hocha la tête, et ajouta « barista vampire » à sa liste de choses à chercher sur Google plus tard.

Elle essaya de se défaire de son malaise.

Mais il la suivait.

Des petites choses.

Son employée, June, demanda :

— Vouliez-vous toujours rédiger cette demande de subvention ce week-end ?

Mara cilla.

— Une subvention ?

— Ça vous motivait à fond la semaine dernière. Vous disiez que vous étiez prête à arrêter de voir petit.

Sa réponse fut un peu trop enjouée.

— Oh. Oui. Carrément. Tellement prête à… ne plus voir petit.

Puis, une cliente apporta une pile de romans pour la table « Héroïnes intrépides ».

— J'ai vu votre article de blog sur ce thème, il est excellent. Je l'ai partagé avec mon club de lecture. J'adore votre façon d'écrire sur les femmes qui ont des vies compliquées mais qui finissent quand même par gagner.

Mara hocha la tête, engourdie.

Elle n'avait pas écrit d'article de blog depuis deux ans. Pas depuis que la fête d'anniversaire de Leo s'était terminée par un passage aux urgences et un gâteau dinosaure en feu.

Ce soir-là, une fois Leo endormi, la vaisselle faite et la maison redevenue étrangement impeccable, elle ouvrit l'ordinateur portable dans le bureau et regarda les onglets déjà ouverts dans le navigateur.

Elle vit un article à moitié écrit intitulé « **Le burn-out n'est pas un trait de personnalité : reconquérir le repos sans demander la permission** ».

On aurait dit quelque chose qu'elle *voulait* dire. Quelque chose qu'elle avait failli dire une douzaine de fois. Mais elle n'en avait jamais eu le temps. Ni l'énergie. Ni le courage.

Elle referma l'ordinateur portable.

Resta assise, parfaitement immobile dans le silence.

L'enveloppe de Celeste était toujours sur sa commode.

Elle n'avait pas bougé.

Mais d'une manière ou d'une autre, elle semblait… plus proche.

Comme si le choix qu'elle contenait pulsait maintenant. Plus fort.

Parce que cette vie ?

Elle était incroyable.

Elle était épanouissante.

Elle était pleine.

Mais chaque compliment, chaque souvenir, chaque chose parfaitement organisée...

Ce n'était pas à elle.

Elle laissa le post-it lui glisser des doigts, sans y toucher.

Même son écriture ne lui semblait plus être la sienne.

une vie alternative faite de mensonges (et de lattes)

. . .

ELI LUI APPORTA UN CAFÉ.

Il faisait ça parfois : il débarquait à la boutique avec un gobelet à emporter sur lequel était écrit : « *Pour : M. De la part de : L'homme qui a d'excellents goûts en matière de femmes et d'expresso.* »

Sur le gobelet d'aujourd'hui, il avait écrit :

« **ATTENTION : Le contenu peut entraîner une vulnérabilité émotionnelle. À siroter avec modération.** »

Mara le dévisagea pendant trente bonnes secondes avant de prendre une petite gorgée pleine de traîtrise.

Il était parfait. Évidemment.

Eli était accoudé au comptoir, l'observant avec ce sourire calme et attentif. Celui qui disait *qu'il la voyait vraiment*. Pas seulement ses blagues. Ses rythmes. Son cœur.

Ça rendait tout plus difficile.

Elle posa le gobelet comme s'il pouvait exploser.

— Je dois te dire quelque chose.

Eli haussa les sourcils.

— Je devrais m'asseoir ?

— Peut-être. Ou t'enfuir. Les deux sont valables.

Il prit le tabouret à côté de la caisse, les mains jointes, le visage ouvert.

— Tu commences à me faire peur.

— Tant mieux. Tu as de quoi. Parce que ça... ce n'est pas normal. Genre, cette semaine, moi. Je ne me comporte pas comme d'habitude.

Il rit.

— Sans vouloir te vexer, ma belle, tu es toujours un peu à part.

— Non. Je veux dire... je ne suis vraiment pas moi-même.

Il pencha la tête.

— Ça va pas ?

— Je ne suis pas *cette* Mara. Enfin, si, je *le suis*, mais non. Je suis juste... de passage.

Silence.

— Euh... d'un point de vue émotionnel ?

— Non. D'un point de vue dimensionnel.

Eli cligna des yeux.

— C'est une métaphore ?

Mara passa une main dans ses cheveux.

— Non. Je veux dire... je viens d'un univers parallèle. J'ai échangé ma place avec une autre version de moi-même qui a fait de meilleurs choix et qui a une routine de soins de la peau plus régulière.

Il sourit lentement, attendant la chute.

Elle ne vint jamais.

— Attends. Tu es sérieuse ?

— On ne peut plus sérieuse.

— D'accord.

Il se leva.

— Donc, tu es en train de me dire que... la femme avec qui je sors, la femme que j'ai embrassée il y a deux soirs, ce n'est pas toi ?

— C'est compliqué.

Il hocha la tête une fois. Trop calme. Trop silencieux.

— D'accord. Alors, c'est quoi, ça ? Tu paniques encore ? Tu as décidé que tu n'étais pas prête, et au lieu de le dire, tu inventes une histoire de multivers pour faire passer la pilule ?

— Quoi ? Non... Eli, je n'essaie pas de te ghoster avec une allégorie de science-fiction !

— Eh bien, tu *essaies* de disparaître, les yeux lançant maintenant des éclairs. Et honnêtement ? Je m'y attendais. Tu te défiles toujours quand ça devient sérieux.

Elle le regarda, abasourdie.

— Je ne me défile pas...

— Si, tu te défiles. Même si toute cette histoire est vraie, même s'il existe une version alternative de toi avec une vie meilleure... c'est toujours toi qui as peur de rester.

Il sortit avant qu'elle ne puisse dire quoi que ce soit d'autre.

Le carillon de la porte tinta derrière lui, un son doux et définitif.

Mara resta seule avec son café, sa demi-confession, et l'horreur qui montait lentement en elle : elle venait peut-être de briser quelque chose qu'elle ne pourrait jamais récupérer.

Mara ne pleura pas tout de suite.

Elle erra dans la librairie, hébétée, essuyant des comptoirs déjà propres, redressant des marque-pages qui n'en avaient pas besoin, marmonnant des excuses dans le silence comme si elles pouvaient rétroactivement voyager dans le temps et tout arranger.

Tu te défiles toujours quand ça devient sérieux.

Ces mots ne faisaient pas que résonner. Ils s'imprégnaient. Lourds. Familiers. Comme si quelqu'un avait lu à voix haute une pensée qu'elle essayait d'étouffer.

Mais le pire n'était pas qu'il l'ait dit.

Le pire, c'est qu'il n'avait pas tort.

Son premier réflexe avait été de prendre la fuite. D'éviter. De livrer la vérité enrobée de sarcasme en espérant que personne ne remarque-rait qu'elle avait préparé un parachute.

Elle se laissa tomber dans le fauteuil du coin lecture, celui avec l'étiquette « Réservé aux crises de larmes fictives ». C'était de circonstance.

Le fantasme s'effilochait.

Ça avait commencé comme par magie : de plus beaux cheveux, un enfant plus calme, le job de rêve, un petit ami parfait qui savait faire des expressos et respecter les limites de chacun.

Mais maintenant ?

La maison était trop silencieuse. Les textos étaient trop parfaits. Les sourires qu'elle avait affichés toute la semaine commençaient à sonner creux.

Et sous tout ça, sous les pantalons chics et les pancakes sophistiqués, elle prenait lentement conscience que cette vie n'était pas sans défauts.

Elle avait été méticuleusement organisée. Soigneusement. Minutieusement.

L'Autre Mara n'était pas tombée par hasard sur le succès.

Elle avait travaillé pour l'obtenir. Fait des sacrifices. Lutté. Peut-être même qu'elle s'était effondrée dans ce fauteuil précis une ou deux fois.

Et, d'une manière ou d'une autre, Mara avait occulté cela. Elle était entrée dans le meilleur de la vie de quelqu'un d'autre et avait supposé que c'était la réalité de tous les instants.

Elle se leva et se dirigea vers la réserve, ayant besoin d'occuper ses mains, son cœur. Elle ouvrit un tiroir et trouva une autre note, écrite d'une autre main. Celle d'Eli.

Repose-toi un peu. Tu n'es pas aussi invincible que tu fais semblant de l'être. Bises – E

Elle la fixa, la gorge nouée.

L'Autre-Mara aussi avait été fatiguée.

L'Autre-Mara avait été submergée.

L'Autre-Mara n'avait pas traversé cette vie en se laissant porter. Elle s'était *battue* pour l'obtenir.

Et Mara ? Elle était arrivée et avait traité tout ça comme des vacances avec des avantages en nature.

Elle cligna des yeux pour retenir les larmes qui lui montaient.

Peut-être que le plus important dans cette vie, ce n'était pas la surface lisse. C'étaient peut-être les fissures. L'effort. Les gens qui restaient, même quand tout devenait compliqué.

Et peut-être... peut-être, qu'il n'était pas trop tard pour arrêter de fuir.

Mais d'abord, elle devait faire quelque chose qu'elle aurait dû faire des jours plus tôt.

Elle devait retrouver la personne dont elle avait emprunté la vie.

Elle devait se retrouver *elle-même*.

La décision ne fut pas spectaculaire.

Pas de coup de tonnerre. Ni de vent s'engouffrant dans la pièce. Aucune voix fantomatique chuchotant : « Choisissez judicieusement. »

Mara était seule. Assise au bord du lit dans son pyjama en lin emprunté, fixant l'enveloppe dorée sur la commode comme si celle-ci la jugeait avec sa calligraphie.

Elle avait passé six jours à essayer de se fondre dans le décor.

À essayer de croire qu'elle pouvait se glisser dans la vie de quelqu'un d'autre et être *à la hauteur*.

Et peut-être que, pendant un instant, elle l'avait été.

Mais ce n'était pas son histoire. Pas encore. Pas vraiment.

Si elle voulait un jour avoir une version de cette vie qui soit *réelle* — gagnée, pas empruntée —, elle devait retourner au commencement.

Et le commencement ?

C'était une femme avec son visage et son nom qui avait façonné tout ça à partir du chaos, d'une thérapie et probablement de beaucoup de barres aux figues.

Elle devait retrouver *cette* Mara.

Elle devait se retrouver *elle-même*.

Elle tapota l'interface de son élégante tablette temporelle alternative — car, bien sûr, elle disposait d'un concierge de spa *et* d'un suivi interdimensionnel — et lança une recherche :

Retraite Temporelle : Centre de Bien-être - Localisation Actuelle de l'Autre-Mara Jensen.

Un repère clignotant apparut sur une carte numérique.

Une retraite de bien-être.

Évidemment.

Elle aurait dû s'en douter.

Aucune personne au monde organisant un garde-manger par code couleur et entretenant des relations émotionnellement saines n'y parvenait sans quelques jours de hammam aux herbes et de journal introspectif sous une cascade.

Elle attrapa son sac.

Pas de discours spectaculaire. Pas de mot d'adieu. Elle ne jeta même pas un autre regard à l'enveloppe dorée.

Au lieu de ça, elle enfila un sweat à capuche provenant du placard de l'Autre Mara sur lequel était inscrit « **Ce n'est pas de l'évitement, c'est du repos stratégique** », fourra son vieux téléphone dans sa poche et se dirigea vers la porte.

Lorsqu'elle sortit, le soleil se levait — rose et or, le genre de ciel qui avait l'air faux, comme si un décorateur avait un peu forcé sur l'ambiance.

— Ok, allons rencontrer la femme qui a rendu tout ça possible.

Elle ne savait pas dans quoi elle s'embarquait.

Mais pour la première fois depuis le début de cet étrange et scintillant voyage, Mara n'avait pas peur de ce qu'elle pourrait trouver.

l'autre femme, c'est... moi

. . .

LA RETRAITE de bien-être ressemblait exactement à l'idée que Mara se faisait d'un lieu appelé « **Le Centre de la Quiétude** ».

Des bâtiments aux tons pastel discrets, nichés au milieu des fleurs sauvages. Un étang de carpes koï qui avait probablement son propre compte Instagram. Une petite boutique de souvenirs vendant des sels de bain aux noms tels que *Mélange Libération des Traumatismes* et *Apaisement des Chakras : Pour quand on en a bavé*™.

La femme à la réception portait une tunique et arborait un air de sérénité profonde et dénuée de tout jugement. Mara lui tendit la tablette avec les coordonnées de Celeste et essaya de ne pas laisser la sueur traverser son sweat à capuche.

— Je suis ici pour voir quelqu'un. Mara Jensen.

La femme ne cilla pas.

— Laquelle ?

Mara cilla en retour.

— Je… quoi ?

— L'originale ou l'alternative ?

La question semblait aussi banale qu'une commande de café.

— L'originale. La Mara d'ici. Celle qui, euh, a bâti la vie que j'ai squattée comme une invitée paumée qui ne connaît pas les limites.

La réceptionniste hocha la tête et tapota quelques informations sur une interface scintillante.

— Elle est dans le Chalet de Réflexion numéro trois.

Mara prit la carte magnétique et inspira profondément.

Elle longea le chemin de gravier en direction des chalets, le cœur battant la chamade dans sa poitrine comme s'il essayait de se frayer un chemin vers un tout autre univers. Les arbres se balançaient doucement au-dessus d'elle. Les oiseaux gazouillaient comme s'ils avaient atteint la paix intérieure. Quelque part, quelqu'un était très certainement en train de méditer avec agressivité.

Le Chalet Trois était petit et magnifique. Des lignes épurées. De grandes fenêtres. Un fauteuil à bascule sur le porche.

Et dedans, une femme était assise.

Mêmes cheveux. Même posture. Même nez qui se plissait quand elle se concentrait.

Elle avait l'air… plus âgée, d'une certaine façon. Pas en années. Mais en *kilomètres*. Comme si elle avait fait le travail sur elle-même. Comme si elle *portait* des choses sans essayer de le cacher. Elle ne portait pas de maquillage. Sur son sweat, on pouvait lire « **Les émotions d'abord, la logistique après.** »

Elle leva les yeux à l'approche de Mara.

Aucune surprise. Aucune tension.

Juste le genre de demi-sourire que Mara n'avait jamais vu que dans le miroir, quand elle était épuisée mais qu'elle essayait quand même. Elle salua maladroitement en arrivant sur les marches du porche

— Salut. Alors… c'est bizarre, non ?

L'autre Mara sourit faiblement.

— Seulement si tu le penses.

Et c'est comme ça que Mara se rencontra elle-même.

Pas la version de ses rêves. Pas le fantasme.

Juste une femme fatiguée en pantalon de yoga, qui avait beaucoup de vécu et la force d'être encore là.

Elles restèrent assises sur le porche en silence un instant, deux versions de la même femme sirotant une tisane comme si c'était un mardi ordinaire.

Ça ne l'était pas.

Mara se racla la gorge.

— Alors... comment on fait ? On se fait un câlin d'abord ? On pleure ? On se bat ? Un pierre-feuille-ciseaux pour savoir qui garde Eli ?

L'autre Mara sourit doucement.

— Tu n'es pas la première version de moi que je rencontre.

Mara cligna des yeux.

— Oh. Waouh. D'accord. On se contente de... traverser les lignes temporelles comme si c'était un club de lecture ?

— Apparemment, je suis très populaire auprès des personnes en plein burn-out, dit l'autre Mara, avant de prendre une gorgée de sa tisane. Tu es la numéro quatre.

Mara recula, surprise.

— Sérieusement ? Trois autres "moi" se baladent dans ce spa ?

— En train de pleurer dans leurs smoothies, pour la plupart, oui.

Cette réplique lui arracha un rire, petit mais sincère. Puis le silence retomba, plus lourd cette fois. Pas inconfortable. Juste... lourd. Mara reprit la parole.

— Je pensais que tu avais tout compris.

— Ce n'est pas le cas. J'ai juste eu plus de temps pour arrêter de prétendre que je devais le faire.

Mara regarda les arbres, la voix plus douce :

— J'ai vécu ta vie. Et je pensais qu'elle était parfaite. Genre... que tu avais percé le secret.

— Je n'ai rien percé du tout. J'ai juste arrêté de me faire toute petite pour le confort des autres.

Elle marqua une pause.

— Ce qui a été un enfer, soit dit en passant. Il ne s'agissait pas d'une seule décision magique. Ça a été des années de thérapie, de deuil, à laisser les gens penser que j'étais difficile. Et à laisser tomber beaucoup de choses. Et à demander de l'aide. À voix haute.

Mara déglutit difficilement et avoua :

— J'ai embrassé Eli.

L'autre Mara sourit, d'un air mélancolique.

— Tant mieux. Il mérite une autre chance de tomber amoureux de toi.

Mara cligna des yeux.

— Tu n'es pas en colère ?

— Pourquoi le serais-je ? Tu es moi. Tu es épuisée. Tu avais besoin d'une pause. Et si embrasser un homme bien dans une vie alternative mieux éclairée t'a aidée à te souvenir de qui tu es sous toute cette panique ? Alors je te dis merci.

Mara expira, quelque chose se brisant dans sa poitrine.

— Je me suis sentie comme une usurpatrice pendant tout ce temps.

L'Autre Mara la regarda véritablement.

— Tu n'es pas une usurpatrice. Tu es fatiguée. Et le monde continue de faire comme si survivre ne suffisait pas. Mais si. Parfois, c'est la chose la plus courageuse qui soit.

Les yeux de Mara la brûlaient.

— Je ne sais pas comment y retourner.

— Tu n'es pas obligée d'y retourner pour tout arranger. Simplement… retournes-y. Enlève une seule chose de ta liste. Laisse quelqu'un t'aider. Dis non. Dors.

Mara eut un rire larmoyant.

— Ça a l'air impossible.

L'Autre Mara se pencha et lui toucha la main.

— Ça ne l'est pas. C'est juste difficile. Mais tu as déjà fait plus dur.

Et voilà, tout simplement, quelque chose changea.

Pas dans l'air.

En Mara.

Elle ne se sentait pas réparée.

Elle ne se sentait pas complète.

Mais elle se sentait… comprise.

Par la seule personne qu'elle avait passé des années à ignorer.

Elles ne se sont pas prises dans les bras.

Non pas parce qu'elles n'en avaient pas envie, mais parce que certaines choses sont trop lourdes pour un geste aussi simple.

Elles se tenaient au bord du porche tandis que les arbres bruissaient et qu'une paire de colombes — parce qu'il y avait des colombes, évidemment — passait en volant, comme si l'univers mettait en scène un moment clé riche en émotions.

— Je ne sais pas comment te remercier.

L'Autre Mara sourit.

— Ce n'est pas la peine. Contente-toi de ne pas gâcher la version de nous qui a la chance de repartir.

Mara hocha la tête.

— Alors... qu'est-ce qui se passe maintenant ? Tu es... réabsorbée dans la matrice temporelle ou un truc du genre ?

L'Autre Mara haussa un sourcil.

— Je vais faire une sieste, puis manger trois sortes de gluten sans me sentir coupable.

Mara rit.

— Honnêtement, ça fait rêver.

Elle commença à se retourner, puis s'arrêta net.

— Hé... si jamais tu veux visiter *ma* vie... c'est le bazar. Et en manque de financement. Mais je connais un super endroit où manger des frites tard le soir, et ma meilleure amie prépare de redoutables « mimosas d'urgence ».

L'Autre Mara afficha un large sourire.

— Attention. Je pourrais bien te prendre au mot.

Elles restèrent là une seconde de plus.

Mara ne voulait pas partir, mais elle n'avait pas non plus besoin de rester.

Plus maintenant.

Elle était venue chercher une permission.

Mais ce qu'elle a trouvé était quelque chose de bien plus puissant :

Un rappel qu'elle l'avait déjà.

Elle fit un dernier signe de la main, se retourna et s'engagea sur le chemin, la poussière s'accrochant à ses chaussures, le soleil sur ses épaules, l'enveloppe de Celeste toujours glissée dans son sac.

Mais cette fois ?
Ça ne ressemblait pas à un compte à rebours.
Ça ressemblait à une seconde chance.
Et cette fois, elle comptait bien s'en servir.

la vraie vie (même si c'est le bazar)

. . .

MARA SE RÉVEILLA au son de Leo qui hurlait pour avoir des gaufres et du chat qu'ils n'avaient pas qui grattait de nouveau à la porte de derrière.

Donc… ce n'était pas un rêve.

Son plafond était fissuré, son détecteur de fumée clignotait toujours pour signaler que la batterie était faible, et l'air sentait légèrement le sirop et le moisi.

Et pourtant…

Elle sourit.

Parce que cette fois, elle ne se réveillait pas en *redoutant* la journée.

Elle se réveillait en plein *dedans*.

Elle sortit du lit — toujours dans son vieux pyjama, celui avec le trou à la cuisse et la légère odeur de pop-corn au micro-ondes — et marcha à pas feutrés jusqu'à la cuisine, où Leo avait réussi à la fois à verser des céréales et à en mettre au plafond.

— Hé, mon grand.

Elle ramassa un Cheerio égaré. Leo leva les yeux, surpris.

— Tu as fait la grasse matinée.

— Oui, et c'était divin.

Il plissa les yeux, soupçonneux.

Daisy Landish

— T'es redevenue Maman Bizarre ou t'es toujours Maman Pyjama Chic ?

Elle rit.

— Quelque part entre les deux.

Elle attrapa deux bols, en remplit un de céréales et — juste parce qu'elle le pouvait — y jeta une poignée de myrtilles. Leo haussa les sourcils.

— Tu mets des *fruits* sur les trucs, maintenant ? T'es malade ?

— Disons que j'ai simplement compris des choses.

Elle lui ébouriffa les cheveux.

Son téléphone vibra sur le comptoir. Cinq e-mails du travail. Deux messages Slack non lus. Une alerte de calendrier intitulée :

9 h - Réunion stratégique interne (apportez votre positivité + vos chiffres !)

Elle la fixa.

Puis elle activa la sonnerie de rappel.

Puis elle ouvrit un nouvel onglet.

Recherche : *postes à temps partiel avec horaires flexibles + mutuelle.*

Elle n'avait aucun plan.

Mais pour la première fois depuis des années, elle avait une ligne de départ.

Et une colonne vertébrale.

Elle se tourna vers Leo, qui était en train d'arranger ses céréales en forme de smiley.

— Hé, tu veux m'aider à choisir un nouveau tableau des corvées ?

Il cligna des yeux.

— C'est un piège ?

— Non. Il y a des autocollants. Et peut-être une possibilité de corruption.

— D'accord alors.

Ils se sourirent l'un à l'autre.

Son téléphone vibra de nouveau.

Elle l'ignora.

Elle resta juste assise là avec Leo, le laissant construire un fort en céréales sur la table.

Et pour une fois, elle ne chercha pas à tout contrôler.

Elle se contenta de rester.

Mara quitta son deuxième emploi pendant sa pause déjeuner, un demi-sandwich dans une main et un Google Doc d'arguments dans l'autre.

Elle ne pleura même pas.

« Le bien-être avant la vénération », tapa-t-elle dans l'e-mail d'adieu, suivi d'un smiley qui n'était que légèrement passif-agressif. Elle le relut, ajouta un point-virgule pour l'équilibre émotionnel, et cliqua sur envoyer avant de pouvoir soupirer.

Sa poitrine était oppressée.

Mais aussi... plus légère.

Elle prit trois autres décisions audacieuses avant 15 heures :

1.Elle appela finalement la coordinatrice des services de garde qu'elle évitait depuis six mois et inscrit Leo aux sessions du samedi.

2.Elle envoya un texto à Lana : « *Tu peux passer ce soir ? J'ai besoin d'aide, probablement de vin et certainement d'une surveillance émotionnelle.* »

3.Elle se désabonna de la maman blogueuse qui faisait ressembler la parentalité à un tableau Pinterest minimaliste avec des crises de colère organisées.

Ensuite, elle s'assit sur le canapé avec une tasse de thé qui était encore chaude et tout simplement... *respira*.

L'appartement était en désordre. La pile de linge avait évolué en une entité hostile et consciente. Leo avait renversé de la colle à paillettes sur le côté du frigo. Et le salon sentait toujours vaguement le hot-dog pour des raisons que personne ne pouvait expliquer.

Mais elle ne se sentait pas écrasée par tout ça.

Pas aujourd'hui.

Aujourd'hui, elle se sentait *présente*.

Lana arriva une heure plus tard en legging, avec un chignon décoiffé et un tote bag étiqueté « **Collations de soutien émotionnel** ».

— On a survécu aux manigances temporelles ?

Elle enleva ses chaussures.

— De justesse. J'en suis revenue changée.

— Émotionnellement ou interdimensionnellement ?

— Les deux.

Lana lui tendit une minibouteille de champagne et un sachet de pop-corn.

— Alors, trinquons à ça.

Elles s'affalèrent sur le canapé.

Mara ne se lança pas dans un monologue. Elle n'essaya même pas d'expliquer.

Elle resta juste assise là.

Vraie.

Fatiguée.

Mais sans se cacher.

Et ça, Lana le comprit parfaitement.

Un peu plus tard, entre deux poignées de pop corn, celle-ci fit remarquer :

— Au fait, tu dégages une sacrée énergie de personnage principal en ce moment.

— C'est une façon de dire que j'ai l'air de quelqu'un qui vient de pleurer dans son placard ?

Lana sourit.

— Oui. Mais genre… d'une manière puissante.

Mara rit. Vraiment.

Et quand elle aperçut son reflet sur l'écran de la télé — un peu débraillée, les yeux un peu gonflés, les cheveux n'en faisant qu'à leur tête — elle ne détesta pas ce qu'elle vit.

Elle avait l'air de quelqu'un qui avait cessé d'attendre que les choses deviennent plus faciles.

Et qui avait décidé de se lancer malgré tout.

La librairie était nichée entre un disquaire et un café qui prétendait avoir inventé le *dirty chai*. Mara était passée devant une centaine de fois sans jamais y entrer.

Aujourd'hui, elle y était entrée.

La cloche au-dessus de la porte émit un petit tintement plein d'espoir, comme si elle-même l'encourageait.

À l'intérieur, ça sentait le papier, la cannelle et le champ des possibles. Des étagères s'élevaient haut, des guirlandes lumineuses s'enroulaient autour des présentoirs, et dans un coin, une petite table sur laquelle une pancarte manuscrite indiquait :

Un rendez-vous à l'aveugle avec un livre : Tentez votre chance, ayez le cœur brisé, et guérissez malgré tout.

Elle eut le souffle coupé.

Ce n'était pas *la même* librairie. Mais elle avait *le même esprit*.

Un homme était en train de réapprovisionner le rayon des romances. Grand. Boucles brunes. Une chemise en flanelle bien portée. Il se retourna, tenant un livre de poche dans une main et un café dans l'autre. Il la salua avec un sourire poli :

— Bonjour. Vous cherchez quelque chose en particulier ?

Elle le dévisagea, stupéfaite.

Les mêmes yeux.

La même voix.

La même aura qui semblait dire : *Je classe mes traumatismes par ordre alphabétique et j'en discuterais volontiers autour d'un croissant.*

Elle retrouva la parole juste à temps pour lâcher :

— En fait, je crois que je suis juste en train… de réessayer.

Il pencha la tête, intrigué.

— De lire ?

— De vivre.

Il sourit.

— Cool. Sans pression, mais on a une promo sur la fiction existentielle et la découverte de soi accidentelle.

Elle rit, et cette fois, c'était différent. Pas forcé. Pas volé. Simplement *sien*.

Elle jeta un œil à la table d'exposition.

Prit un livre.

Le lui tendit.

— Je ne sais pas si on s'est déjà rencontrés, mais je pense qu'on était censés le faire.

Eli cligna des yeux, pris entre la confusion et le charme.

— Sacrée phrase d'approche.

— Ouais, je travaille encore la diction.

Il prit le livre qu'elle lui tendait. Leurs doigts s'effleurèrent. Et dans ce contact simple et silencieux, quelque chose se dévoila.

Pas un souvenir.

Pas une étincelle.

Une *possibilité*.

— Vous cherchez une recommandation ?

— Je cherche beaucoup de choses. Mais commençons par là.

Ils se tenaient au milieu de la boutique. Des livres empilés tout autour d'eux. Des vies qui attendaient dans les pages. Et pour la première fois depuis longtemps, Mara ne se sentit pas à la traîne.

Elle se sentait prête.

Prête à recommencer.

Prête à choisir.

Prête à rester.

Eli lui tendit un livre.

Elle le prit.

Et sourit.

Laisse-toi aller, tout simplement.

… et cette fois, elle le pensait vraiment.

épilogue

· · ·

UN *an plus tard*

Un Post-it était collé sur la porte d'entrée de *Bookish & Bold*, la librairie désormais cogérée par Mara Jensen et Eli Navarro.

Il était écrit :

Fermé aujourd'hui – *La patronne avait besoin d'un jour de congé. Et par miracle, elle l'a pris.*

À l'intérieur, les lumières étaient éteintes, le canapé du coin lecture envahi d'oreillers et de boîtes de plats à emporter, et Leo, la tête sur les genoux de Mara, était en pleine relecture d'un Percy Jackson.

Eli entra, tenant en équilibre des lattés glacés et un sac de barres aux figues.

— On aurait pu ouvrir plus tard.

Il donna un petit coup joueur dans son pied. Elle haussa les épaules.

— Je m'entraîne à être imparfaite. Et à faire des siestes.

Il sourit et posa le sac sur la table.

— T'avais pas psy, aujourd'hui ?

— J'y suis déjà allée. J'ai parlé de limites. J'ai pleuré dans une balle anti-stress en forme de croissant.

— Je suis fier de toi.

Ils trinquèrent avec leurs lattés. Leo soupira.

— Vous êtes tellement *bizarrement sains* maintenant. C'est écœurant.

Mara eut un sourire en coin.

— Tu dis ça, mais tu as quand même demandé des « pancakes smiley » pour le dîner.

— Ça s'appelle une tradition.

Il appuya la phrase d'un air très sérieux.

Dehors, l'enseigne de la librairie grinça doucement dans la brise.

Dedans, Mara jeta un regard à Eli. À Leo. À la vie qu'elle avait choisie — toujours aussi désordonnée. Toujours aussi bruyante. Toujours aussi *sienne*.

Pas de magie, cette fois.

Juste un peu de temps.

Et la décision, chaque jour, de rester.

Fin
Téléchargez le Mini Kit de Survie Anti-Burnout de Mara !

devenir une lana plus courageuse

la fatigue du second rôle

. . .

LANA MORENO AJUSTA la tour de mimosas pour la troisième fois, parce qu'apparemment, même les pyramides de champagne souffraient désormais du syndrome de l'imposteur.

— Penche juste la flûte du haut d'un cheveu vers la gauche… non, *ma* gauche, ma belle.

Grace observait depuis l'autre bout de la cour et lançait des instructions, sa voix chantante empreinte de l'autorité naturelle de quelqu'un dont les sourcils avaient été microbladés pour une confiance parfaite.

Lana sourit. Non pas parce qu'elle en avait particulièrement envie, mais parce qu'elle était la meilleure amie de Grace Patel depuis le collège, et que sourire était devenu un réflexe. De plus, les invités arrivaient dans cinq minutes et il fallait bien que quelqu'un ait l'air de ne pas être à un macaron au citron de la crise de nerfs.

— Compris.

Elle stabilisa le verre tandis que Grace passait d'un pas léger dans une robe portefeuille vert d'eau qui coûtait probablement plus cher que la batterie de sa voiture.

Elle laissa derrière elle un sillage de pivoine et de panique contenue.

Le jardin scintillait, littéralement. Des guirlandes lumineuses enfilées dans les citronniers, de délicats panneaux à la calligraphie soignée, des cartons de placement individuels en forme de coquillage. L'entreprise *Confetti & Grace* avait encore frappé. Ou plutôt, Grace. Lana n'était que le distributeur de ruban adhésif humain.

— Tu peux prendre le vaporisateur de lavande pour la mariée dans la glacière ? Ça devrait être étiqueté « hydratation du personnage principal ».

Grace ne ralentissait pas son allure, rajustant un coussin en passant et faisant la bise dans le vide à côté de la joue du photographe de l'événement.

Évidemment.

Lana s'essuya les mains sur son short en lin et se pencha derrière le chariot-bar. Son téléphone vibra. Un texto de sa mère lui demandant si elle pouvait « passer réparer le Wi-Fi encore une fois, ma chérie ». Un autre de sa patronne, qui se demandait si elle « comptait toujours mettre à jour la présentation pour la collecte de fonds ? ». Jour de congé, soi-disant.

Elle attrapa la bouteille, se redressa, et… oh. Charlie était là.

Il installait des chaises pliantes près de l'arche, manches retroussées, lunettes de soleil sur le nez, et il avait l'air de quelqu'un qui sculptait ses propres meubles et y mettait tout son cœur. Il se pencha légèrement pour vérifier la stabilité de l'une des chaises, et le cerveau de Lana eut un raté, juste assez longtemps pour qu'elle oublie comment fonctionnaient ses mains.

Le vaporisateur lui glissa des doigts.

Il atterrit sur l'herbe avec un bruit sourd, pas vraiment une tragédie, mais suffisant pour la faire sursauter. Charlie se tourna vers elle.

— Ça va ?

— Très bien, je teste juste la gravité. Elle fonctionne.

Elle parla d'une voix enjouée tout en se baissant pour ramasser la bouteille et sa fierté. Il sourit, de ce sourire discret qu'il réservait aux blagues complices et aux adorables chiens, puis se retourna vers les chaises. Elle le regarda un instant de trop.

Puis…

— Oh mon *Dieu*, ça y est ! Elle est là ! Lana, lance la playlist !

Bien sûr, c'était à Lana d'appuyer sur « play » à la demande de Grace. Tout comme ç'avait été à elle d'assembler les cadeaux pour les invités, de gérer les confirmations de présence et de décoincer le Spanx de Grace dans les toilettes de l'église une fois.

Elle appuya sur le bouton de l'enceinte Bluetooth, et une pop acoustique, vive et pétillante, emplit l'air.

Tout le monde applaudit. La mariée rayonnait. Grace flottait de ravissement.

Lana se tenait derrière le chariot-bar, seule avec les zestes de citron et cette pensée soudainement inébranlable :

Et si c'était ça, sa vie ?

Et si elle restait comme ça pour toujours : silencieuse, serviable, juste hors champ dans la vie magnifiquement filtrée de quelqu'un d'autre ?

Et si… elle n'en avait plus envie ?

Son téléphone vibra à nouveau. Encore une notification du travail. Encore un texto de quelqu'un-qui-a-besoin-de-toi.

— Lana, tu peux remplir le bar à mimosas ? Il a l'air un peu… vide.

Lana se leva juste à temps pour entendre un invité murmurer après la demande de Grace :

— C'est l'employée ?

Personne ne corrigea. Grace esquissa un sourire crispé, mais n'intervint pas.

Lana trouva un moment pour elle dans les toilettes d'invités rose poudré, celles que Grace avait décorées « pour les urgences esthétiques ». Ça sentait la verveine citronnée et le stress léger.

Elle fixa son reflet. Son eye-liner avait migré. Ses boucles frisottaient dans un élan de rébellion stratégique. Une tache de rouge à lèvres sur son menton, souvenir d'une gorgée bue dans le verre de quelqu'un d'autre dans un moment de panique deux minutes plus tôt.

Elle était, au mieux, un élément du décor. De la tapisserie. Le genre de personne qui arrive en avance, reste tard et n'est identifiée sur les stories Instagram que lorsqu'elle se trouve à tenir le sac de quelqu'un d'autre.

Dehors, la playlist passa à une reprise acoustique et rêveuse d'une chanson de Beyoncé. Lana soupira. *Évidemment* que Grace avait acheté les droits de la version éthérée de Spotify. Rien ici ne pouvait être trop fort, à moins que Grace ne le fasse paraître naturel.

Son téléphone vibra de nouveau. Sa mère, encore, avec un gif d'un routeur clignotant et les mots : « AIDE-MOI MA MAGICIENNE DE LA TECH ». Elle le retourna, écran contre le meuble.

Elle repensa à la scène de tout à l'heure. Charlie, accroupi au soleil, les rides du sourire adoucissant son visage habituellement sérieux. Il lui avait souri comme s'il la *connaissait*, comme s'il la voyait peut-être encore comme plus que la fidèle acolyte de Grace.

C'était autrefois son plaisir secret lors des événements : surprendre Charlie dans les moments calmes entre les tourbillons de sa sœur. Quand il installait les chaises pliantes. Apportait une chaise avec des accoudoirs à la grand-mère de la mariée. Tendait à Lana une canette de soda au gingembre sans qu'elle le demande, parce que, d'une manière ou d'une autre, il savait toujours qu'elle préférait ça à l'eau gazeuse.

Ils ne se *parlaient* jamais beaucoup. Mais elle le remarquait. Et parfois, elle se permettait de croire que lui aussi la remarquait.

Elle ne l'avait jamais dit à Grace. C'était une tout autre boîte de Pandore scintillante de culpabilité. Le grand frère de sa meilleure amie était un cliché pour une bonne raison, et Lana n'avait aucune envie de jouer ce rôle.

Mais en son for intérieur, elle l'avait imaginé. Ce que ça pourrait faire si quelqu'un comme Charlie regardait quelqu'un comme elle et y voyait *plus*.

Elle se mordit la lèvre.

Puis, des voix se sont élevées au-dehors. Des applaudissements. Grace avait dû se lancer dans son toast sur « l'amour est une expérience organisée sur mesure ».

Lana s'aspergea le visage d'eau froide et se força à sourire de nouveau. Pas le grand sourire rayonnant de femme forte que Grace arrivait à afficher les yeux fermés. Juste… un sourire passable.

Elle ajusta son haut, lissa ses cheveux et ouvrit la porte.

Il était temps de redevenir Celle Sur Qui On Peut Compter.

Lana se faufila derrière la haie d'hortensias pour cinq minutes bénies d'ombre et de silence. À chaque pas, ses sandales *se décollaient* de ses pieds, comme si même ses chaussures voulaient s'enfuir. Une des stagiaires de Grace venait de lui demander si elle pouvait « aller chercher d'autres confettis biodégradables ». Mais où, au juste ? Dans les champs de paillettes artisanales ?

Elle s'accroupit sur un muret de jardin, nichée à côté d'un chérubin de pierre qui semblait tout aussi épuisé qu'elle, et ferma les yeux. Elle pensa à voix haute :

— J'en ai tellement marre de rendre les rêves des autres photogéniques.

Une écorce de citron tomba d'un arbre qui n'avait pourtant pas bruissé. La brise changea, étrangement chaude pour un printemps.

Elle leva les yeux, l'air ondulait, comme quand la chaleur se dégage de l'asphalte.

Et puis, soudain, elle n'était plus seule.

La femme n'était pas *là* avant. Lana en était certaine. Mais la voilà maintenant : drapée de lin, baignée de soleil et nullement incommodée par la chaleur, comme si celle-ci la respectait personnellement.

Elle ressemblait à quelqu'un qui ne buvait son thé que dans des tasses en verre et ne s'exprimait qu'en allégories. Ses sourcils étaient célestes. Son énergie ? Légèrement troublante mais étrangement rassurante. Comme une thérapeute qui organiserait aussi des dîners dans le plan astral.

— Journée difficile ?

Sa voix était aussi lisse que le lin repassé qu'elle portait.

Lana cilla.

— Pardon, mais… est-ce que je vous connais ?

— Non. Mais moi, je vous connais.

Évidemment.

La femme tendit une carte. Crème. Papier épais. Lettres dorées.

Retraites Temporelles
Quand votre vie n'est pas à la hauteur

Lana ne la prit pas.

— C'est… un prestataire de mariage ?

La femme sourit, très légèrement.

— Ce n'est pas une invitation à un mariage, non. C'est une invitation pour vous. Une version différente de vous.

Lana eut un petit rire.

— Désolée, je n'ai pas le temps pour une introspection. J'ai une tour de mimosas à entretenir et une urgence piñata licorne qui m'attend.

— Et si, pour une fois, quelqu'un d'autre s'occupait de la tour ? Et si vous quittiez l'arrière-plan pour vous placer au centre de votre propre histoire ?

Lana ne le voulait pas. Mais ses doigts se tendirent vers la carte. Elle était froide au toucher, étrangement vierge au dos. Juste le symbole de l'infini dans le coin, enroulé comme un secret.

— Une semaine. Dans une version de votre vie où vous avez dit oui. Où vous avez pris votre place.

— Et si… ce n'était pas qui je suis ?

Sa voix se brisa légèrement. La femme pencha la tête.

— Peut-être que non. Mais peut-être que ça pourrait l'être.

Lana jeta un œil vers la cour. Grace menait une séance photo. Charlie était à l'arrière-plan, tenant un plateau de cupcakes. Personne n'avait remarqué sa disparition.

Elle baissa de nouveau les yeux sur la carte.

Peut-être que ce n'était pas une arnaque.

Peut-être que c'était un signe.

— Je dois décider maintenant ?

Le sourire de la femme s'élargit.

— Vous l'avez déjà fait.

Sur ces mots, elle tourna les talons et s'éloigna, disparaissant dans le soleil comme si elle y avait sa place.

Lana la regarda s'éloigner, bouche bée.

Et dans sa main, la carte luisait faiblement.

Ce soir-là, elle chercha « Retraites Temporelles » sur Google.

Rien d'officiel. Juste un site cryptique avec une seule page à faire défiler : « *Entrez dans la version de vous qui a dit oui.* »

Aucun avis. Juste un symbole de l'infini. Et un bouton intitulé : *Commencer.*

nouvelle vie,
nouveau look

. . .

LA PREMIÈRE PENSÉE de Lana à son réveil fut que quelqu'un avait remplacé sa literie par des nuages et son plafond par... Instagram.

Une douce lumière matinale filtrait à travers des rideaux vaporeux qui n'étaient assurément pas les siens. Pas plus que la housse de couette en lin, la suspension géométrique au-dessus d'elle ou (elle se redressa lentement, le cœur battant) l'enseigne murale rose fluo qui luisait faiblement de l'autre côté de la pièce.

Plus Fort, Lana

— Oh non.

Elle baissa les yeux. Son pyjama était en satin à imprimé léopard avec une étiquette qui criait la marque de luxe et un décolleté qui semblait dire : *la confiance, c'est ton rayon maintenant, ma belle.* Ses ongles étaient limés en amande et peints d'un mauve brillant. Sa peau était étrangement lumineuse.

Ce n'était pas son appartement. Ce n'était pas sa vie. Et à en juger par l'anneau lumineux surdimensionné, l'installation de micro près de la fenêtre et l'élégant calendrier de bureau indiquant « ÉCHÉANCES

PROJETS // COLLABS MARQUES », cette version d'elle-même ne se cachait pas en arrière-plan.

Son reflet la dévisageait : pommettes saillantes, lèvres maquillées, yeux grands ouverts empreints d'une assurance qui n'était pas la sienne. Elle n'avait pas juste l'air d'être remarquée.

Elle avait l'air d'être mise en scène.

On frappa à la porte, la faisant sursauter.

Puis une voix joyeuse et professionnelle lança à travers la porte :

— Plus que dix minutes, Lana ! En direct dans un quart d'heure. L'équipe de maquillage est dans la cuisine. Lattes à la betterave pour le shot d'énergie matinal !

L'équipe de maquillage ?!

Elle se leva trop vite et dut s'agripper à la tête de lit pour retrouver l'équilibre.

Un direct ?!

Son téléphone vibra sur un chargeur sans fil en forme de boule à facettes. L'écran de verrouillage était un selfie en gros plan : elle, mais avec un trait d'eye-liner parfait et le genre de pommettes qui disaient qu'elle se prenait au sérieux maintenant.

Une alerte de calendrier apparut.

ENREGISTREMENT EN DIRECT : « Dis-le comme si tu le pensais » - Ép. 212

Invitée : Dr Shanae Young, PhD, Coach en confiance et Confetti humain

— Qu'est-ce que, marmonna Lana en faisant défiler l'écran frénétiquement, qu'est-ce qui se passe…

Une autre alerte.

À LIRE AVANT : Top questions des auditeurs

– Comment trouver ma voix ?

– Et si j'ai peur d'être visible ?

– La confiance en soi, c'est réel ou c'est une arnaque ?

Derrière sa porte, des bruits de pas. Des rires. Quelqu'un dit : « Les chiffres sur TikTok sont dingues cette semaine. » Un moulin à café vrombit. Une odeur de betterave et d'ambition flotta jusqu'à elle.

Lana laissa tomber le téléphone et attrapa le peignoir le plus proche, qui s'avéra être en soie noire et brodé de minuscules éclairs dorés.

Elle s'aperçut dans le grand miroir près du placard.

Et pendant un instant… elle marqua une pause.

La femme qui la regardait avait son visage, mais avec moins d'hésitation. De plus beaux sourcils. Et une petite étincelle dans le regard, comme si elle savait quelque chose que Lana ignorait.

Ou peut-être qu'elle avait simplement arrêté de s'excuser d'exister.

— D'accord, je ne sais pas ce qui se passe, mais… elle est canon ?

On frappa de nouveau.

— Deux minutes !

Lana inspira.

Expira.

Et mit un pied dans le couloir.

Parce qu'apparemment, aujourd'hui… elle passait en direct.

Le plateau était plus lumineux que n'importe quelle pièce n'avait le droit de l'être avant 9 h du matin.

Des guirlandes lumineuses encadraient un fauteuil en velours rose. Un gobelet siglé *PLUS FORT, LANA* était posé sur une table d'appoint à côté d'une minuscule plante grasse portant des lunettes de soleil en strass. Et Lana, qui se raccrochait encore mentalement à son vieux mug de chez Monoprix, était perchée dans un peignoir glamour et des chaussons duveteux, entourée d'une équipe de production à l'air très professionnel.

— Prête pour le test micro ?

Une femme avec un presse-papiers fit un geste vers la clavicule de Lana comme si celle-ci l'avait trahie.

— Bien sûr. Allez, on met le micro.

Que pouvait-elle dire d'autre ?

Quelqu'un ajusta sa coiffure. Une autre personne lui tapota de l'anticerne sous les yeux avec une efficacité terrifiante. Une troisième lui tendit une fiche qu'elle n'eut pas le temps de lire.

ÉPISODE 212 : DIS-LE COMME SI TU LE PENSAIS

Invitée : Dr Shanae Young

Thèmes : Authenticité, Visibilité, Volume

Citation choc : « Les femmes silencieuses ne sont pas faibles, elles rechargent juste leurs batteries. »

Un producteur fit un geste circulaire.

— On tourne dans trois... deux...

Lana sourit aveuglément à la caméra.

— Salut, salut à tous. Bienvenue dans *Plus Fort, Lana !*, l'émission où nous disons les choses que nous avions trop peur de dire... jusqu'à maintenant.

Sa voix sortait étrangement douce, comme si sa gorge avait été coachée par un millier d'affirmations. Oh, mon Dieu. D'où est-ce que ça venait ? Était-ce une mémoire musculaire ? Une possession temporelle ?

L'écran derrière elle s'illumina au son d'applaudissements enregistrés. En face d'elle, une femme aux lunettes audacieuses et au blazer couleur de pierre précieuse lui adressa un sourire chaleureux. Ce devait être le Dr Shanae. Lana continua à tenir son rôle sans trop savoir comment :

— Alors, parlons de prendre sa place. Et de ce qui se passe quand on arrête enfin de se faire toute petite pour ne pas déranger les autres.

Le Dr Shanae rayonnait.

— Absolument. Lana, votre histoire de la semaine dernière sur la table ronde, où vous avez refusé de vous laisser interrompre, a eu un écho si profond.

Lana cligna des yeux.

J'ai fait... quoi ?

— Oh, oui, c'est ça. J'ai... j'ai défendu mon temps de parole. Telle une ninja des limites.

Elle hocha la tête comme une figurine à tête branlante. Le public, qu'il soit réel ou enregistré, gloussa. Le Dr Shanae se pencha vers elle.

— Vous avez dit quelque chose de magnifique à ce moment-là. Que le silence était autrefois votre réflexe... mais que maintenant, c'est votre *choix*.

— En effet, j'ai dit ça.

Elle s'efforçait de ne pas regarder le prompteur où une ligne très utile s'affichait :

(RAPPELER AU PUBLIC : AVANT, VOUS ÉTIEZ INVISIBLE)

Elle se força à rire.

— Oui, l'ancienne moi n'aurait même pas pu commander à déjeuner sans s'excuser d'exister.

L'écran du chat à côté d'elle explosa sous une pluie d'émojis cœurs.

Lana s'agrippa aux accoudoirs de velours du fauteuil et continua.

Elle ne savait pas ce qu'elle disait. Elle ne savait pas comment elle était arrivée là.

Mais le public croyait en elle.

Le pire ?

Une petite partie d'elle commençait à y croire, aussi.

Après l'enregistrement, Lana s'enfuit sur le balcon, telle une femme cherchant à échapper à la fois à l'éveil spirituel et aux lattes à la betterave.

L'air était doux, teinté de jasmin et de circulation. Bien plus bas, un livreur à vélo passa à toute vitesse, diffusant un remix d'une chanson dont elle était probablement censée connaître les paroles. Elle serra le gobelet *Plus Fort, Lana* comme une bouée de sauvetage et tenta de se souvenir du mécanisme de la respiration.

Un téléphone — *son* téléphone — vibra sur la table d'appoint, à côté d'un agenda ouvert et couvert d'autocollants de différentes couleurs :

appel marque

studio voix off

pilates (annuler ?)

Elle le déverrouilla d'un geste machinal.

Une notification d'Instagram s'afficha.

gracepatel.events : *Parfois, les personnes que nous acclamons le plus fort nous laissent applaudir seuls.*

#grandircestfairedesdeuils #confettislimites #véritésgracieuses

Lana resta bouche bée.

C'était une photo d'une flûte de champagne à moitié pleine, abandonnée sur une chaise longue. En arrière-plan : des guirlandes lumineuses. Un jardin familier.

L'enterrement de vie de jeune fille.

Elle appuya pour lire les commentaires.

@fleursdemariées : *Ma belle. Je suis passée par là.*

@gâteauxparcass : *Laisse tomber ceux qui te ghostent au milieu des paillettes.*

@tavibrantevénus : *Je suis avec toi, toujours*

Le cœur de Lana eut un soubresaut.

Dans cette vie, elle ne s'était pas contentée de s'éloigner de Grace. Elle l'avait laissée tomber. Plantée là. Sans explication. Sans excuses. Juste… évanouie dans le vacarme.

Elle ouvrit ses messages privés et fit défiler vers le haut.

Rien de récent. Juste une conversation datant de plusieurs mois.

> GRACE : Appelle-moi quand tu seras prête à parler.
>
> GRACE : Tu me manques.
>
> GRACE : Je ne pensais pas que j'étais temporaire.
>
> GRACE : ...ça va ?

Lana ferma l'application.

Dans le studio, on équipait le prochain invité de son micro. Un producteur lui offrit un smoothie avec son nom dessus ; enfin, cette version de son nom. En lettres cursives. Avec une paille dorée.

Lana sourit, l'accepta et rentra à l'intérieur.

Mais son estomac se noua.

Les lumières étaient flatteuses. Les compliments pleuvaient.

Mais quelque part, juste au-delà des paillettes…

Elle avait abandonné quelqu'un.

oh non, il est canon

· · ·

L'ESPACE de création sentait la sciure de bois, l'expresso et quelque chose de légèrement herbacé, provenant sans doute du mur végétal qui semblait avoir son propre psy.

Lana entra, ses talons claquant sur le béton poli, lunettes de soleil toujours sur le nez. Elle espérait avoir l'air décontractée mais importante. Elle était là pour « filmer une collaboration », d'après le calendrier de son téléphone. Quel genre de collaboration ? Aucune idée. Le mail était... vague. Ou peut-être supprimé. Elle fut accueillie par une personne de l'équipe aux yeux pétillants, vêtue d'une salopette maculée de peinture.

— Salut, te voilà ! Lana, c'est ça ? On a installé la démo de tournage sur bois à l'arrière, et le coin interview est déjà éclairé. Charlie est là-bas.

Charlie.

Le nom la percuta comme un drop inattendu dans une playlist de sport, déstabilisant, un peu exaltant, et complètement déroutant.

— Pardon... Charlie ?

Elle répéta le nom, essayant de prendre un air léger et de ne pas donner l'impression que ses organes se mettaient soudainement à faire du parkour.

— Ouais, c'est lui qui gère l'atelier aujourd'hui. Toi et lui, vous avez une *super* alchimie, au fait. La vidéo de la campagne de la Saint-Valentin ? Iconique.

Lana sentit sa bouche s'assécher. Elle ne se souvenait d'aucune campagne. Ni d'aucune vidéo. Ni d'avoir jamais été « iconique ».

Elle suivit l'employé dans le couloir, passant devant des étagères de planches à découper faites main et un chaos savamment organisé. La porte coulissante donnant sur la terrasse arrière s'ouvrit et…

Il était là.

Charlie Patel.

Manches retroussées, chaussures de sécurité, un genou appuyé sur un tabouret tandis qu'il réglait un trépied. Ses avant-bras étaient exactement aussi injustes que dans son souvenir. Ses cheveux avaient ce fouillis artistique qui ne pouvait être que le fruit d'un réel effort ou d'une personnalité purement magnétique.

Il leva les yeux.

Marqua une pause.

Et durant cette pause, Lana sentit le sol tanguer très légèrement.

Elle le salua comme si elle ne l'avait pas ghosté dans cette réalité.

Sa mâchoire se contracta.

— Salut.

Une seule syllabe. Lourde comme un marteau.

Elle déglutit.

— C'est toi, euh… qui gères cet endroit ?

— Depuis cinq ans maintenant. Depuis le Kickstarter. Tu…

Il s'interrompit en se redressant.

— Tu passais plus souvent avant.

Aïe.

— J'ai été occupée.

Elle détestait le peu de conviction dans sa voix. Il se retourna vers le trépied.

— Ouais, j'avais remarqué.

Lana s'approcha, le regardant régler l'objectif. Ses mains étaient assurées. Habiles. Familières. Elle tenta de se donner une contenance.

— Ça te va de filmer ? C'est juste une courte séquence.

— Bien sûr. Ce n'est pas la première fois que je sers à ton contenu.

Elle eut le souffle coupé.

Oh.

Ils n'étaient pas seulement amis dans cette vie.

Ils étaient *plus que ça*.

Et elle y avait mis fin.

Ils se tenaient côte à côte derrière l'établi, juste assez proches pour que Lana puisse sentir l'odeur de la sciure, du cèdre, et de ce shampoing magique que Charlie utilisait pour sentir les matins calmes et les mauvaises décisions.

Les caméras tournaient. Un producteur leur fit signe de mettre plus d'« énergie ». Lana afficha un sourire et se tourna vers l'objectif.

— Je suis ici avec Charlie Patel, copropriétaire de *Ridge & Grain*, menuisier extraordinaire, et la vedette du jour dans ma tentative de ne pas perdre un doigt face caméra.

Charlie lui adressa un sourire crispé.

— On va fabriquer un plateau aujourd'hui. Des lignes droites, pas de bain de sang.

Le public, quelque part en ligne, trouverait probablement leur dynamique charmante. Taquine. Peut-être même aguicheuse.

Mais Lana pouvait sentir la tension dans l'air.

Chaque regard que Charlie lui lançait était porteur d'une seconde phrase, cachée. Chaque silence semblait autrefois rempli de rires, de baisers, ou de ces blagues complices qui n'existent que lors des longues matinées tranquilles.

— Dis-moi ce que tu aimes le plus dans le travail manuel.

Elle tenta de suivre simplement le script sur sa tablette.

Charlie hésita.

Puis il posa sa cale à poncer.

— Ce que j'aime, c'est de voir quelque chose prendre forme. De savoir que chaque pièce compte. Rien n'est gaspillé. Pas de raccourcis.

Elle hocha la tête, incertaine. Il continua, la fixant du regard.

— Mais ça ne fonctionne que si on s'y tient. Si on n'abandonne pas quand ça devient compliqué.

Le silence qui suivit n'était pas dans le script.

Pas plus que la façon dont ses joues s'empourprèrent. Elle se retourna vers la caméra.

— D'accord. Alors, euh… les outils. Parlons outils.

— Avant, tu les connaissais tous par leur nom. Tu adorais le tour à bois.

— Ah bon ?

Il la regarda alors, vraiment.

— Ouais. C'est vrai.

Elle chercha un moyen de se rattraper.

— Eh bien, beaucoup de choses ont changé.

— Clairement.

Il n'était pas méchant, juste… honnête.

Un instant s'écoula, puis il demanda :

— Ça fait partie du show ? De prétendre que tu ne te souviens pas ?

Lana était déstabilisée.

— Je… non. C'est juste que… Tout a été un peu flou ces derniers temps.

Il l'étudia une seconde de plus. Quelque chose s'adoucit dans son expression. Pas du pardon. Mais quelque chose qui s'approchait de l'interrogation.

— Eh bien, tu passes toujours bien à l'écran.

Le producteur cria « Coupez ! » et Lana recula, le cœur battant, son pouls martelant ses oreilles comme une sonnette d'alarme.

Charlie ne dit rien de plus.

Il se retourna simplement vers l'établi.

Et se remit à poncer.

Lana s'attarda après l'arrêt des caméras.

L'équipe remballa rapidement — les câbles enroulés, les trépieds repliés, quelqu'un demanda un boomerang et a reçu un sourire poli et bien rodé en retour. Et puis, il ne restait plus qu'elle et Charlie, le silence entre eux n'étant plus amorti par la stratégie de contenu ou un charme étudié.

Elle s'appuya contre l'établi, passant ses doigts sur le bord du plateau à moitié terminé.

— Tu fais vraiment de belles choses.

Charlie ne leva pas les yeux.

— Ce n'est pas compliqué. Il faut juste mesurer deux fois, couper une fois, et finir ce qu'on commence.

Elle tressaillit très légèrement.

— C'est une métaphore ?

Il haussa les épaules, toujours en train de poncer.

— À toi de me le dire.

Aïe.

Elle fit un pas de plus vers lui, s'aventurant sur un terrain glissant.

— Je ne me souviens pas de ce qui s'est passé… entre nous. Mais… j'ai l'impression que je t'ai fait du mal.

Ça le fit s'arrêter.

Il resta silencieux pendant une longue seconde.

Puis, doucement :

— Tu ne m'as pas seulement fait du mal, Lana. Tu as disparu. Sans explication. Un jour, nous étions… *quelque chose*, et le lendemain, tu étais sur scène en train de raconter comment tu avais dû « te défaire des distractions pour évoluer ».

Elle grimaça.

— Ça ne me ressemble pas.

— Ça ne te ressemblait pas non plus à l'époque.

Il faisait chaud dans l'atelier. Des grains de poussière flottaient dans les rayons de soleil qui fusaient à travers les fenêtres du fond. Lana pouvait sentir la pression d'un souvenir qui n'était pas le sien, mais l'était d'une certaine manière, quand même.

Elle tendit la main instinctivement, sa main effleurant son poignet.

Il se figea.

Et dans cette demi-seconde haletante, quelque chose vacilla entre eux.

La familiarité.

Le regret.

La possibilité.

Ses yeux croisèrent les siens. Et pendant un instant, elle le ressentit, elle sentit toutes les versions d'elle-même qui auraient pu dire oui, qui auraient pu rester, qui auraient pu construire quelque chose de réel au lieu de le transformer en marque.

Puis il recula.

Prudemment. Gentiment.

Mais un recul, tout de même.

— Quoi que ce soit, ce n'est pas là où nous en étions restés.

Sa voix était calme et posée. Elle hocha la tête, la gorge serrée.

— Je sais.

Il esquissa un très léger sourire, aux commissures fatiguées.

— Mais… je suis content de te voir.

Et puis il se retourna vers ses outils.

Tout simplement.

Comme s'ils n'avaient pas failli être quelque chose.

Comme s'ils pouvaient peut-être encore l'être.

Mais pas encore.

chaos d'influenceuse
et conflit intérieur

• • •

LE VISAGE de Lana la dévisageait depuis la page d'accueil de *The Current*, un magazine digital branché connu pour ses classements, ses horoscopes publiés au milieu de la nuit et sa manie de déclarer certaines personnes « voix du moment ».

Son gros titre ?

« PLUS FORT, LANA : LA PRINCESSE DU PODCAST QUI TRANSFORME LE DOUTE EN UN VÉRITABLE MOUVEMENT. »

« Elle est audacieuse, tendance, et carbure probablement aux lattes de betterave. »

Elle cligna des yeux. Sirota son latte à la betterave. Cligna de nouveau des yeux.

La voilà : rouge à lèvres vif, pose farouche, un rire figé en pleine action. Le genre de photo qui criait *Je me suis réveillée émotionnellement hydratée et sereine.* Sauf que… ce n'était pas le cas.

L'article faisait l'éloge de sa confiance en elle. De sa clarté. De ses slogans.

« Elle rend la vérité stylée », disait le portrait. « Dans un océan de calme étudié, Lana Moreno nous rappelle que faire entendre sa voix est une forme d'amour. »

— Lana ?

Son assistante — non, sa *coordinatrice de marque* — passa la tête dans le studio.

— On vient d'atteindre le demi-million de téléchargements. Et le panel des *Voix Montantes* a confirmé. C'est officiel, vous serez sur scène avec Sadie Bloom et la Docteure Lex Hart.

Lana cligna des yeux.

— Sadie Bloom… la poétesse des conférences TEDx avec les bras tatoués ?

— Et Lex Hart. La femme qui a fait de la rage un outil d'émancipation.

— Oh.

La coordinatrice sourit.

— Ça va ? Vous n'avez pas *l'air* nerveuse.

C'est parce qu'elle ne savait pas comment avoir l'air d'une femme en pleine crise d'identité dans une combinaison en cachemire.

— Je suis au top. Ravie. Épanouie. Radieuse.

Le mensonge sortit facilement. La porte se referma dans un déclic.

Elle fixa de nouveau la page d'accueil. Et soudain, les mots lui parurent… étrangers.

Princesse du podcast. Mouvement. Voix d'une génération.

Mais qui écrivait le scénario ?

Pas elle, pas vraiment. Son émission avait des producteurs. Ses légendes avaient des « guides de ton ». Même ses tenues provenaient maintenant de moodboards. Elle ne *partageait* pas, elle *mettait en scène sa vulnérabilité* avec cinq points de discussion et un code d'affiliation.

Son téléphone vibrait de nouveaux abonnés, d'éloges dithyrambiques et de cœurs calibrés. Mais personne ne demandait si elle allait bien. Et le vide s'insinua en elle comme la brume sous une porte.

Elle ferma le magazine.

S'approcha de son micro.

Et chuchota :

— Je ne crois pas avoir ma place ici.

La modératrice sourit vivement.

— Nous avons le temps pour une dernière question du public.

Une femme au deuxième rang se leva, ajustant d'épaisses lunettes et serrant un petit calepin.

— Bonjour, Lana. Hum… votre confiance en vous est vraiment inspirante. Mais je suppose que je veux demander…

Elle hésita.

Lana sourit, d'un air professionnel et impeccable.

— Allez-y.

La voix de la femme vacilla.

— Qu'est-ce qui se passe quand on perd les personnes qui comptaient pour arriver là où l'on est ? Est-ce que la confiance en soi en vaut toujours la peine, à ce moment-là ?

La question eut l'effet d'une pierre jetée dans un étang paisible.

La gorge de Lana se noua.

Chaque scénario dans sa tête s'évapora.

Elle pourrait dire quelque chose de tout fait, sur la croissance, le sacrifice et le fait de trouver sa tribu. Quelque chose de sûr.

Au lieu de ça, elle cligna des yeux et lâcha :

— Honnêtement ? Parfois, je me pose la même question.

Le silence se fit dans la salle.

Elle ajouta, plus bas :

— J'ai perdu quelqu'un que je pensais voir toujours à mes côtés. Et je suis encore en train d'essayer de savoir si j'ai choisi la lumière des projecteurs… ou si j'ai simplement fui l'ombre.

Un instant de silence.

Puis un léger murmure d'approbation s'éleva de la foule.

La femme hocha la tête, les yeux brillants.

— Merci.

Lana expira, souriant avec moins d'artifice cette fois.

— Merci à vous de poser la question qu'on n'imprime pas sur un mug.

Le voyant d'enregistrement resta éteint.

Elle n'appuya pas sur le bouton.

Lana était en train d'écrire une légende pour un moodboard sur le thème « être radicalement présente » quand elle s'aperçut qu'elle n'avait pas du tout parlé à Grace dans cette vie.

Pas un texto. Pas une identification. Pas même un message vocal sarcastique du style « n'oublie pas de t'hydrater, ma reine ».

Elle avait été trop occupée. Trop soucieuse de son image de marque. Trop calibrée.

Elle ouvrit son application de photos, cherchant par mot-clé : *Grace.*

Rien de récent.

Aucun selfie de brunch. Aucun chaos dans le jardin. Aucune photo floue de fin de soirée mêlant paillettes, oursons en gélatine et ambition.

Juste une vieille vidéo, en basse résolution, enfouie dans un dossier intitulé « Trucs à garder ».

Elle appuya sur lecture.

La scène : une table de pique-nique. Grace, avec des lunettes de soleil surdimensionnées, soufflait des bulles dans son café glacé avec une paille. Lana riait si fort que la caméra tremblait. Grace criait : « Je *suis* Confetti & Grace ! » comme un cri de guerre.

C'était un moment anodin.

Mais il représentait *tout.*

Elle fit défiler plus loin. Messages privés. E-mails. Elle trouva un fil de discussion archivé qu'elle avait manqué, probablement exprès. Ou peut-être que la Lana de cet univers l'avait simplement ignoré.

> GRACE : Tu as dit que cette version de toi ferait de la place pour les gens qui comptent. Mais on dirait qu'elle n'a fait de la place que pour les applaudissements.

> GRACE : J'espère que tu es contente. Je suis toujours là, au fait. Au cas où tu te souviendrais un jour de qui nous étions.

La poitrine de Lana lui faisait mal, comme si on lui avait coupé le souffle.

Elle n'avait pas seulement ghosté Grace.

Elle l'avait remplacée… par des followers, des fans et un éclairage flatteur. Mais aucun d'entre eux ne l'avait vue pleurer à minuit devant un pot de beurre d'amande. Aucun d'entre eux ne connaissait sa commande de café *ni* ses manières de tenir le coup.

Et le pire dans tout ça ?

Grace ne lui avait pas manqué jusqu'à présent.

Lana ferma le fil de discussion.

Pour la première fois depuis son arrivée dans cette vie, elle ne se sentait pas plus audacieuse.

Elle se sentait juste… seule.

L'atelier de fabrication n'était techniquement pas ouvert, mais la porte était déverrouillée.

Plus tôt dans la journée, elle avait parcouru un e-mail de son équipe :

Re : Collaboration Ridge & Grain - on valide pour le lancement sur les réseaux sociaux ?

Lana avait répondu par un bref oui.

Même si elle avait senti un pincement au cœur.

Charlie n'avait pas répondu au concept original. Peut-être qu'il n'était même pas au courant.

Mais c'était net. Stratégique. Lissé.

Et Lana en avait assez de se remettre en question.

Elle se glissa à l'intérieur sans bruit, comme quelqu'un qui se faufile dans un souvenir.

Les lumières étaient tamisées. Des outils étaient soigneusement accrochés sur des panneaux perforés. Un banc à moitié poncé attendait au milieu d'un projet, patient et inachevé.

Elle trouva Charlie dans le coin du fond, époussetant la sciure d'un cadre fraîchement construit. Il leva les yeux quand il l'entendit, puis se remit aussitôt au travail.

Elle ne lui en voulait pas.

— Je…

Elle commença, puis hésita.

— Je voulais te remercier. Pour le shooting.

Il ne répondit pas tout de suite. Il continua simplement à essuyer le cadre, méthodique et calme.

— Tu es différente.

L'estomac de Lana se noua.

— Différente comment ?

Il s'interrompit.

— Avant, tu débarquais et tu posais un million de questions. Sur les options de finition. Les motifs du grain. Quelle colle était secrètement la meilleure.

Un léger sourire, à peine visible, se dessina sur ses lèvres.

— Tu appelais ma boîte à outils le « petit ami émotionnellement indisponible de l'atelier ».

Un rire se coinça dans la gorge de Lana.

— C'est vrai ?

Il hocha la tête.

— Tu étais curieuse. Concentrée. Gentille. Et j'étais fier de la façon dont tu voyais les choses, les petits détails que personne d'autre ne remarquait. Je pensais qu'on était peut-être en train de construire quelque chose ensemble.

Il bougea, la regardant enfin.

— Puis tu as envoyé cette offre de collaboration de marque. C'était gros. Corporatif. L'idée était de donner à l'atelier un aspect lisse plutôt que réel.

Lana cilla.

— Je l'ai refusée. Après ça, je n'ai plus eu de tes nouvelles.

Sa voix n'était pas accusatrice. Juste factuelle. Comme du sable qui vient lisser le grain du bois. Elle tressaillit.

— Et maintenant ?

Il se tourna enfin pour lui faire face.

— Maintenant, tu es… polie. Stratégique. Tout ce que tu dis semble destiné à être découpé et partagé.

Elle déglutit.

— Je ne voulais pas devenir une machine à punchlines.

Il haussa les épaules.

— Peut-être que tu ne le voulais pas. Mais c'est ce qui est arrivé.

Un silence s'étira entre eux, comme une planche de bois qui n'aurait pas été parfaitement poncée. Sa voix faible le brisa à peine.

— J'essaie. Je veux être… meilleure. Plus courageuse.

Le regard de Charlie s'adoucit.

— Je pense que tu l'étais déjà. Tu ne le savais juste pas encore.

La remarque la toucha en plein cœur. Comme une corde que quelqu'un venait enfin de faire vibrer.

Elle ravala une émotion vive.

— Qu'est-ce que j'ai fait, Charlie ? Pourquoi suis-je partie ?

Il hésita.

Puis il dit :

— Tu as dit que tu avais besoin de plus. Que tu ne pouvais pas grandir en étant le « joli chapitre » de quelqu'un d'autre. Que si tu voulais un jour te faire *plus* entendre, tu devais laisser les choses calmes derrière toi.

Il le dit doucement.

Comme s'il ne voulait pas que ça fasse mal.

Mais ça fit mal.

Parce que peut-être que les « choses calmes » ne la freinaient pas. Peut-être qu'elles étaient les seules choses qui avaient été vraiment réelles.

Il posa le cadre.

— Tu ne me devais pas l'éternité. J'aurais juste aimé que tu ne me donnes pas l'impression d'être une note de bas de page.

Lana ouvrit la bouche.

Et la referma.

Elle n'avait rien à dire pour arranger les choses. Pas encore.

Alors, elle murmura simplement :

— Je suis désolée.

Charlie hocha la tête. Pas un pardon. Juste un accusé de réception.

Et puis il fit ce qu'il faisait toujours : il se remit au travail. Pas pour elle. Pas pour impressionner. Juste… parce qu'il fallait le faire.

Elle jeta un coup d'œil vers le coin, où un petit plateau en bois était à moitié poncé.

Les bords étaient inégaux. Les poignées dépareillées. Mais elle le reconnut : c'était celui qu'elle avait essayé de concevoir avec lui une fois.

Ses doigts en tracèrent le contour.

— Tu as gardé ça ?

— Je n'ai jamais trouvé le temps de le finir.

— Peut-être que tu attendais la bonne personne pour t'aider.

Il hésita.

— Quand Grace et moi étions enfants, j'ai très vite appris que pour la laisser briller, il fallait que je reste en retrait. Ça ne me dérangeait pas, mais… c'est resté. Je me suis habitué à être en arrière-plan.

Il la regarda.

— Avec toi, je pensais que je n'aurais peut-être pas à l'être.

Lana resta là, à regarder l'homme qu'elle avait un jour abandonné.

Elle se souvint de la première fois où il lui avait montré comment poncer un bord, comme si c'était une méditation, pas une corvée. L'air dans l'atelier avait senti le cèdre et la sueur, et elle avait porté un vieux jogging taché de peinture, un jogging dans lequel elle prétendrait plus tard ne plus jamais dormir.

— Tiens-le comme ça, avait murmuré Charlie en se glissant derrière elle, ses mains guidant les siennes sur la cale à poncer.

Son souffle s'était coupé. Pas parce que c'était romantique — même si ça l'était, indéniablement — mais parce que c'était rassurant. Solide. Le genre de proximité qui lui faisait oublier ses complexes.

— Et si je me rate ?

— Tu vas te rater. C'est comme ça qu'on s'améliore.

Elle avait reniflé.

— Waouh. Très Monsieur Miyagi de ta part.

Il avait eu un sourire en coin.

— Appelle-moi Sensei et je me casse.

Elle avait ri si fort qu'elle en avait fait tomber son papier de verre. Et il s'était simplement accroupi pour le ramasser, son sourire ne le quittant pas comme si elle était le plus beau moment de sa journée.

Elle ne se souvenait pas exactement de l'avoir embrassé. Juste qu'à un moment donné, leurs bouches s'étaient trouvées, et ça n'avait pas été comme un premier baiser. C'était plutôt comme des retrouvailles.

Elle avait voulu construire plus que des plateaux avec lui.

Et puis elle s'était convaincue qu'elle n'était pas prête.

Maintenant, face à lui, Lana sentit ce fantôme de souvenir s'installer derrière ses côtes, telle une question à laquelle elle ne savait toujours pas répondre.

Elle s'éclaircit la gorge.

— Je t'ai déjà dit à quel point je détestais poncer au début ?

Charlie ne leva pas les yeux.

— Ouais. Tu as dit que c'était un « traumatisme thérapeutique ».

Cette réponse la fit sourire.

— Tu te souviens ?

Son ponçage ralentit.

— Je me souviens de beaucoup de choses, Lana.

crise en coulisses

. . .

LE NOM de Lana scintillait en lettres d'or sur la bannière de l'événement :

« Plus fort, Lana LIVE : La confiance est un choix »

Présenté par *GlowHaus* et *The Current*.

La scène était intime, baignée d'un éclairage rose et d'optimisme. Une centaine de chaises pliantes faisaient face à la toile de fond griffée. Des rangées de fans attendaient, téléphone à la main et ring light allumé, le cœur vibrant. Lana se tenait juste en coulisses, micro en main, le cœur battant à tout rompre, comme pour la prévenir d'un danger.

— Vous allez bien ? lui demanda son assistante, un presse-papiers dans une main et un sourire de circonstance sur les lèvres.

— Parfaitement. Je me… repasse juste le texte dans ma tête.

Lana ajusta la robe portefeuille en soie qu'elle n'arrivait toujours pas à croire sienne. Sauf qu'elle n'avait pas regardé le texte.

Elle en était incapable.

Pas alors que son cerveau était envahi par les vieux textos de Grace, la déception silencieuse de Charlie et l'écho d'une vie qu'elle n'avait pas le souvenir d'avoir choisie.

La voix du présentateur retentit :

— Applaudissez bien fort l'unique, la seule, Lana Moreno !

Applaudissements.

Elle entra sur scène. Les lumières étaient chaudes. Aveuglantes. Le public se mua en une mer de visages soignés et d'objectifs de caméras scintillants.

Elle inspira.

Elle sourit.

Et puis, ce fut le trou noir.

Total.

Absolu.

Le néant.

Le prompteur afficha sa phrase d'ouverture :

« La confiance n'est pas une question de volume, c'est une question d'appropriation. »

Elle le fixa.

Puis la foule.

Puis ses propres mains, qui lui semblèrent soudain étrangères.

— Je... J'allais vous parler de confiance aujourd'hui. De la façon dont j'ai construit la mienne. De comment vous pouvez en faire autant. Mais...

Un murmure parcourut la foule ; de la curiosité, pas de l'inquiétude.

Lana serra plus fort le micro.

— Mais la vérité, c'est que je ne me souviens pas comment je suis arrivée ici. Pas vraiment. Je me suis juste réveillée un jour et tout le monde disait que j'étais courageuse, alors j'ai essayé de faire comme si c'était vrai.

Silence.

Quelques téléphones s'abaissèrent.

Elle déglutit péniblement.

— Et si, en parlant plus fort, j'avais de moins en moins écouté ? Et si j'avais fait du bruit pour masquer le fait que je n'ai pas l'impression de mériter tout ça ?

Une chaise grinça.

Quelqu'un toussa.

Et puis, un applaudissement sec et gêné fusa du fond de la salle. Lana grimaça.

La table de mixage connut un bug. Son nom bégaya dans la bande-son : *Plus fort, Lana. Plus fort-*

Sa gorge se noua. Elle s'agrippa au micro comme à une bouée de sauvetage.

— Elle me manque. La version de moi qui n'avait pas besoin d'un public pour exister. Même si elle était discrète. Surtout parce qu'elle l'était.

Personne ne parla.

Et puis, par miracle, les lumières se tamisèrent.

Le lieu de l'événement avait un jardin.

Évidemment.

Un coin soigné, parfait pour Instagram, rempli de lavande en pot, de guirlandes lumineuses et de ces petites pancartes en céramique avec des affirmations comme *C'est toi, le moment présent* et *Ne laisse pas ta couronne glisser, ma belle.*

Lana était assise sur un banc sous un citronnier, sa robe maladroite-ment relevée sur ses genoux, le micro toujours sur ses cuisses comme s'il pouvait se mettre à lui murmurer les réponses.

Elle n'avait pas pleuré.

Pas encore.

Mais elle se sentait vide. Comme si on lui avait arraché sa confiance pour la laisser en coulisses avec les sacs de goodies.

Puis, des pas feutrés.

Elle ne leva pas les yeux. Elle savait déjà. Sa voix était aussi douce qu'une écharpe en soie.

— Prestation difficile ?

— Je me suis plantée.

Celeste s'assit à côté d'elle sur le banc, sa tenue en lin impeccable, le regard fixé sur le bassin de carpes koï comme s'il recelait des secrets.

— J'ai vu pire. Une fois, une femme est montée sur une scène TEDx et a oublié son propre nom. Elle a improvisé une conférence de dix minutes sur les canards.

Lana laissa échapper quelque chose qui ressemblait à un rire.

— Et ça a changé sa vie ?

— Pas vraiment. Mais maintenant, elle est très douée en improvisation.

Un silence s'installa.

— Je pensais que c'était la vie que je voulais. La métamorphose. La voix. Les projecteurs.

— Et maintenant ?

— Je me sens comme une usurpatrice. Comme si j'avais emprunté la confiance de quelqu'un d'autre et que je l'avais étirée jusqu'à ce qu'elle se déchire.

Celeste pencha la tête.

— La confiance n'est pas un costume, Lana. C'est un *muscle*.

— Eh bien, je me suis fait un claquage.

Celeste sourit, un sourire bref et amusé.

— Vous pensez que parler plus fort vous a rendue forte. Mais la force ne crie pas toujours.

— Je pensais qu'il fallait que je change tout en moi pour avoir de l'importance.

— Non.

Celeste la regarda alors. La regarda vraiment.

— Vous deviez juste arrêter de vous cacher.

Lana cligna des yeux. Ils la brûlaient.

Celeste plongea la main dans sa poche et lui tendit une carte. La même que celle du parc. Crème. Or. Infini.

Lana la retourna.

Y était désormais inscrit : *Vous êtes presque prête.*

— Qu'est-ce qui se passe maintenant ?

— Maintenant, vous décidez si la version de vous qui restait effacée méritait moins d'être aimée.

Lana ne répondit pas.

Mais elle serra la carte fort contre elle.

Et pour la première fois depuis son arrivée, elle sentit quelque chose s'apaiser en elle ; ni une certitude, ni une révélation.

Mais peut-être… le choix.

Lana se recroquevilla dans le coin de son canapé, comme si elle essayait de se faire plus petite.

Les lumières étaient éteintes. Elle avait troqué sa robe portefeuille en soie pour un sweat à capuche trop grand trouvé au fond de son placard — délavé, réconfortant, et qui sentait légèrement le bois de santal et le regret.

Sa boîte mail brillait sur la tablette posée sur ses genoux. Elle ne savait pas vraiment pourquoi elle l'avait ouverte. Un réflexe, peut-être. Ou peut-être qu'une partie d'elle savait que l'heure des comptes avait sonné.

Elle fit défiler les messages.

Des messages de fans. Des demandes de marques. Une proposition de collaboration d'une marque de lait d'avoine dont elle était sûre à 99 % de s'être moquée à l'antenne.

Et puis — un message marqué d'un drapeau, non lu.

De : Grace Patel

Objet : Toujours là

Elle le fixa du regard.

Son pouce resta en suspens.

Puis elle appuya.

Lana,

Je n'allais pas t'écrire à nouveau. Je me suis dit que tu étais trop occupée, ou trop importante maintenant, ou trop pétillante pour jeter un œil en arrière.

Mais aujourd'hui, j'ai vu un extrait de ton événement en direct.

Tu étais magnifique.

Tu semblais… vide.

Et j'ai compris quelque chose que j'aurais aimé te dire plus tôt :

La version de toi qui n'avait pas réponse à tout me manque. Celle qui préparait des plateaux de snacks par code couleur et chantait faux sur du Lizzo dans ma cuisine. Celle qui écoutait comme si c'était sa vocation et dont la présence bienveillante était un super-pouvoir.

Tu n'avais pas besoin de faire plus de bruit, Lana.

Tu avais juste besoin de croire que tu méritais d'être écoutée.

Je ne sais pas ce qui s'est passé. Pourquoi tu es partie. Pourquoi tu as arrêté d'appeler. Peut-être que tu n'avais plus besoin de moi. Peut-être que tu as pensé que ce genre de proximité te freinerait.

Mais je n'ai jamais voulu te tirer vers le bas.

Je voulais juste grandir avec toi.

Alors voilà. Un dernier mot de l'amie discrète qui n'a jamais cessé de t'applaudir, même après que tu as quitté la scène.

Reviens, si tu veux.

Ou pas.

Quoi qu'il en soit, j'espère que tu retrouveras ta voix.

Celle qui n'a pas besoin d'un micro pour se faire entendre.

— Grace

Lana ne pleura pas.

Pas tout de suite.

Elle resta juste assise, à cligner des yeux devant l'écran, respirant comme si ça faisait un peu mal.

Puis elle murmura :

— Je suis tellement désolée.

À personne.

À tout le monde.

Et peut-être, enfin… à elle-même.

Charlie était déjà là quand Grace entra — adossé au comptoir de sa cuisine, sirotant un de ses tonics à la lavande comme s'il n'était pas agressivement floral.

— J'ai vu l'extrait.

Grace se débarrassa de ses talons avec un soupir.

— Le moment où elle s'est figée ? Ou celui où elle a pratiquement flingué sa propre marque ?

— Les deux.

Elle laissa tomber son sac sur la table.

— Elle n'avait pas l'air… bien.

Charlie hocha la tête.

— C'est vrai. Mais aussi ? Plus elle-même que je ne l'ai vue depuis des mois.

Grace lui lança un regard noir.

— Ne va pas t'attendrir maintenant. Elle a disparu, Charlie. Elle m'a laissée tomber. T'a largué. Tout ça parce qu'elle a trouvé une caméra qui l'aimait bien.

— Elle n'a pas seulement disparu. Elle s'est effondrée. Bruyamment.

Grace attrapa une cuillère et remua son thé avec bien trop de force.

— Et alors ? On oublie tout ? On applaudit et on pardonne ?

— Non. Mais on se souvient de qui elle était avant tout ça.

La voix de Grace se brisa.

— C'était ma meilleure amie.

Charlie se rapprocha.

— Elle l'est toujours.

Grace s'appuya sur le comptoir, le regard las.

— Elle t'a fait du mal aussi. Ne fais pas semblant.

Il ne le nia pas. Mais il dit, à voix basse :

— Les gens se font du mal tout le temps. Le plus important reste de savoir s'ils reviennent.

Grace cligna rapidement des yeux.

— Elle ne sait même pas comment faire.

— Alors on n'a qu'à lui montrer. Ensemble.

confrontation entre
meilleures amies

· · ·

CONFETTI *& Grace* organisait un événement de prélancement pour sa nouvelle ligne « Intentional Glam » — un mélange bien pensé de palettes de couleurs, de kits de fête et de quiz de personnalité, avec des slogans comme « *trouvez votre éclat sans éclipser votre entourage* ».

Lana n'avait pas répondu à l'invitation.

Mais elle s'y rendit quand même.

Elle ne portait pas une tenue de choc. Pas de rouge à lèvres audacieux, pas de chapeau d'influenceuse. Juste un jean, un pull qu'elle avait oublié adorer, et un cœur rempli d'un espoir complexe.

Le lieu était du pur Grace : canapés en velours rose, installations florales en forme de guillemets, et cocktails pastel aux noms tels que « Radical Bloom » et « The Unbothered Spritz ». Ça sentait le jasmin, l'ambition, et juste une pointe de ressentiment couleur or rose.

Grace se tenait près du photocall, entourée d'invités qui applaudissaient et d'une ring light d'appoint. Elle portait une robe en soie lavande et son sourire le plus travaillé — celui qu'elle arborait pour les photos de presse et les trahisons personnelles.

Lana attendit que la foule s'éclaircisse.

Puis elle s'approcha.

Les yeux de Grace s'écarquillèrent une fraction de seconde. Puis le sourire reprit sa place, comme une armure. Sa voix fut froide.

— Wow. L'icône est de retour.

Lana grimaça.

— Salut, Grace.

Un silence. Assez long pour être gênant. Assez tranchant pour faire couler le sang.

— Tu es perdue ? Cet événement est pour les lancements en douceur, pas pour les départs fracassants.

— Je sais que je n'ai aucun droit d'être ici. Mais il fallait que je te voie.

Grace croisa les bras.

— Et c'est maintenant que tu te pointes ? Après quoi, six mois ? Un contrat de marque et une dépression nerveuse diffusée en direct à tous tes abonnés plus tard ?

Lana tressaillit.

— Je n'allais pas bien. Et je ne savais pas comment l'admettre sans détruire tout ce que j'avais bâti.

— Alors tu *nous* as détruites à la place ?

Le coup porta.

Durement.

— Je pensais que je devais changer. Je pensais que la discrétion me rendrait invisible. Je pensais devoir faire du bruit pour exister.

— Et tu ne pensais pas que je comprendrais ?

La voix de Grace se brisa, très légèrement.

— Lana, j'ai *toujours* fait du bruit. Mais je n'ai jamais eu besoin que tu t'effaces. J'avais juste besoin que tu restes.

Les yeux de Lana la piquaient.

— Tu m'as manqué. Notre amitié me manque.

Grace secoua la tête.

— Tu ne peux pas dire que quelqu'un te manque tout en prétendant que cette personne n'est qu'une note de bas de page dans ton histoire d'origine.

Lana fit un pas en avant.

— Je ne prétends plus rien.

L'expression de Grace s'adoucit, mais sans fondre pour autant.

— Tu m'as fait du mal. Et pas avec une dispute. Avec le silence. Tu as laissé un vide à ma place dans ta vie et tu as appelé ça de l'épanouissement.

Lana ne se défendit pas.

Elle hocha simplement la tête.

— Je sais.

Elles se tenaient là, non pas comme des personnages de marque ou des récits bien ficelés, mais comme deux femmes qui avaient bâti quelque chose de vrai, pour ensuite le perdre sous le poids de ce qu'elles essayaient de devenir.

Et peut-être — peut-être — que c'était là que la guérison commençait.

Pas avec le pardon.

Mais avec la *vérité*.

À l'intérieur, la musique changea pour quelque chose de plus lent — des rythmes lo-fi sur un fond de cordes, assez doux pour laisser place aux dures vérités. Grace conduisit Lana jusqu'à la terrasse latérale, où une arche de ballons à moitié dégonflée et une rangée de mocktails assortis à l'ambiance attendaient, négligés.

Personne ne les suivit. Pas de public. Juste elles.

— J'ai lu ton e-mail.

Grace détourna le regard.

— Il n'était pas instagramable.

— Je sais. C'est pour ça que je n'ai pas répondu avec un reel.

Une pause.

Puis, timidement, un rire de Grace, petit, à contrecœur, mais bien là.

— J'ai pensé chaque mot. Même les plus dramatiques. J'étais blessée. Je le suis toujours.

— Tu as le droit de l'être. J'étais tellement focalisée sur l'idée de devenir quelqu'un de plus grand que je n'ai pas vu que je rabaissais les gens qui m'avaient aidée à y arriver.

Grace s'assit sur une chaise en fil de fer blanc, arrachant les pétales d'un arrangement floral comme s'il lui en voulait.

— Tu m'as donné l'impression d'être jetable. Comme si je faisais partie de ton « avant ».

Grace baissa les yeux vers son verre.

— Tu crois que je me sens toujours bruyante et brillante ? Je suis organisatrice d'évènements, Lana. La moitié du temps, je prie pour que personne ne remarque quand je trébuche.

Elle eut un petit rire.

— J'ai confiance en moi parce que je le travaille. Tout comme toi.

— Je n'ai jamais voulu t'abandonner.

— Tu ne m'as pas abandonnée, Lana. Tu m'as effacée. En silence. Comme si ça ferait moins mal.

Ça la frappa comme la vérité le fait toujours : profondément, directement, impossible à parer.

— J'avais peur. J'étais terrifiée à l'idée que si j'arrêtais de jouer la comédie de l'assurance, je disparaîtrais à nouveau. Que pour être vue, il fallait être parfaite.

Grace leva les yeux.

— Et maintenant ?

— Maintenant, je pense… qu'être vue, c'est être connue. Et peut-être même aimée malgré tout.

Pour la première fois, l'expression de Grace s'adoucit complètement.

— Tu m'as brisé le cœur, tu sais.

Elle posa la fleur. Un souvenir lui revint soudainement en mémoire :

— Tu te souviens de la soirée sur le toit ? Celle où on avait fait un tableau de visualisation avec des boîtes à pizza parce que l'imprimante était en panne ?

Lana cligna des yeux.

— Tu avais dessiné une tiare sur le mien avec du ketchup.

— Et sur le tien, tu avais écrit « PDG de Paillettes Audacieuses ».

Grace sourit, à peine.

— Ça fait longtemps que je n'ai pas ri comme ça.

Lana hocha la tête.

— Tu as été la première personne à me donner le sentiment d'exister. Et je t'ai traitée comme une blessure marketable.

Les larmes montèrent aux yeux de Grace, mais elle ne les laissa pas couler.

— Je n'ai pas besoin de grandes excuses. Je n'ai pas besoin d'une réconciliation publique. J'ai juste besoin que tu te souviennes de qui nous étions. Et de qui nous pourrions encore être.

Lana s'assit à côté d'elle, les mains jointes sur ses genoux.

— Je me souviens de tout, maintenant. Et je veux essayer. Je ne m'attends pas à ce que tu... me laisses simplement revenir. Mais j'adorerais avoir la chance de regagner ta confiance.

Grace la regarda pendant un long moment.

Puis elle hocha la tête, lentement, sans tout à fait sourire.

— D'accord. Tu peux commencer par là. Un moment de vérité à la fois.

L'événement touchait à sa fin.

Les invités partaient au compte-gouttes, grisés par les mocktails et les affirmations positives, serrant contre eux des tote bags frappés de l'inscription *shine like you mean it*. Le personnel remballait les ring lights. L'arche de ballons avait fini par rendre l'âme et s'affaissait comme si elle comprenait ce qu'était l'épuisement émotionnel.

Lana sortit, l'air frais sur sa peau. Sa poitrine était plus légère, à vif, mais dans le bon sens du terme, comme si elle avait enfin expiré après avoir retenu son souffle pendant des mois.

Et il était là.

Charlie.

Adossé à sa camionnette garée de l'autre côté de la rue, les bras croisés, l'expression indéchiffrable.

Lana hésita, le cœur s'emballant comme il le faisait toujours avec lui, même dans cette vie dont elle se souvenait à peine.

Elle s'approcha.

— Tu as tout entendu ?

Il lui offrit un léger demi-sourire.

— Pas exprès. Mais oui.

Elle baissa les yeux.

— Tu es quand même venu ?

— Je n'étais pas sûr de devoir le faire. Tu étais occupée à être… un phénomène.

Elle eut un petit rire.

— J'ai plutôt l'impression d'avoir été un cas d'école.

Il haussa les épaules.

— Même ceux-là ont leur utilité.

Alors elle le regarda, vraiment. La façon dont ses cheveux bouclaient sur sa nuque. La tache de peinture sur sa chemise. Le fait qu'il soit *là*, alors qu'il n'y était pas obligé.

— Je suis désolée. D'être partie. D'être partie sans laisser de plan pour revenir.

Le regard de Charlie ne vacilla pas.

— Je n'étais pas en colère parce que tu étais partie, Lana. J'étais en colère que tu n'aies pas pensé que je pouvais faire le chemin avec toi.

Elle eut la gorge nouée.

— Je pensais que je devais le faire seule. Pour prouver que j'étais quelqu'un pour qui ça valait la peine de rester.

— Tu l'as toujours été. Même quand tu chuchotais. Même quand tu ne te voyais pas toi-même.

Des larmes lui brûlèrent les yeux.

— Je ne sais pas encore qui je suis. Je suis encore en train de le découvrir.

— Ce n'est pas grave. Je ne suis pas là pour la version finale.

Elle le dévisagea.

Et puis — parce que ça sonnait juste, parce que c'*était* juste — elle se rapprocha.

Il ne l'embrassa pas.

Pas encore.

Il tendit juste la main, glissa une boucle derrière son oreille et laissa sa main s'attarder là.

— Je ne vais nulle part.

— Même si je me plante encore ?

Il sourit.

— Surtout dans ce cas-là.

Pour la première fois, elle crut que quelqu'un pouvait l'aimer avant la fin.

Même au milieu.

Surtout au milieu.

le grand plongeon

· · ·

LE STUDIO n'était pas bondé.

Pas de murs de fleurs, pas d'invités célèbres, pas d'équipe pour chauffer la salle en sweat-shirts assortis. Juste une poignée de chaises pliantes, quelques fans curieux et un lien de streaming qui était peut-être encore en train de charger.

Parfait.

Lana se tenait derrière le micro, une main enroulée autour d'un mug plutôt que d'un gobelet de marque. Ses notes étaient vierges. Son téléphone était éteint. Derrière elle, l'enseigne au néon *PLUS FORT, LANA* clignota une fois, comme si elle savait que ses jours étaient comptés.

Elle regarda la petite foule.

Quelqu'un sourit. Quelqu'un lui fit un signe de la main.

Et pour une fois, elle ne se soucia pas de son apparence.

Elle s'éclaircit la gorge.

— Salut. C'est… moi.

Une vague de rires polis parcourut la salle.

Elle sourit.

— Pas la « Moi du podcast ». Juste… moi. La version de moi-même que j'ai fuie derrière les extraits sonores et les blazers élégants.

Elle prit une profonde inspiration.

— J'ai créé cette émission parce que j'en avais assez de me sentir invisible. Je pensais que si je parlais assez fort, les gens finiraient par me voir.

Une pause.

— Et c'est ce qui s'est passé. Mais moi, je ne me voyais pas.

Le silence se fit dans la pièce. Personne ne détourna le regard. Sa voix vacilla.

— Je suis devenue une marque. Un message. Un mouvement. Mais quelque part en chemin, j'ai mis de côté les parties de moi qui n'étaient pas reluisantes. Celles qui bégayaient, qui restaient effacées et qui disaient ce qu'il ne fallait pas au mauvais moment.

Elle baissa les yeux vers son mug. Vers sa main. Vers son *vrai* moi.

— Je veux les retrouver.

Un temps.

Puis :

— Alors, si vous vous êtes déjà sentis obligés de faire plus de bruit pour exister, si vous vous êtes déjà faits tout petits pour vous glisser sous la lumière de quelqu'un d'autre, ceci est pour vous.

Elle sourit, un sourire doux et assuré.

— Pas besoin de crier pour être courageux. Parfois, le simple fait d'être là est l'acte le plus retentissant que l'on puisse faire.

Le voyant au-dessus du micro passa du rouge au vert. En direct.

Elle appuya sur *arrêter l'enregistrement*.

Et la pièce éclata en applaudissements qui n'étaient pas bruyants, mais qui semblaient être *tout*.

Lana se recula du micro.

Ce n'était pas sa plus grande émission.

Mais c'était celle qu'elle avait vraiment voulue.

Le studio était calme, à présent.

L'enseigne au néon s'était complètement éteinte — grillée, ou peut-être avait-elle simplement terminé son travail. Lana se tenait dans le silence, les mains enroulées autour de son thé tiède comme s'il pouvait l'ancrer à cette version d'elle-même un instant de plus.

Pas d'équipe de maquillage.

Pas d'assistante.

Pas d'applaudissements sur mesure.

Juste… elle.

Et puis…

Une voix familière provint de la dernière rangée.

— J'ai bien aimé celui-là. C'était calme. Mais honnête.

Lana se retourna.

Celeste était assise seule sur la troisième chaise de la deuxième rangée, les mains croisées sur ses genoux, sa robe en lin toujours aussi impeccablement repassée.

Lana ne demanda pas comment elle était entrée. Ni depuis combien de temps elle était là. À ce stade, questionner Celeste revenait à se disputer avec la gravité.

— Je n'étais pas sûre que quelqu'un resterait jusqu'à la fin.

— Tous ceux qui en valaient la peine sont restés.

Un instant s'écoula.

Celeste se leva et s'approcha.

— Comment vous sentez-vous ?

Lana réfléchit.

— Petite. Mais… comme si je m'appartenais enfin.

Celeste hocha la tête, satisfaite.

— Alors vous êtes prête.

L'air chatoya de nouveau. Le studio devint flou, très légèrement, comme si quelqu'un avait passé son pouce sur la scène.

Quelque part derrière elle, l'enseigne clignota — une fois, deux fois — puis disparut.

Lana regarda autour du studio — la scène silencieuse, les lumières débranchées, l'air calme qui ne vibrait plus d'aucune attente.

Elle ne voulait pas rester là.

Elle ne voulait pas s'enfuir non plus.

Elle voulait juste *vivre*.

Ses doigts planèrent au-dessus de son téléphone comme s'il pouvait la brûler.

Le nom de Charlie trônait en haut de l'écran de ses messages — intact, sans réponse, une porte numérique qu'elle n'était pas sûre de mériter de frapper.

Elle avait tapé et effacé trois versions différentes du même message :

Tu es encore à l'atelier ?

Parler avec toi me manque.

Je ne sais pas ce que je fais, mais je n'arrête pas de penser à ce plateau.

Elle fixa le curseur clignotant. Son pouce trembla au-dessus de la touche d'envoi.

Puis...

Elle appuya sur la touche retour. Lentement. Délibérément.

Le message se dissipa.

Elle verrouilla l'écran et retourna le téléphone.

Certaines portes, on veut les ouvrir. Mais seulement si on est assez courageux pour les franchir.

— Qu'est-ce qui va se passer maintenant ?

La réponse vint comme si c'était la chose la plus simple au monde.

— Vous rentrez chez vous. Vous emportez ce que vous avez appris. Et vous décidez de ce que vous voulez construire ensuite.

— Est-ce que je peux garder quelque chose ?

Celeste haussa un sourcil.

— Pensez-vous que la confiance en soi puisse être mise en boîte et emballée ?

Lana sourit.

— Peut-être pas. Mais je repars en me tenant plus droite.

Elles restèrent en silence un instant de plus. Puis Lana fit un pas en avant.

— Je suis prête.

Celeste ne cilla pas.

— Vous l'avez toujours été.

Et juste comme ça...

Le studio s'obscurcit.

La pièce se transforma.

Et le monde bascula de nouveau vers la vie que Lana avait laissée derrière elle.

le calme est
aussi une audace

. . .

LANA SE RÉVEILLA au son de son vieux ventilateur de plafond, qui cliquetait comme s'il ne tenait que par de bonnes intentions et un unique trombone.

Elle ouvrit les yeux.

Pas de draps de velours. Pas d'éclairage étudié. Pas de bouteilles d'eau de marque promettant une limpidité au parfum de concombre.

Juste sa couette. Un peu bosselée.

Son téléphone, écran retourné sur la table de chevet.

Et la vague odeur du gel douche qui avait emporté son choix sur l'étagère de la salle de bain.

Elle s'assit lentement.

Pas de peignoir en soie. Juste son t-shirt extra large préféré, adouci par des années de cycles de lavage et de réconfort.

La pièce était calme.

Le monde était normal.

Et Lana ?

Elle ne paniqua pas.

Elle ne consulta pas immédiatement son fil d'actualité.

Elle se contenta de… respirer.

Un coup d'œil à son téléphone le lui confirma : un appel manqué de sa mère, un SMS indésirable concernant la garantie de sa voiture, et un rappel de calendrier pour « brainstorming projet solo ??? ».

Elle sourit.

C'était le genre de sourire qui n'a pas besoin de témoins.

Se rendant à pas feutrés dans la cuisine, elle se prépara son café habituel, sans adaptogènes, sans mousse de lait d'avoine à la cannelle. Juste de la caféine et du réconfort. Elle sortit son carnet de la pile de courrier qu'elle se promettait sans cesse de trier et l'ouvrit à une page blanche.

En haut de la page, elle écrivit :

À voix basse.

Elle ne savait pas encore ce que ce serait.

Un blog ? Un podcast ? Une newsletter ? Juste un endroit pour penser à voix haute sans avoir à crier ?

Mais ce serait le sien.

Sa voix. Sans filtres.

Et pour la première fois, cela semblait suffisant.

Lana était assise à sa table de cuisine, son ordinateur portable ouvert, les doigts flottant au-dessus des touches comme s'ils attendaient une permission.

Le curseur clignotait.

Écran vide. Esprit vide. Mais pas le cœur.

Elle expira, fit craquer ses doigts (parce que la confiance en soi ressemble parfois à un craquement d'articulations), et cliqua sur « Nouveau Projet ».

Titre :

À voix basse : un podcast pour se faire entendre, sans avoir à crier.

Elle fixa le titre un instant.

Puis tapa :

Épisode 1 : L'acolyte prend les devants

Je pensais qu'être en retrait me protégeait. Mais ça me rendait aussi insi-

gnifiante. Ceci s'adresse aux personnes qui apprennent à prendre la parole – non pas en haussant le ton, mais en parlant plus clairement.

Elle ne l'effaça pas.

Elle n'y réfléchit pas trop.

Elle cliqua simplement sur *Enregistrer le brouillon* et ouvrit sa boîte de réception.

Nouveau message →
À : elle-même
Cc : personne
Objet : Idée
Texte :
Tu n'es pas encore prête.
Mais tu l'es suffisamment.

Elle sourit.

Puis, parce que l'audace ressemble parfois au fait de devoir rendre des comptes, elle ajouta Grace à l'e-mail.

Et cliqua sur envoyer.

Le café n'était pas chic.

Pas de tables en bois de récupération, pas d'art sur la mousse de lait d'avoine, pas de playlist soignée intitulée quelque chose comme « *Ambiance productive, mais en mode mélancolique* ».

Juste des tasses ébréchées, un ventilateur légèrement grinçant, et le sifflement réconfortant de la machine à expresso qui tournait en arrière-plan.

Lana était assise près de la fenêtre, les mains enroulées autour d'un simple café au lait dans une tasse en céramique sans aucune marque.

Elle était en avance.

Pas par habitude anxieuse.

Pour une autre raison. Quelque chose de plus calme. Elle aimait cette sensation, être présente sans avoir besoin de le mettre en scène.

La cloche au-dessus de la porte tinta.

Elle leva les yeux.

Charlie entra, le visage rougi par le vent, souriant. Veste décontractée, jean, un livre sous le bras. Sa vue provoqua un papillonnement dans le ventre de Lana, non pas de nervosité, mais de quelque chose de plus chaleureux. Une *permission*.

Il la vit.

Sourit plus largement.

Et se dirigea vers elle.

— Pas d'installation VIP aujourd'hui ? taquina-t-il, en montrant du menton l'absence de micros ou d'éclairage d'ambiance.

Elle sourit.

— Il se trouve que je n'ai pas besoin d'un projecteur pour me faire entendre.

Il s'assit et posa son livre sur la table : *L'Art des choses simples*.

Évidemment.

Ils sirotèrent leur boisson en silence un instant, le genre de silence qui n'a pas besoin d'être comblé.

Puis il jeta un coup d'œil à son carnet.

— Tu travailles toujours sur À voix basse ?

Elle hocha la tête.

— C'est petit. Calme. Ça n'atteindra peut-être que dix personnes.

— Ce n'est pas rien. Dix personnes qui t'écoutent vraiment, c'est plus fort que dix mille qui écoutent une version de toi qui n'est pas réelle.

Elle cligna des yeux. Ça l'avait touchée en plein cœur, de la meilleure des manières.

Il hésita, puis ajouta :

— Tu sais, tu me plaisais à l'époque. Et tu me plais maintenant. Mais cette version…

Son sourire était doux et sincère.

— On dirait que toi aussi, tu t'aimes.

Lana baissa les yeux, toucha doucement son carnet, puis leva les yeux vers lui.

— C'est le cas.

Il se pencha en avant, les coudes sur la table.

— Alors… tu veux me dire ce qui se passe maintenant ?

Elle sourit.

Pas le sourire de convenance.

Le vrai.

— Je ne sais pas, mais je pense que ça commence par un café.

Charlie leva sa tasse pour trinquer discrètement.

— Alors commençons.

Derrière eux, la fenêtre du café capta un éclat de lumière matinale — juste une seconde, un scintillement.

Lana se tourna, s'attendant à moitié à voir du lin et de l'infini.

Mais il n'y avait que la lumière du soleil.

Pourtant, son sourire s'élargit.

Certaines magies ne s'évanouissent pas.

Elles ne font que persister.

épilogue : après les applaudissements

Une humidité suspecte régnait dans l'appartement de Lana.

Elle huma l'air, puis s'adressa au téléphone coincé entre son épaule et son oreille.

— Tu as encore arrosé la fougère, n'est-ce pas ?

À l'autre bout du fil, Grace haleta.

— Elle faisait la tête ! Je lui ai donné une douche de confiance.

— Tu l'as noyée, Grace. Fernanda n'est pas émotionnellement sur-arrosée, c'est juste une plante !

Lana contempla la masse de feuillage affaissée comme si elle l'avait personnellement trahie.

De l'ordinateur portable ouvert, son logiciel de montage audio émit le son d'une erreur.

Grace parlait toujours.

— D'accord, mais pendant que je te tiens, on enregistre toujours l'épisode de dimanche ? Parce que j'ai peut-être commandé des mugs assortis pour nous avec l'inscription « Voix Douce, Esprit Vif ». Le tien est lavande. Le mien est en dégradé de paillettes.

Lana soupira, un sourire aux lèvres malgré elle.

— Je vais regretter de t'avoir promue co-animatrice, pas vrai ?

— Oh, tout à fait. Mais j'aurai une si belle voix pendant que tu le feras.

Charlie brandit une tige en métal.

— Ça va où, ça ?

Lana, assise en tailleur sur le sol de son salon au milieu d'une pile de notices vaguement suédoises, plissa les yeux en regardant le schéma.

— C'est soit la barre de support pour la table de podcast... soit un porte-manteau pour elfes.

Charlie lui lança un regard qui en disait long.

— Tu es d'une grande aide.

Elle afficha un large sourire.

— Je m'améliore. Avant, j'étais serviable en silence. Maintenant, je suis déjantée et hilarante.

Ils travaillèrent dans un chaos complice, entourés de vis, de planches de bois et d'un croissant aux amandes intact qui se couvrait peu à peu de sciure.

Finalement, Lana s'essuya les mains sur son legging.

— Tu sais, on n'est pas obligés de construire le studio dans ton salon. Je peux toujours enregistrer de chez moi.

Charlie leva les yeux. Son expression était calme, posée.

— Je te veux ici, avec la sciure et tout le reste.

Lana cilla. Puis se leva. S'approcha. Et l'embrassa.

Ce n'était pas un baiser de cinéma, du genre à vous faire tourner la tête.

Il était doux. Sûr. Stable.

Comme celui de deux personnes qui avaient fait ce choix, et qui continueraient de le faire.

Même au milieu du montage de meubles.

La première rencontre communautaire de *À voix basse* organisée par Lana se passait… plutôt bien.

La salle de la bibliothèque était pleine. Son nouveau micro fonctionnait. Grace n'avait pleuré que deux fois (discrètement, fidèle à elle-même). Une fille au fond de la salle murmura :

— Vous êtes un peu le Fred Rogers des podcasts sur l'amitié entre adultes.

Cela fit monter les larmes aux yeux de Lana qui s'étouffa à moitié avec son scone aux myrtilles.

Après, tandis que Lana rangeait les câbles, Charlie réapparut avec deux lattes.

Sur l'un était écrit « Reine de la Douceur ».

Sur l'autre : « Propriété du petit ami ingénieur du son de Lana ».

Lana éclata de rire.

— Tu es ridicule.

Charlie haussa les épaules.

— J'aime juste quand les étiquettes sont claires.

Elle prit sa boisson, s'appuya contre lui et contempla le chaos tranquille qu'ils avaient bâti. Désordonné. Bizarre. Mérité. Elle murmura :

— Je crois que c'est à ça que ressemble l'audace, pour moi.

Charlie déposa un baiser sur le sommet de son crâne.

— Alors l'audace te va vraiment bien.

Fin

revendiquer une jules plus audacieuse

la laissée-pour-compte

. . .

JULES REED AJUSTA le col de son blazer pour la quatrième fois en trois minutes. Le tissu marine était impeccable, les épaules structurées, et l'effet général correspondait exactement à ce que les blogs de développement de carrière appelaient « soignée mais sans trop en faire ».

Cela faisait six ans, trois mois et (elle jeta un coup d'œil à sa montre) environ quarante-sept minutes qu'elle faisait d'énormes efforts.

— Jules !

La voix de la réceptionniste fusa, enjouée, dans l'atmosphère élégante et corporative d'*Archer & Bloom Strategic Solutions*.

— Ils sont prêts pour toi. Salle de conférence B.

Jules sourit. Un vrai sourire, pas la courbe étudiée qu'elle maîtrisait pour les présentations clients.

— Merci, Mei.

— Bonne chance, lui murmura-t-elle en lui faisant un discret pouce levé, quoique tu n'en aies pas besoin. Tout le monde sait que tu le mérites.

Jules hocha la tête, reconnaissante mais ne voulant pas se porter la poisse en l'admettant à voix haute. *Tout le monde* le savait peut-être, mais ce n'était pas *tout le monde* qui prenait la décision finale.

Elle lissa son pantalon déjà impeccable et prit une profonde inspiration pour se concentrer.

La salle de conférence B attendait au bout du couloir, telle une chambre de jugement aux parois de verre. À l'intérieur, trois cadres étaient assis autour de la table en acajou : Diana Archer en personne, le directeur financier Trevor Goldman, et... Adam Pierce, qui avait commencé huit mois après Jules mais qui avait, on ne sait comment, obtenu un bureau avec fenêtre.

— Jules.

Diana sourit, dévoilant des facettes parfaites et une chaleur parfaitement mesurée.

— Entrez. Asseyez-vous.

Jules prit la chaise vide, plaça son portfolio précisément devant elle et croisa les mains. Calme. Concentrée. Compétente. Les trois C que sa psy lui avait suggérés lorsque le syndrome de l'imposteur menaçait de réduire à néant ses ambitions professionnelles.

— Nous tenons à vous remercier de votre patience durant ce processus. Le poste de directrice de la stratégie senior est crucial pour notre plan de croissance quinquennal, et nous avons été extrêmement rigoureux dans notre évaluation.

Jules hocha la tête, récitant mentalement les points clés de sa dernière évaluation de performance : *dépasse les attentes en matière de satisfaction client... approche novatrice pour la campagne Westmore... fait preuve de capacités d'analyse exceptionnelles...*

Trevor prit la parole.

— Votre travail a été exemplaire. Particulièrement la refonte de l'image de Mills Corporation. C'était inspiré.

— Merci.

Elle ne mentionna pas qu'elle avait travaillé pendant trois week-ends et manqué l'anniversaire de sa sœur pour livrer ce projet. Ou qu'elle avait imaginé tout le concept visuel pendant qu'Adam était en retraite de golf avec le vice-président des opérations.

Les doigts parfaitement manucurés de Diana tapotèrent une fois sur la table.

— Cependant, après mûre réflexion, nous avons décidé d'offrir le poste à Adam.

Quelque chose de froid et de tranchant se logea derrière la cage thoracique de Jules.

Adam eut la décence de paraître légèrement mal à l'aise, son expression oscillant entre une humilité feinte et un triomphe à peine contenu.

— Je vois.

Car que pouvait-elle dire d'autre ? *Encore ? Vous plaisantez ? Savez-vous que ça fait un an que je fais la moitié de son travail ?*

— La décision a été extrêmement difficile. Nous apprécions énormément vos contributions, Jules. En fait, nous aimerions créer un nouveau poste pour vous : directrice adjointe de la mise en œuvre stratégique.

Le discours de consolation d'entreprise habituel. Jules cligna des yeux.

— On dirait un rôle d'exécution, pas un poste de direction.

Le sourire de Diana se crispa sur les bords.

— Vous feriez toujours partie de l'équipe de direction. Juste en vous concentrant sur vos points forts.

Mes points forts, pensa amèrement Jules. *Comme faire le travail pendant que quelqu'un d'autre en récolte les lauriers.*

Trevor appuya la proposition :

— Nous augmenterions votre rémunération, bien sûr. Et vous superviseriez les stratèges juniors.

Jules hocha la tête machinalement, se sentant déjà se recroqueviller sur elle-même, se faire plus petite pour contenir la déception qui enflait dans sa poitrine.

— J'apprécie votre considération. Puis-je avoir une journée pour y réfléchir ?

Sa voix ne trahit pas ses émotions. Diana parut légèrement surprise, comme si elle s'était attendue à une gratitude immédiate.

— Bien sûr. Il nous faudra votre décision pour vendredi.

— Parfait. Je vous remercie pour cette opportunité.

Elle se leva et ramassa son portfolio.

Elle ne regarda pas Adam en sortant. Si elle l'avait fait, elle aurait pu dire quelque chose de préjudiciable à sa carrière.

Au lieu de cela, elle marcha d'un pas assuré jusqu'à son

bureau — son bureau sans fenêtre, au milieu du couloir —, ferma la porte et fixa le mur.

Son regard tomba sur le coin de son bureau, sur le vieux presse-papiers en laiton en forme de lion, celui de son père. Il le lui avait donné après sa première présentation importante.

Elle avait rugi lors de cette présentation. Avait signalé une projection erronée du directeur financier en temps réel et proposé une stratégie plus audacieuse, plus ambitieuse.

Ça avait marché. Le client avait adoré.

Diana, non.

— C'est bien d'être perspicace, Jules, lui avait-elle dit, le regard froid derrière ses lunettes de marque. Mais la prochaine fois, laissez la direction prendre les devants. N'éclipsez pas les autres.

C'était le moment décisif. Elle se souvenait de cet instant, debout dans ce bureau aux parois de verre, ravalant son envie de protester, de demander pourquoi avoir raison ne suffisait pas. Au lieu de ça, elle avait hoché la tête, l'avait remerciée et avait laissé le lion sommeiller au fond du tiroir pendant près d'un an.

C'était la première fois qu'elle l'apprenait : être excellente n'était pas la même chose qu'être reconnue.

Ce n'était pas qu'on lui était passé devant une fois. Ni deux.

C'était la troisième fois.

La troisième fois qu'on lui disait qu'elle y était *presque*, qu'elle était *presque* prête, qu'elle était *presque* à la hauteur. La troisième fois qu'un homme avec moins d'expérience mais plus de… quelque chose… obtenait le poste pour lequel elle s'était méticuleusement préparée.

Jules se mordit l'intérieur de la joue jusqu'à sentir le goût du sang.

Ce n'était pas une question de genre. Ça ne pouvait pas l'être, pas avec Diana aux commandes.

Alors, c'était une question de… quoi ? Quelle qualité invisible lui manquait ? Quelle compétence magique pour plaire aux comités Adam possédait-il qu'elle n'avait pas ?

Son téléphone vibra. Un texto de sa sœur.

> Sasha : Alors, comment ça s'est passé ? !! On fête ça au resto ce soir ???

Jules fixa l'écran. Elle devrait répondre. Dire quelque chose. Mais la vérité semblait trop crue, et les mensonges ne lui étaient jamais venus facilement.

À la place, elle retourna son téléphone, écran contre la table, et ouvrit son ordinateur portable.

Le logo de l'entreprise brillait sur son écran : *Archer & Bloom – Des stratégies qui brillent.*

Pour tout le monde sauf pour elle, apparemment.

Elle travailla machinalement le reste de l'après-midi, mettant à jour des présentations client, répondant à des e-mails, tentant d'ignorer le nœud qui se serrait dans son estomac. À dix-sept heures trente, le bureau s'était presque entièrement vidé, et Jules en était à mi-chemin de sa troisième révision d'une présentation dont elle se fichait éperdument.

— Tu ne comptes pas tes heures ?

Mei se tenait à l'entrée de son bureau, manteau déjà sur le dos, sac en bandoulière.

Jules réussit à esquisser un sourire.

— Je boucle juste deux ou trois trucs.

Mei hésita.

— J'ai entendu pour la décision. C'est vraiment dégueulasse, Jules.

— Ce n'est rien. Ce sont des choses qui arrivent.

— C'est dégueulasse quand même. Tu veux aller boire un verre ? Te défouler ?

Jules secoua la tête.

— Une autre fois ? Je crois que j'ai besoin d'un peu de temps pour… digérer.

Après le départ de Mei, Jules resta assise dans la pièce qui s'assombrissait, la lueur de l'écran de son ordinateur projetant des ombres sur son bureau. Dehors, la ville passait en mode soirée : les lumières s'allumaient, les gens rentraient chez eux, vers des vies qui n'étaient pas déterminées par des décisions de conseil d'administration et des critères invisibles.

Elle devrait rentrer chez elle aussi. Rappeler Sasha. Faire autre chose que de rester assise ici à mariner dans son échec.

Quand elle finit par ranger ses affaires, le bureau était complètement vide. Le claquement de ses talons sur le sol poli rythmait ses pas en direction de l'ascenseur, chaque bruit marquant la fin d'une autre journée passée à faire ses preuves – pour finalement ne pas être à la hauteur.

L'ascenseur arriva avec un doux carillon. Jules y entra, appuya sur le bouton du rez-de-chaussée et s'adossa contre la paroi métallique froide tandis que les portes se refermaient.

Quand elles s'ouvrirent à nouveau, elle n'était pas dans le hall.

Elle était dans le parc en face de son immeuble – celui avec le petit étang aux canards et le banc où elle mangeait parfois son déjeuner les rares jours où elle quittait le bureau avant le coucher du soleil.

Jules cligna des yeux. Regarda derrière elle pour voir l'ascenseur. Il était… parti.

À sa place se tenait une femme.

Elle portait un ensemble fluide en lin d'un doux coloris crème qui, étrangement, ne présentait pas le moindre pli. Ses cheveux étaient relevés en un chignon élégant et ses sourcils étaient absolument parfaits, nota Jules avec une pointe d'envie totalement déplacée.

— Bonsoir, Jules. Dure journée ?

Sa voix était calme et mélodieuse, comme si elle enregistrait en permanence une application de méditation. Jules la dévisagea. Elle devrait s'inquiéter. Chercher une sortie, appeler à l'aide, faire autre chose que de remarquer à quel point la tenue de cette inconnue ressemblait à une parure de lit d'hôtel de luxe.

Au lieu de ça, elle s'entendit répondre :

— La pire, en fait.

La femme hocha la tête, comme si c'était une conversation tout à fait normale à avoir dans un parc où Jules ne se souvenait pas s'être rendue. Elle tendit la main.

— Je m'appelle Celeste. Je suis ici parce que vous êtes prête.

Jules ne prit pas la main tendue.

— Prête pour quoi, exactement ?

Celeste retira sa main sans s'offusquer.

— Pour voir ce qui arrive quand on arrête de se faire toute petite. Pour entrevoir la vie dans laquelle vous assumez votre pouvoir depuis des années.

Jules retrouva sa voix et son instinct de survie en même temps.

— Je suis désolée mais je ne vous connais pas. Et j'ai eu une très longue journée, alors si c'est une sorte de démarchage commercial ou de… recrutement religieux… je vais devoir passer mon tour.

Celeste sourit sereinement.

— Il ne s'agit pas d'acheter ou de croire en quoi que ce soit, Jules. Il s'agit de vivre une expérience.

Elle plongea la main dans une poche de son pantalon ample et en sortit une carte. Elle était épaisse, de couleur crème, avec des lettres dorées en relief qui captaient la lumière du soir.

RETRAITES TEMPORELLES
QUAND VOTRE VIE N'EST PAS À LA HAUTEUR

Jules plissa les yeux en lisant la carte.

— C'est… un spa ? Parce que je n'ai pas vraiment le temps de…

— Ce sont des vacances. Dans une vie parallèle. Votre vie, pour être exacte, juste avec un choix différent.

Jules devrait rire. Devrait tourner les talons. Devrait appeler sa sœur et lui raconter la fin bizarre de sa journée déjà terrible.

Au lieu de ça, elle s'entendit demander :

— Quel choix ?

Le sourire de Celeste s'élargit.

— Celle où vous ne vous êtes pas effacée. Où vous avez exigé d'être vue. Où vous vous êtes construit une vie selon vos propres règles, sans chercher l'approbation des autres.

Quelque chose se noua dans la poitrine de Jules — non pas la douleur vive du rejet de la journée, mais une souffrance plus profonde. Celle de la reconnaissance. De la vérité.

— Ce n'est pas…

Elle commença, avant de s'interrompre. *Pas quoi ? Pas possible ? Pas moi ?*

Mais c'était bien elle. Cette version d'elle qu'elle avait entrevue dans de discrets moments de courage, dans des rêves qu'elle avait soigneusement mis de côté au profit de démarches concrètes et de progrès mesurés.

Celeste lui tendit la carte.

— Une semaine pour voir ce qui se passe quand vous occupez l'espace que vous méritez.

Jules fixa la carte, le subtil symbole de l'infini dans le coin, les mots dorés qui ne devraient pas avoir de sens mais qui, pourtant, en prenaient un.

— Où est le piège ?

Car il y avait toujours un piège.

— Aucun piège. Juste de la clarté. Vous retournerez à votre vie avec les nouvelles perspectives que vous aurez acquises. C'est un aperçu, pas un engagement.

Jules hésita, puis prit la carte. Elle était plus lourde qu'elle n'en avait l'air, le papier épais et de qualité entre ses doigts.

— Comment ça fonctionne ? Est-ce que je dois... signer quelque chose ?

Celeste eut un rire cristallin, comme un carillon.

— Aucune paperasse. Vous devrez simplement dormir. Le changement se produira naturellement.

Jules était sceptique.

— C'est tout ? Je vais juste... me coucher et je me réveillerai dans une sorte de réalité alternative où je suis... quoi ? PDG ? Astronaute ? Je vis à Bali ?

— Vous devrez le découvrir par vous-même. C'est un peu le but.

Son ton était gentiment taquin. Jules baissa de nouveau les yeux vers la carte. C'était absurde. Complètement absurde. Elle était une personne logique, une stratège. Elle ne croyait pas en... quoi que ce soit.

Et pourtant.

Et pourtant, le poids de la journée, des années de travail acharné, de sourires mesurés, à s'effacer pour mettre les autres à l'aise, s'abattait sur elle comme la force de la gravité.

Et si ?

Et s'il existait une version d'elle qui n'avait pas appris à s'effacer ?

— Je ne suis pas obligée de décider tout de suite, n'est-ce pas ?

Celeste sourit.

— L'offre est valable pour une durée indéterminée. Quand vous serez prête, tenez simplement la carte avant de vous endormir.

Puis Jules cligna des yeux, et Celeste avait disparu. Simplement... disparue. Comme si elle n'avait jamais été là.

Elle regarda autour d'elle dans le parc. Des gens normaux promenaient des chiens normaux, la lumière des lampadaires vacillait alors que la nuit tombait.

Elle baissa les yeux vers la carte dans sa main, s'attendant à moitié à ce qu'elle ait disparu, elle aussi.

Mais elle était toujours là. Toujours lourde. Toujours dorée.

Elle la glissa dans son sac, à côté de son portefeuille impeccablement rangé et de sa trousse de maquillage d'urgence aux dimensions raisonnables.

Ridicule, se dit-elle. *Absolument ridicule.*

Mais tandis qu'elle parcourait la courte distance qui la séparait de son appartement, la carte semblait la brûler à travers le cuir de son sac, petite lueur d'une impossible possibilité.

Ce soir-là, après une douche et un verre de vin qu'elle goûta à peine, Jules s'assit sur le bord de son lit. La carte reposait sur sa table de chevet, captant la lumière de sa lampe.

Son téléphone vibra de nouveau.

> Sasha : Jules ??? Allô ??? Tu es tombée dans un fossé ou tu as eu le poste ???

Elle devrait répondre. Être la Jules responsable et fiable.

Au lieu de cela, elle attrapa la carte.

Elle était chaude maintenant, presque vivante dans sa paume. Elle passa son pouce sur les lettres en relief, sur le symbole de l'infini dans le coin et parla seule dans sa chambre vide :

— C'est de la folie.

Puis elle plaça la carte sous son oreiller, éteignit la lumière et ferma les yeux.

Une semaine, pensa-t-elle alors que le sommeil commençait à l'emporter. *Une semaine pour être courageuse.*

tailleur de pouvoir, vie de pouvoir

. . .

JULES SE RÉVEILLA, baignée par la lumière du soleil qui filtrait à travers des baies vitrées. Des fenêtres qui n'existaient absolument pas dans son studio, avec son unique et modeste vue sur l'immeuble d'à côté.

Elle cligna des yeux. Une fois. Deux fois.

Ce n'était pas son lit. Pas ses draps en coton égyptien couleur crème, mais des draps soyeux couleur charbon d'une douceur incroyable contre sa peau. Pas son cadre de lit raisonnable de chez Ikea, mais un modèle bas et moderne, du genre de ceux qu'on voit dans les magazines de décoration qu'elle feuilletait parfois chez le médecin.

Elle s'est assise lentement, le cœur battant à tout rompre dans sa poitrine.

La pièce qui l'entourait était un modèle de minimalisme élégant : un parquet en bois clair, une commode épurée qui coûtait probablement plus cher que sa voiture, et tout un mur de fenêtres donnant sur une ligne d'horizon qu'elle reconnut comme étant celle du centre-ville, à au moins vingt étages de hauteur.

— Qu'est-ce que… murmura-t-elle, avant de s'interrompre alors que les événements de la nuit précédente lui revenaient en mémoire.

Celeste. La carte. *Retraites Temporelles.*

Elle l'avait vraiment fait. Et ça avait… marché ?

Jules laissa pendre ses jambes hors du lit, ses pieds nus touchant une moquette épaisse. Sur la table de chevet à côté d'elle, un meuble magnifique en ce qui semblait être du bois de récupération, se trouvaient un smartphone élégant qu'elle ne reconnaissait pas et une petite pile de cartes de visite.

Soigneusement, elle prit la carte du dessus.

Jules Reed

Reed & Morgan Strategic Group

Elle faillit la laisser tomber.

PDG ? De sa *propre entreprise* ?

Et Morgan… c'était une coïncidence, n'est-ce pas ? Ça ne pouvait pas être…

Une voix grave appela de l'autre côté de la porte de la chambre :

— Jules ? Ton café refroidit, et tu as cette réunion de neuf heures trente avec l'équipe de Westridge.

Jules se figea.

Elle connaissait cette voix.

La porte de la chambre s'ouvrit, et il était là : Nate Morgan. Grand, les épaules larges, les cheveux sombres juste un peu trop longs et des yeux d'un marron profond qui en avaient toujours un peu trop vu.

Le même Nate qui travaillait trois portes plus loin que la sienne chez *Archer & Bloom*. Le même Nate qui l'avait battue pour le poste d'associée junior deux ans plus tôt, puis avait tenté de la consoler avec un discours maladroit mais sincère sur les manœuvres politiques en entreprise. Le même Nate qu'elle évitait soigneusement depuis, car sa sollicitude authentique lui semblait pire encore que l'ambition évidente d'Adam.

Sauf que ce Nate-là était… différent. Plus doux, moins anguleux. Il portait un jean délavé et une chemise en chambray dont les manches étaient retroussées, exposant des avant-bras qui… *Concentre-toi, Jules.*

Il fronça légèrement les sourcils.

— Ça va ? On dirait que tu as vu un fantôme.

Jules cligna des yeux.

— Je... ça va. Juste... mal dormi.

L'expression de Nate s'adoucit. Il traversa la pièce et, avant que Jules ne puisse comprendre ce qui se passait, il déposa un baiser sur son front.

— C'est l'acquisition de Keller qui t'empêche de dormir ? Je te l'ai dit, les chiffres sont solides. Arrête de douter de toi.

Sa voix rauque eut un effet totalement inapproprié sur son pouls. Jules hocha la tête automatiquement, luttant contre l'envie de reculer, de mettre de la distance entre elle et cette version impossible de Nate Morgan.

Puis elle le vit : la bague à sa main gauche. Un diamant, élégant et imposant, qui captait la lumière du matin comme s'il avait toujours été là.

Elle était fiancée. À Nate Morgan.

Il sembla remarquer qu'elle fixait la bague, et un sourire satisfait se dessina lentement sur son visage.

— Deux mois, et ça te surprend encore, hein ?

— À chaque fois, réussit-elle à lâcher, car cela semblait être la bonne chose à répondre.

Nate regarda sa montre, un modèle élégant et discret qui coûtait probablement plus cher que son loyer mensuel.

— La douche est à toi. J'ai cette réunion avec l'équipe de développement au centre-ville, mais on se voit ce soir pour le dîner avec Kai et Miguel ?

Jules hocha de nouveau la tête, n'osant pas parler. *Qui étaient Kai et Miguel ?*

— Parfait.

Il se pencha pour l'embrasser à nouveau, cette fois brièvement sur les lèvres.

C'était si naturel, si simple, que Jules oublia de paniquer jusqu'à ce qu'il se soit déjà reculé. Il lança en se retournant vers la porte :

— Ne saute pas le petit-déjeuner. Tu deviens méchante quand tu as faim.

Et puis il partit, laissant Jules debout au milieu d'un appartement qui n'était pas le sien, portant une bague qu'elle n'avait pas voulue, vivant une vie qu'elle ne se souvenait pas d'avoir construite.

Elle se rassit sur le bord du lit, essayant de calmer sa respiration.

Okay, Jules. Réfléchis. Analyse. Planifie.

Une semaine, avait dit Celeste. Elle avait une semaine dans cette vie, cette vie parallèle où, apparemment, elle avait fait des choix très différents. Où elle dirigeait sa propre entreprise. Où elle était fiancée à Nate Morgan, entre tous les hommes.

Elle balaya de nouveau la pièce du regard, à la recherche d'indices. Sur la commode se trouvaient des photos encadrées : elle et Nate à ce qui ressemblait à un gala de charité, tous deux impeccablement vêtus en tenue de soirée. Une autre d'un groupe de personnes sur un bateau, riant avec l'assurance insouciante de ceux qui ont vraiment réussi.

Jules se leva sur des jambes tremblantes, se dirigea vers ce qu'elle supposait être le dressing et eut le souffle coupé.

Ce n'était pas juste un placard. C'était un dressing de la taille de son appartement tout entier, rempli de vêtements qu'elle n'aurait jamais pu s'offrir avec son salaire de directrice adjointe. Des tailleurs-pantalons aux couleurs de pierres précieuses. Des robes aux détails architecturaux. Des chaussures classées par couleur et par style, un arc-en-ciel de hauteurs de talons et de modèles.

— Mon Dieu…, souffla-t-elle en faisant glisser ses doigts sur une rangée de chemisiers en soie.

Cette Jules — la Jules de cet univers — ne faisait pas ses achats dans les grands magasins de moyenne gamme pendant les soldes de fin de saison. Cette Jules ne regardait pas les étiquettes de prix et ne calculait pas le coût par usage. Cette Jules s'habillait manifestement comme la dirigeante qu'elle était.

Jules choisit un tailleur bleu ardoise à fines rayures discrètes et un caraco en soie d'un ton cuivré chaleureux. Le tissu était luxueux contre sa peau tandis qu'elle se changeait, et lorsqu'elle observa son reflet dans le miroir en pied, elle se reconnut à peine.

Fini, le style prudent et conservateur qu'elle avait cultivé chez *Archer & Bloom*. Cette Jules portait ses boucles brunes plus lâches, plus naturelles. Son maquillage restait professionnel, mais rehaussé d'un rouge à lèvres audacieux qu'elle n'aurait jamais osé porter dans sa propre vie. Et le tailleur n'était pas seulement à sa taille, il avait manifestement été fait sur mesure, soulignant des courbes qu'elle avait l'habitude de dissimuler.

Elle avait l'air… puissante.

Puissante. Le mot lui semblait à la fois étranger et familier. Elle se souvint d'une fois où, devant le miroir des toilettes d'*Archer & Bloom*, elle ajustait un blazer qui ne lui correspondait pas tout à fait, répétant des phrases qui polissaient ses aspérités. C'était la version d'elle-même qui avait appris à édulcorer ses idées, à demander au lieu d'affirmer, à se fondre juste assez dans la masse. Elle s'était tassée pour rentrer dans le moule. Maintenant, ici, elle était à sa place sans avoir à se faire petite du tout.

Et pourtant, alors qu'elle se tenait seule dans ce temple de la réussite sur mesure, un écho silencieux s'éveilla en elle. Il n'y avait aucune photo ici. Pas de désordre partagé. Juste des portants immaculés de contrôle et d'ambition.

Pendant un instant, elle eut moins l'impression d'entrer dans une vie que de monter sur scène.

Dans la salle de bains — un sanctuaire carrelé de marbre avec une douche à effet pluie et une baignoire îlot —, elle trouva une panoplie de produits haut de gamme disposés avec précision. Elle prit une douche rapide, essayant de ne pas se perdre dans tout ce luxe, et se maquilla avec les produits qu'elle trouva dans un système de rangement élégant à côté du lavabo.

Lorsqu'elle en sortit, entièrement habillée et aussi maîtresse d'elle-même que possible, elle avait presque l'impression de pouvoir s'en sortir. Presque.

Le reste de l'appartement était tout aussi impressionnant que la chambre : un espace à aire ouverte, avec une cuisine de chef et un salon décoré dans un style à la fois minimaliste et chaleureux. Des baies vitrées offraient une vue panoramique sur la ville depuis ce qui devait être au moins le vingtième étage d'une tour de luxe.

Sur l'îlot de la cuisine, elle trouva une tasse de voyage de café — encore chaud — et un smoothie protéiné à côté d'un mot écrit d'une main masculine :

Bois les deux. Les négociations demandent de l'énergie. Tu vas assurer. -N

Jules fixa le mot, l'intimité désinvolte qu'il impliquait. Nate connaissait ses habitudes, ses préférences. Il lui préparait son café, lui laissait des mots et l'embrassait pour lui dire au revoir comme si c'était la chose la plus naturelle du monde.

C'était terrifiant.

Et... pas entièrement désagréable.

Elle sirota le café — préparé exactement comme elle l'aimait, avec de la cannelle et juste un soupçon de crème — et tenta de formuler un plan.

Première étape : comprendre à quoi ressemblait sa journée. Il devait bien y avoir un agenda, un emploi du temps, quelque chose pour la guider à travers cette vie inconnue.

Elle trouva son téléphone sur le comptoir, alors complètement chargé. Il se déverrouilla avec son empreinte digitale, ce qui était à la fois pratique et légèrement troublant. L'écran d'accueil affichait plusieurs messages manqués et une notification de calendrier pour :

Présentation Westridge – 9 h 30

Il était 8 h 17. Elle avait un peu plus d'une heure pour découvrir où elle travaillait, comment s'y rendre, et en quoi consistait exactement une « Présentation Westridge ».

Elle ouvrit l'application de calendrier et poussa un soupir de soulagement. La Jules de cette vie était organisée, au moins. La journée était présentée en blocs de couleur, avec des adresses et des détails pour chaque rendez-vous.

Sa boîte de réception était impeccable. Pas de bavardages, pas de nouvelles, pas d'émojis de collègues demandant comment se passait sa journée. Chaque message portait sur des livrables, des jalons, des prochaines étapes.

Efficace. Impersonnel. Comme si tout le monde l'admirait, mais qu'elle ne manquait à personne.

Le *Reed & Morgan Strategic Group* se trouvait dans la tour Hawthorne, à seulement dix pâtés de maisons de son appartement. La présentation Westridge était accompagnée de notes détaillées, avec les points clés à aborder et les résultats attendus.

Cette Jules n'avait pas seulement un travail. Elle avait un empire.

Tandis qu'elle parcourait ses e-mails, des centaines, tous rédigés avec une déférence qu'elle n'avait jamais connue, Jules sentit un frémissement inhabituel dans sa poitrine.

Pas de panique. Pas de confusion.

De l'excitation.

Dans cette vie alternative, elle n'était pas mise de côté. Elle n'était pas ignorée. Elle était aux commandes, respectée, *estimée*.

Elle attrapa son café, le porte-documents en cuir élégant qu'elle trouva sur la console de l'entrée et un trousseau de clés avec un badge électronique.

Sa main trembla légèrement sur la poignée de la porte. *Respire. Les épaules en arrière. Marche comme si tu étais à ta place, même si tu ne fais qu'emprunter le rôle pour une semaine.*

Quelle que soit la vie dans laquelle elle se trouvait, quels que soient les choix que son autre moi avait faits, Jules avait une semaine pour faire l'expérience de cette vie. Pour comprendre ce qui s'était passé quand elle avait revendiqué sa place au lieu de se faire toute petite.

Une semaine pour vivre comme la PDG qu'elle était apparemment devenue.

Elle prit une profonde inspiration, redressa les épaules et se dirigea vers l'ascenseur.

Il était temps de voir de quoi Jules Reed, présidente-directrice générale, était capable.

Les bureaux du *Reed & Morgan Strategic Group* occupaient tout le quarante-troisième étage de la tour Hawthorne.

Jules sortit de l'ascenseur dans une réception qui donnait à *Archer & Bloom* des airs de motel bas de gamme. Mobilier épuré en bois chauds et métaux froids. Murs végétaux parsemés de tillandsias et de lierres retombants. Un bureau d'accueil derrière lequel se tenait un jeune homme à la posture impeccable et au sourire accueillant. Elle s'approcha :

— Bonjour, madame Reed. Votre équipe est installée dans la salle

Obsidienne pour la préparation de Westridge. Le service de café vient d'arriver.

— Merci…

Elle n'avait aucune idée de son nom, mais il ne sembla pas surpris ou offensé.

— Elijah. Et Mme Diaz a appelé pour confirmer votre déjeuner chez Orso. Elle a dit de vous dire qu'elle apportait les premières maquettes.

Jules hocha la tête, espérant que son visage ne trahissait pas son ignorance totale quant à l'identité de cette Mme Diaz ou aux maquettes qu'elle pourrait bien apporter. Elle tenta de s'imprégner de l'assurance de cette version alternative d'elle-même.

— Parfait. Ne me passez aucun appel jusqu'à la fin de la réunion Westridge.

Elijah acquiesça et Jules dépassa le bureau de la réception d'un pas décidé, s'efforçant de donner l'impression de savoir exactement où se trouvait la « salle Obsidienne ».

Les bureaux qui s'étendaient derrière étaient une vitrine du design moderne : des espaces de travail ouverts baignés de lumière naturelle, des salles de réunion aux parois de verre et quelques bureaux privés nichés le long du périmètre. Des gens levaient la tête sur son passage, lui adressant des hochements de tête respectueux ou de discrets « bonjour ».

Elle était la patronne. C'étaient *ses* employés.

Jules suivit la signalétique discrète jusqu'à trouver la salle Obsidienne, un espace de conférence remarquable doté d'un mur en verre fumé et d'une table en bois sombre qui paraissait presque liquide sous la lumière du matin.

À l'intérieur, trois personnes disposaient des documents de présentation et parlaient à voix basse, d'un ton concentré. Ils levèrent les yeux à son entrée, leurs expressions passant subtilement de la concentration à l'attention.

— Bonjour tout le monde, salua Jules, en espérant que c'était ce que la Jules de cet univers aurait dit.

— Bonjour, Jules, répondit une femme avec une coupe courte et stylée et des lunettes à monture métallique. Nous étions en train de passer en revue les dernières modifications du diaporama. J'ai intégré vos remarques sur l'analyse de la segmentation du marché.

— Super. Présentez-moi ce que nous avons.

Elle posa son porte-documents sur la table. Zoe se lança dans la structure de l'argumentaire, faisant défiler un élégant diaporama sur l'écran intégré. Jules hochait la tête, essayant de suivre, mais à mi-parcours, Zoe s'interrompit.

— Vous voulez toujours commencer par les graphiques de revenus du T3 ?

Jules cilla. Elle tenta de paraître assurée :

— Bien sûr. Ils… donnent le bon ton.

Zoe pencha la tête.

— Hier, vous avez dit qu'ils vous semblaient trop conservateurs. Qu'on devrait commencer par la vision d'ensemble.

Merde.

— C'est vrai. Bien vu. Allons-y pour la diapo sur la vision. Je testais juste votre mémoire.

Elle se rattrapa avec un sourire rapide. La salle gloussa poliment. Zoe sourit et continua. Mais Jules sentit la chaleur lui monter aux joues. Elle devait être plus attentive ; elle jouait un rôle, et ces gens attendaient la vraie star.

Pendant les quarante minutes qui suivirent, Jules écouta son équipe — *son équipe* — exposer la proposition qu'ils avaient développée pour Westridge Technologies, un client qui représentait apparemment un contrat de plusieurs millions de dollars. Ils parlaient avec une clarté et une confiance qui découlaient d'un excellent leadership, discutant de stratégie et de positionnement sur le marché avec une aisance qui montrait clairement que c'était pour eux la procédure habituelle.

Et le plus surprenant ? Jules comprenait tout. Plus que comprendre, elle avait des intuitions, des points de vue, des idées qui semblaient couler de source malgré son ignorance totale du projet.

C'était comme si une partie d'elle — celle qui appartenait à cette vie — lui soufflait les bons mots, les bonnes questions, la guidant à travers une présentation dont elle n'aurait rien dû savoir.

— Je pense que nous devrions insister davantage sur le parcours de l'innovation, s'entendit-elle proposer. Westridge ne cherche pas seulement des améliorations progressives. Ils veulent être perçus comme des innovateurs de rupture.

L'équipe hocha la tête en prenant des notes, manifestement habituée à son style direct.

— Et ajoutons une diapo sur leur avantage concurrentiel sur le marché européen. Bradley posera la question, et je préfère anticiper.

Zoe en prit note.

— Bien vu. Il revient toujours sur l'expansion européenne.

Au moment où les clients arrivèrent, Jules se sentait presque à l'aise dans son rôle. La présentation se déroula sans accroc, son équipe répondant de manière experte aux questions et Jules elle-même menant la discussion avec une assurance qu'elle n'avait jamais connue chez *Archer & Bloom*.

Lorsque Bradley Westridge lui-même se pencha au-dessus de la table, il dit :

— Voilà exactement pourquoi nous sommes venus vous voir, Jules. Personne d'autre ne pense comme votre équipe.

Elle ressentit une vague de fierté si intense qu'elle en eut le souffle coupé.

Après le départ des clients, son équipe rassembla ses affaires, échangeant des regards satisfaits.

— Beau travail, tout le monde. Zoe, pouvez-vous partager la présentation avec l'équipe de développement de Morgan ? Ils en auront besoin pour le cahier des charges technique.

Ils acquiescèrent, efficaces et professionnels, passant déjà à autre chose. Personne ne s'attarda. Pas de « C'était génial » ou « Tu as déchiré ». Juste l'exécution.

Était-ce à cela que ressemblait le leadership maintenant : le respect sans la connexion ?

Zoe hocha la tête.

— C'est déjà fait. L'équipe de Nate attendait le feu vert.

L'équipe de Nate. Bien sûr. *Reed & Morgan.* Ils étaient associés dans cette vie, sur le plan professionnel et, apparemment, personnel.

Alors que son équipe se dispersait, Jules se retrouva seule dans la salle Obsidienne, contemplant une ville qui semblait la même mais qui paraissait totalement différente de cette hauteur, de cette position de pouvoir.

Dans cette vie alternative, elle n'était pas simplement assise à la table. La table lui appartenait.

Son téléphone vibra. Un SMS :

> Nate : J'ai entendu dire que tu as assuré à la réunion Westridge. Je n'ai jamais douté de toi une seule seconde. Toujours partante pour dîner ce soir ? Kai est impatiente de montrer les photos de Bali.

Jules fixa le message, son assurance tranquille et son intimité désinvolte. Dans sa vie, ses interactions avec Nate étaient strictement professionnelles, teintées du malaise de la compétition et de son propre ressentiment soigneusement dissimulé après qu'il lui ait soufflé la place d'associée.

Ici, ils formaient une équipe. Un partenariat. Un... couple.

Elle répondit :

> Jules : Merci. Et oui, ça marche toujours pour le dîner.

Simple. Sûr. Sans engagement.

Mais en posant son téléphone et en rassemblant ses affaires, elle ne pouvait s'empêcher de se demander : Qu'avait fait différemment cette version de Jules ? Quel choix l'avait menée ici, à ce bureau d'angle avec son nom sur la porte, à ce partenariat avec Nate Morgan, à cette vie pleine d'assurance et d'autorité ? Et plus important encore, pourrait-elle en apprendre assez en une semaine pour ramener ce savoir avec elle ?

Elle redressa sa posture déjà parfaite et se dirigea vers son bureau — son véritable, son vrai bureau d'angle avec des baies vitrées allant du sol au plafond et une vue qui lui donnait légèrement le vertige.

Un jour de passé. Plus que six.

C'était le moment de découvrir ce que cet univers alternatif avait d'autre à offrir.

la fiancée aux sentiments

. . .

LE RESTAURANT ÉTAIT EXACTEMENT le genre d'endroit devant lequel Jules était toujours passée sans jamais y entrer — un de ces établissements sans enseigne, avec juste une porte discrète et un maître d'hôtel qui semblait savoir instantanément si vous y aviez votre place ou non.

Apparemment, dans cette réalité, elle y avait sa place. Il l'accueillit avec un sourire chaleureux :

— Madame Reed. Monsieur Morgan et vos amis sont déjà arrivés. Par ici, je vous prie.

Jules le suivit à travers l'espace faiblement éclairé, dépassant des tables de clients élégants absorbés dans des conversations feutrées. Le décor était d'un luxe discret — bois sombre, lumières tamisées, le genre d'atmosphère qui murmurait son exclusivité plutôt qu'elle ne la criait.

Elle repéra Nate à une table dans un coin, son profil se découpant sur la lueur ambiante du restaurant. Il était assis avec un couple que Jules ne reconnut pas — un homme à la barbe soigneusement taillée et aux lunettes d'un bleu vif, et une femme avec un nuage de boucles naturelles et des boucles d'oreilles spectaculaires qui attrapaient la lumière au moindre de ses mouvements.

Nate leva les yeux à son approche, son expression s'adoucissant d'une façon qui serra la poitrine de Jules de manière inexplicable. Il se leva pour l'accueillir :

— La voilà.

Sa main se posa naturellement dans le creux de son dos, la guidant vers la chaise vide à côté de lui.

— La conquérante de Westridge.

Elle tenta d'adopter le même ton désinvolte.

— Les nouvelles vont vite.

La femme aux cheveux bouclés leva son verre pour trinquer discrètement.

— Seulement les bonnes. Kai Chen, je continue de vivre par procuration grâce à tes prouesses de femme d'affaires redoutable.

C'était donc elle, Kai, l'un des noms que Nate avait mentionnés ce matin. Jules espéra que son sourire n'était pas trop crispé.

— Je t'en prie. C'est toi qui viens de passer trois semaines à Bali. Je crois que c'est plutôt moi qui vis par procuration.

C'était une supposition sans risque, basée sur le SMS de Nate à propos des photos de Bali, et elle s'avéra payante. Kai sourit, se penchant en avant. Elle tapota son sac gonflé par quelque chose de gros :

— C'est pour ça qu'on a apporté le disque dur externe de l'enfer. Trois mille photos, soigneusement triées parmi les huit mille d'origine. Tu me remercieras plus tard.

L'homme barbu, Miguel, vraisemblablement, leva les yeux au ciel avec tendresse.

— Elle n'exagère pas. Il y a vingt-sept photos de coucher de soleil prises exactement du même endroit.

Kai lui donna un coup de coude.

— Chacune capture un instant unique.

Jules ressentit un étrange pincement au cœur en les regardant : les plaisanteries faciles, l'intimité confortable. Dans cette réalité, ils étaient clairement des amis proches, des gens avec qui Nate et elle passaient régulièrement du temps. Des gens qui les connaissaient en tant que couple, qui avaient des blagues entre eux et des souvenirs communs auxquels elle n'avait pas accès.

— Du vin ? proposa Nate en lui versant déjà un verre de quelque chose de rouge et sans doute hors de prix. Ils ont ce Bordeaux que tu avais aimé au mariage d'Antonio.

Jules hocha la tête, reconnaissante pour l'indice.

— Parfait.

Elle prit une gorgée, laissant la riche saveur l'ancrer dans le moment présent. Qui que fût la Jules de cette réalité, elle avait un excellent goût en matière de vin. Kai se pencha avec un air conspirateur :

— Alors, tu as déjà trouvé une robe ? Parce que j'ai des idées. Plein, plein d'idées.

Une robe. Pour le mariage. C'est vrai.

— Je cherche encore. Tu me connais, je suis en pleine phase de recherche approfondie.

Kai rit.

— Tu serais capable de créer une matrice de décision pour ta robe de mariée.

Nate sembla affectueux plutôt que moqueur :

— C'est ce qu'elle a fait. Avec des critères pondérés et un système de notation complet.

Miguel leva son verre :

— C'est bien ma meilleure copine. Pourquoi se fier à son intuition quand on peut utiliser des tableurs ?

Ils rirent tous, et Jules se surprit à se joindre à eux, étonnée du confort qu'elle ressentait. Ces gens, des inconnus pour elle, la connaissaient d'une manière ou d'une autre, ou du moins une version d'elle. Et ils l'appréciaient. La respectaient. Trouvaient sa nature méthodique attachante plutôt que robotique.

La conversation coula de source pendant l'apéritif et les entrées, Kai partageant les meilleurs moments de leur voyage et Miguel intervenant de temps à autre avec des détails plus secs et plus pratiques. Jules écoutait plus qu'elle ne parlait, collectant des informations, se forgeant une image de sa vie dans cette réalité à travers les références désinvoltes et les souvenirs partagés.

Apparemment, Kai et elle étaient amies depuis l'école de commerce. Miguel était le mari de Kai depuis trois ans. Ils partaient tous les quatre en vacances ensemble chaque année, et le voyage de l'année prochaine sur la côte amalfitaine était déjà prévu.

Et Nate — Nate était différent, ici. Toujours aussi ambitieux et vif d'esprit, mais plus doux. Il riait plus librement, la touchait avec une affection désinvolte et semblait sincèrement intéressé par les gens qui l'entouraient plutôt que par ce qu'ils pouvaient apporter à sa carrière.

Kai fit un geste avec un morceau de pain :

— Tu te souviens quand on a tous suivi ce cours de cuisine ? Et que Jules a failli démarrer un incendie ?

— Ce n'était *pas* de ma faute, protesta Jules, bien qu'elle n'eût aucune idée de l'incident dont ils parlaient. La recette disait clairement « flamber ».

Nate contra son argument avec un sourire :

— Ma chérie, elle ne disait pas « créer un brasier infernal ». Il a fallu des semaines pour que les sourcils du chef repoussent.

Jules jouait le jeu.

— Vous exagérez. C'était un feu contrôlé.

— C'est comme ça qu'on appelle ça, maintenant ? lâcha Miguel, impassible. Parce que je me souviens très distinctement de hurlements. Surtout de Nate.

Ce dernier arbora un air faussement indigné :

— Je n'ai pas hurlé. J'ai exprimé ma surprise. Vocalement.

— Tu as crié comme une dame de l'époque victorienne qui aurait vu une souris, corrigea Kai. Et pendant ce temps, Jules est restée là, complètement calme, et a dit…

« Je l'ai fait exprès », terminèrent-ils tous à l'unisson avant d'éclater de rire.

Jules sentit une étrange chaleur se répandre dans sa poitrine. C'était… agréable. Plus qu'agréable. Elle sentait une aisance dans cette soirée, dans ces relations, qui semblait étrangère à sa vie soigneusement compartimentée au pays.

Sous la table, la main de Nate trouva la sienne, son pouce traçant de petits cercles dans sa paume.

— Tu es silencieuse ce soir, murmura-t-il, assez bas pour qu'elle seule puisse l'entendre. Tout va bien ?

Elle se tourna pour le voir l'observer, ses yeux sombres, inquiets et attentifs d'une manière qui lui coupa le souffle.

— Juste fatiguée. Grosse journée.

Il hocha la tête, mais son regard resta scrutateur.

— On peut écourter la soirée si tu veux. On mettra ça sur le compte de la préparation pour Westridge.

L'offre était si prévenante, si dénuée de toute arrière-pensée, que Jules sentit quelque chose s'adoucir en elle.

— Ça va. Vraiment.

Son sourire revint, bien qu'une pointe d'inquiétude persistât dans ses yeux.

— Si tu le dis. Mais à la seconde où tu veux partir, fais-moi juste le signal.

— Le signal ?

Son front se plissa légèrement.

— Tu sais, le truc où tu tapes trois fois sur ton verre d'eau et où tu simules un appel pour une urgence professionnelle ?

Jules se mit à rire, surprise.

— C'est… étrangement précis.

— Eh bien, c'était ton idée. Après ce dîner désastreux avec mes parents à Noël dernier.

Avant qu'elle ne pût répondre, le serveur arriva avec leurs plats, et la conversation revint au groupe. Mais la chaleur de la main de Nate contre la sienne persistait, tout comme la prise de conscience qu'il la connaissait – la connaissait vraiment, d'une manière qu'elle-même ignorait.

C'était déconcertant. Et étrangement grisant.

L'appartement était silencieux à leur retour, les lumières de la ville scintillant derrière le mur de fenêtres. Kai et Miguel les avaient quittés avec des accolades et la promesse d'un brunch le week-end suivant, dans la simplicité affectueuse d'amis de longue date.

Maintenant, seule avec Nate, Jules sentit un papillonnement dans son estomac. Il se dirigea vers la cuisine :

— Un dernier verre ? Je crois qu'il nous reste de ce whisky japonais que Kai avait ramené.

Jules ôta ses escarpins et traversa le parquet frais à pas feutrés.

— Volontiers.

Elle regarda Nate se mouvoir dans la cuisine avec une aisance familière, sortant des verres et des glaçons. Il avait desserré sa cravate et retroussé ses manches, révélant des avant-bras fins et musclés.

Cette version domestique de Nate était une autre révélation. Dans sa vie, elle ne l'avait vu qu'au bureau, toujours impeccable et légèrement intimidant par sa compétence. Ici, il était détendu, accessible et – elle devait l'admettre – injustement séduisant.

Il lui tendit un verre, le liquide ambré captant la douce lumière.

— À notre survie au dîner sans la moindre mention d'arrangements floraux ou de parfums de gâteau.

Il trinqua avec elle avec un sourire ironique. Jules sirota le whisky, laissant sa chaleur se répandre dans sa poitrine.

— Il y avait des chances que ça arrive ?

Nate se mit à rire.

— Kai a des opinions bien arrêtées sur l'esthétique des mariages. J'étais sûr qu'elle allait dégainer son tableau Pinterest ce soir.

Mariage. C'est vrai. Ils étaient fiancés. Ils organisaient un mariage.

La réalité de la situation frappa de nouveau Jules, et elle prit une autre gorgée de whisky pour masquer sa réaction.

— Tu es vraiment fatiguée, n'est-ce pas ? Tu as tout le temps ce regard lointain.

Jules secoua la tête.

— Je… digère, c'est tout. Ça a été une sacrée journée.

— Mais Westridge s'est bien passé. Bradley m'a appelé après, il ne tarissait pas d'éloges sur toi.

— Vraiment ?

Nate hocha la tête en s'appuyant contre le comptoir.

— Il a dit que tu étais la seule personne qui comprenait vraiment ce qu'ils essayaient de construire. Un sacré compliment de la part d'un homme qui m'a dit un jour que ma stratégie marketing était « agressivement médiocre ».

Jules sourit.

— Il a le sens de la formule.

— C'est une façon de voir les choses.

Il l'observa par-dessus le bord de son verre.

— Mais sérieusement, Jules. Ça va ? Tu m'as semblé... différente, aujourd'hui.

Différente. Parce que je suis littéralement une Jules différente d'un univers différent.

— J'ai juste beaucoup de choses en tête.

Ce n'était pas tout à fait un mensonge.

Nate posa son verre et franchit la courte distance qui les séparait. Ses mains vinrent se poser sur ses épaules, chaudes et rassurantes.

— C'est le dossier Wilson ? Parce que je te l'ai dit, on peut repousser l'échéance si besoin. Le monde ne s'arrêtera pas de tourner si on livre en mars au lieu de février.

Jules cligna des yeux.

— Non, ce n'est pas ça.

— Le mariage, alors ? Parce que je pensais ce que j'ai dit : la mairie et des plats à emporter, ça me va si toute cette organisation est trop lourde.

La sincérité dans sa voix était presque douloureuse. Ce Nate – le Nate de cette vie – tenait vraiment à elle. Il voulait qu'elle soit heureuse. Il était prêt à ajuster ses attentes pour répondre à ses besoins.

C'était plus d'attention que ce qu'elle avait connu dans ses trois dernières relations combinées.

— Ce n'est pas le mariage. Je te le promets.

Il étudia son visage, ses yeux sombres et intenses.

— D'accord. Mais quoi que ce soit, tu sais que tu peux tout me dire, n'est-ce pas ? C'est un peu notre truc, la politique du « pas de conneries ».

Jules sentit une boule se former dans sa gorge. Que dirait-il si elle lui annonçait la vérité ? Qu'elle n'était pas du tout *sa* Jules, mais une visiteuse venue d'une autre vie ? Qu'hier encore, elle le connaissait à peine, et seulement à travers leur rivalité professionnelle ? Elle réussit à lâcher :

— Je sais, et j'aime ça.

Il sourit, et une partie de l'inquiétude quitta son expression.

— Bien. Parce que j'assure tes arrières, Reed. Je l'ai toujours fait.

Et puis il se pencha et l'embrassa.

Ce n'était pas comme le baiser bref et affectueux de ce matin. Celui-ci était plus lent, plus profond, un baiser entre deux personnes qui connaissaient le rythme de l'autre. Sa main se leva pour lui enserrer la mâchoire, son pouce caressant sa pommette dans un geste si tendre que la poitrine de Jules se serra douloureusement.

Jules se figea une milliseconde avant que son corps ne réponde de lui-même, se livrant au baiser avec une familiarité que son esprit conscient ne possédait pas. Ses mains trouvèrent le torse de Nate, sentant sa chaleur et sa solidité à travers sa chemise.

Quand ils se séparèrent, les yeux de Nate étaient sombres, son expression un mélange d'affection et de quelque chose de plus ardent.

— J'ai eu envie de faire ça toute la journée. Depuis que tu es sortie de la chambre dans ce tailleur bleu.

Jules sentit la chaleur lui monter aux joues.

— Le tailleur a fait son petit effet, hein ?

— Tout me plaît quand il s'agit de toi.

Et, oh… c'était injuste. Totalement injuste. Comment était-elle censée garder une quelconque distance émotionnelle quand il disait des choses pareilles ?

Avant qu'elle ne puisse formuler une réponse, le téléphone de Nate vibra dans sa poche. Il soupira, reculant à contrecœur pour le regarder et eut un air désolé :

— C'est l'équipe de Tokyo. Il faut que je réponde. Ça ne devrait pas durer plus de vingt minutes.

Jules hocha la tête, à la fois soulagée et déçue.

— Vas-y. Je devrais aller me préparer pour la nuit, de toute façon.

Nate lui déposa un rapide baiser sur le front avant de répondre à l'appel, sa voix passant en mode professionnel alors qu'il se dirigeait vers ce qu'elle supposa être un bureau.

Seule dans la cuisine, Jules vida le reste de son whisky, la brûlure dans sa gorge une distraction bienvenue face à l'écheveau confus de ses émotions.

C'était censé être un aperçu d'une version plus confiante et plus réussie de sa vie. Une chance de voir ce qui se passait quand elle assumait son pouvoir.

Personne ne l'avait prévenue des complications émotionnelles. De Nate Morgan, de ses yeux bienveillants et de la façon dont il semblait se soucier sincèrement de son bonheur.

Elle se rendit dans la chambre, les événements de la journée pesant lourdement sur ses épaules. Dans la salle de bains attenante, elle trouva son rituel du soir disposé avec la même précision que celui du matin : nettoyants et sérums rangés dans leur ordre d'utilisation, un peignoir en soie accroché à un crochet à côté de la douche.

Tandis qu'elle accomplissait les gestes familiers pour se démaquiller et se laver le visage, Jules aperçut son reflet dans le miroir.

Elle se ressemblait, en grande partie. Mêmes yeux sombres, mêmes pommettes hautes, même petite cicatrice sur la tempe, souvenir d'une chute d'enfance. Mais quelque chose était différent dans son expression : une assurance, un aplomb qu'elle ne se connaissait pas.

Cette Jules-là ne se dégonflait pas. Ne doutait pas d'elle-même. Ne se faisait pas plus petite pour ne pas déranger les autres.

Cette Jules-là avait bâti quelque chose. S'était associée à Nate Morgan, professionnellement et personnellement. S'était taillé une vie selon ses propres règles.

Comment ? se demanda Jules en se séchant le visage avec une serviette moelleuse. *Quel choix as-tu fait que je n'ai pas fait ?*

Pas de réponse, bien sûr. Juste son reflet, qui la regardait avec des yeux qui contenaient plus de questions que de certitudes.

Plus tard, allongée dans le lit trop grand aux draps incroyablement doux, Jules écoutait les sons lointains de la voix de Nate venant de l'autre pièce. Son ton était patient mais ferme, la voix de quelqu'un habitué à diriger, à être écouté.

Elle se demanda ce que ce serait de travailler avec lui plutôt que contre lui. De collaborer au lieu de rivaliser. De construire quelque chose ensemble au lieu de se battre pour les mêmes miettes de reconnaissance.

Dans sa vie, elle l'avait catalogué comme un obstacle de plus, un autre homme qui avait obtenu ce qu'elle méritait.

Mais ici, dans cette vie, ils étaient des égaux. Des partenaires.

Et tandis que Jules sombrait dans le sommeil, une pensée la suivit jusque dans ses rêves :

Et si, depuis le début, elle s'était trompée sur Nate Morgan ?

réunions et
appréhensions

. . .

— LA PROPOSITION WILSON est à refaire entièrement. Ceci ne
reflète pas l'essence de leur objectif.

Jules rendit le dossier avec un aplomb qui la surprit elle-même.

L'équipe réunie autour de la table de conférence — Zoe, deux
jeunes stratèges dont Jules avait frénétiquement mémorisé les noms à
partir d'e-mails, et un directeur créatif au portfolio impressionnant — échangea des regards.

— La direction semblait correspondre à nos premières conversations, avança Zoe en ajustant ses lunettes à monture métallique. Ils ont
spécifiquement mentionné qu'ils voulaient se concentrer sur la pénétration du marché plutôt que sur l'évolution de la marque.

Jules secoua la tête.

— C'est ce qu'ils ont *dit*, mais ce n'est pas ce dont ils ont *besoin*. Le
problème de Wilson, ce n'est pas sa portée sur le marché, c'est sa perti-
nence. Tout leur secteur est en train de basculer vers des pratiques
durables, et ils s'accrochent à des méthodes dépassées parce que c'est
confortable.

Elle s'approcha du tableau blanc — un vrai tableau blanc, pas l'un
de ces écrans numériques élégants auxquels elle s'attendait dans un
bureau si moderne — et commença à esquisser un diagramme.

— Leurs concurrents se positionnent déjà comme des alternatives écoresponsables...

Elle traçait des liens entre les concepts avec une confiance surprenante.

... S'ils s'en tiennent à cette approche, l'entreprise sera à la traîne d'ici cinq ans. Ils n'ont pas besoin d'une croissance progressive sur le marché existant, mais d'un repositionnement en tant que leader du secteur en matière de durabilité.

La pièce resta silencieuse un instant, et Jules sentit poindre en elle une lueur de doute. Avait-elle dépassé les bornes ? Mal compris ? Était-elle sur le point de se révéler comme une usurpatrice dans cet univers ?

Puis Zoe se pencha en avant, un sourire se dessinant lentement sur son visage.

— C'est... brillant, en fait. Ils sont tellement concentrés sur les indicateurs à court terme qu'ils perdent la vue d'ensemble.

Jules sentit le soulagement l'envahir.

— Exactement. Nous devons leur montrer où se dirige le secteur, pas seulement où il en est maintenant.

Le directeur créatif (Marcus, d'après le porte-nom devant lui) hocha la tête d'un air songeur.

— J'ai quelques concepts qui pourraient fonctionner avec cette approche. Plus tournés vers l'avenir, plus audacieux. Mais ça nécessiterait une refonte visuelle complète.

— Alors c'est ce que nous allons proposer. Reprenons tout avec cette nouvelle direction. Je veux voir les premiers concepts d'ici vendredi.

Elle reboucha son stylo comme si c'était un marteau de juge, le cœur battant toujours la chamade.

Ça ressemblait à quelque chose que la Jules de cette vie dirait, non ? Calme. Maîtresse de la situation. Tournée vers l'avenir.

L'équipe hocha la tête et prit des notes, mais Jules surprit un regard fugace entre deux stratèges — un regard curieux, peut-être même impressionné.

Ce n'était pas parfait. Mais c'était suffisant.

L'équipe se dispersa, animée d'une nouvelle énergie, et Jules s'accorda un moment de satisfaction tranquille. Quelles que soient les connaissances et l'instinct que possédait la Jules alternative, ils semblaient s'infuser en elle, des idées et des perspectives qu'elle n'aurait jamais pu formuler dans sa propre vie émergeaient naturellement, comme si elles avaient toujours été là.

Zoe resta en arrière alors que les autres sortaient.

— C'est pour ça que j'adore travailler avec toi. Tu vois ce que personne ne remarque.

Elle avait une pointe d'admiration sincère dans la voix.

Jules sourit, touchée contre toute attente.

— Je ne fais que mon travail.

— Et tu le fais mieux que personne. Ce n'est pas pour rien que tu es la patronne.

Tandis que Zoe partait, Jules rassembla ses notes, une étrange chaleur se répandant dans sa poitrine. Dans sa vie, elle n'avait jamais reçu ce genre de reconnaissance. Ses idées étaient souvent ignorées ou, pire, appropriées par d'autres qui parlaient plus fort ou avec une autorité plus affirmée.

Ici, les gens l'écoutaient. Respectaient son point de vue. Suivaient sa direction.

C'était enivrant.

Elle retourna à son bureau d'angle. Une petite collection de récompenses était alignée sur une étagère. Des photos de divers événements professionnels en parsemaient une autre. Et sur son bureau, une seule photo encadrée d'elle et de Nate, leurs visages rapprochés, riant de quelque chose hors champ.

Jules la prit, étudiant leurs expressions. Ils avaient l'air... heureux. Vraiment, sans réserve, d'une manière qu'elle ne se souvenait pas d'avoir ressentie depuis très longtemps.

Reposant la photo, elle vérifia son agenda pour l'après-midi. Un déjeuner avec « V. Diaz » suivi de réunions internes jusqu'à dix-sept heures, puis une soirée libre. Aucune mention de Nate, bien qu'elle se soit à moitié attendue à voir son nom parsemé dans son emploi du temps étant donné leurs vies entremêlées.

Elle rassemblait ses affaires pour le déjeuner lorsque son téléphone vibra, affichant une notification. Ni un SMS, ni un e-mail, mais un rappel de calendrier :

APPELER SASHA - ANNIVERSAIRE

Jules se figea, submergée par une vague de culpabilité. Sasha. Sa sœur. Dont elle avait manqué l'anniversaire dans sa vie à cause du projet Mills Corporation.

Elle jeta un œil à l'heure : 11 h 17. Son déjeuner n'était pas avant midi. Elle avait le temps de passer cet appel, de voir quelle sorte de relation existait avec sa sœur dans cette vie.

Le cœur battant un peu plus vite, elle ferma la porte de son bureau et composa le numéro de Sasha.

Le téléphone sonna une fois, deux fois, trois fois. Jules commençait à penser qu'elle tomberait sur la messagerie vocale lorsque la communication s'établit.

— Tiens, voilà une surprise, fit la voix de Sasha, dont la cadence familière était empreinte d'une froideur inhabituelle. La PDG se souvient des petites gens.

Jules cilla, prise au dépourvu par le ton.

— Salut, Sash. Joyeux anniversaire.

Sa sœur était sèche :

— Merci. Pour être honnête, je ne m'attendais pas à avoir de tes nouvelles.

Jules fronça les sourcils.

— Quoi ? Pourquoi je ne t'appellerais pas le jour de ton anniversaire ?

Un temps de silence.

— Parce que tu ne l'as pas fait ces deux dernières années ? Parce que la dernière fois qu'on s'est parlé, tu as bien fait comprendre que ta « vie trépidante » n'avait pas de place pour les dîners de famille et les brunchs d'anniversaire ?

L'accusation lui fit l'effet d'un coup de poing. Jules se laissa tomber sur sa chaise, peinant à assimiler cette nouvelle réalité.

— Sasha, je…

— Écoute, ce n'est pas grave, l'interrompit sa sœur, la voix légèrement adoucie. Je comprends. Tu as ta super vie de luxe, et j'ai la mienne. On est juste… des personnes différentes, maintenant.

— On n'est pas obligées.

Les mots lui avaient échappé avant qu'elle ait pu y réfléchir.

Nouvelle pause.

— Ça… c'est nouveau. Qu'est-ce qui amène ce soudain revirement ? C'est le mariage qui approche qui te rend sentimentale ?

Jules ferma les yeux, essayant de naviguer dans une conversation dont elle ignorait l'historique, les blessures, les limites.

— Ma sœur me manque, c'est tout.

— Hmm.

Elle semblait clairement sceptique, mais pas totalement fermée.

— Bon, si tu es sérieuse, tu sais où me trouver. Même appartement, même boulot, même vie prévisible.

Jules grimaça. Avait-elle vraiment dit ça ? Quel genre de personne était-elle devenue dans cette vie ?

— Je n'aurais pas dû dire ça. Je suis désolée.

Un instant de silence passa.

— Waouh. Des excuses de la part de Jules Reed. Je devrais vérifier si les poules ont des dents ?

— Je l'ai bien mérité.

— Ouais, c'est un peu ça.

Elle entendit une légère pointe d'amusement dans la voix de Sasha, une fissure dans le mur de froide distance.

— On pourrait peut-être aller boire un café un de ces jours. Pour vraiment prendre des nouvelles.

Sasha resta évasive mais ne refusa pas catégoriquement :

— Peut-être. Bref, je dois y aller. Certaines d'entre nous n'ont pas de longues pauses déjeuner.

— Oui, bien sûr. Joyeux anniversaire, Sash. Vraiment.

— Merci, Jules.

Une pause.

— Ça m'a fait… plaisir d'avoir de tes nouvelles.

L'appel se termina, laissant Jules le regard fixé sur son téléphone, l'estomac noué.

Dans cette vie alternative, Sasha et elle s'étaient éloignées. La sœur qui avait été sa plus proche confidente, son soutien indéfectible, n'était plus qu'une parente distante qui lui parlait avec une politesse mesurée.

Que s'était-il passé ? Quels choix la Jules de cette vie avait-elle faits pour endommager cette relation si fondamentalement ?

Avant qu'elle ne puisse sombrer davantage dans ses pensées, une notification apparut sur son écran :

Déjeuner avec Valentina dans 20 minutes. Voiture attend en bas.

Ah, oui. Le travail. Le seul domaine où cet univers semblait sans équivoque meilleur que le sien. Enfin, sa vie amoureuse s'était améliorée aussi.

Jules rassembla ses affaires et se dirigea vers l'ascenseur, la conversation avec Sasha résonnant désagréablement dans son esprit.

Orso était exactement le genre de restaurant où les contrats se concluaient autour de salades inutilement déstructurées et de verres de vin à seize dollars. Spacieux, minimaliste, avec un personnel attentif qui semblait se matérialiser précisément au bon moment et disparaître le reste du temps.

Valentina Diaz était déjà assise à l'arrivée de Jules, son carré lisse et son rouge à lèvres impeccable lui donnant l'air de sortir d'un éditorial de haute couture. Elle se leva à l'approche de Jules, la saluant des deux bises à l'européenne qui la mettaient toujours un peu mal à l'aise.

— Jules, ma chérie, tu as l'air épuisée, lança Valentina en guise de salutation, son léger accent rendant même la critique élégante. Le projet Wilson te pèse, n'est-ce pas ?

Jules s'installa sur sa chaise.

— Un peu. Mais nous avons eu une révélation ce matin. Une nouvelle direction.

Valentina haussa un sourcil parfaitement dessiné.

— Encore un pivot ? L'équipe créative va se révolter.

Jules était surprise par sa propre assurance.

— Ils s'en sortiront. C'est la bonne décision pour le client.

Valentina eut un petit sourire.

— Toujours à penser au client. C'est pour ça qu'on travaille si bien ensemble.

Elle sortit une tablette élégante de son sac et la fit glisser sur la table.

— Les maquettes pour la campagne Archer, comme promis.

Jules faillit s'étouffer avec son eau.

— Archer ? Comme dans *Archer & Bloom* ?

Valentina hocha la tête, apparemment inconsciente de la réaction de Jules.

— Leur refonte de marque est notre priorité pour le troisième trimestre. Les maquettes intègrent tes commentaires sur la typographie, même si je pense toujours que la police est trop traditionnelle.

Jules regarda fixement la tablette, où une version complètement redessinée du logo de son ancien employeur brillait à l'écran. Plus audacieux, plus moderne, sans aucune de la retenue conservatrice qui caractérisait l'identité actuelle du cabinet. Elle tenta de garder une voix neutre :

— On… refait l'image de marque d'*Archer & Bloom* ?

Valentina lui jeta un regard étrange.

— Depuis trois mois, oui. Tu as eu une autre commotion pendant ton cours de SoulCycle dont je ne serais pas au courant ?

Jules se força à rire.

— Non, juste trop de projets à gérer. Les designs sont super.

Elle fit défiler les maquettes, chacune étant une interprétation élégante et contemporaine qui donnait à l'image de marque existante d'*Archer & Bloom* un air lourd et démodé en comparaison. Valentina avait l'air satisfaite :

— Diana détestera la palette de couleurs. Mais c'est pour ça qu'on présente trois options. Le juste milieu est toujours là où on voulait atterrir.

Diana Archer. La femme qui avait refusé trois fois une promotion à Jules. La femme dont Jules était maintenant apparemment en train de refondre le cabinet. Elle ressentait une appréciation sincère et une satisfaction mesquine à la fois :

— C'est parfait. Ils seront ravis.

Valentina renifla délicatement.

— Ils seront terrifiés. Le changement l'est toujours. Mais tu les convaincras, comme tu le fais toujours.

Le serveur arriva pour prendre leurs commandes, et la conversation se tourna vers d'autres clients, d'autres projets. Jules écoutait et répondait en pilote automatique, son esprit bouillonnant de cette nouvelle information.

Dans cette vie, elle n'était pas seulement brillante — elle était assez brillante pour avoir son ancien employeur comme client. Pour redessiner leur identité. Pour être, essentiellement, leur supérieure plutôt que leur subordonnée.

C'était un délicieux retournement de situation. Une validation de tout ce qu'elle avait ressenti dans les moments qui avaient suivi son rejet, quand elle s'était demandé ce qui aurait pu se passer si elle était partie au lieu de rester, si elle avait exigé plus au lieu d'accepter moins.

Mais à quel prix ?

Sa relation avec Sasha. Peut-être d'autres relations qu'elle n'avait pas encore découvertes. Quoi d'autre avait-elle sacrifié sur l'autel du succès ?

— Tu es distraite aujourd'hui, remarqua Valentina en sirotant son eau gazeuse. C'est à ce point, les préparatifs du mariage ?

Jules cligna des yeux, ramenée au présent.

— J'ai juste beaucoup de choses en tête.

Valentina tapota sa tablette.

— Bon, concentre-toi sur ça. On fait notre présentation à Archer la semaine prochaine, et j'ai besoin que tu sois au sommet de ta force de persuasion.

— Je serai prête.

Elle fut surprise de constater qu'elle le pensait vraiment.

Quelles que soient les émotions complexes que cet univers faisait naître en elle, elle ne pouvait nier la satisfaction professionnelle qu'elle en retirait. L'occasion de se présenter devant Diana Archer non pas comme une employée pleine d'espoir, mais comme une homologue accomplie… c'était trop parfait pour y résister.

Alors que le déjeuner se terminait et que Jules retournait au bureau, son téléphone vibra, annonçant un SMS.

Nate : Je dois travailler tard ce soir. Un projet très important requiert toute mon attention. Probablement jusqu'à 21 ou 22 heures.

Avant qu'elle ne puisse répondre, un autre SMS arriva :

> Nate : Le projet très important, c'est de te
> préparer le dîner. Ne sois pas en retard ou le
> soufflé va retomber et je serai anéanti.

Jules se surprit à sourire devant l'écran, une douce chaleur se propageant dans sa poitrine.

> Jules : Ça ne me viendrait pas à l'idée. Quel
> genre de monstre ruine un soufflé ?

Sa réponse fut immédiate :

> Nate : C'est bien ma chérie. On se voit à 19h.
> Viens seule et avec un estomac vide.

Elle rangea son téléphone, toujours souriante, et était à mi-chemin du bureau avant de réaliser qu'elle avait complètement oublié la proposition Wilson.

Elle pensait à Nate. À Sasha. À l'écheveau complexe de relations dans cette vie qui semblait la définir autant que sa réussite professionnelle.

Et pour la première fois, elle se demanda si le but de cet aperçu de vie n'était pas seulement de voir comment elle avait réussi professionnellement, mais de comprendre ce que cette réussite lui avait coûté.

L'après-midi passa dans un tourbillon de réunions, d'e-mails et de décisions stratégiques qui semblaient venir à Jules avec une facilité surprenante. Au moment où elle termina son dernier appel, le bureau s'était vidé, le soleil de fin d'après-midi projetant de longues ombres sur son bureau.

Elle devrait rentrer à la maison. Nate cuisinait. Il l'attendait.

Mais quelque chose la retenait à son bureau, la poussant à fouiller dans ses e-mails, les entrées de son agenda, tout ce qui pourrait lui donner plus d'indices sur cette version de sa vie.

La Jules de cette vie était organisée à l'extrême, sa vie numérique aussi méticuleusement entretenue que sa vie matérielle. Des dossiers pour chaque projet, des archives soigneusement étiquetées, même ses e-mails personnels étaient triés par expéditeur et par sujet.

Un dossier attira l'attention de Jules : « Sasha ».

Elle l'ouvrit et découvrit des années de correspondance de plus en plus sporadique. Les premiers e-mails étaient chaleureux, bavards, pleins de blagues privées et de souvenirs partagés. Mais à mesure que les dates avançaient, le ton changea. Il devint plus formel. Plus distant.

L'échange le plus récent datait de près de huit mois :

De : Sasha Reed

Objet : Anniversaire de maman

Jules,

Je veux juste vérifier si tu comptes venir au dîner d'anniversaire de maman samedi prochain. Je sais que tu es occupée avec la fusion et tout ça, mais ça compterait beaucoup pour elle. Pour nous toutes.

D'ailleurs, elle a toujours cet article sur toi de Business Insider épinglé sur le frigo. Juste à côté de mon diplôme du collège communautaire d'il y a neuf ans. Pour une représentation équilibrée et tout le tralala.

Tiens-moi au courant.

— Sasha

Jules déglutit difficilement en lisant sa propre réponse :

De : Jules Reed

Objet : Re: Anniversaire de maman

Sasha,

Je ne pourrai pas venir. Nous finalisons l'accord de Singapour ce week-end-là et je dois être disponible pour des appels. S'il te plaît, transmets tout mon amour à maman et dis-lui que je lui enverrai quelque chose de bien.

Et s'il te plaît, ne recommence pas avec les comparaisons passives-agressives. Mes choix de carrière ne sont pas un référendum sur les tiens. On en a déjà parlé.

— Jules

Froide. Méprisante. Donnant la priorité au travail sur la famille sans la moindre hésitation.

Était-ce la personne qu'elle devenait quand elle « arrêtait de voir petit » ? Quelqu'un qui considérait les obligations familiales comme des inconvénients, qui rejetait les sentiments de sa sœur comme de la simple jalousie ?

Jules ferma l'e-mail, l'estomac noué. Elle se souvint des paroles de Sasha au téléphone plus tôt : « *Tu as bien fait comprendre que ta "vie de femme puissante" n'avait pas de place pour les dîners de famille et les brunchs d'anniversaire.* »

Elle avait raison.

Des recherches plus approfondies révélèrent des schémas similaires avec de vieux amis, d'anciens camarades de classe — des relations qui s'étaient flétries à mesure que Jules gravissait les échelons, accomplissait plus de choses, construisait son empire avec Nate à ses côtés.

En parlant de Nate…

Jules hésita, puis tapa son nom dans la barre de recherche de ses e-mails. Des milliers de résultats apparurent — de la correspondance professionnelle, principalement, mais aussi des messages personnels classés sous « N.M. Personnel ».

Elle ne devrait pas regarder. C'était une intrusion, de lire des échanges privés entre deux personnes amoureuses, même si l'une d'elles était techniquement elle.

Mais le besoin de comprendre — de voir quel genre de relation ils avaient vraiment — l'emporta.

Elle ouvrit le dossier et cliqua sur une conversation récente.

De : Nate Morgan

Objet : Ce soir

J,

Je sais qu'on s'est dit de ne pas parler boulot à la maison, mais j'ai pensé à l'approche pour Westridge toute la journée. Et si on présentait ça comme un écosystème plutôt qu'une plateforme ? Plus organique, plus interconnecté. Ça correspond à leur axe sur la durabilité.

Aussi, tu as encore laissé tes talons noirs à mon bureau. C'est la troisième paire ce mois-ci. À ce rythme, j'en aurai assez pour ouvrir ma propre boutique.

Je t'aime. Même quand tu abandonnes de parfaites chaussures dans mon espace de travail.

- N

Sa réponse était tout aussi décontractée, tout aussi intime :

De : Jules Reed

Objet : Re: Ce soir

N,

J'aime bien le concept d'écosystème. Parles-en à Zoe avant la réunion, elle travaillait sur quelque chose de similaire pour le pitch de Davidson.

Et ces talons me serraient. Essaie un peu de tenir sur des talons aiguilles de dix centimètres pendant une présentation de trois heures. Considère mon bureau comme ton dépôt de chaussures d'urgence. C'est un petit prix à payer pour partager ta vie avec une femme au style exceptionnel et aux douleurs aux pieds occasionnelles.

Je t'aime aussi. On se voit à la maison.

- J

Jules fixait l'écran, un mélange confus d'émotions tourbillonnant en elle. Leur dynamique était si simple. Si confortable. Le respect professionnel se mêlant harmonieusement à l'affection personnelle.

Dans son univers, elle avait à peine parlé à Nate en dehors des interactions de travail nécessaires, et certainement jamais avec ce genre d'intimité détendue.

Qu'est-ce qui avait changé ? Quel tournant l'avait menée ici, à cette vie où elle était à la fois plus brillante professionnellement et plus isolée ? Quand avait-elle gagné Nate mais perdu Sasha ? Pourquoi inspirait-elle le respect au travail mais avait sacrifié ses relations personnelles ?

Une notification sur son téléphone interrompit sa rêverie : un rappel de partir pour la maison. Pour le dîner de Nate. Pour la vie qui n'était pas tout à fait la sienne.

Jules éteignit l'ordinateur et rassembla ses affaires, son esprit encore en ébullition avec tout ce qu'elle avait découvert. En traversant le bureau silencieux, elle passa devant un mur de photos : l'histoire de l'entreprise, documentée par des clichés professionnels des grandes étapes.

Elle s'arrêta devant l'une d'elles : une cérémonie d'inauguration, avec une version plus jeune d'elle-même et de Nate se tenant devant ce qui semblait être leur premier bureau. Le panneau derrière eux disait simplement : « *Reed & Morgan* ».

Leurs noms. Sur un pied d'égalité. Partenaires depuis le début.

Jules fixa la photo, son propre sourire confiant, la façon dont Nate et elle se tenaient côte à côte, aucun des deux n'éclipsant l'autre.

Était-ce ça, la clé ? Pas seulement de revendiquer son propre espace, mais de trouver quelqu'un qui n'exigeait pas qu'elle s'efface pour qu'il puisse briller ?

La lumière du soir se refléta sur sa bague de fiançailles alors qu'elle bougeait, projetant des prismes dansants sur la vitre du cadre photo.

Une seule décision. Un seul choix différent.

Mais lequel ?

le prix de la victoire

. . .

L'APPARTEMENT SENTAIT L'AIL, les herbes et quelque chose de gourmand qui cuisait au four. Une douce musique de jazz s'échappait d'enceintes dissimulées, et les lumières avaient été tamisées pour créer une lueur chaude et intime.

Jules retira ses talons près de la porte, laissant ses pieds fatigués s'enfoncer dans le tapis moelleux.

— Nate ?

— Dans la cuisine, et t'as pas le droit de regarder avant que je te le dise !

Elle sourit malgré elle, posa son sac et se dirigea vers la cuisine en chaussettes. Elle s'arrêta sur le seuil comme il le lui avait demandé, contemplant la scène de vie qui s'offrait à elle.

Nate se tenait devant les fourneaux, le dos tourné, les manches retroussées et un torchon jeté sur une épaule. Il avait troqué ses vêtements de travail contre un jean et un t-shirt henley doux qui soulignait la largeur de ses épaules. Une bouteille de vin chambrée reposait sur le comptoir à côté de deux verres, et la table était mise avec ce qui semblait être leur belle vaisselle. Elle se sentait étrangement légère :

— Je peux regarder, maintenant ?

Il se tourna, une spatule à la main, le visage illuminé.

— Techniquement, tu es déjà en train de regarder, mais oui, tu peux entrer. Ne juge pas le désordre.

Il n'y avait presque pas de désordre, juste le chaos organisé de quelqu'un qui savait vraiment s'y prendre en cuisine. Quoi que Nate soit en train de préparer, l'odeur et l'aspect étaient incroyables. Elle s'approcha de l'îlot de cuisine :

— Quelle est l'occasion ?

Nate haussa un sourcil.

— J'ai besoin d'une occasion pour cuisiner pour ma fiancée ?

Le mot provoqua encore une petite décharge en elle. Fiancée. Elle était la fiancée de Nate Morgan. Ils allaient se marier. Construire une vie ensemble.

— Je suppose que non. Mais ça a l'air assez raffiné pour être une célébration.

Il lui servit un verre de vin qu'elle accepta.

— Eh bien, peut-être que je célèbre quelque chose.

Il retourna aux fourneaux pour remuer quelque chose qui mijotait de façon alléchante.

— Qu'est-ce qu'on célèbre ?

Il jeta un coup d'œil par-dessus son épaule, son expression s'adoucissant.

— Il y a trois ans aujourd'hui, c'était la première fois que tu me disais que tu m'aimais.

Jules faillit s'étouffer avec son vin.

— Vraiment ?

Il resta imperturbable malgré sa surprise.

— Mmhmm. Après la présentation Johnson. Tu étais épuisée et tu délirais après ce sprint de soixante-douze heures de travail, et tu as dit, je cite : « Je suis amoureuse de toi, espèce de perfectionniste exaspérant, et je suis trop fatiguée pour faire semblant. »

Il se tourna complètement vers elle, ses yeux réchauffés par ce souvenir.

— Et puis tu t'es endormie sur mon canapé pendant que je commandais un thaï pour fêter ça, que tu n'as pas mangé car tu ne t'es pas réveillée. Elle réussit à lâcher :

— Très romantique.

Elle peinait à s'imaginer faire une déclaration aussi directe.

— C'était parfait. Parce que c'était sincère. Et parce que c'était toi.

Quelque chose de serré et de chaud se détendit dans la poitrine de Jules. Dans sa réalité, personne ne l'avait jamais regardée comme Nate le faisait en cet instant, comme si elle était à la fois un miracle et un réconfort familier.

— Donc, risotto à la courge butternut, pain de campagne, et soufflé au chocolat pour le dessert. Si je ne me plante pas dans le timing.

— Ça a l'air parfait.

Elle le pensait. Nate sourit.

— Bien. Maintenant, va te mettre à l'aise et je vais ouvrir une autre bouteille. On va fêter ça comme il se doit ce soir.

Le dîner fut, en un mot, incroyable.

Le risotto était crémeux et riche, le vin s'accordait parfaitement, et le soufflé — que Nate avait surveillé monter dans le four avec l'anxiété d'un futur père — était un final indécent qui fondait sur la langue.

Mais ce qui surprit le plus Jules, ce n'était pas la nourriture. C'était la conversation.

Nate était… intéressant. Attentionné. Vraiment drôle d'une manière pince-sans-rire et subtile qu'elle n'avait jamais appréciée lors de ses rares interactions avec lui dans sa propre réalité.

Il racontait des histoires qu'elle n'avait jamais entendues, comme sa première tentative désastreuse de créer une entreprise à vingt-trois ans.

— Attends, tu as essayé de lancer un service de livraison de nourriture personnalisée pour chiens ?

Jules posa son verre de vin. Nate hocha la tête, sans aucune gêne.

— Croc'Gourmet. Nutrition sur mesure pour votre compagnon canin.

— C'est…

Il sourit et compléta :

— Une idée terrible ? Oui, absolument. Il s'avère que la plupart des gens se contentent d'acheter des croquettes au supermarché. Qui l'eût cru ?

Jules rit, sincèrement ravie par cette anecdote inattendue.

— Alors, que s'est-il passé ?

— J'ai claqué toutes mes économies mais je ne connaissais rien à la nutrition canine ou à la logistique, et je suis retourné à mon poste de consultant débutant la queue entre les jambes.

Il haussa les épaules.

— Le meilleur échec de ma vie.

— Comment ça ?

— Parce que ça m'a appris qu'une bonne entreprise a besoin de plus qu'un nom accrocheur et de l'enthousiasme. Elle a besoin de bases solides, d'une véritable proposition de valeur et, idéalement, d'un cofondateur qui te dit quand tes idées sont stupides.

Ses yeux croisèrent les siens par-dessus la table, chaleureux et sincères.

— C'est pour ça qu'on travaille si bien ensemble, tu sais. Tu ne me laisses jamais me contenter de la facilité.

Jules sentit ses joues s'échauffer, et pas seulement à cause du vin.

— J'ai du mal à te croire. Tu es l'une des personnes les plus perspicaces que j'aie jamais rencontrées.

Ce n'était même pas un mensonge. Durant les quelques jours qu'elle avait passés dans cette vie, elle avait vu assez du travail de Nate pour reconnaître son véritable talent.

— J'ai un bon instinct. Mais toi, tu as une vision. Tu vois l'échiquier dans son ensemble quand tout le monde ne regarde que la pièce juste devant soi.

Le compliment était si précis, si attentionné, que Jules ne savait pas quoi répondre. Dans sa vie, les éloges étaient rares et habituellement génériques : des « bon travail » ou des « beau boulot » lancés comme des récompenses obligatoires.

Cette fois, c'était différent. C'était quelqu'un qui la voyait, vraiment, et qui appréciait ce qu'il voyait.

— Merci.

Nate sourit, puis commença à débarrasser leurs assiettes.

— Pas besoin de me remercier d'énoncer des faits. Bon, on emmène notre vin sur le canapé ? Je pense qu'on a bien mérité une surface confortable après ce repas.

Le salon était aussi élégamment aménagé que le reste de l'appartement, avec un canapé d'angle moelleux qui semblait conçu pour une détente luxueuse. Jules s'y laissa tomber avec un soupir de contentement, retirant ses chaussons pour replier ses pieds sous elle.

Nate la rejoignit, assez près pour qu'elle sente sa chaleur, mais pas au point que cela semble déplacé. Il avait encore baissé la lumière, et la ligne d'horizon de la ville derrière les fenêtres formait désormais une tapisserie scintillante sur fond de nuit. Il se tourna vers elle :

— Raconte-moi ta journée. Et pas la version édulcorée. La vraie.

Jules hésita. Que pouvait-elle dire ? Qu'elle avait passé la journée à naviguer dans une vie qu'elle ne reconnaissait pas ? Qu'elle avait découvert qu'elle était en froid avec sa sœur et n'avait aucune idée de comment arranger les choses ? Elle lâcha :

— C'était… compliqué. J'ai parlé à Sasha.

Les sourcils de Nate se haussèrent, trahissant une surprise sincère.

— Waouh. Comment ça s'est passé ?

— Pas très bien. Je crois que je l'ai vraiment blessée, Nate. Et je ne sais pas comment réparer ça.

Son expression s'adoucit.

— Tu as fait ce que tu pensais nécessaire à l'époque.

— Vraiment ? Ou est-ce que j'étais tellement obsédée par la victoire que j'ai oublié la raison de mon combat ?

La question était plus sincère qu'il ne pouvait l'imaginer. Nate l'étudia un long moment, ses yeux sombres et pensifs.

— D'où est-ce que ça vient, Jules ? Tu n'as jamais douté de tes choix auparavant.

Elle baissa les yeux vers son verre de vin, le faisant tourner doucement.

— J'aurais peut-être dû.

Un silence doux s'installa entre eux, non pas inconfortable, mais chargé de pensées inexprimées.

— Tu sais, au début de *Reed & Morgan*, tu m'as fait te promettre quelque chose. Tu te souviens ce que c'était ?

Jules secoua la tête, à la fois véritablement curieuse et cherchant à gagner du temps.

— Tu m'as fait promettre de te dire si jamais tu devenais le genre de patronne que tu détestais chez *Archer & Bloom*. Le genre qui écrase les autres pour réussir.

Il tendit la main, couvrant celle de Jules posée sur le canapé entre eux.

— Je n'ai jamais eu à tenir cette promesse, Jules. Pas une seule fois. Tu as toujours été ambitieuse, oui. Déterminée, absolument. Mais jamais au détriment des autres.

Jules fronça les sourcils en pensant à Sasha, aux e-mails, aux relations qui s'étaient clairement détériorées.

— Je ne pense pas que ce soit vrai. Je pense avoir blessé des gens. Peut-être pas intentionnellement, mais quand même.

Nate réfléchit à cela, son pouce traçant de petits cercles sur le dos de la main de Jules.

— Il y a une différence entre blesser les gens en faisant des choix nécessaires et les blesser parce qu'on s'en fiche. Tu t'es toujours souciée des autres, Jules. Parfois même un peu trop.

— Qu'est-ce que tu veux dire ?

Elle était sincèrement curieuse d'obtenir des informations sur elle-même auxquelles elle n'avait pas accès.

— Tu portes le poids de chaque décision. Tu doutes de toi quand tu dois prendre des décisions difficiles. Je t'ai vue passer des nuits blanches à cause de choix qui étaient finalement les bons, mais qui restaient douloureux pour quelqu'un.

Jules sentit quelque chose se nouer dans sa poitrine.

— Comme quoi ?

Nate resta silencieux un instant, comme s'il hésitait à partager quelque chose de délicat.

— Comme lors de la restructuration, au printemps dernier. Tu as passé des semaines à chercher des solutions alternatives avant qu'on doive licencier qui que ce soit. Et même là, tu t'es assurée que tout le monde retombe sur ses pattes avec un meilleur poste.

Jules hocha la tête, non pas parce qu'elle s'en souvenait, mais parce qu'elle pouvait sentir que c'était la vérité — cette version d'elle-même qui réussissait sans perdre son humanité.

— Mais Sasha... Ma propre sœur...

L'expression de Nate devint plus sérieuse.

— Ça, c'est différent. Et compliqué. Tu sais bien que ce n'était pas juste une question de carrière. C'était à cause de ce qu'elle a dit sur nous. Sur moi.

Jules cligna des yeux, véritablement confuse.

— Qu'est-ce qu'elle a dit ?

Une ombre passa sur le visage de Nate.

— Que j'étais la raison pour laquelle tu avais changé. Que je t'avais transformée en quelqu'un que ta famille ne reconnaissait plus. Que nous étions un « couple de pouvoir toxique » en puissance.

Jules grimaça. Cela ne ressemblait pas du tout à Sasha ; sa sœur avait toujours été sa plus fidèle alliée, sa plus farouche avocate.

— C'était quand ?

— Après qu'on ait annoncé nos fiançailles. Elle m'a coincé chez tes parents et m'a fait tout un discours sur la façon dont je t'avais changée, sur le fait que tu étais plus chaleureuse, plus présente, plus... je ne sais pas, influençable ? Elle a sous-entendu que c'était moi qui t'avais rendue « impitoyable », comme elle a dit.

Il secoua la tête, une vieille blessure vacillant dans son regard.

— Comme si ce n'était pas toi qui avais pitché *Reed & Morgan* en premier lieu. Comme si ce n'était pas toi qui avais passé trois jours d'affilée à rédiger notre business plan. Comme si tu n'étais pas déjà la stratège la plus brillante que j'aie jamais rencontrée avant même qu'on devienne partenaires.

Jules encaissa l'information, essayant de la concilier avec la Sasha qu'elle connaissait. Sa sœur pouvait être féroce, oui, mais jamais cruelle. Jamais injuste.

— Peut-être qu'elle s'inquiétait juste pour moi. Que nous allions trop vite.

Nate fronça les sourcils.

— Jules, on a travaillé ensemble pendant quatre ans avant qu'on se mette ensemble. On a vécu ensemble deux années de plus avant que je te demande en mariage. On ne peut pas vraiment dire que ce soit trop rapide.

Six ans ? Ils formaient un couple depuis six ans dans cet univers ?

Elle chercha ses mots :

— Je veux juste dire... Peut-être qu'elle a eu l'impression de me perdre. Au profit de l'entreprise. Au profit de toi. De toute cette vie qu'on a construite.

Nate resta silencieux un instant, considérant cette possibilité.

— Peut-être. Mais elle n'était pas obligée de me faire passer pour une sorte de grand méchant qui t'a corrompue.

— Tu as raison. Quoi qu'il se soit passé avec Sasha, ce n'était pas juste de rejeter la faute sur toi. Je suis désolée qu'elle ait dit ces choses.

Son expression s'adoucit.

— Tu n'as pas besoin de t'excuser. C'était il y a longtemps.

— Quand même, tu ne méritais pas ça.

Nate posa son verre de vin et prit les deux mains de Jules dans les siennes.

— Écoute, Jules. Les familles, c'est compliqué. Je n'ai jamais attendu de toi que tu coupes les ponts avec Sasha. C'était ton choix, et je l'ai respecté. Mais si tu veux essayer de te réconcilier avec elle... je te soutiens aussi.

La sincérité dans sa voix, l'authentique bienveillance dans son regard... tout cela serra douloureusement le cœur de Jules. Cet homme, qu'elle connaissait à peine dans sa propre vie, qu'elle avait écarté comme un simple obstacle sur son chemin, lui offrait sa compréhension et son soutien sans la moindre hésitation.

— Merci.

Sa voix n'était guère plus qu'un murmure. Il sourit, serrant doucement les mains de la jeune femme.

— C'est ce que font les partenaires, tu te souviens ? On se couvre mutuellement. Toujours.

Partenaires. Le mot résonna en elle, porteur d'un sens nouveau. Pas seulement des partenaires en affaires, même s'ils l'étaient de toute évidence. Pas seulement des partenaires amoureux, même si les preuves de leur relation l'entouraient.

De vrais partenaires. Des égaux qui s'élevaient l'un l'autre au lieu de se faire concurrence. Qui voyaient la force comme quelque chose à célébrer plutôt qu'à craindre ou à contrôler.

Avant d'avoir le temps de trop réfléchir, Jules se pencha en avant et l'embrassa. Pas le baiser prudent et réactif de la veille, mais quelque chose de plus délibéré. De plus honnête.

Nate laissa échapper un léger son de surprise avant que sa main ne vienne lui prendre le visage, son contact doux mais assuré. Le baiser s'approfondit et Jules se sentit fondre dedans, en lui, dans la chaleur et la certitude qu'il offrait.

Quand ils se séparèrent enfin, les yeux de Nate étaient sombres, son expression un mélange de désir et de tendresse qui coupa le souffle de Jules.

— C'était pour quoi ?

— Pour être toi. Pour me voir.

Il sourit, glissant une mèche de cheveux derrière son oreille.

— Je t'ai toujours vue. Depuis le premier jour où tu es entrée dans cette réunion chez *Archer & Bloom* et que tu as dit à Diana que toute sa stratégie de campagne était à l'envers.

Jules cligna des yeux.

— J'ai fait quoi ?

Nate se mit à rire.

— Tu ne t'en souviens pas ? Tu avais à peine six mois d'ancienneté, et tu as complètement démonté son approche devant toute l'équipe. Je n'avais jamais vu quelqu'un avoir raison de manière aussi brillante et stratégique.

— Et tu n'as pas été… intimidé ?

— Intimidé ? Il parut sincèrement perplexe. J'étais impressionné. Tous les autres essayaient de se fondre dans la masse, de dire ce qu'il fallait pour gravir les échelons. Mais toi ? Tu te concentrais sur le fait de bien faire le travail, de dire les choses nécessaires, même si elles n'étaient pas populaires.

Sa main retrouva la sienne, leurs doigts s'entrelaçant avec une intimité naturelle.

— C'est à ce moment-là que j'ai su que je voulais travailler avec toi un jour. Pas parce que tu étais la plus bruyante ou la plus agressive, mais parce que tu étais la plus claire. La plus honnête.

Jules essaya de s'imaginer la scène : elle, stratège junior, contestant Diana Archer devant toute l'équipe. Cela semblait impossible. Dans sa vie, elle avait été prudente, mesurée, toujours soucieuse de ne pas dépasser les bornes.

Mais dans cette vie-là…

— Qu'est-ce qui s'est passé après ?

Elle était sincèrement curieuse. Nate sourit.

— Diana était furieuse, bien sûr. Mais le client a adoré ton approche. Il l'a mise en œuvre exactement comme tu l'avais décrite. La campagne a dépassé tous les objectifs.

— Et ensuite ?

— Et ensuite, on t'a discrètement retirée des postes en contact avec la clientèle pendant trois mois, dit-il avec une pointe d'ancienne colère. La punition habituelle pour avoir fait passer la patronne pour une idiote, même quand on a raison. Surtout quand on a raison.

Jules hocha lentement la tête. Ça ressemblait plus à l'*Archer & Bloom* qu'elle connaissait.

— C'est là que j'ai commencé à te parler de partir. De créer quelque chose où le bon travail serait récompensé, et non puni. Où nous pourrions bâtir une culture qui valoriserait la clarté plutôt que la conformité.

— Et j'ai accepté ? demanda Jules avant de pouvoir se retenir.

Nate lui lança un regard étrange.

— Au bout d'un moment. Après qu'ils t'aient écartée du compte Reynolds alors que tout le monde savait que c'était toi qui avais développé la stratégie gagnante.

Le compte Reynolds. Dans son univers, il était revenu à… Adam. Sa première grande déception chez *Archer & Bloom*.

— C'est vrai. Bien sûr.

Nate étudia son visage, un léger pli se formant entre ses sourcils.

— Tu es différente ce soir.

Jules sentit une lueur de panique.

— Différente comment ?

Un instant de silence s'écoula.

— Plus… réfléchie. D'habitude, quand on parle de nos débuts, tu t'enflammes à nouveau. Prête à conquérir le monde.

Il tendit la main, son pouce caressant la pommette de Jules dans un geste si tendre qu'il lui fit mal à la poitrine.

— Mais ce soir, tu sembles presque… triste.

— Pas triste, le corrigea doucement Jules. Simplement… en train de réaliser ce qui est important.

L'expression de Nate s'adoucit.

— Et qu'est-ce que c'est ?

Elle soutint son regard, trouvant cela plus facile qu'elle ne l'aurait cru.

— Ça. Nous. Les gens qui comptent.

Quelque chose changea dans ses yeux ; une chaleur, une profondeur.

— Jules Reed, serais-tu en train de t'adoucir ?

Elle eut un petit sourire.

— Jamais. Je… recalibre, c'est tout.

Il se pencha en avant, pressant son front contre le sien.

— J'aime bien ça. Recalibre autant que tu veux.

Ils restèrent ainsi un long moment, connectés, proches, partageant le même air. Jules ferma les yeux, s'autorisant à sombrer dans l'intimité de l'instant.

C'était ce qui lui avait manqué dans sa vie. Pas seulement la réussite professionnelle ou la reconnaissance, mais ceci : la connexion. Le partenariat. Quelqu'un qui voyait sa force comme quelque chose de beau plutôt que de menaçant.

Quelqu'un qui lui faisait de la place parce qu'il voulait se tenir à ses côtés, ni au-dessus, ni en dessous.

Quand Nate l'embrassa de nouveau, Jules n'hésita pas. Ne réfléchit pas trop. Elle accueillit simplement la chaleur, le sentiment d'appartenance, la certitude tranquille que c'était ça — *lui* — qui avait toujours manqué.

Plus tard, bien plus tard, alors qu'ils étaient enlacés dans les draps doux de leur lit commun, la respiration de Nate profonde et régulière à côté d'elle, Jules fixa le plafond et se demanda si elle trouverait la force de faire le même choix quand elle retournerait dans sa propre vie.

Car pour la première fois depuis son arrivée dans cette réalité alternative, Jules était certaine d'une chose : elle ne voulait pas retourner à une vie où elle était ignorée. Où elle était insignifiante. Où elle était seule.

Elle voulait ça — la réussite, oui, mais plus encore, ce partenariat. L'équilibre. La vie bâtie selon ses propres règles, avec quelqu'un qui la célébrait au lieu de la rabaisser.

Elle se tourna sur le côté, observant le profil de Nate dans la faible lueur qui filtrait par les fenêtres. Ses traits étaient détendus dans son sommeil, ils affichaient une vulnérabilité qui était absente quand il était éveillé.

Plus que six jours dans cette vie.

Six jours pour comprendre ce qu'elle avait fait différemment.

Six jours pour apprendre à être assez courageuse pour s'approprier cette vie.

succès ≠ satisfaction

· · ·

JULES SE RÉVEILLA dans un lit vide avec l'odeur du café en cours de préparation. La lumière du soleil filtrait à travers les rideaux entrouverts, plongeant la pièce dans une lueur chaude qui rendait même le réveil luxueux.

Pendant un instant, elle resta immobile, s'imprégnant des sensations qui l'entouraient : la douceur incroyable des draps, la chaleur persistante là où Nate avait dormi à côté d'elle, les bruits de pas lointains provenant d'une autre pièce de l'appartement.

La nuit dernière avait été… inattendue. Intime d'une manière qui dépassait le simple contact physique. Elle avait découvert une facette de Nate – et d'elle-même – qui avait complètement changé sa perception de cette vie.

Ce n'était pas seulement un aperçu de la réussite professionnelle. C'était une fenêtre ouverte sur la véritable signification du mot partenariat.

La porte de la chambre s'ouvrit doucement et Nate apparut, deux tasses fumantes à la main. Il avait déjà pris sa douche, ses cheveux encore humides et le bas de son corps seulement couvert d'une serviette enroulée autour de sa taille. Jules se surprit à apprécier la vue sans aucune gêne.

— Bonjour. Je me suis dit que tu en aurais besoin.

Sa voix était encore rauque de sommeil malgré sa douche. Il lui tendit une tasse de café – préparé exactement comme elle l'aimait, remarqua-t-elle – et s'assit sur le bord du lit, à côté d'elle.

— Merci, murmura-t-elle en prenant une gorgée reconnaissante. Quelle heure est-il ?

— Un peu plus de sept heures. On ne doit pas être au bureau avant neuf heures aujourd'hui, tu te souviens ? L'équipe se remet du coup de collier pour Westridge.

Jules hocha la tête, bien qu'elle ne s'en souvienne absolument pas. Ce geste attentionné – accorder à leur équipe de commencer plus tard après un projet d'envergure – semblait tout à fait correspondre aux leaders qu'ils paraissaient être dans cette vie.

— Tu as bien dormi ?

Ses yeux étaient remplis d'une douceur qui serra le cœur de Jules.

— Bien.

Mieux qu'elle n'avait dormi depuis des années, en fait, enveloppée dans la sécurité des bras de Nate et le luxe de cette vie qu'ils avaient construite.

— Tant mieux. Je vais préparer le petit-déjeuner. Tu as des préférences ?

Il se pencha pour déposer un baiser sur son front, un geste décontracté, intime, celui de quelqu'un qui l'avait répété mille fois auparavant.

— Surprends-moi.

Elle s'étonna de la confiance facile dans sa propre voix. Nate afficha un large sourire.

— Paroles dangereuses. Et si je te surprenais avec ma fameuse combinaison céréales et lait ?

— Je vais prendre le risque, répondit-elle en souriant par-dessus le bord de sa tasse.

Il rit, d'un rire chaud et sincère, puis se leva pour partir. Sur le seuil, il s'arrêta, se retournant vers elle avec une expression mêlant émerveillement et contentement familier.

— Quoi ? demanda Jules, soudain mal à l'aise.

Nate secoua légèrement la tête.

— Rien. C'est juste que… j'aime bien cette version de toi. Détendu. Présente.

Avant qu'elle ne puisse répondre, il avait disparu, laissant Jules seule avec ses pensées et son café.

Cette version de toi.

L'ironie de la situation ne lui échappa pas.

Lorsque Jules sortit de la douche, vêtue d'une robe bordeaux foncé qu'elle avait trouvée dans le placard, Nate avait préparé un petit-déjeuner qui tournait en ridicule sa blague sur les « céréales et le lait ».

L'îlot de la cuisine était garni de fruits coupés, de yaourt, de granola et de ce qui semblait être des scones fraîchement sortis du four. Jules était réellement impressionnée :

— Quand as-tu eu le temps de cuisiner ?

Nate leva les yeux de ce qu'il était en train de dresser dans une assiette près de la cuisinière.

— Je n'ai pas cuisiné. Ils viennent de la boulangerie du coin. Je suis peut-être sorti en douce pendant que tu dormais.

— Tu es sorti juste pour des scones ?

Il haussa les épaules, un petit sourire jouant sur ses lèvres.

— Tu as eu une journée difficile hier. Ça m'a semblé être un matin à scones.

La prévenance désinvolte de ce geste prit Jules au dépourvu. Combien de fois s'était-elle traînée jusqu'au bureau après une journée difficile, s'obligeant à enchaîner les tâches, avec pour seul soutien le café du distributeur et sa pure détermination ?

Ici, dans cette vie, les journées difficiles étaient accueillies avec compréhension. Avec du soutien. Avec quelqu'un qui remarquait quand elle avait besoin d'un peu plus d'attention.

— Merci.

Elle manquait de mots pour décrire la chaleur qui se propageait dans sa poitrine.

Nate posa une assiette devant elle : des œufs parfaitement brouillés avec de la ciboulette et du fromage de chèvre.

— Ce n'est qu'un petit-déjeuner, Jules. Pas la peine de me regarder comme si j'avais réinventé la romance.

Mais ses joues s'empourpraient de plaisir, et Jules se trouva charmée par cela. Par lui. Par toute cette scène de vie domestique dont elle ne s'était jamais imaginé avoir envie ou besoin.

Ils mangèrent ensemble à l'îlot de la cuisine, discutant de la journée à venir entre deux bouchées et quelques gorgées de café. Nate avait une réunion avec leur équipe de développement sur les spécifications techniques de Westridge. Jules avait un déjeuner avec un client potentiel, suivi de bilans internes pour la refonte de l'image de Wilson.

C'était… normal. Confortable. Le rythme de deux personnes dont les vies étaient profondément entremêlées.

Nate reprit la parole alors qu'ils débarrassaient la vaisselle.

— Au fait, je voulais te demander… tu as des projets ce week-end ? Parce que je pensais qu'on pourrait monter à la maison du lac. Prendre un peu l'air, nous vider la tête avant la présentation de Wilson la semaine prochaine.

— La maison du lac ?

Jules avait réagi sans pouvoir se retenir, Nate lui lança un regard étrange.

— Oui, la maison du lac. Cet endroit qu'on a acheté l'année dernière ? À environ deux heures au nord ? Le théâtre de nombreuses piqûres de moustiques et d'au moins une tentative malheureuse de paddle ?

Jules se reprit rapidement.

— C'est vrai. Bien sûr. La maison du lac, ça a l'air parfait.

Nate l'observa un instant de plus, ce même léger froncement de sourcils qui apparaissait chaque fois qu'elle disait quelque chose d'inattendu.

— Tu es sûre que ça va, Jules ? Tu es… je ne sais pas, un peu ailleurs ces derniers jours.

Jules s'occupa en rinçant une assiette, évitant son regard.

— Juste fatiguée. L'affaire Westridge m'a épuisée.

Il ne sembla pas entièrement convaincu.

— Hmm, mais s'il y a autre chose, tu sais que tu peux m'en parler, n'est-ce pas ? C'est un peu notre truc, pas de conneries, tu te souviens ?

Elle leva alors les yeux pour croiser son regard inquiet.

— Je sais. Et j'apprécie. Je suis juste en train... de digérer certaines choses.

Ce n'était même pas un mensonge.

Nate hocha lentement la tête.

— D'accord. Digérer est autorisé. Obligatoire, même. Mais ne digère pas toute seule si tu n'y es pas obligée.

Il déposa un baiser sur sa tempe en passant, se dirigeant vers la chambre pour finir de se préparer. Jules resta dans la cuisine, les mains posées sur le comptoir, essayant de calmer sa respiration.

Cela devenait dangereux. Pas seulement cette aisance domestique, la routine confortable qu'ils avaient établie. Pas seulement l'attirance physique, qui était indéniable.

Non, ce qui était vraiment dangereux, c'était la rapidité avec laquelle elle commençait à dépendre de la présence de Nate. De son soutien. De sa foi inébranlable en elle.

Qu'arriverait-il à la fin de la semaine ? Quand elle retournerait dans sa vie, à une vie où Nate Morgan n'était qu'un collègue parmi d'autres, un concurrent de plus ? Où ils n'avaient ni histoire, ni lien, ni compréhension mutuelle ?

Cette pensée laissa un creux dans sa poitrine.

Plus que cinq jours. Juste cinq jours pour comprendre ce qui rendait cette vie différente. Pour apprendre ce qu'elle devait ramener avec elle.

Cinq jours pour se préparer à la possibilité que, à son retour, Nate ne la regarderait pas comme il le faisait ici — avec chaleur, avec admiration, avec amour.

Cinq jours avant de perdre quelque chose qu'elle commençait à désirer plus qu'elle ne l'aurait jamais cru possible.

Reed & Morgan Strategic Group vibrait de l'énergie concentrée d'une entreprise à son apogée. En traversant le bureau, Jules remarqua des détails qui lui avaient échappé dans son état de confusion initial : les éléments de décoration bien pensés, les espaces de collaboration confortables, l'atmosphère générale de créativité et de détermination.

Ce n'était pas un endroit où les gens se battaient pour la reconnaissance ou s'accaparaient les opportunités. C'était une culture bâtie sur le respect mutuel et la réussite collective.

Dans son bureau, une nouvelle pile de dossiers attendait son examen, chacun accompagné de notes claires des membres de l'équipe qui les avaient préparés. Jules s'installa à son bureau, prête à s'immerger dans le travail qui lui venait si naturellement dans cette vie.

On frappa doucement à la porte, interrompant sa concentration. Elle leva les yeux et vit Zoe debout dans l'encadrement, une tablette à la main.

— Tu as une minute ? J'ai la stratégie révisée pour Wilson.

— Bien sûr. Explique-moi tout.

Jules fit un geste en direction de la chaise en face de son bureau.

Pendant les trente minutes qui suivirent, elles se plongèrent dans la stratégie, et Jules se surprit à apporter des idées et des perspectives qui semblaient émerger d'un puits de connaissances dont elle n'avait pas conscience. C'était comme une mémoire musculaire — son corps savait faire des choses que son esprit ne se souvenait pas d'avoir apprises.

Alors qu'elles terminaient, Zoe s'attarda, une hésitation inhabituelle dans son attitude habituellement efficace.

— Tout va bien ?

Zoe ajusta ses lunettes — un geste nerveux que Jules avait remarqué même depuis le peu de temps qu'elle était là.

— En fait, je voulais te remercier.

— Pour quoi ?

— Pour le conseil que tu m'as donné le mois dernier. À propos du compte Simpson.

Jules hocha la tête, espérant que son expression ne trahirait pas son absence totale de souvenir concernant un quelconque compte Simpson.

— J'étais prête à jouer la sécurité. À suivre l'approche conventionnelle parce que j'avais peur des réticences. Mais tu as dit quelque chose qui m'a vraiment marquée.

— Qu'est-ce que j'ai dit ?

Elle était sincèrement curieuse d'entendre la sagesse qu'elle avait partagée.

— Tu as dit : « Le travail qui te fait peur est souvent celui qui compte. »

Zoe sourit, une pointe d'admiration dans les yeux.

— Tu avais raison. Ils ont adoré l'approche plus audacieuse. Le directeur marketing l'a spécifiquement mentionné dans ses retours.

Le travail qui te fait peur est souvent celui qui compte. Cela ressemblait à quelque chose qu'elle aurait pu dire si elle avait eu la confiance, la sécurité d'y croire.

— Je suis contente que ça ait marché. Ton instinct est bon, Zoe. Tu devrais lui faire confiance plus souvent.

Zoe baissa la tête, flattée par le compliment.

— Venant de toi, ça compte beaucoup.

Après le départ de Zoe, Jules se surprit à retourner la phrase dans son esprit. Le travail qui te fait peur est souvent celui qui compte.

Était-ce cela, la différence dans cette vie ? Avait-elle choisi de faire le travail qui fait peur, de prendre les plus grands risques, de faire confiance à son instinct même quand il l'éloignait du chemin le plus sûr ?

Son ordinateur émit un son pour un rappel de calendrier : déjeuner avec un client potentiel à midi. Jules rassembla ses notes, les glissa dans son porte-documents et sortit.

En traversant l'open space, elle remarqua Nate dans l'une des salles de conférence vitrées, en pleine discussion avec une équipe rassemblée autour d'une table couverte de schémas et de maquettes. Il gesticulait avec animation, son expression concentrée mais ouverte, invitant clairement le groupe à donner son avis.

Il leva les yeux au moment où elle passait, son expression sérieuse se muant en un sourire chaleureux quand il l'aperçut. Il lui fit un petit signe de tête, pas tout à fait un salut de la main, mais clairement une reconnaissance. Une connexion.

Jules lui rendit son signe de tête, une vague de chaleur dans la poitrine.

Voilà à quoi ressemblait un partenariat. Non pas à se disputer les feux de la rampe, mais à éclairer différents aspects d'une même vision.

C'était magnifique.

Et, de façon de plus en plus terrifiante, c'était quelque chose dont elle ne pouvait plus imaginer se passer.

Le déjeuner d'affaires s'était bien déroulé, et Jules s'était découvert parfaitement capable de discuter de services et d'approches dont elle ne savait objectivement rien. Le client potentiel, une start-up technologique axée sur le développement durable aux objectifs ambitieux, avait semblé impressionné par ses idées et le portfolio de l'agence.

En revenant au bureau, Jules surfait encore sur la vague de confiance que lui procurait le fait d'avoir brillamment géré un autre aspect de cette vie d'emprunt.

Elle se dirigeait vers son bureau quand elle aperçut une silhouette familière à travers les parois vitrées du café de l'entreprise : une femme menue avec une nuée de cheveux bouclés et des boucles d'oreilles originales. Kai.

Agissant sur un coup de tête, Jules dévia de sa trajectoire et entra dans le café. Kai leva les yeux de son ordinateur portable, la surprise et le plaisir illuminant ses traits.

— Jules ! Quelle surprise de te voir en pleine journée. D'habitude, il faut un pied-de-biche pour t'extraire de ton bureau entre neuf heures et dix-huit heures.

Jules sourit en se glissant sur la chaise en face de son amie.

— Je m'exerce à ce nouveau concept radical qu'on appelle « prendre des pauses ». Très révolutionnaire.

Kai rit.

— L'influence de Nate, sans aucun doute. Cet homme essaie de te faire découvrir l'équilibre entre vie pro et vie perso depuis des années.

— Il est tenace, concéda Jules, curieuse de cette dynamique. Est-ce qu'il a toujours été comme ça ? Si… équilibré ?

Kai lui lança un regard étrange.

— À peu près, ouais. Enfin, il travaille dur — vous deux, vous travaillez dur — mais il a toujours eu cette philosophie du « travailler pour vivre, et non vivre pour travailler ». Pourquoi ?

Jules haussa les épaules, essayant de paraître détachée.

— Je pensais juste à nos manières parfois différentes d'aborder les choses.

Kai ferma son ordinateur pour accorder toute son attention à Jules.

— Les contraires s'attirent, tout ça... Bien que vous ne soyez pas aussi différents que tu le penses. Vous êtes tous les deux têtus comme des mules, pour commencer.

— Je ne suis pas têtue, protesta Jules.

Kai haussa les sourcils.

— Dit la femme qui a déjà passé trois jours d'affilée à restructurer une campagne entière parce que, je cite : « Ce n'est pas encore au point et je préférerais mourir plutôt que de présenter un travail tout juste passable. »

Jules grimaça. Ça ressemblait bien à quelque chose qu'elle aurait pu dire.

— Tu marques un point, concéda-t-elle. Je peux être... déterminée.

— C'est une façon de le dire.

Kai but une gorgée de son thé, étudiant Jules par-dessus le bord de sa tasse.

— Alors, qu'est-ce que tu as vraiment en tête ? Parce que la Jules Reed que je connais ne prend pas de pause-café spontanée pour discuter de traits de personnalité.

Jules trouvait l'approche directe de Kai rafraîchissante. Dans sa réalité, elle n'avait pas beaucoup d'amis proches ; des connaissances, oui, des contacts professionnels, certainement, mais peu de gens avec qui elle pouvait être vraiment vulnérable.

Ici, semblait-il, elle avait Kai. Et c'était peut-être une ressource qui valait la peine d'être utilisée. Jules se pencha légèrement en avant.

— Je peux te demander quelque chose ? À propos de Nate et moi ?

— Ouh, du mystère, répondit Kai en imitant sa posture. Vas-y, je t'écoute.

— Quand est-ce que tu as su qu'on était faits l'un pour l'autre ? Que ce n'était pas juste... une compatibilité professionnelle ou une attirance physique ?

L'expression de Kai s'adoucit, devenant plus songeuse.

— C'est une bonne question, en fait.

Elle tapota la table de ses longs ongles, réfléchissant.

— Je crois que c'était après le désastre avec le compte Henderson, tu te souviens ? Quand le client s'est retiré à la dernière minute et que tu as perdu cette énorme commission sur laquelle tu comptais ?

Jules hocha la tête comme si elle s'en souvenait.

— Nate s'est pointé chez toi avec des plats à emporter et une bouteille de tequila. Mais au lieu de simplement te laisser te morfondre, ce que la plupart des mecs feraient, il a apporté son ordinateur portable et il est resté éveillé toute la nuit avec toi, à remanier ta présentation pour d'autres clients. Il a dit, et c'est ça qui m'a marquée : « Tes idées sont trop bonnes pour être gâchées juste parce que Henderson est un idiot. »

Kai sourit à ce souvenir.

— Il n'a pas essayé de réparer tes sentiments ou de te dire que ça irait. Il a reconnu la perte, puis il t'a aidée à réutiliser le travail dont tu étais fière. C'est là que j'ai su qu'il te comprenait, te comprenait vraiment, d'une manière que la plupart des gens ne saisissent pas.

L'anecdote la frappa avec une force inattendue. C'était un si petit moment, en un sens ; ni grandiose ni dramatique, juste profondément compréhensif.

— Et pour moi ? Quand as-tu su que j'étais sérieuse à son sujet ?

Kai rit.

— Oh, ça, c'était évident dès le premier jour. Tu n'as jamais regardé personne comme tu regardes Nate. Comme s'il était une énigme que tu n'arrives pas tout à fait à résoudre, mais que tu prends un plaisir fou à essayer de déchiffrer.

— Ça n'a pas l'air très romantique, observa Jules avec un petit sourire.

— Pour toi, ça l'est. Pour quelqu'un d'autre, le romantisme, ce serait peut-être des fleurs et de la poésie. Pour Jules Reed, c'est la fascination intellectuelle et le respect.

Elle tendit la main par-dessus la table et toucha brièvement celle de Jules.

— Tu as trouvé quelqu'un qui te stimule sans essayer de te changer.

Sais-tu à quel point c'est rare ? Surtout pour les femmes comme nous qui ne rentrent pas sagement dans les petites cases de la société ?

Jules sentit sa gorge se serrer.

— Les femmes comme nous ?

— Intelligentes, ambitieuses et parfois terrifiantes, précisa Kai avec un clin d'œil. Celles qu'on qualifie de « difficiles » alors qu'on est juste directes.

Ces mots trouvèrent un écho profond en elle. Combien de fois Jules avait-elle modulé son ton, adouci ses opinions, s'était faite plus petite pour éviter précisément cette étiquette ? Kai poursuivit, comme si elle lisait dans ses pensées :

— Nate ne t'a jamais trouvée difficile. Il te trouvait fascinante. Et c'est toujours le cas, à en juger par la façon dont il te regarde.

Jules hocha la tête, assimilant tout cela.

— Merci, Kai. Pour cet éclairage.

— Quand tu veux. Mais je suis curieuse : qu'est-ce qui a provoqué tout ça ? Vous deux, vous avez l'air plus solides que jamais.

— Je... je réfléchis, c'est tout.

Ce n'était pas faux. Parfois, ça fait du bien de se rappeler pourquoi on choisit les gens qu'on choisit.

Kai l'observa un instant de plus, puis hocha la tête.

— Eh bien, si tu as besoin d'un rappel officiel, j'ai à peu près six mille photos de vous deux en train de vous regarder avec des yeux de merlan frit au fil des ans. Une histoire d'amour très bien documentée.

Jules rit.

— Je m'en souviendrai.

Tandis qu'elle retournait à son bureau, Jules sentit un curieux mélange d'émotions s'entrechoquer en elle. Le tableau que Kai avait dépeint — celui d'une relation fondée sur le respect mutuel, l'admiration intellectuelle et une véritable compréhension — était à des années-lumière de tout ce qu'elle avait connu dans sa propre vie.

Dans son monde, les relations amoureuses avaient toujours ressemblé à une série de compromis, où elle devait se rendre plus acceptable, moins intimidante, moins... elle-même.

Mais ici, avec Nate, Elle semblait avoir trouvé quelqu'un qui appré-ciait justement les facettes de sa personnalité que les autres avaient trouvées difficiles. Qui voyait son ambition comme une qualité, pas un défaut.

C'était une révélation. Et, de plus en plus, une complication.

Parce que que se passerait-il quand elle devrait laisser cette vie derrière elle ? Quand elle retournerait dans un monde où Nate Morgan n'était qu'un collègue qui l'avait battue pour une promotion ? Où ils n'avaient aucune histoire, aucun lien, aucun fondement de respect et de compréhension mutuels ?

Cette pensée lui laissa comme un vide dans la poitrine.

L'après-midi fila dans un enchaînement de réunions, de bilans et de décisions que Jules géra avec une confiance croissante. Au moment où elle termina son dernier appel de la journée, le bureau s'était vidé, la laissant seule avec ses pensées dans le calme de son bureau d'angle.

Elle rassemblait ses affaires pour partir quand son téléphone vibra, annonçant un SMS.

> Nate : « Encore au bureau ? Viens sur le toit quand tu as fini. J'ai quelque chose à te montrer. »

Le toit ? Jules fronça légèrement les sourcils, mais sa curiosité était piquée. Elle répondit par un simple *J'arrive* et se dirigea vers l'ascenseur.

Le dernier étage de l'immeuble abritait un petit salon de direction qui donnait sur une terrasse sur le toit — un avantage de la location de la suite penthouse. Lorsque Jules poussa les portes vitrées pour accéder à l'espace extérieur, l'air du début de soirée l'accueillit, frais mais pas froid, porteur des odeurs de la ville et de quelque chose d'autre… une senteur florale ?

Elle suivit le chemin de pierre au détour d'un coin paysagé et s'arrêta, surprise par la scène qui s'offrait à elle.

Nate se tenait à côté d'une petite table dressée pour deux, avec des bougies et une bouteille de vin déjà ouverte pour la laisser respirer.

Des guirlandes lumineuses avaient été enroulées autour des jardinières voisines, jetant une lueur chaude et intime sur la scène. Jules était stupéfaite.

— Qu'est-ce que c'est que ça ?

Nate sourit, avec une pointe d'incertitude dans son expression.

— Un dîner surprise sur le toit ? Je me suis dit qu'on avait besoin de changer d'air.

Il désigna une grande boîte blanche posée sur un banc voisin.

— Ça vient de chez Antonio. Tous tes plats préférés.

Jules s'approcha lentement, mesurant l'effort, la prévenance qui avaient présidé à ce rendez-vous improvisé.

— Tu as fait tout ça... pourquoi ?

Le sourire de Nate s'effaça légèrement.

— Parce que tu m'as paru un peu... je ne sais pas, distante ces derniers temps ? Je me suis dit qu'on avait peut-être besoin de temps juste pour nous. Loin de l'appartement, loin du bureau, mais que ce soit quand même... à nous.

La simple sincérité de son geste lui serra le cœur. Cet homme — cette version de Nate Morgan — était attentionné. Il remarquait quand quelque chose n'allait pas. Et au lieu de prendre ses distances ou de se mettre sur la défensive, il créait un espace pour qu'ils se retrouvent.

— C'est parfait.

Elle le pensait.

Un soulagement visible se lut sur les traits de Nate. Il lui tira une chaise, un geste galant qui, venant de lui, n'avait rien de condescendant.

— Du vin ? proposa-t-il, attrapant déjà la bouteille.

Jules hocha la tête, s'installant sur son siège et le regardant verser deux verres avec une aisance consommée. La ville s'étendait autour d'eux, une tapisserie de lumières sur le ciel qui s'assombrissait. C'était magnifique. Intime. Incroyablement romantique.

— Alors, j'ai une théorie.

Nate s'assit à son tour. Jules haussa un sourcil.

— À quel sujet ?

— Sur ce qui se passe avec toi cette semaine.

Son cœur rata un battement. Avait-il compris d'une manière ou d'une autre ? Réalisé qu'elle n'était pas du tout *sa* Jules, mais une usurpatrice venue d'une autre vie ?

— Et quelle est ta théorie ?

Elle tentait de garder une voix calme. Nate prit une gorgée de son vin, l'étudiant par-dessus le bord de son verre.

— Je pense que tu as des doutes.

— Sur quoi ?

— Sur nous. Le mariage. Tout ça.

Jules le dévisagea, sincèrement surprise.

— Quoi ? Non, Nate, ce n'est pas…

Il leva une main, son expression douce.

— Laisse-moi finir. S'il te plaît ?

Elle hocha la tête, le cœur battant la chamade.

— Tu as été différente cette semaine. Plus distante, oui, mais aussi plus… présente, d'une manière étrange. Comme si tu voyais tout pour la première fois. Que tu remettais les choses en question. Moi. Nous.

Il posa son verre, se penchant légèrement en avant.

— Et ce n'est pas grave, Jules. Vraiment pas. Les grands engagements doivent être remis en question. Examinés. C'est comme ça qu'on sait qu'ils sont réels.

Jules ne savait pas quoi dire. Il n'avait pas tort, pas vraiment — elle voyait tout d'un œil neuf, remettant en question la réalité dans laquelle elle avait atterri. Mais pas parce qu'elle en doutait. Parce qu'elle commençait à le désirer un peu trop. Ses paroles lui parurent lourdes de vérité malgré les étranges circonstances :

— Je n'ai pas de doutes. Au contraire, je suis plus certaine que jamais.

L'expression de Nate s'adoucit d'un soulagement visible.

— Vraiment ?

— Vraiment. J'ai juste… réfléchi. À nous. À la façon dont nous en sommes arrivés là.

— Pour une raison particulière ?

Elle hésita, puis opta pour une version de la vérité.

— J'ai fait un rêve l'autre nuit. Que nous ne nous étions jamais rencontrés. Que j'étais restée chez *Archer & Bloom*, à essayer sans cesse de faire mes preuves auprès de gens qui ne me verraient jamais. Ça semblait si réel, et si... vide.

Nate tendit la main par-dessus la table, prenant celle de Jules dans la sienne.

— Mais ce n'est pas ce qui s'est passé.

— Non. Mais ça aurait pu. Si les choses s'étaient passées différemment. Si j'avais fait des choix différents.

— Comme quoi ?

— Si je n'avais pas pris la parole à cette réunion avec Diana, suggéra-t-elle en s'inspirant de ce qu'il lui avait dit la veille, si j'étais restée silencieuse, si j'avais joué la carte de la sécurité.

Nate réfléchit à cela, son pouce traçant de petits cercles sur le dos de sa main.

— Je ne pense pas que tu aurais pu, Jules. Pas longtemps. Ce n'est pas dans ta nature de te faire petite quand tu vois quelque chose qui doit être dit.

— Tu crois ?

Il était assuré et tranquille.

— J'en suis sûr. C'est l'une des premières choses que j'ai admirées chez toi. Ta clarté. Ta volonté d'assumer ta vérité, même quand c'était inconfortable.

Il sourit avec une pointe de nostalgie.

— Tu te souviens de ce que tu m'as dit, le jour où j'ai suggéré qu'on quitte *Archer & Bloom* pour monter notre propre cabinet ?

Jules secoua la tête, terriblement curieuse.

— Tu as dit : « J'en ai marre de demander une place à une table où j'ai déjà gagné le droit de m'asseoir. » Et j'ai pensé... oui. C'est exactement ça.

Ces mots résonnèrent en elle, touchant une corde si sensible qu'elle pouvait presque le sentir physiquement. N'était-ce pas précisément ce qu'elle avait fait dans sa propre vie ? Demander la permission d'occuper un espace qu'elle avait déjà gagné ? Attendre la reconnaissance au lieu de la revendiquer ?

— J'ai dit ça ?

— Oui. Et ensuite, tu as exposé ta vision de ce qui est finalement devenu *Reed & Morgan*. Tu m'as convaincu en moins de dix minutes.

— Comme ça ?

— Comme ça. Certaines décisions sont faciles, Jules. M'associer à toi, professionnellement et personnellement, a été le choix le plus facile que j'aie jamais fait.

Son regard était chaleureux, certain.

Quelque chose se tordit dans la poitrine de Jules – un pincement au cœur si vif qu'il en était presque douloureux. Dans cette vie, rien n'avait été facile. Chaque pas en avant avait été une bataille, chaque réussite nuancée par le doute ou le dédain.

Ici, elle avait trouvé un partenariat qui amplifiait ses forces au lieu de les diminuer. Une relation qui célébrait son ambition au lieu de s'en sentir menacée. Nate remarqua son silence :

— Ça va ?

Jules hocha la tête, retenant des larmes inattendues qui lui montaient aux yeux.

— Oui. Je suis juste… reconnaissante. Pour toi. Pour nous.

Il sourit, lui serrant doucement la main.

— Moi aussi. Chaque jour.

Alors qu'ils étaient assis sur ce toit, partageant du vin, des pâtes et les histoires de leur parcours commun, Jules sentit quelque chose bouger en elle. Une prise de conscience. Une révélation.

Dans sa vie, elle avait été tellement concentrée sur le fait de prouver sa valeur, de se battre pour la reconnaissance, qu'elle était passée à côté de quelque chose de crucial : le pouvoir de s'aligner avec des gens qui voyaient déjà sa valeur. Qui n'avaient pas besoin d'être convaincus. Qui voulaient construire avec elle, pas rivaliser contre elle.

Elle avait été si occupée à essayer de gagner des places aux mauvaises tables qu'elle n'avait pas envisagé la possibilité de construire la sienne.

Et c'était peut-être ça, la différence essentielle dans cette vie. Pas seulement le fait qu'elle avait pris la parole lors de cette réunion avec Diana. Pas seulement qu'elle avait revendiqué sa place avec plus d'audace.

Mais qu'elle avait reconnu quand il était temps de créer un tout nouvel espace. Avec la bonne personne à ses côtés.

Tandis que les lumières de la ville scintillaient autour d'eux et que

Nate racontait l'histoire de leur première présentation client – un désastre à tous points de vue, mais dont ils avaient ri par la suite autour d'une bière bon marché dans son minuscule appartement – Jules sentit le poids de cette prise de conscience s'abattre sur elle.

Le succès ne consistait pas à gagner au sein d'un système défaillant.

Il consistait à avoir le courage d'imaginer et de créer quelque chose de mieux.

Et elle manquait de temps pour trouver comment ramener cette connaissance avec elle.

aucun titre ne vaut ça

. . .

JULES SE TENAIT devant son dressing — son dressing alternatif — à contempler des rangées de vêtements qui représentaient une vie qu'elle n'avait pas construite, mais qu'elle commençait à convoiter. Des tailleurs-pantalons aux couleurs de pierres précieuses. Des robes qui captaient l'attention sans complexe. Des chaussures qui lui donnaient une hauteur pour laquelle elle n'avait pas à s'excuser.

Plus que quatre jours dans cette vie.

Quatre jours pour comprendre ce qu'elle devait ramener avec elle.

Quatre jours avant de perdre Nate.

Cette pensée lui serra la poitrine, un pincement aigu qu'elle ne pouvait ni ignorer ni écarter. En moins d'une semaine, elle était passée de le connaître à peine à… quoi ? Pas l'amour, certainement. Ce serait absurde. Mais quelque chose. Quelque chose de réel. Quelque chose qui comptait.

Elle choisit un tailleur bleu saphir avec des détails architecturaux aux épaules — une tenue de pouvoir qui ne prétendait pas être autre chose — et le posa sur le lit.

— La maison du lac est confirmée pour le week-end, lança Nate depuis la salle de bains, la voix légèrement étouffée. J'ai rajouté des courses à notre commande. Tu veux que j'ajoute quelque chose en particulier ?

Jules se figea un instant. La maison du lac. Le week-end. Une escapade romantique avec un homme qui la croyait sa fiancée, qui partageait des années d'histoire commune avec une version d'elle qui n'était pas elle du tout.

— Non, je suis sûre que tout ce que tu as commandé est parfait.

Elle détesta le léger tremblement dans sa voix.

Nate apparut dans l'encadrement de la porte, une serviette nouée autour de la taille, les cheveux encore humides.

— Ça va ? Tu as l'air un peu pâle.

Jules hocha la tête trop rapidement.

— Ça va. Je… je pensais juste à la présentation Wilson de la semaine prochaine.

C'était une excuse pratique. L'univers alternatif remplissait rapidement son esprit de détails sur le dossier Wilson — leur direction conservatrice, leur résistance au changement, la stratégie de repositionnement majeure qu'elle était censée présenter mardi prochain.

Nate étudia son visage, pas entièrement convaincu.

— On va gérer, Jules. L'équipe est sur la même longueur d'onde, la stratégie est solide et tes talents de présentation sont légendaires. Wilson signera avant même que tu arrives à la dixième diapositive.

Sa confiance en elle était si inébranlable, si sincère. Rien à voir avec les assurances creuses qu'elle avait reçues dans sa vie — les platitudes du style « ce sera pour la prochaine fois » après chaque déception. Elle se força à sourire.

— Je sais. Le trac d'avant-présentation, c'est tout.

Nate traversa la pièce et déposa un baiser sur son front, un geste tendre et naturel.

— Tu veux que je m'en occupe, cette fois ? Je serais ravi de prendre les rênes si tu ne le sens pas.

L'offre était si sincère, si dénuée de tout jeu de pouvoir ou d'arrière-pensée, que Jules sentit quelque chose se tordre douloureusement dans sa poitrine.

— Non, refusa-t-elle en levant la main pour lui toucher brièvement la joue. C'est mon projet. Je le mènerai à bien.

Il sourit, satisfait de sa résolution.

— C'est bien ma fiancée.

Alors qu'il retournait dans la salle de bains, Jules s'assit sur le bord du lit, une lourdeur s'installant dans son estomac.

Tout devenait trop compliqué. Trop réel. Elle commençait à dépendre du partenariat qu'ils partageaient, de leurs concessions mutuelles si simples, de ce soutien indéfectible. Qu'arriverait-il quand elle retournerait dans sa vie et que tout cela aurait disparu ?

Elle attrapa son téléphone, cherchant une distraction pour ses pensées qui tournaient en boucle, et tomba sur une notification qu'elle avait manquée la veille.

Rappel : Brunch avec Kai & Miguel demain, 11 h chez Milo

Une autre obligation sociale. Une autre performance dans le rôle de la Jules de cette vie. Une autre occasion de s'enfoncer plus profondément dans cette vie qui n'était pas vraiment la sienne.

Elle reposa le téléphone et se couvrit le visage de ses mains, prenant une profonde inspiration pour se calmer. Elle devait se ressaisir. Se rappeler que c'était temporaire. Un aperçu, pas une délocalisation permanente.

Mais en entendant Nate fredonner dans la salle de bains — une obscure chanson indie qu'il lui avait probablement passée une douzaine de fois dans cette vie — Jules ne put s'empêcher de se demander : et si ça pouvait être permanent ? Et si elle pouvait rester ici, dans cette vie, avec cette version de Nate qui la connaissait, l'appréciait, la soutenait comme elle ne l'avait jamais été auparavant ?

La pensée était séduisante. Dangereuse.

Et complètement contraire aux règles.

Reed & Morgan était exceptionnellement calme quand Jules arriva. La plupart de l'équipe travaillait avec concentration à son bureau ou en petits groupes disséminés dans l'espace. Elle se dirigea vers son bureau, saluant de la tête ceux qui levaient les yeux à son passage.

Son bureau était impeccablement organisé, comme toujours, avec les priorités du jour soigneusement notées de sa propre main. Une pile de dossiers à examiner. Une ébauche de la présentation Wilson. Et une petite enveloppe qui n'était pas là la veille.

Jules la ramassa, curieuse. Elle ne portait aucune inscription, juste une simple enveloppe couleur crème scellée par une goutte de cire frappée d'un symbole familier : le symbole infini des Retraites Temporelles.

Son cœur s'accéléra tandis qu'elle rompait soigneusement le sceau et en retirait une unique carte.

Plus Que Trois Jours
Choisissez judicieusement.

Choisir ? Quel choix y avait-il à faire ? Celeste avait dit que c'était temporaire — un aperçu, pas une réinstallation permanente. S'était-elle trompée ? Y avait-il un moyen de rester ?

Et si c'était le cas… le saisirait-elle ?

Jules remit la carte dans l'enveloppe et la glissa dans son sac, l'esprit bouillonnant de possibilités. L'idée de rester dans cet univers — de garder cette vie, cette carrière, cette relation avec Nate — était dangereusement séduisante.

Mais qu'en était-il de sa vraie vie ? De sa véritable vie ? De la Jules qui y avait sa place ?

Avant qu'elle ne puisse s'enfoncer davantage dans ces questions troublantes, son téléphone vibra, lui rappelant une réunion. Elle avait cinq minutes pour se rendre dans la Salle Onyx pour une session de stratégie sur la présentation Wilson.

La Jules professionnelle prit le dessus, mettant pour le moment de côté les complications temporelles. Elle rassembla ses documents et se dirigea vers la réunion, chaque pas empreint de détermination.

La session de stratégie fut productive, l'équipe s'appuyant sur le concept de repositionnement de Jules pour Wilson avec enthousiasme et perspicacité. Elle mena la discussion avec une assurance qui semblait à la fois étrangère et familière, tirant les meilleures idées de chaque membre de l'équipe et les entrelaçant en une approche cohérente. Zoe manifesta sa satisfaction à la fin de la session d'un air songeur :

— C'est solide. Mais le conseil d'administration de Wilson est connu pour son aversion au risque. Ils vont vivement s'opposer à un repositionnement aussi radical.

Sa certitude la surprit elle-même.

— Qu'ils le fassent. Notre travail n'est pas de leur dire ce qu'ils veulent entendre. C'est de leur dire ce qu'ils ont besoin de savoir.

L'équipe échangea des regards — non pas dubitatifs, mais impressionnés.

— C'est pour ça que c'est elle, la patronne, murmura quelqu'un avec appréciation.

Alors qu'ils sortaient, Nate croisa son regard de l'autre côté de la pièce, où il avait observé en silence. Il lui fit un petit signe de tête — reconnaissance, approbation, partenariat en un seul geste.

Jules lui répondit d'un signe de tête, cette chaleur désormais familière se propageant dans sa poitrine.

Elle l'avait toujours voulu, n'est-ce pas ? La reconnaissance. Le respect. La liberté de diriger selon ses propres règles.

Alors pourquoi cela semblait-il soudainement incomplet ?

La journée passa dans un tourbillon de réunions, d'appels et de décisions stratégiques. En fin d'après-midi, Jules se retrouva seule dans son bureau, contemplant la silhouette de la ville alors que le soleil commençait sa lente descente.

Demain, c'était le week-end. La maison du lac. Deux jours seule avec Nate dans un cadre sans aucun doute romantique, à jouer le rôle de sa fiancée aimante tout en sachant que dans quelques jours à peine, elle serait partie.

Cette pensée lui laissa un sentiment de vide.

Un léger coup frappé à sa porte interrompit sa rêverie. Elle se retourna et vit Nate adossé au cadre de la porte, sa veste jetée sur une épaule, sa cravate déjà desserrée.

— Salut. Prête à y aller ? La circulation va être infernale si on ne part pas bientôt.

Jules acquiesça, rassemblant ses affaires en pilote automatique.

— Je finis juste deux ou trois trucs.

— Je peux t'aider ?

Elle secoua la tête, réussissant à esquisser un petit sourire.

— Rien d'urgent. On se retrouve à l'ascenseur dans cinq minutes ?

Nate l'étudia un instant, cette inquiétude désormais familière brillant dans ses yeux.

— Prends ton temps. Je t'attends.

Après son départ, Jules s'assit à son bureau, essayant de calmer ses pensées qui s'emballaient. Ça devenait intenable — la comédie constante, la culpabilité, l'attachement grandissant à une vie et à un homme qu'elle ne pouvait pas vraiment considérer comme siens.

Elle avait besoin de parler à quelqu'un. Quelqu'un qui comprendrait.

Sans plus y réfléchir, elle prit son téléphone et composa le numéro de Sasha.

Le téléphone sonna plusieurs fois avant que sa sœur ne réponde, la surprise évidente dans sa voix.

— Jules ?

Jules eut soudainement la gorge nouée.

— Salut, Sash. Tu… tu as une minute ?

Une pause.

— Bien sûr. Tout va bien ?

Les mots sortirent avant qu'elle n'ait pu les retenir.

— Pas vraiment. Je sais qu'on n'a pas été proches ces derniers temps, et c'est de ma faute, mais j'aurais vraiment besoin de ma sœur en ce moment.

Le silence qui suivit sembla durer une éternité. Sasha demanda finalement, d'un ton plus doux :

— Tu es où ?

— Au bureau.

— Nate est avec toi ?

Jules fronça légèrement les sourcils en entendant la pointe d'amertume dans la voix de Sasha quand elle mentionna Nate.

— Non, il m'attend en bas. On est censés partir à la maison du lac pour le week-end.

Une autre pause.

— Tu as envie d'y aller ?

C'était une question si simple, mais elle frappa Jules avec une force inattendue. Avait-elle envie d'y aller ? Avait-elle envie de passer deux jours de plus à approfondir son lien avec un homme qu'elle devrait laisser derrière elle ?

— Je ne sais pas.

Sasha soupira, un son à la fois familier et étrange.

— Écoute, Jules, je ne prétends pas comprendre tes choix de vie en ce moment. Mais si tu me demandes mon avis ? Ne fais pas de choses qui te font dire « je ne sais pas » avec cette voix-là.

— Quelle voix ?

— La petite voix. Celle que tu prenais avant… tout ça.

Avant tout ça. Avant cette vie. Avant *Reed & Morgan*. Avant Nate.

— Tu m'as manqué.

Les mots avaient émergé d'un endroit profond et sincère en elle. Silence.

— Tu m'as manqué aussi. La vraie toi, je veux dire. Pas la Jules carriériste qui est trop occupée pour les dîners de famille.

La remarque acerbe la piqua au vif, mais Jules ne pouvait en nier la véracité, du moins dans cette vie.

— Je suis désolée. Pour tout ce qui s'est passé entre nous. Pour les choses que j'ai dites ou pas dites. Pour… avoir disparu.

Sasha resta silencieuse si longtemps que Jules se demanda si elle n'avait pas raccroché.

— Il s'est passé quelque chose ? Ta voix est… différente.

— Disons que ma perspective a un peu changé, ces derniers temps, dit Jules avec prudence. Ça m'a fait réaliser ce qui est important. Qui est important.

— Et qu'est-ce que tu as réalisé ?

La voix de Sasha avait une pointe de sa franchise d'antan. Jules ferma les yeux en se penchant en arrière sur sa chaise.

— Que la réussite ne signifie pas grand-chose si on n'a personne avec qui la partager. Des gens qui te connaissaient avant le bureau de direction et les tailleurs chics.

— Eh bien, c'est la chose la moins « Jules » que tu aies dite depuis des années. Peut-être même de toute ta vie.

Le sourire de Sasha s'entendait dans sa voix. Jules eut un petit rire.

— Peut-être que j'évolue.

— Peut-être bien, concéda Sasha, d'un ton prudemment optimiste. Alors, qu'est-ce que tu vas faire pour la maison du lac ?

Jules soupira, la question la ramenant à son dilemme immédiat.

— Je ne sais pas. Je ne sais vraiment pas.

— Tu l'aimes ?

La question prit Jules au dépourvu. Aimait-elle Nate ? Cette version de Nate qu'elle connaissait depuis moins d'une semaine ?

— C'est… compliqué, se déroba-t-elle.

— Ça l'est toujours. Mais ça ne répond pas à ma question.

Jules regarda la ligne d'horizon de la ville, les couleurs du crépuscule peignant les immeubles de verre de roses et d'or.

— Je pourrais, admit-elle. L'aimer, je veux dire. Si les choses étaient différentes.

— Différentes comment ?

Comment pouvait-elle bien lui expliquer qu'elle venait d'une autre vie ? Qu'il ne lui restait que quelques jours avant de retourner dans un monde où Nate Morgan n'était qu'un collègue, et non le partenaire qui connaissait sa commande de café, lui laissait des mots d'encouragement et la regardait comme si elle était à la fois un défi et un cadeau ?

— Juste… des circonstances différentes.

Elle restait évasive. Sasha poussa un petit grognement de frustration.

— Jules, je t'adore, mais là, tu es sacrément énigmatique.

— Je sais. Je suis désolée.

— Ne sois pas désolée. Sois honnête. Avec toi-même, si ce n'est pas avec moi.

Cette simple injonction toucha une corde sensible. L'honnêteté. À quand remontait la dernière fois où Jules avait été vraiment honnête avec elle-même ? Sur ce qu'elle voulait, ce dont elle avait besoin, ce qu'elle était prête à sacrifier ?

— Je crois… que j'ai besoin d'un peu de temps seule. Pour faire le point.

— Alors, prends-le. Nate comprendra s'il est ne serait-ce que la moitié de l'homme que tu décris.

Jules esquissa un faible sourire.

— Depuis quand es-tu devenue si sage ?

— Je l'ai toujours été, sœurette. Tu étais juste trop occupée pour le remarquer.

Cette douce taquinerie eut l'effet d'une bouée de sauvetage, un lien avec quelque chose de réel et de stable au milieu de toute cette confusion temporelle.

— Merci, Sash. D'avoir écouté. D'être… toi.

— Quand tu veux, répondit Sasha, sa voix se réchauffant. Et Jules ? Quoi que tu décides pour le week-end, pour Nate, pour… tout ce qui se passe avec toi en ce moment ? Assure-toi juste que c'est ce que *tu* veux. Pas ce que tu penses que tu devrais vouloir.

Après avoir raccroché, Jules resta assise dans le calme de son bureau, les mots de Sasha résonnant dans son esprit.

Assure-toi que c'est ce que tu veux. Pas ce que tu penses que tu devrais vouloir.

Que voulait-elle ?

Le bureau de direction ? Oui, mais pas à n'importe quel prix.

L'entreprise prospère ? Oui, mais pas si cela signifiait perdre les gens qui comptaient.

Nate ? Oui. Mon Dieu, oui. Mais pas ce Nate-là, pas celui qui appartenait à une autre Jules, dont l'histoire et la connexion avaient été bâties avec quelqu'un d'autre.

Elle voulait… elle voulait la possibilité de trouver son propre Nate. De construire son propre chemin vers la réussite. De créer une vie qui incluait l'ambition et les liens humains, l'accomplissement professionnel et l'épanouissement personnel.

Et elle ne pouvait pas faire ça ici, dans un univers qu'elle avait emprunté mais pas mérité.

Avec une clarté soudaine, Jules sut ce qu'elle devait faire.

Nate attendait près de l'ascenseur, faisant défiler quelque chose sur son téléphone, quand Jules s'approcha. Il leva les yeux, son expression s'illuminant en la voyant.

— Te voilà. Prête pour un week-end de pêche médiocre et d'excellent vin ?

Jules prit une profonde inspiration.

— En fait, Nate, il faut que je te parle.

Son sourire s'effaça légèrement devant son ton sérieux.

— Bien sûr. Qu'est-ce qui se passe ?

Elle jeta un regard aux quelques employés qui travaillaient encore.

— Pas ici. On peut aller quelque part en privé ?

L'inquiétude perça dans son regard, mais il hocha la tête.

— Évidemment. Sur le toit, encore ?

Quelques minutes plus tard, ils se tenaient sur le toit-terrasse où ils avaient dîné la veille. Le soleil couchant projetait de longues ombres sur l'espace, la ville commençant à s'illuminer à l'approche du crépuscule.

— Qu'est-ce qui se passe, Jules ? Tu es… différente depuis une semaine. Et là, on dirait que tu vas m'annoncer une mauvaise nouvelle.

Jules croisa les bras, soudainement prise de froid malgré la douceur de la soirée.

— Je ne peux pas aller à la maison du lac ce week-end.

Nate fronça les sourcils.

— D'accord… C'est le travail ? Parce que quoi que ce soit, ça peut attendre lundi.

Elle secoua la tête.

— Ce n'est pas le travail. C'est… moi. J'ai besoin de temps. Seule.

Elle vit la compréhension poindre dans ses yeux, rapidement suivie par de l'inquiétude, puis par une sorte de résignation.

— Je vois. C'est à propos du mariage ? Parce que si tu as besoin de plus de temps…

Elle détesta la peine qu'elle lui causait, mais l'estimait nécessaire.

— Ce n'est pas à propos du mariage. C'est à propos de… tout. J'ai besoin de prendre du recul pour comprendre ce que je veux vraiment.

Nate resta silencieux un long moment, son expression soigneusement maîtrisée.

— Et tu ne sais pas si ça m'inclut.

Ce n'était pas une question.

— Je ne sais pas si ça inclut… cette version de moi. La PDG, la fiancée, la femme qui semble avoir tout compris.

Elle sentit que ses mots étaient totalement dépourvus de sens. Nate fit un pas vers elle, ses yeux sondant les siens.

— Jules, tout le monde a des doutes. Tout le monde remet parfois son chemin en question. Ça ne veut pas dire que tu dois faire exploser toute ta vie.

L'ironie de la situation ne lui échappa pas.

— Ce n'est pas ce que je fais. Je… mets juste sur pause. Juste pour quelques jours.

— Où iras-tu ?

Jules y avait déjà réfléchi.

— Dans un hôtel. Juste pour le week-end. J'ai besoin d'espace pour réfléchir, pour… me recalibrer.

Nate étudia son visage, son expression était un mélange de confusion et d'inquiétude.

— Ça ne te ressemble pas, Jules. Les décisions impulsives, le besoin soudain d'« espace ». Si quelque chose ne va pas, dis-le-moi. On peut trouver une solution ensemble. C'est ce qu'on fait.

Son plaidoyer sincère faillit briser sa résolution. Comment pouvait-elle lui expliquer qu'elle n'était pas du tout sa Jules ? Qu'elle était une visiteuse, une remplaçante temporaire, qui était tombée amoureuse de la vie et de l'homme qui appartenaient à quelqu'un d'autre ?

— Je sais. Et je suis désolée… Mais c'est quelque chose que je dois faire seule.

Nate recula d'un pas, ses épaules se redressant tandis qu'il assimilait sa décision.

— D'accord. Si c'est ce dont tu as besoin, je le respecte. Mais Jules ?

— Oui ?

— Ne me laisse pas dans le noir. Quoi que tu traverses, quoi que tu sois en train de démêler… je suis toujours là. Toujours dans ton équipe.

La certitude tranquille dans sa voix, le soutien indéfectible même alors qu'elle prenait ses distances… c'était tout ce qu'elle n'avait jamais eu dans sa propre vie. Tout ce qu'elle ne savait pas qu'elle pouvait avoir.

— Merci, murmura-t-elle, retenant des larmes qui lui montaient soudainement aux yeux.

Il hocha la tête une fois, son expression s'adoucissant malgré la blessure évidente dans son regard.

— Appelle-moi quand tu seras prête à parler. Je serai là.

Alors qu'il se tournait pour partir, Jules ressentit une envie soudaine et irrépressible de le rappeler. De tout lui dire. De lui demander si peut-être, juste peut-être, quand elle retournerait dans sa vie, il lui donnerait une chance de devenir la femme qu'il pourrait aimer.

Mais elle resta silencieuse, le regardant disparaître par les portes du toit, emportant avec lui un morceau de son cœur qu'elle n'avait pas réalisé lui avoir donné.

La chambre d'hôtel était élégante et impersonnelle, bien loin de l'appartement chaleureux et habité qu'elle avait partagé avec Nate. Jules posa son sac de voyage sur la couette immaculée et se laissa tomber sur la chaise de bureau, émotionnellement épuisée.

Elle l'avait fait. Créé un espace. Une distance. La place de réfléchir sans le rappel constant de ce qu'elle risquait de perdre lors de son retour.

Mais maintenant, seule avec ses pensées, la réalité de sa situation s'imposait plus crûment que jamais.

Plus que trois jours.

Trois jours, et ensuite elle serait de retour dans son bureau sans fenêtre chez *Archer & Bloom*, écartée pour la promotion, seule.

Cette pensée déclencha une vague de panique en elle. Elle avait maintenant entrevu ce qui était possible — pas seulement le succès professionnel, mais le partenariat. Une connexion. Une vie construite selon ses propres termes, avec quelqu'un qui valorisait sa force au lieu d'en être menacé.

Comment pouvait-elle retourner à une vie où elle se contentait de moins ?

Son téléphone vibra. C'était un SMS.

> Nate : « Je vérifie juste que tu es bien arrivée. Pas de pression pour répondre. Je veux juste savoir que tu vas bien. »

Même maintenant, même blessé et dérouté par son retrait soudain, il pensait à son bien-être.

> Jules : « Je suis arrivée. Merci de demander. »

Elle hésita, puis ajouta :

> Jules : « Je suis désolée pour ça. Tu mérites mieux. »

Sa réponse arriva rapidement :

> Nate : « Tu n'as pas à t'excuser d'avoir besoin de temps, Jules. Sois juste prudente. Et quand tu seras prête à parler, je suis là. »

Jules posa le téléphone, la gorge serrée. Comment avait-elle pu avoir autant de chance — et de malchance — en même temps ? Découvrir une telle complicité, une telle alliance, pour finalement savoir qu'elle ne lui appartenait pas vraiment ?

Elle s'approcha de la fenêtre, contemplant les lumières de la ville qui scintillaient dans le ciel nocturne. Quelque part, au loin, Nate était probablement dans leur appartement, dérouté et blessé par son soudain besoin de prendre ses distances. Quelque part, Sasha s'interrogeait peut-être sur leur conversation inattendue de tout à l'heure. Et quelque part, la vraie Jules de cet univers était... où ? En train de vivre sa vie, sans se douter qu'une visiteuse était entrée dans son monde, était tombée amoureuse de son fiancé et avait tout compliqué ?

L'enveloppe couleur crème reposait toujours dans son sac, son message étant à la fois une promesse et une menace : **Plus que trois jours.**

Trois jours pour quoi ? Pour comprendre ? Pour décider ? Pour dire adieu ?

Jules retourna au bureau et attrapa le papier à en-tête de l'hôtel — de simples feuilles frappées du logo de l'établissement en relief. Elle prit un stylo et commença à écrire.

Chère Sasha,

Je sais que cette lettre te paraîtra étrange après toutes ces années de distance, mais je dois te dire quelque chose d'important :

Je suis désolée.

Je suis désolée d'avoir laissé le succès me changer au point de te blesser. Je suis désolée d'avoir fait passer ma réussite professionnelle avant nos liens familiaux. Je suis désolée pour les choses arrogantes que j'ai dites et les moments importants que j'ai manqués.

Tu avais raison — j'ai changé. Mais pas à cause de Nate, ni de Reed & Morgan, ni d'aucun autre facteur extérieur. J'ai changé parce que j'ai oublié ce qui comptait vraiment. J'étais tellement obsédée par l'idée de prouver ma valeur que j'ai perdu de vue les gens qui la connaissaient déjà.

Tu es ma sœur. Ma première amie. Mon plus fidèle miroir. Et tu m'as manqué plus que je ne me le suis avoué.

Je ne sais pas si tu croiras ces excuses. Je ne sais pas si tu voudras essayer à nouveau. Mais je veux que tu saches que je vois maintenant ce que je ne voyais pas avant : aucun titre, aucun bureau d'angle, aucune réussite professionnelle ne vaut la peine de perdre les gens qui comptent vraiment.

Si tu es d'accord, j'aimerais qu'on essaie à nouveau. Qu'on redevienne des sœurs. Que je répare ce que j'ai brisé.

Avec tout mon amour et mon espoir,

Jules

Elle relut la lettre deux fois, puis la plia soigneusement et la glissa dans une enveloppe. Elle n'avait pas l'adresse de Sasha dans cette vie, mais elle pourrait la poster demain après l'avoir récupérée dans la liste de contacts de son téléphone.

C'était peu de chose, peut-être. Un geste qui arriverait peut-être après qu'elle aurait déjà quitté cette vie. Mais elle sentait qu'il était important, voire nécessaire, de laisser quelque chose derrière elle. Une forme de guérison, une reconnaissance de ce qui importait vraiment.

En se préparant à se coucher, Jules se mit à penser à ce qu'elle ramènerait avec elle à la fin de cet aperçu. Pas des choses matérielles, évidemment. Mais des leçons. Des prises de conscience. Du courage.

Dans cette vie, elle ne s'était pas contentée de s'approprier son pouvoir — elle l'avait défini selon ses propres termes. Elle ne s'était pas battue pour des miettes à la table de quelqu'un d'autre ; elle avait construit la sienne. Et elle ne l'avait pas fait seule. Elle avait trouvé un partenaire qui amplifiait ses forces au lieu de les diminuer.

Voilà les leçons qui valaient la peine d'être ramenées à la maison.

Ça, et le fait que Nate Morgan pourrait être quelqu'un qui méritait d'être mieux connu dans sa propre vie. Pas comme un fiancé emprunté avec des années d'histoire commune, mais comme un allié potentiel. Un ami possible. Peut-être, un jour, quelque chose de plus.

Mais d'abord, elle devait tracer sa propre voie. Faire ses propres choix audacieux. Devenir le genre de femme qui n'avait pas besoin d'emprunter la vie de quelqu'un d'autre pour se sentir digne d'amour et de succès.

Alors que le sommeil la gagnait, Jules s'accrocha à cette pensée : elle n'avait pas besoin d'être la Jules de cette vie pour mériter ce que celle-ci avait bâti.

Elle avait juste besoin d'être assez courageuse pour le bâtir elle-même.

Le matin apporta une clarté à laquelle Jules ne s'était pas attendue. Elle se réveilla tôt, la chambre d'hôtel baignée dans la douce lueur de l'aube, son esprit exceptionnellement calme compte tenu des turbulences émotionnelles de la veille.

Elle savait ce qu'elle devait faire.

Après une douche rapide et un café de la machine de la chambre, elle s'assit au bureau et attrapa son téléphone. Elle n'hésita qu'un bref instant avant de composer le numéro.

— Jules ?

La voix de Celeste était calme et dénuée de surprise, comme si elle s'était attendue à cet appel.

— Je me demandais quand j'allais avoir de vos nouvelles.

— Je veux rentrer. Dans ma vie. Maintenant.

— L'aperçu n'est pas encore terminé. Il vous reste encore trois jours.

Elle était sûre d'elle.

— Je n'en ai pas besoin. J'ai vu ce que j'avais besoin de voir. J'ai appris ce que j'avais besoin d'apprendre.

— Et qu'est-ce que c'est ?

Celeste sembla sincèrement curieuse.

— Que la réussite ne consiste pas à gagner dans un système défaillant. C'est avoir le courage de créer quelque chose de mieux. Et que l'alliance — la véritable alliance — ne diminue pas le pouvoir. Elle l'amplifie.

— Des prises de conscience impressionnantes. Mais pourquoi cette précipitation ? Vous avez peur de ce que vous pourriez découvrir d'autre si vous restiez ?

La question était directe, presque provocatrice. Et entièrement juste.

— Oui, j'ai peur que ce soit beaucoup plus difficile de partir si je reste plus longtemps. Peur de blesser Nate encore plus que je ne l'ai déjà fait. Peur… d'aimer une vie que je ne peux pas garder.

Celeste resta silencieuse un instant.

— Et vous en êtes certaine ? Aucun regret d'avoir écourté cet aperçu ?

— Mon seul regret serait de rester et de rendre le départ encore plus difficile. Je sais ce que je dois faire maintenant. Dans ma propre vie. Avec mes propres choix.

Une autre pause, plus longue cette fois.

— Très bien. Retournez dans votre chambre d'hôtel ce soir. Placez la carte que je vous ai envoyée sous votre oreiller. Le changement se produira naturellement, comme la fois précédente.

— Merci.

Elle sentit le soulagement l'envahir.

— Avant votre départ, puis-je vous demander ce que vous comptez faire à votre retour ?

Jules esquissa un sourire.

— Créer ma propre table. Et peut-être… inviter Nate à s'y asseoir.

Le rire de Celeste ressemblait au son d'un carillon.

— J'ai hâte de voir comment cela va se dérouler.

Après avoir raccroché, Jules se sentit plus légère, plus déterminée. Il lui restait un jour dans cette vie — un jour pour régler les derniers détails, pour dire au revoir à sa manière, pour préparer son retour.

D'abord, elle devait poster la lettre de Sasha. Ensuite, et c'était peut-être le plus difficile, elle devait en écrire une pour Nate.

Pas vraiment des adieux. Plutôt une explication. La plus complète possible sans révéler l'impossible vérité.

À midi, elle avait rendu sa chambre d'hôtel, la lettre de Sasha était postée en toute sécurité et celle de Nate, soigneusement rédigée, se trouvait dans son sac. Elle prit un taxi pour l'appartement — leur appartement — sachant que Nate serait maintenant à la maison du lac. Il lui avait envoyé un texto plus tôt pour dire qu'il y allait quand même, pour se vider la tête, et qu'il reviendrait dimanche soir.

L'appartement était calme, vide sans sa présence. Jules le traversa lentement, s'imprégnant de détails dont elle voulait se souvenir : la cafetière qu'il avait réglée selon ses préférences, les livres qu'ils partageaient apparemment sur les étagères du salon, la photo encadrée d'eux riant à un événement, les visages proches, n'ayant d'yeux que l'un pour l'autre.

Elle posa sa lettre sur l'îlot de la cuisine, là où il la trouverait à son retour. Puis, avant de pouvoir douter de sa décision, elle retira sa bague de fiançailles et la plaça à côté de l'enveloppe.

D'une certaine manière, cela ressemblait à une trahison. Mais aussi à un acte d'honnêteté. Cette bague appartenait à une autre Jules — celle qui avait bâti cette vie, qui avait mérité l'amour de Nate, qui reviendrait une fois l'aperçu terminé.

Pas elle. Pas encore.

Avec un dernier regard sur l'appartement — sur la vie qu'elle choisissait de laisser derrière elle —, Jules prit son sac de voyage et partit, refermant doucement la porte.

Ses dernières heures dans cette vie ne se dérouleraient ni chez *Reed & Morgan*, ni à l'appartement, mais dans le parc en face de son immeuble. Le même parc où elle avait rencontré Celeste, où ce voyage avait commencé.

Il semblait juste que tout se termine là aussi.

À l'approche du soir, Jules trouva un banc tranquille et s'installa, observant la ville passer du jour à la nuit. Des cadres pressés rentraient chez eux, des couples se promenaient main dans la main, des familles rassemblaient enfants et affaires alors que le ciel virait à l'indigo.

Elle se sentait étrangement paisible. Sans regrets, même si elle était triste quitter cet aperçu. Mais prête. Prête à retourner dans sa vie avec une nouvelle détermination, une nouvelle clarté, un nouveau courage.

Quand les lampadaires s'allumèrent en vacillant, Jules sut qu'il était temps. Elle retourna à la chambre d'hôtel qu'elle avait de nouveau réservée pour la nuit, posa son sac et sortit l'enveloppe de couleur crème.

Elle avait choisi. Non pas de rester dans une vie d'emprunt, aussi séduisante soit-elle. Mais de revenir et de construire la sienne, avec les leçons qu'elle avait apprises et le courage qu'elle avait trouvé.

Comme on le lui avait indiqué, elle plaça la carte sous son oreiller et s'allongea, encore toute habillée, sur la couette de l'hôtel.

— Merci, murmura-t-elle à la pièce vide, à Celeste, à l'univers qui lui avait accordé cet aperçu étrange et transformateur.

Puis elle ferma les yeux et attendit que le sommeil la gagne.

Que le voyage de retour commence.

cette fois, elle se choisit

. . .

JULES SE RÉVEILLA au son familier de son réveil : le doux carillon qu'elle avait choisi parce qu'il était moins strident que la sonnerie par défaut. Ses yeux s'ouvrirent sur un plafond qu'elle reconnut immédiatement : la peinture légèrement inégale qu'elle se promettait de retoucher, la petite tache d'humidité dans le coin, souvenir de la fois où la baignoire de sa voisine du dessus avait débordé.

Son plafond. Son appartement. Sa vie.

Elle se redressa lentement, s'imprégnant de son environnement familier. Le modeste grand lit avec sa couette grise et fonctionnelle. La commode IKEA qu'elle avait montée elle-même trois ans plus tôt. La petite fenêtre qui donnait sur l'immeuble d'en face plutôt que sur une vue panoramique de la ville.

Chez elle.

Pas l'appartement de luxe en haut d'un gratte-ciel avec des baies vitrées. Pas les vêtements de créateur et le bureau d'angle. Pas la vie où elle était PDG de sa propre entreprise et fiancée à Nate Morgan.

Mais sa vie. Réelle. Imparfaite. Pleine de possibilités à explorer.

Jules prit son téléphone sur la table de chevet pour vérifier la date. C'était le lendemain matin de sa rencontre avec Celeste dans le parc — comme si le temps ne s'était pas écoulé du tout dans cet univers pendant son absence.

Vendredi. Le jour où elle était censée donner à Diana sa décision concernant le poste de directrice adjointe.

Le poste qui n'était qu'un lot de consolation. Le poste qui la maintiendrait à une table où elle n'aurait jamais vraiment voix au chapitre.

Jules reposa le téléphone et sortit du lit, se dirigeant vers sa penderie avec une détermination nouvelle. Elle écarta les tailleurs sages et conservateurs qu'elle portait habituellement au bureau, pour aller chercher quelque chose au fond : un tailleur d'un bordeaux profond qu'elle avait acheté sur un coup de tête l'année précédente mais n'avait jamais eu le courage de porter.

C'était une journée qui appelait au courage.

Tout en s'habillant, Jules réfléchit à ce qui l'attendait. La conversation avec Diana. La décision qu'elle avait déjà prise, bien que Diana ne le sache pas encore. Le premier pas sur un nouveau chemin qui serait entièrement le sien.

Pas un chemin emprunté à la Jules de l'autre univers. Pas exactement le même parcours. Mais un parcours éclairé par ce qu'elle avait appris, par ce qu'elle avait vu être possible.

Elle étudia son reflet dans le miroir de la salle de bains en se maquillant avec plus d'assurance que d'habitude, ajoutant une touche de rouge à lèvres subtile mais affirmée. La femme qui la regardait n'était pas la Jules de l'autre univers, avec son autorité naturelle et son bureau d'angle. Mais ce n'était pas non plus la même Jules qui s'était fait écarter trois fois.

C'était une nouvelle Jules. Une femme qui connaissait sa valeur et était prête à la revendiquer.

Son téléphone vibra. C'était un SMS.

> Sasha : Des nouvelles de la réunion d'hier ? Ils
> ont ENFIN reconnu ton génie ?

Jules sourit, une douce chaleur se propageant dans sa poitrine à la lecture de ce message de soutien si familier. Dans cette vie, Sasha et elle étaient toujours proches. Toujours les plus grandes supportrices l'une de l'autre. C'était quelque chose que la Jules de l'autre univers avait perdu — quelque chose que cette Jules-ci ne tiendrait pas pour acquis.

> Jules : La réunion s'est passée comme d'habitude. Mais j'ai un plan. Brunch ce week-end ? J'ai de grandes idées à te présenter.

La réponse de Sasha arriva aussitôt :

> Sasha : Intéressant ! Dimanche chez Mabel's ?
> 11h ? Je veux TOUS les détails.

Jules confirma le rendez-vous, puis glissa son téléphone dans son sac. Elle avait un arrêt à faire avant de se rendre au bureau.

Le café n'était ni particulièrement branché ni haut de gamme : juste un endroit local fiable avec un expresso correct et des pâtisseries qui n'étaient pas produites en masse. Jules commanda son latte habituel, puis, sur un coup de tête, ajouta une deuxième commande :

— Je pourrais avoir un grand americano, avec un shot en plus, et de la place pour la crème ?

Elle ne savait pas si c'était la commande habituelle de Nate dans cet univers. Mais c'était ce qu'il préférait dans l'autre, et cela semblait être un bon point de départ.

Les boissons à la main, Jules se dirigea vers le bureau, son cœur battant un peu plus vite à chaque pas. Elle était en avance — délibérément. Elle voulait être installée et sereine avant la conversation avec Diana.

Le hall d'entrée d'*Archer & Bloom* était épuré et corporate, tout en verre, en chrome et en efficacité silencieuse. Jules fit un signe de tête au gardien de sécurité en passant son badge, puis prit l'ascenseur jusqu'au dix-septième étage.

Le bureau était encore presque vide à cette heure avec seulement quelques lève-tôt qui prenaient de l'avance sur leur journée. Jules traversa l'espace d'un pas décidé, se dirigeant non pas vers son propre bureau, mais vers un autre, trois portes plus loin.

La porte de Nate était entrouverte, laissant filtrer de la lumière. Jules hésita un très court instant, puis frappa doucement.

Il leva les yeux de son ordinateur, la surprise se lisant sur ses traits quand il la vit.

— Jules ? Vous êtes arrivée tôt.

Dans cette vie, leurs interactions étaient limitées depuis qu'il lui avait soufflé le poste d'associée junior deux ans plus tôt. Professionnelles, courtoises, mais distantes — plus de son côté à elle que du sien, réalisait-elle maintenant. Elle avait été tellement aveuglée par son ressentiment qu'elle n'avait jamais envisagé qu'il aurait pu être un allié potentiel plutôt qu'un simple obstacle de plus. Elle lui offrit un sourire qu'elle espérait amical.

— Je me suis dit que j'allais prendre un peu d'avance sur ma journée. Je vous ai apporté un café.

Une lueur de confusion traversa son visage alors qu'elle lui tendait le gobelet, mais il se reprit rapidement.

— Merci. C'est… inattendu.

— Une bonne surprise, j'espère.

Elle était réellement curieuse de connaître sa réaction. Nate prit une gorgée, les sourcils légèrement haussés.

— Un Americano avec une dose de café en plus. Comment saviez-vous ?

Jules haussa les épaules, un petit sourire flottant sur ses lèvres.

— J'ai eu de la chance.

Il l'observa par-dessus le bord de sa tasse, tandis qu'une lueur d'intérêt réchauffait ses yeux sombres.

— Eh bien, merci. Qu'est-ce qui vous amène dans mon bureau ? À part cet acte de bonté caféinée spontané.

C'était là que ça se compliquait. Dans l'autre vie, elle et Nate avaient noué des liens après avoir tenu tête à Diana ensemble. Mais cette histoire n'existait pas ici. Pas encore. Elle opta pour l'honnêteté :

— En fait, je voulais vous demander conseil à propos de quelque chose.

Nate fit un geste de la main vers la chaise en face de son bureau.

— Je vous écoute.

Jules s'installa dans le fauteuil, posant son propre café sur le bord du bureau.

— Diana m'a offert le poste de directrice adjointe hier.

— Ah, fit Nate d'un signe de tête, son expression soigneusement neutre. Félicitations ?

La légère intonation interrogative en disait long à Jules. Il n'était pas sûr que ce soit une bonne nouvelle — si elle considérait cela comme une victoire ou une nouvelle déception.

— Ce n'est pas ce que je voulais. C'est un rôle d'exécution, pas de direction. Une façon de m'occuper sans me donner la moindre influence réelle.

Les sourcils de Nate se haussèrent légèrement, peut-être surpris par sa franchise.

— C'est... direct.

— J'en ai assez de ne pas être directe. J'ai passé des années à essayer de prouver ma valeur à des gens qui n'ont aucune intention de la reconnaître. Et j'en ai fini.

L'intérêt brilla dans les yeux de Nate.

— Qu'allez-vous faire ?

C'était le moment. Le premier pas concret sur sa nouvelle voie. Les mots vinrent d'eux-mêmes :

— Je vais partir. Lancer quelque chose de nouveau. Quelque chose qui reflète ma vision, pas les limites de quelqu'un d'autre.

Nate se renversa dans son fauteuil, l'étudiant avec une nouvelle intensité.

— Votre propre cabinet ?

Jules hocha la tête.

— J'ai des idées, des stratégies, des approches qui ne prennent jamais ici parce qu'elles ne correspondent pas au modèle conservateur d'*Archer & Bloom*. Mais j'y crois. Et je pense qu'il y a un marché pour un autre type de conseil stratégique.

— C'est audacieux. Partir de zéro n'est pas facile.

Nate était plus admiratif que sceptique.

— Les meilleures choses le sont rarement, répliqua Jules, faisant écho à des mots qu'elle avait entendus dans une autre vie.

Un petit sourire étira les lèvres de Nate.

— C'est bien vrai.

Jules prit une profonde inspiration, rassemblant son courage pour la suite.

— En fait, c'est en partie pour ça que je voulais vous parler.

— Ah oui ?

— J'ai vu votre travail, Nate. La campagne Westmore. La refonte de l'image de Davidson. Vous avez une perspective qui est gaspillée ici, confinée à la formule d'*Archer & Bloom*.

L'expression de Nate changea, un mélange de surprise et d'intérêt prudent se dessinant sur ses traits.

— Qu'est-ce que vous suggérez exactement, Jules ?

Elle y était. L'heure de vérité. La première véritable rupture avec son approche prudente et sans risque de sa carrière et de sa vie. Elle lui rendit son regard :

— Je suggère que nous devrions discuter. Des possibilités. De ce que nous pourrions construire si nous n'étions pas limités par la vision de quelqu'un d'autre.

Nate la dévisagea, essayant clairement d'assimiler cette tournure inattendue.

— Vous êtes en train de... proposer une association ?

— Je propose une conversation. Sans engagement. Juste... une exploration. Deux personnes aux compétences complémentaires et aux frustrations similaires qui voient s'il pourrait exister une meilleure voie à suivre.

Pendant un long moment, Nate ne dit rien, se contentant de l'étudier avec une intensité qui aurait pu mettre l'ancienne Jules mal à l'aise. Mais cette Jules-ci — celle qui avait entrevu ce qu'un partenariat pouvait vraiment signifier — soutint son regard sans faillir.

— Pourquoi moi ? On s'est à peine parlé ces deux dernières années. Depuis...

— Depuis que vous avez obtenu le poste d'associé à ma place. Je sais. Et pour être honnête, je vous en ai voulu. Pendant longtemps.

— Et maintenant ?

Jules pesa soigneusement sa réponse.

— Maintenant, je réalise que se battre pour des miettes à la table de quelqu'un d'autre n'est pas le chemin vers le véritable succès. Pour aucun de nous deux.

Quelque chose changea dans l'expression de Nate — une reconnaissance, peut-être. Une résonance avec des mots qu'elle n'avait pas encore prononcés mais qu'il comprenait d'une certaine manière.

— Quand en êtes-vous arrivée à cette prise de conscience ?

Il semblait réellement curieux. Jules sourit.

— Disons simplement que ma perspective a changé récemment. J'ai vu les choses… différemment.

Nate hocha lentement la tête, prenant une autre gorgée de son café.

— Alors. Une conversation.

— Oui. Peut-être un dîner la semaine prochaine ? En terrain neutre, sans pression. Juste… des possibilités.

Le sourire qui s'afficha alors sur le visage de Nate était quelque chose dont Jules se souviendrait plus tard — le premier aperçu de la chaleur qu'elle savait exister sous son apparence professionnelle.

— Avec plaisir.

Elle se leva pour partir.

— Parfait. Je vous enverrai les détails par texto.

Sur le seuil, elle s'arrêta et se retourna vers lui.

— Et Nate ? Merci. De m'avoir écoutée.

— Quand vous voulez, Jules.

Elle pouvait presque croire qu'il le pensait. En se dirigeant vers son propre bureau, Jules sentit une légèreté dans sa démarche qui lui avait manqué depuis des années. Ce n'était pas la même chose que dans l'autre vie. Nate et elle n'étaient pas encore associés, ils n'étaient rien de plus que des collègues avec un nouveau lien fragile.

Mais c'était un début. Un vrai, construit sur son propre courage, non pas emprunté à un aperçu de ce qui pourrait être.

Et pour l'instant, c'était suffisant.

Diana salua Jules avec une chaleur étudiée alors qu'elle entrait dans son bureau plus tard dans la matinée :

— Jules. Avez-vous eu l'occasion de réfléchir à notre offre ?

Jules s'assit dans le fauteuil en face de l'imposant bureau de Diana, son tailleur bordeaux se démarquant discrètement du gris et du bleu marine conservateurs qui dominaient l'esthétique d'*Archer & Bloom*. Sa voix fut calme et assurée :

— J'y ai réfléchi. Et je vous remercie de votre considération. Mais je vais devoir refuser.

Les sourcils parfaitement dessinés de Diana se haussèrent légèrement.

— Je vois. Puis-je vous demander pourquoi ? S'il s'agit d'une question de rémunération…

— Ce n'est pas une question d'argent. C'est une question de compatibilité. Ma vision du conseil en stratégie ne correspond pas à l'approche d'*Archer & Bloom*. Et plutôt que d'essayer de forcer les choses, je pense qu'il est mieux pour nous deux que je poursuive ma vision ailleurs.

L'expression de Diana passa de la surprise à quelque chose de plus calculateur.

— Vous quittez le cabinet ?

— Oui. Je vais soumettre ma démission officielle aujourd'hui, bien sûr. Et je serai ravie de vous aider pour la transition au cours des deux prochaines semaines.

— C'est… inattendu. Puis-je vous demander où vous allez ?

Diana semblait déstabilisée. Jules sourit.

— Je lance ma propre société de conseil en stratégie. Une société qui se concentre sur des approches avant-gardistes plutôt que sur des améliorations progressives des modèles existants.

Elle ne mentionna pas Nate. Cette conversation était trop récente, trop incertaine pour la partager. Et peu importe qu'il la rejoigne ou non dans son projet, cette décision n'appartenait qu'à elle.

Les lèvres de Diana se pincèrent pour ne former qu'une fine ligne.

— Je vois. Eh bien, même si je suis déçue, je respecte votre décision. Je vais demander aux RH de préparer les documents nécessaires.

Jules se leva pour partir.

— Merci. Et, Diana ? Je suis reconnaissante pour les opportunités qu'*Archer & Bloom* m'a offertes. Elles ont été des tremplins précieux sur mon parcours.

C'était une formule courtoise sans être soumise. De la reconnaissance sans compromettre sa position. Le genre de départ qu'elle aurait été trop intimidée pour orchestrer avant son aperçu d'une autre vie.

Diana hocha la tête, la surprise face à l'assurance de Jules évidente dans son expression.

— Bonne chance, Jules. Le monde du conseil est… compétitif.

— J'y compte bien.

Jules eut un petit sourire, avant de se retourner et de sortir du bureau.

Alors que la porte se refermait, elle sentit un poids s'enlever de ses épaules. Fini de se battre pour de la reconnaissance dans un système conçu pour la lui refuser. Fini de se faire plus petite pour répondre aux attentes des autres.

Désormais, elle allait tracer sa propre voie. Définir ses propres règles. Construire quelque chose qui reflétait sa vision, et non les limites de quelqu'un d'autre.

Et si un certain stratège aux yeux sombres avec des préférences en matière de café étonnamment bonnes décidait de la rejoindre ? Tant mieux.

Mais cette fois, elle n'attendait personne pour valider son parcours. Cette fois, elle revendiquait sa place dès le départ.

— Tu as fait QUOI ?

La voix de Sasha monta dans les aigus, attirant les regards des tables voisines dans le restaurant bondé où elles brunchaient. C'était dimanche matin, deux jours après la démission de Jules, et la réalité de sa décision commençait à peine à s'imposer.

— J'ai démissionné, répéta calmement Jules en remuant son café au lait. À compter de vendredi dans deux semaines.

Sasha avait les yeux écarquillés.

— Pour monter ta propre boîte. Sans clientèle. Ni capital de départ.

Ni, apparemment, la moindre préoccupation pour des détails mineurs comme payer ton loyer.

Jules se mit à rire.

— J'ai des économies. Et un business plan. Et trois clients potentiels qui ont déjà exprimé leur intérêt à me suivre une fois que je serai établie.

— Putain de merde, souffla Sasha en se calant dans son fauteuil. T'es qui, toi, et qu'est-ce que t'as fait de ma sœur qui a horreur du risque ?

Jules sourit.

— Disons simplement que j'ai eu une révélation. La vie est trop courte pour continuer à essayer de gagner dans un système conçu pour que j'échoue.

Sasha l'étudia par-dessus la table, un mélange d'admiration et d'inquiétude dans son expression.

— Je veux dire, ça fait des années que je te dis qu'*Archer & Bloom* ne te méritait pas. Mais je n'aurais jamais cru que tu partirais vraiment.

— J'aurais dû le faire plus tôt. Après la première fois qu'ils m'aient refusé la promotion. Mais j'avais trop peur d'échouer, de perdre le peu de sécurité que j'avais.

— Et maintenant ?

Jules réfléchit à la question, pensant à ce qu'elle avait appris sur elle-même, sur le partenariat, sur le fait de créer quelque chose plutôt que de se battre pour des miettes.

— Maintenant, je préfère risquer l'échec en poursuivant ma propre vision que de garantir la médiocrité en poursuivant celle de quelqu'un d'autre.

Les yeux de Sasha s'écarquillèrent encore plus.

— OK, sérieusement. Tu as changé. Genre, du jour au lendemain.

Jules sourit.

— Pas du jour au lendemain. C'est juste... que je vois enfin les choses clairement.

Sasha leva son mimosa.

— Eh bien, moi, je suis pour. À ma sœur, la future PDG de... attends, comment tu appelles ce projet ?

Jules n'avait même pas encore pensé à un nom. Dans l'autre vie, c'était *Reed & Morgan*. Mais c'était une nouvelle voie, qui pourrait ou non inclure Nate.

— Je ne sais pas encore. Je suis en train d'y réfléchir.

— Et pourquoi pas « Reed Strategies » ? suggéra Sasha. Simple. Fort. Très toi.

Jules y songea, faisant tourner le nom dans son esprit.

— Peut-être. On verra.

— On verra ? Il y a… quelqu'un d'autre d'impliqué ?

L'intuition de Sasha était, comme toujours, d'une précision déconcertante.

Jules hésita.

— Possiblement. J'ai invité quelqu'un à discuter d'un éventuel partenariat. Mais c'est très préliminaire.

— Quelqu'un que je connais ? insista Sasha, la curiosité pétillant dans ses yeux.

— Nate Morgan. C'est un stratège chez *Archer & Bloom*. Brillant, en fait, mais sous-utilisé dans la structure actuelle.

Sasha se renversa sur sa chaise, les sourcils haussés.

— Nate Morgan. Le type qui a eu la promotion à ta place il y a deux ans ? Ce Nate Morgan-là ?

— Lui-même.

— Et maintenant, tu veux t'associer avec lui ? C'est… inattendu.

Jules sourit.

— Parfois, les meilleurs partenariats naissent dans les endroits les plus improbables.

— Un partenariat, répéta Sasha.

Une lueur spéculative apparut dans son regard.

— Juste… un partenariat professionnel ? Ou… ?

— Une collaboration professionnelle, précisa Jules, même si elle n'arrivait pas à retenir la rougeur qui lui montait aux joues. Rien de plus. Du moins, pas encore.

— Pas encore, répéta Sasha avec un grand sourire. Tiens, tiens, tiens. Ma sœur, la preneuse de risques, aussi bien en affaires que dans sa vie privée. Je n'aurais jamais cru voir ce jour.

Jules se mit à rire en secouant la tête.

— Ne t'emballe pas. Nous n'avons même pas encore eu notre première réunion.

— Mais tu dînes avec lui. C'est plus qu'une simple réunion.

— C'est une discussion professionnelle dans un cadre détendu, insista Jules, sans pouvoir tout à fait réprimer son sourire. C'est tout.

— Mmm-hmm, fit Sasha d'un air sceptique. Si tu le dis. N'oublie pas, je compte bien être ta demoiselle d'honneur le moment venu.

Jules garda un ton mi-agacé, mi-affectueux.

— Tu es impossible.

Tandis qu'elles poursuivaient leur brunch, la conversation coulant de source entre elles, Jules ressentit une profonde gratitude pour cette relation — cette base solide de sororité qui avait résisté à tant de changements et de défis au fil des ans.

Dans la vie alternative, elle avait perdu ce lien. L'avait sacrifié sur l'autel de la réussite professionnelle. Cela avait été l'une des leçons les plus dures de son aperçu : le succès ne signifiait rien sans les personnes qui comptaient le plus pour le partager.

C'était une erreur qu'elle ne répéterait pas, quel que soit le chemin que prendrait sa nouvelle entreprise.

Le restaurant que Nate avait suggéré pour leur dîner d'affaires n'était ni trop chic, ni trop décontracté — un espace soigneusement conçu, offrant une bonne cuisine et un niveau de bruit ambiant qui permettait d'avoir une vraie conversation. Jules arriva avec quelques minutes d'avance, choisissant une table dans un coin tranquille, à l'écart du passage principal.

Elle avait réfléchi à sa tenue : professionnelle mais pas guindée, une robe bleu marine qui inspirait la confiance sans l'aspect armure de ses tailleurs habituels. Ses cheveux étaient lâchés sur ses épaules plutôt que tirés en arrière dans son chignon sévère habituel.

De petits changements, peut-être. Mais ils avaient leur importance.

Nate arriva pile à l'heure, balayant brièvement le restaurant du regard avant que ses yeux ne se posent sur elle. Le sourire qui se dessina sur son visage alors qu'il s'approchait provoqua un battement inattendu dans la poitrine de Jules.

— Jules, la salua-t-il en s'asseyant en face d'elle. Vous avez l'air… différente.

— Différente dans le bon sens ou différente de manière inquiétante ?

Elle avait une pointe de taquinerie dans la voix. Son sourire s'élargit.

— Très certainement dans le bon sens. La carapace de femme d'affaires semble déjà se fissurer.

— Il faut croire que la démission est bonne pour le teint, répliqua-t-elle d'un ton léger. Nate semblait admiratif.

— Je vois ça. Qu'est-ce que ça fait ? La liberté ?

Jules réfléchit sérieusement à la question.

— C'est terrifiant. Exaltant. Et juste.

Nate hocha la tête, une lueur de compréhension dans son expression.

— C'est souvent l'effet que font les meilleures décisions.

Leur conversation s'interrompit à l'approche du serveur, qui prit leurs commandes de boissons et leur laissa les cartes. Une fois de nouveau seuls, Nate se pencha légèrement en avant.

— Alors. Cette nouvelle entreprise qui est la vôtre. Dites-m'en plus.

Pendant l'heure qui suivit, autour d'entrées partagées et de plats principaux, Jules exposa sa vision — non pas l'exacte *Reed & Morgan* qu'elle avait entrevue dans l'autre univers, mais quelque chose qui lui était propre. Un cabinet de conseil axé sur des stratégies d'avenir, sur l'aide aux clients pour se positionner sur les marchés futurs plutôt que de se contenter des marchés actuels.

Nate écoutait attentivement, posant des questions pertinentes, offrant des perspectives qui complétaient son approche plutôt qu'elles ne la remettaient en question. Leur discussion se déroulait avec une fluidité qui la surprit — même si, après tout, elle n'aurait peut-être pas dû l'être, étant donné ce qu'elle avait vu de leur dynamique potentielle dans l'autre univers.

Ils s'attardèrent devant leur café.

— Votre vision est convaincante. Vous avez raison quant au vide sur le marché. La plupart des cabinets sont tellement concentrés sur les résultats immédiats qu'ils passent à côté de la vue d'ensemble.

— Exactement, opina Jules, réconfortée par sa compréhension. Des gains à court terme au détriment du positionnement à long terme. C'est une vision à courte vue et, au final, vouée à l'échec.

Nate hocha la tête, puis parut hésiter avant de demander :

— Pourquoi moi, Jules ? Pourquoi maintenant ? Nous travaillons tous les deux chez *Archer & Bloom* depuis des années. Qu'est-ce qui a changé ?

C'était la question à laquelle elle s'attendait — celle à laquelle elle ne pouvait pas répondre entièrement sans avoir l'air d'avoir perdu la tête. Comment pouvait-elle expliquer qu'elle avait vu ce qu'ils pouvaient construire ensemble dans une autre vie ? Qu'elle savait, avec une certitude qui défiait toute explication rationnelle, qu'ils seraient plus forts ensemble que séparés ?

— J'ai observé votre travail, prétendit-elle, ce qui n'était pas faux. L'approche Westmore. Le rebranding de Davidson. Vous voyez des schémas que les autres ne voient pas. Vous pensez en systèmes, pas seulement en campagnes isolées.

Elle prit une gorgée de son café, rassemblant ses pensées.

— Quant à savoir pourquoi maintenant… disons simplement que j'ai eu une révélation. J'ai réalisé que je me battais pour obtenir de la reconnaissance dans un système qui n'a jamais été conçu pour l'accorder librement. Et que je préférais construire quelque chose de nouveau plutôt que de continuer à me heurter à ces limites.

Nate l'étudia, une contemplation silencieuse dans ses yeux sombres.

— Et vous pensez que nous nous entendrions bien ? Malgré notre… passif ?

— Peut-être grâce à lui. Nous avons tous les deux vu les mêmes failles sous des angles différents. Nous avons tous les deux été limités par les mêmes structures. Imaginez ce que nous pourrions créer sans ces contraintes.

Il hocha lentement la tête, un petit sourire jouant sur ses lèvres.

— C'est une proposition intéressante.

— Seulement intéressante ?

Jules était surprise par sa propre audace.

— Convaincante, corrigea Nate. Risquée. Potentiellement brillante.

— Mais ?

— Pas de mais. Juste… je voudrais un partenariat égalitaire. Une véritable collaboration. Pas seulement apporter ma liste de clients à votre vision.

Jules sentit un sourire se dessiner sur son visage — authentique, franc.

— Je ne l'envisagerais pas autrement.

L'expression de Nate s'adoucit.

— Dans ce cas… je pense que nous devrions poursuivre cette conversation. Peut-être avec des projections financières et un plan d'affaires plus formel la prochaine fois ?

— Je suis déjà dessus. Je peux vous envoyer une ébauche d'ici mercredi.

— Efficace. J'aime ça.

Pendant qu'ils réglaient l'addition — en la partageant à parts égales, un geste modeste mais symbolique — Jules ressentit une harmonie qu'elle n'avait jamais connue dans sa vie professionnelle. Pas de compétition. Pas de compromis. Mais une véritable vision complémentaire.

Dehors, l'air du soir était frais et agréable. Ils s'arrêtèrent sur le trottoir, dans ce moment un peu gênant qui marque la fin d'un rendez-vous qui n'était pas tout à fait professionnel, mais pas tout à fait personnel non plus.

— C'était bien.

Son regard chaleureux croisa le sien.

— Inattendu, mais bien.

— Je suis contente que vous le pensiez, répondit Jules, surprise par le papillonnement dans son estomac. À suivre, alors ?

— Absolument.

Puis, avec un petit sourire, il ajouta :

— Vous savez, Jules, j'ai toujours pensé que vous et moi, on pourrait faire de grandes choses ensemble. Si on n'avait pas toujours été positionnés comme des concurrents.

Cette simple déclaration eut un poids inattendu. Avait-il pensé ça dès le départ ? Même dans cette vie, où ils s'étaient à peine parlé au-delà des nécessités professionnelles ? Elle retrouva sa voix juste à temps pour acquiescer :

— Eh bien, on dirait qu'on va enfin pouvoir vérifier cette théorie.

Son sourire s'élargit.

— J'ai hâte.

Alors qu'ils se séparaient — Nate se dirigeant vers le métro, Jules choisissant de marcher les quelques rues jusqu'à son apparte-ment — elle sentit une légèreté dans sa démarche qui n'avait rien à voir avec des aperçus d'univers alternatifs ou un succès d'emprunt.

C'était réel. Son choix. Son chemin. Son courage.

Et que cela la mène ou non exactement au même endroit qu'elle avait entrevu dans l'autre vie, cela la conduisait sans aucun doute quelque part de mieux que là où elle était.

Trois mois plus tard, Jules se tenait dans l'espace vide qui allait bientôt devenir les bureaux de *Reed & Morgan Strategic Group*. Le soleil entrait à flots par de grandes fenêtres, illuminant le potentiel de l'open-space. Ce n'était pas la suite luxueuse en attique de l'autre vie — pas encore — mais c'était un début solide. Des fondations sur lesquelles bâtir. Nate vint à côté d'elle.

— Qu'est-ce que tu en penses ? Tu arrives à te projeter ?

Jules sourit en regardant les murs nus et les sols bruts.

— Absolument. C'est parfait.

Dans les semaines qui avaient suivi leur premier dîner, leur partena-riat avait évolué avec une rapidité et une certitude surprenantes. Les projections financières avaient mené à des business plans, qui avaient mené à des accords de partenariat officiels. Ils avaient décroché leurs trois premiers clients : deux qui avaient suivi Jules depuis *Archer & Bloom*, et un qui avait travaillé avec Nate sur une campagne précédente.

Ce n'était pas le succès instantané de la vie alternative. Mais c'était réel. Mérité. Le leur.

— On devrait fêter ça, suggéra Nate, son épaule effleurant la sienne alors qu'ils inspectaient leur futur bureau. On signe le bail, et après on dîne ?

Jules se tourna pour le regarder, frappée une fois de plus par la facilité avec laquelle ils s'étaient synchronisés. Leur dynamique de travail était tout ce qu'elle avait espéré : stimulante sans être conflictuelle, encourageante sans être étouffante. Ils se poussaient mutuellement à voir plus grand, à être plus audacieux, à viser plus loin que ce que l'un ou l'autre aurait fait seul.

Et quelque part en chemin, autre chose avait commencé à naître entre eux. Quelque chose qu'aucun d'eux n'avait encore nommé, mais qui flottait dans l'air durant les séances de stratégie tardives et persistait dans les brefs contacts quand ils s'échangeaient des documents ou des tasses de café.

— Un dîner serait parfait. La propriétaire a dit qu'elle nous retrouverait à quatre heures avec les derniers papiers.

Nate vérifia sa montre.

— Ça nous laisse deux heures pour finaliser le plan d'aménagement. Je continue de penser que la salle de conférence devrait être près des fenêtres.

— Et moi, je continue de penser que la lumière naturelle est gâchée pour des réunions clients alors qu'on pourrait en profiter pour notre espace de travail quotidien, répliqua Jules, le débat familier reprenant confortablement entre eux.

Alors qu'ils parcouraient l'espace, discutant des options d'agencement et des éléments de décoration, Jules sentit un profond sentiment de satisfaction l'envahir. C'était ce qu'elle avait entrevu dans l'autre univers : pas seulement la réussite professionnelle, mais le partenariat. L'équilibre. La puissance de deux perspectives alignées vers une vision commune.

Elle n'avait pas eu besoin d'emprunter la vie de quelqu'un d'autre pour y arriver. Elle avait juste eu besoin du courage de revendiquer son propre espace, d'inviter la bonne personne à la rejoindre, de construire quelque chose de nouveau à partir de zéro.

Plus tard, alors qu'ils signaient le bail qui officialisait *Reed &*

Morgan, Jules surprit Nate en train de la regarder avec une expression chaleureuse qu'elle commençait à reconnaître.

— Quoi ?

Il secoua légèrement la tête.

— Rien. C'est juste que… quand tu es entrée dans mon bureau avec ce café il y a trois mois, je n'aurais jamais imaginé qu'on en arriverait là.

Jules sourit, songeant à tout ce qu'il ne savait pas — ne pouvait pas savoir — sur le voyage qui l'avait menée à cet instant.

— La vie est pleine de tournants inattendus.

— Ce sont souvent les meilleurs.

Il prit le stylo qu'elle lui tendait et ajouta sa signature à côté de la sienne.

Alors qu'ils quittaient l'immeuble — leur immeuble, désormais — le soleil de fin d'après-midi projetait de longues ombres sur le trottoir. La main de Nate frôla la sienne, une question dans ce geste.

Jules répondit en entrelaçant ses doigts avec les siens, le contact envoyant une chaleur désormais familière dans sa poitrine.

Ce n'était pas la fin de son histoire. Ce n'était même pas le milieu. C'était juste le début ; un début qu'elle s'était approprié, bâti sur le courage, la clarté et les leçons tirées d'un aperçu de ce qui aurait pu être.

Elle ne savait pas exactement où ce chemin la mènerait. Si Nate et elle finiraient par partager plus qu'un partenariat professionnel. Si *Reed & Morgan* connaîtrait le succès qu'elle avait vu dans l'autre univers.

Mais elle savait une chose : elle ne se ferait plus jamais petite pour correspondre aux attentes de quelqu'un d'autre. N'attendrait plus jamais la permission de prendre sa place. Ne mesurerait plus jamais sa valeur à l'aune de la reconnaissance des autres.

Cette fois, elle s'était choisie elle-même.

Et cela faisait toute la différence.

Fin

esquisser une nora plus douce

pluie, thé et autres tactiques d'évitement

. . .

NORA BYRNE ne croyait pas au sentimentalisme avant midi. Surtout pas un jeudi, surtout pas sous la pluie, et surtout pas quand son thé avait un goût étrange et que sa dernière cliente avait été une touriste lui demandant si elle « faisait des commandes pour animaux de compagnie, mais, genre, en anges ».

Il était 11 h 42, et il pleuvait juste assez fort pour servir d'excuse à tout ce qu'elle ne faisait pas.

Elle retourna le panneau « Ouvert » sur la porte de sa galerie pour afficher « De retour à 13 h », même si elle savait pertinemment qu'elle ne reviendrait pas à cette heure-là. Le passage en ce jeudi était de toute façon lamentable — trois curieux, un amateur sérieux qui était parti sans rien acheter, et Mme Chen de la boutique de fleurs voisine, qui était venue déposer des marguerites fanées qu'elle pensait que Nora pourrait « trouver inspirantes ».

Nora avait souri. L'avait remerciée. Avait attendu que Mme Chen soit partie pour les jeter à la poubelle.

Elle était très douée pour sourire et attendre.

La galerie était assez petite pour qu'elle puisse tout voir depuis le comptoir — huit chevalets présentant les œuvres d'artistes locaux, ses propres toiles reléguées dans le coin du fond, où l'éclairage donnait l'impression que tout s'excusait d'exister. Des murs d'un blanc immaculé. Un sol en béton poli. Le genre de perfection stérile qui déclarait « espace d'art sérieux », mais qui murmurait « émotionnellement indisponible ».

Elle se prépara une nouvelle tasse de thé qu'elle ne boirait pas et fixa le coin où son carnet de croquis traînait, fermé. La dernière chose qu'elle avait tentée était un dessin au trait d'une fougère, qui donnait l'impression d'avoir vécu une rupture et perdu la garde de son terreau.

Alors qu'elle tendait la main vers sa tasse, la lumière de fin de matinée changea étrangement — pas voilée, exactement, mais plus douce, comme si quelqu'un avait réglé la saturation du monde. Elle cligna des yeux, et tout redevint normal.

La clochette au-dessus de la porte tinta.

Nora leva les yeux, composant déjà sur son visage l'Expression de Galeriste Professionnelle n° 3 : intéressée mais pas désespérée.

Un homme d'une soixantaine d'années entra, secouant la pluie de sa veste maculée de peinture. Elle le reconnut — Franklin, un professeur d'art à la retraite qui venait chaque mois jeter un œil, n'achetait jamais rien, mais avait toujours un avis sur tout.

Il s'approcha du comptoir avec l'assurance de quelqu'un qui n'avait jamais connu un silence qu'il ne pouvait combler.

— Nora, ma chère. Quel temps épouvantable pour le passage. Comment vont les ventes ?

— Bien. Régulières.

Elle mentait facilement. Franklin hocha la tête d'un air entendu, puis désigna le coin de Nora d'un geste de la main.

— Du nouveau de votre côté ? Ça fait des mois que je n'ai rien vu de frais.

Le sourire de Nora se crispa.

— Je suis dans une… phase de recherche.

— Ah… Vous savez, quand j'enseignais, je disais toujours à mes élèves que l'œuvre vous trouve quand vous arrêtez de vous cacher d'elle.

L'expression de Franklin se mua en ce mélange particulier de pitié et d'encouragement qui lui donnait envie de se glisser sous le comptoir.

— Hmm, fit Nora, sa réponse standard aux conseils non sollicités.

Franklin déambula vers une peinture de paysage, plissant les yeux comme si elle pouvait lui révéler des secrets.

— Vous me rappelez moi-même après mon divorce. Incapable de peindre pendant près de deux ans. Je passais mon temps à ranger mes pinceaux à la place.

Nora jeta un coup d'œil à son matériel impeccablement organisé. Codé par couleur. Rangé par taille. Classé par hostilité. Elle recula vers la réserve.

— Je vais vous laisser regarder.

— Prenez soin de vous, ma chère, lança Franklin derrière elle. L'art attend, mais pas l'inspiration.

La réserve était à peine plus grande qu'un placard, bourrée de cadres, de matériel d'expédition et du portfolio qu'elle ne cessait de remettre à plus tard de trier. Elle ferma la porte et s'appuya contre, respirant à petites goulées.

La routine était plus sûre. Prévisible. Se brosser les dents. Préparer le thé. Ouvrir la galerie. Sourire aux clients. Esquiver l'inquiétude. Fermer la galerie. Recommencer.

Il fut un temps où ses mains vibraient à la simple pensée de la couleur. Où l'inspiration venait comme un rayon de soleil, soudaine, chaude et impossible à ignorer. Maintenant, elle arrivait comme le courrier, rarement, et ressemblait moins à une lettre qu'à une facture inévitable. Elle se frotta la nuque et se dirigea vers le coin du fond, où un portfolio poussiéreux était appuyé contre le mur, comme fatigué d'attendre. Par habitude — ou par masochisme — elle l'ouvrit.

Il était là.

Julian. Pas sur une photo, mais dans l'encre et le souvenir. Une esquisse de lui vieille de plusieurs années — des traits lâches, à moitié finis. Ses yeux rieurs, sa bouche au milieu d'une pensée, la façon dont il avait l'habitude de paraître juste avant de dire quelque chose qui lui donnait simultanément envie de l'embrasser et de lui jeter de la peinture à la figure.

Elle avait dessiné ça la nuit après qu'ils eurent passé des heures dans son studio exigu à débattre pour savoir si Van Gogh était un génie ou juste très doué pour être dramatique. Julian s'était endormi sur son canapé taché de peinture, et elle l'avait esquissé dans la lumière de l'aube, tout en lignes douces et en possibilités.

Elle ne l'avait pas vu depuis trois ans.

Elle avait eu l'intention de jeter ça une douzaine de fois.

Elle ne l'avait pas fait.

Son souffle se coinça dans sa gorge tandis qu'elle touchait légèrement la page, comme si elle pouvait s'effacer si elle appuyait trop fort. Le papier était jauni maintenant, les bords ramollis par le temps, mais les lignes étaient toujours là. C'était toujours lui. Et juste un instant, le symbole de l'infini griffonné dans le coin — un qu'elle ne se souvenait pas d'avoir ajouté — sembla scintiller.

La voix de Franklin s'éleva de la galerie principale :

— J'y vais, ma chère. Pensez à ce que je vous ai dit.

La clochette tinta. La porte se referma.

Le silence retomba autour d'elle.

Nora contemplait le croquis, le demi-sourire de Julian, la version d'elle-même qui avait été assez courageuse pour immortaliser quelqu'un qui lui était cher sur le papier. Qui avait fait confiance à ses mains pour tenir quelque chose de précieux.

Un léger coup frappé à la porte la tira de son souvenir.

Elle sortit de la réserve.

Personne.

Juste la pluie. Elle alla jusqu'à la porte. Une enveloppe couleur crème gisait par terre, devant la porte, étrangement sèche malgré le temps.

Nora l'ouvrit doucement. Pas d'adresse. Pas de nom.

Juste une carte. Sur du papier cartonné épais. Des lettres dorées qui semblaient scintiller lorsqu'elle l'inclinait.

Retraites Temporelles

Quand votre vie n'est pas à la hauteur

Elle fronça les sourcils en la retournant. Rien d'autre qu'un minuscule symbole de l'infini dans le coin, délicat comme une signature.

Était-ce... une arnaque ? Une retraite de bien-être ? Une sorte de secte à la Pinterest qui vendait des méditations et des cristaux hors de prix ?

Elle reporta son regard sur le croquis. Le visage de Julian. Ce sourire qui, autrefois, lui faisait croire en des choses comme l'éternité et les peut-être.

Et pendant un instant — le temps d'un souffle — elle s'autorisa à se poser la question.

Et si ?

Et si elle avait été plus courageuse ce soir-là ? Et si elle l'avait réveillé, lui avait dit ce qu'elle ressentait et avait risqué leur amitié pour quelque chose de plus ? Et si elle n'avait pas passé les trois dernières années à perfectionner l'art de la distance affective ?

Et si elle se souvenait encore de comment désirer les choses ?

La pluie redoubla d'intensité, tambourinant contre les fenêtres de la galerie. La lumière vira au gris et devint douce, du genre qui donnait à tout un aspect d'aquarelle.

Nora glissa la carte entre les pages du portfolio, à côté du croquis de Julian.

Puis elle le referma.

Mais elle ne le rangea pas dans la réserve.

L'après-midi suivant s'écoula avec l'enthousiasme d'un paresseux sous sédatifs.

Deux curieux. Une femme qui passa vingt minutes à photographier des tableaux pour « s'inspirer » sans rien acheter. Un adolescent qui laissa des traces de boue sur le sol et demanda si Nora vendait « un truc, genre, joyeux ».

À seize heures trente, la pluie s'était transformée en un crachin persistant, et Nora luttait contre l'envie de fermer plus tôt. Encore une fois.

Elle nettoyait le comptoir pour la troisième fois quand Mme Chen apparut dans l'embrasure de la porte, secouant les gouttelettes de son parapluie jaune vif.

— Nora, ma chérie, lança-t-elle en entrant d'un pas vif, avec la gaieté déterminée de quelqu'un qui refusait de laisser la météo dicter son humeur. Je t'ai apporté de la soupe.

Elle brandit un thermos décoré de tournesols dansants — d'une gaieté agressive, tout comme Mme Chen elle-même.

— Vous n'auriez pas dû…

— Bien sûr que si. Tu as l'air mince. Et triste. Mince et triste, ce n'est pas une bonne façon de vendre de l'art.

Mme Chen posa le thermos sur le comptoir et étudia Nora avec l'intensité de quelqu'un qui avait élevé cinq enfants et pouvait repérer la détresse émotionnelle à trois pâtés de maisons.

— Quand est-ce que tu as créé quelque chose pour la dernière fois ?

— Je suis entre deux projets.

Le mensonge était aussi lisse qu'un galet à force d'être utilisé. Mme Chen émit un son sceptique.

— Entre deux projets depuis six mois ? Ce n'est pas être entre deux projets, ma chérie. C'est être coincée.

Nora ouvrit la bouche pour dévier la conversation, mais Mme Chen se déplaçait déjà, faisant le tour de la galerie comme si elle menait une inspection. Elle s'arrêta devant une œuvre abstraite particulièrement vibrante

— Tu sais, mon petit-fils David suit des cours d'art au centre communautaire. Le professeur dit qu'il a un "talent naturel", quoi que ça puisse vouloir dire. Je pense qu'il aime juste faire du désordre.

Elle se retourna vers Nora.

— Tu devrais enseigner. Tu serais douée avec les enfants. Patiente.

— Je n'ai pas vraiment la fibre d'une enseignante.

— Pourquoi pas ?

La question était simple. Directe. Le genre de question qui n'aurait pas dû ressembler à un piège, mais qui en avait tout l'air.

— C'est juste que… je préfère travailler seule.

L'expression de Mme Chen s'adoucit.

— La solitude, c'est sécurisant. Mais ce qui est sécurisant ne crée pas d'art. Ce qui est sécurisant, ça crée… ça.

Elle désigna la galerie immaculée d'un geste.

— C'est joli. Propre. Vide.

Nora sentit quelque chose de pointu se tordre dans sa poitrine.

— Ce n'est pas vide. Je représente douze artistes locaux.

— Je ne parle pas des murs, ma chérie.

Les mots restèrent en suspens dans l'air comme de la fumée. L'expression de Mme Chen n'était pas méchante, mais elle était empreinte d'une telle connaissance que Nora eut envie de se cacher derrière le comptoir.

Elle s'adoucit.

— Goûte la soupe. Elle a des pouvoirs de guérison. Ou au moins assez de sel pour que tu ressentes quelque chose.

Elle tapota la main de Nora — un contact bref, chaleureux, maternel — et se dirigea vers la porte.

— Mme Chen ?

— Oui, ma chérie ?

— Merci. Pour la soupe. Et… d'avoir pris de mes nouvelles.

Mme Chen sourit, de ce genre de sourire qui atteignait ses yeux et rendait l'après-midi pluvieux un peu moins gris.

— C'est ce que font les voisins. On veille les uns sur les autres.

Après son départ, Nora resta seule avec le thermos et le poids d'avoir été vue par quelqu'un qui se souciait assez d'elle pour lui apporter de la soupe un jeudi pluvieux.

Elle dévissa le bouchon. L'odeur s'éleva — gingembre, ail, quelque chose de riche et de nourrissant — et lui fit réaliser qu'elle n'avait pas mangé depuis la veille.

Quand est-ce que quelqu'un avait pris soin d'elle pour la dernière fois ? Vraiment pris soin d'elle, pas juste une préoccupation polie ou une courtoisie professionnelle, mais une gentillesse réelle et intentionnelle ?

Elle ne s'en souvenait pas.

Cette prise de conscience pesait plus lourd qu'elle ne l'aurait cru.

La clochette au-dessus de la porte de la galerie tinta — un son délicat qui annonçait habituellement des touristes ou des adolescents cherchant un abri et feignant d'aimer l'art.

Mais quand Nora se retourna, la pièce était vide.

Pas de bruits de pas. Pas de vent. Juste l'écho d'une porte qui n'avait pas été ouverte.

Elle sortit et balaya le trottoir du regard.

La rue scintillait, vide de piétons. Le lampadaire clignotait à son rythme habituel, une-deux. De l'autre côté de la rue, la boulangerie était toujours allumée, chaleureuse et dorée, embaumant la cannelle, comme toujours. Personne n'avait franchi sa porte. Mais quelque chose miroita — *pas tout à fait de la lumière, pas tout à fait de l'ombre.*

De retour à l'intérieur, une autre carte reposait sur le comptoir, comme si elle avait toujours été là.

Celle-ci était différente. Le même papier cartonné crème, les mêmes lettres dorées, mais le message avait changé.

Parfois, la porte s'ouvre pour vous.
Êtes-vous prête à la franchir ?

Elle devrait la jeter. Devrait en rire et la considérer comme une farce élaborée ou une campagne de marketing sauvage.

À la place, elle la glissa dans le tiroir avec ses pinceaux desséchés et les cartes d'anniversaire non ouvertes de sa mère, juste à côté de la première.

Elle se prépara à fermer plus tôt. Encore. Une autre journée blanche de passée.

Mais sa main effleura un tiroir qu'elle n'ouvrait que rarement — le meuble à plans où dormaient ses œuvres plus anciennes. Des pièces de l'école d'art. De l'année où elle avait failli déménager à Montréal pour une bourse. De l'époque où Julian s'asseyait dans sa cuisine et lui offrait des critiques sous forme de métaphores et de biscuits faits maison.

Elle n'avait pas l'intention de l'ouvrir.

Pourtant, elle le fit.

Et il était là : le tableau.

Pas l'esquisse de tout à l'heure. Celui-ci était plus ancien. Plus brouillon. Un autoportrait de jeunesse — son visage à moitié dans l'ombre, un œil inachevé, l'ensemble vibrant d'indécision et de désir brut.

C'était la dernière chose qu'elle avait peinte la veille du jour où Julian avait eu son diplôme et déménagé à Portland. La nuit où elle avait failli lui dire qu'elle l'aimait. La nuit où elle avait préféré la sécurité à la vérité.

Le tableau était d'une honnêteté agressive. Inachevé juste comme il fallait. Il lui donnait mal au ventre — non pas parce qu'il était mauvais, mais parce que c'était le sien. La version d'elle-même qui ressentait d'abord et réfléchissait ensuite. Qui peignait comme si ses mains essayaient d'échapper à sa peur.

Elle resta là un long moment, les doigts recroquevillés le long du corps, sa respiration courte et étrange.

Puis, presque malgré elle, elle murmura :

— Qu'est-ce que j'ai fait d'elle ?

Elle ne s'attendait pas à une réponse.

Ce qui rendit la voix derrière elle encore plus déconcertante.

— Vous l'avez laissée ici. Soigneusement rangée entre vos aquarelles jamais ouvertes et ce porte-pinceaux terrifiant d'organisation.

Nora se retourna d'un bond.

Une femme se tenait dans la galerie — drapée de lin, baignée de soleil malgré l'orage extérieur. Calme, à la manière des falaises : immobile, mais plus vieille que les intempéries. Ses cheveux parsemés de mèches argentées étaient tirés en arrière d'une façon qui suggérait qu'elle ne s'était jamais souciée d'être photogénique. Ses yeux avaient la couleur du verre poli par la mer.

Le cœur de Nora rata un battement.

— Qui êtes-vous ? Comment êtes-vous entrée ?

Le sourire de la femme était léger et assuré.

— Je suis Celeste. Je suis simplement quelqu'un qui pense que vous avez encore des choses à peindre. Et peut-être d'autres à ressentir.

Elle s'approcha, non pas de manière menaçante mais inéluctable, comme une marée.

— La porte était ouverte.

— Non, pas du tout. J'ai fermé à clé…

— Je ne parle pas cette porte-là.

Celeste posa une autre carte sur le comptoir. Identique aux autres, mais celle-ci portait quelque chose de nouveau. Une date. Demain. Et ces mots : *Une semaine. Un cœur rouvert.*

Nora la dévisagea.

— C'est de la folie. Vous ne pouvez pas simplement…

— Je ne fais rien. Je ne fais qu'offrir.

— Offrir quoi ?

— Un aperçu de la vie où vous n'avez pas choisi la peur.

Elle désigna l'autoportrait toujours exposé dans le tiroir ouvert.

— La femme qui a peint ça… elle a fait des choix différents.

— Quel genre de choix ?

Elle pencha la tête.

— Vous êtes entourée de beauté, simplement, ce n'est pas la vôtre.

La voix de Nora sortit plus douce qu'elle ne l'aurait voulu.

— Je n'ai pas touché un pinceau depuis des mois.

Le sourire de Celeste s'élargit.

— Et pourtant, l'art attend.

Elle s'approcha du portrait.

— Et si vous pouviez passer une semaine avec la version de vous-même qui n'a jamais cessé de créer ? Qui a choisi l'amour plutôt que la peur ?

Les questions la frappèrent comme des flèches, chacune atteignant sa cible.

— Je ne crois pas être assez courageuse.

Celeste sourit comme si elle avait attendu précisément cet aveu.

— Vous n'avez pas besoin d'être courageuse. Juste curieuse.

Elle tendit de nouveau la carte à Nora — cette fois, une lueur vacilla sous le symbole de l'infini. Presque une pulsation.

— Si vous voulez y aller, contentez-vous de dormir. De préférence avec le cœur un peu plus ouvert cette fois.

Celeste recula légèrement.

Et puis, aussi doucement qu'elle était arrivée, elle s'évanouit.

Pas de façon spectaculaire. Sans fumée ni miroirs. Elle n'était tout simplement… plus là.

Nora resta dans le silence, tenant la carte.

La carte dans une main.

L'espoir dans l'autre.

La pluie avait cessé, réalisa-t-elle. La lumière du soleil filtrait par les fenêtres de la galerie, peignant tout en or.

Et pour la première fois depuis plus longtemps qu'elle n'osait l'admettre… Nora ne se sentait pas entièrement grise.

Juste un peu douce sur les bords.

Comme si elle se souvenait peut-être encore comment être chaleureuse.

Elle baissa les yeux sur l'autoportrait une dernière fois. Sur la femme qui avait été assez courageuse pour peindre son propre désir.

Puis elle referma soigneusement le tiroir.

Mais elle garda la carte.

je me suis réveillée comme ça (terrifiée mais parfaite)

. . .

LA PREMIÈRE PENSÉE de Nora fut : *Le plafond de ma chambre n'est pas le bon.*

Ce n'était pas du plâtre fissuré avec une pointe de moisissure. Il était en bois — blanchi à la chaux, avec des poutres apparentes, le genre de plafond qu'on voit dans les magazines de décoration pour maisons de bord de mer qu'elle ne s'autorisait pas à acheter.

Sa deuxième pensée : *Ça sent le romarin et le champ des possibles.*

Elle s'assit lentement, le cœur battant la chamade.

Le lit était immense, moelleux comme un nuage de légende, enveloppé dans des draps de lin qui murmuraient la richesse mais respiraient le réconfort. La lumière du soleil se déversait par de larges fenêtres encadrées de rideaux vaporeux, projetant des reflets dorés sur un parquet ciré qui n'était manifestement pas le sien.

Ce n'était pas son appartement.

Elle bascula les jambes hors du lit et se figea.

Ses ongles étaient d'une couleur corail. Soignés. Élégants. D'une gaieté suspecte — comme si quelqu'un les lui avait peints en fredonnant l'optimisme.

Le peignoir qu'elle portait était gris tourterelle et son tombé semblait avoir un avis sur l'architecture. Elle ne possédait rien d'aussi doux. Ni d'aussi… *prometteur*.

La pièce était belle de cette beauté propre aux lieux habités par de vrais artistes — pas une mise en scène, mais un espace de vie. Des toiles étaient posées contre les murs. Des vêtements tachés de peinture étaient suspendus à un porte-manteau à côté de la porte. Son carnet de croquis était ouvert sur une table d'appoint, et sur l'une des pages, une aquarelle d'une fenêtre qu'elle n'avait vue que dans ses rêves.

Une brise souleva les rideaux. Dehors : un jardin qui fleurissait avec une abondance irréelle. Au-delà, une étendue d'eau — lac ou mer — scintillait dans la lumière du matin.

Et sur le chevalet dans le coin ?

Un portrait.

Inachevé.

D'elle.

Mais pas telle qu'elle était. Telle qu'elle avait été. Les yeux grands ouverts, les épaules détendues, un sourire sincère aux lèvres.

Elle fit un pas pour s'approcher — et s'arrêta en entendant un bruit provenant du couloir.

Un fredonnement.

Grave. Familier. Une voix d'homme qui s'insinuait dans l'odeur du café en train de couler.

La bouilloire siffla.

Et soudain, chose impossible —

— Thé ou café, Nor ?

Comme si c'était la chose la plus naturelle du monde.

Comme s'ils faisaient ça tous les jours.

Comme s'il l'aimait.

Le souffle de Nora se coupa, et le monde — soleil, thé, art, *lui* — tangua légèrement, délicieusement.

La cuisine sentait la cannelle, les agrumes et quelque chose de chaud qu'elle ne pouvait identifier. Comme un souvenir, ou la sécurité dans une poêle.

Nora suivit le fredonnement dans le couloir, pieds nus, les doigts effleurant le chambranle peint. Il était écaillé d'une manière charmante — une usure qui témoignait de la vie, de l'amour. Le genre d'imperfection qu'elle ne s'était jamais autorisée.

Julian se tenait devant la cuisinière, fredonnant un air de jazz tout en brouillant des œufs avec l'aisance décontractée de quelqu'un qui n'avait jamais douté de son droit d'exister. Il portait un t-shirt délavé qui le moulait exactement là où il fallait et un pantalon de pyjama à motifs de petits crayons à dessin.

Il ressemblait à Julian.

Mais en plus… présent. Ancré dans sa propre peau, comme s'il n'avait jamais douté de sa place.

Il se retourna avant qu'elle ne puisse détaler.

Le sourire qui s'étala sur son visage était un concentré de soleil, de familiarité et de foyer. Il la salua comme s'il l'avait fait mille fois auparavant.

— Bonjour. Bien dormi ?

Elle ouvrit la bouche. La referma. Réessaya.

— Je crois que je suis en pleine crise existentielle avant le petit-déjeuner.

Il rit — un rire riche, grave, dont le son s'enroula autour de ses côtes comme de la fumée.

— Tant mieux. Tu dormais à poings fermés. J'ai failli te dessiner, mais les œufs m'ont appelé et je ne trouvais pas mes crayons gras.

— Quelle tragédie.

— Tu dis toujours ça quand je menace de te dessiner pendant ton sommeil. C'est pratiquement une tradition.

Une tradition. Le mot flottait entre eux, chargé d'une histoire à laquelle elle n'avait pas accès.

Il déposa quelque chose de doré dans une assiette — des toasts au miel et des tranches de poire — et la fit glisser sur le comptoir comme une offrande.

Puis il se pencha et l'embrassa sur la tempe.

Rapide. Naturel.

Dévastateur.

Parce que cela ressemblait à un souvenir gravé dans ses os.

Elle sourit — un sourire maladroit, tremblant — mais il ne sembla pas le remarquer. Il retira simplement une trace de peinture de ses cheveux avec la tendresse de quelqu'un qui avait appris à aimer son désordre.

— Tu as du bleu céruléen derrière l'oreille. J'imagine que ce paysage a fini par se défendre.

Elle cligna des yeux.

— Quel paysage ?

Il fit un signe de tête en direction du salon.

— Tu l'as commencé après le dîner hier soir. Tu as dit que la lumière te « cherchait des noises » et que tu devais lui répondre.

— Je... j'ai fait ça ?

Julian sourit, versant du thé dans une tasse sur laquelle on pouvait lire : *Artiste au travail. Déranger à vos risques et périls.*

— Ça, c'est bien la Nora que je connais. Râleuse à minuit, philosophe au petit-déjeuner.

Il lui tendit la tasse, et lorsque leurs doigts s'effleurèrent, elle le sentit partout. Elle fixa la céramique qui la toisait d'un air menaçant.

— C'est moi qui ai fait ça ?

— Ouais, au printemps dernier. Tu as dit que c'était seulement pour les urgences.

— Est-ce que ça compte comme une urgence ?

Il pencha la tête, les yeux pétillants de malice.

— Si ce n'est pas le cas, je suis très déçu de nous.

Elle rit malgré elle, puis se reprit, surprise par le son. À quand remontait la dernière fois où elle avait ri sans se préparer au pire ? Sans attendre que l'univers s'aperçoive de son bonheur et y mette un terme ?

Mais Julian ne sembla pas remarquer sa panique momentanée. Il lui donna juste un petit coup de hanche — légèrement, comme pour ponctuer son geste — et elle se surprit à se rapprocher au lieu de s'écarter.

Et pendant un instant, aussi terrifiant que magnifique, elle pensa : *Peut-être que je pourrais rester.*

Après le petit-déjeuner, Julian l'embrassa sur la joue et sortit pour « aller chercher du pain frais et écouter aux portes les vieux poètes au café », une phrase qu'il lança par-dessus son épaule comme si c'était la chose la plus normale au monde.

Apparemment, ça l'était.

Nora erra dans la maison comme quelqu'un qui apprendrait à respirer sous l'eau.

Tout n'était que lumière, espace et couleur. Des livres empilés sur les rebords de fenêtre. Des poteries peintes de bleus et de verts éparpillées sur les étagères. Des plantes tombant en cascade de suspensions en macramé, comme si la maison avait décidé de se jardiner elle-même.

Dans la salle de bain — meuble de toilette bleu œuf de merle, baignoire sur pieds, plantes grimpantes — elle aperçut son reflet et se figea.

La femme dans le miroir lui ressemblait.

Mais en plus douce. Plus légère. Les cheveux lâches et ondulés, les yeux brillants de quelque chose qui aurait pu être de la joie. Pas de maquillage, une tache de peinture sur une joue, arborant le genre de sourire qui suggérait qu'elle venait juste de finir de rire.

Nora tendit la main vers le miroir.

Son reflet ne bougea pas.

Elle s'approcha, le cœur battant la chamade.

L'autre Nora pencha la tête, curieuse, calme. Puis elle articula lentement, comme si c'était un nom : *Toi, si tu étais restée.*

L'air s'immobilisa — aucun son, aucune brise, juste ce silence étrange qui s'installe parfois dans les rêves, juste avant quelque chose d'important.

La voix de Nora se brisa.

— Je ne sais pas comment être elle.

Le reflet posa une main sur le miroir. Nora fit de même.

Leurs mains se touchèrent à travers la barrière, et elle entendit — sentit — un murmure à l'intérieur de sa cage thoracique : *Tu n'es pas brisée. Juste meurtrie.*

Les larmes lui montèrent aux yeux, soudaines et vives.

Quand elle cilla, le miroir ne montra de nouveau que son propre reflet. Les yeux écarquillés, incertaine, réelle.

Mais aux contours plus doux.

Comme si cet endroit pouvait lui apprendre à être douce avec elle-même.

L'atelier était relié à la maison par une galerie vitrée bordée de plantes grasses.

Nora le trouva en suivant l'odeur de térébenthine et d'essence de citron.

Elle aurait dû être horrifiée.

Le large parquet était éclaboussé de peinture — des bleus, des ocres et du jaune de cadmium séchés en cartes abstraites. Des pots de pinceaux étaient rangés dans de vieilles tasses à thé et des bocaux en verre. Des toiles encombraient chaque surface, certaines finies, d'autres à peine ébauchées, toutes vibrant de vie.

Au lieu du chaos, elle ressentit… du *soulagement.*

Comme si elle entrait dans une pièce qui avait attendu son retour.

Des tableaux tapissaient les murs — certains étaient clairement les siens, d'autres des œuvres communes, quelques-uns qu'elle ne reconnaissait pas mais qu'elle sentait au plus profond d'elle-même. Une toile représentait des mains entrelacées sous la pluie. Une autre était de la lumière pure, capturée d'une manière ou d'une autre dans le pigment et l'espoir.

Ici, elle avait peint le bonheur. L'avait réellement peint.

Julian était accroupi à côté d'une grande toile posée au sol, les manches retroussées, une trace de fusain sur la joue comme s'il s'était penché trop près de quelque chose d'important.

Il leva les yeux quand elle entra.

— La voilà. J'allais envoyer une équipe de recherche.

— Je… j'explorais, c'est tout.

Elle était encore en train d'absorber la scène.

— Tu fais toujours ça. Tu entres comme si tu n'étais jamais venue. Comme si la lumière te surprenait.

— C'est le cas.

Il ne posa pas de questions. Il se leva simplement et lui tendit un pinceau, au manche usé et poli par l'usage.

— Tu veux finir celle-ci ? Tu as dit hier soir qu'elle était prête à parler.

Elle prit le pinceau, qui épousa sa main comme une évidence.

Ils travaillèrent dans un silence complice — la peinture se mélangeant, le jazz crépitant d'une vieille radio, leurs mouvements se complétant comme ceux de danseurs qui auraient appris les rythmes de l'autre.

Puis, au milieu d'un coup de pinceau, il se pencha et l'embrassa sur le sommet du crâne.

Doux. Assuré. Comme s'il l'avait fait mille fois et prévoyait de le faire mille fois encore.

Nora se figea.

Parce que ça avait le poids de l'histoire.

Une histoire qu'elle ne se souvenait pas d'avoir méritée.

La panique la frappa, vive et soudaine — *et si elle gâchait tout ? Et si elle ne parvenait pas à être la femme qu'il aimait ? Et si le bonheur n'était qu'une autre chose qu'elle trouverait le moyen de briser ?*

Il remarqua son immobilité.

— Ça va ?

Elle hocha la tête trop rapidement.

— Juste… je me concentre.

Mais quand il passa derrière elle pour attraper le bleu outremer, son torse frôlant son dos, elle dut s'agripper au chevalet pour rester stable.

Julian se déplaçait autour d'elle comme s'il connaissait sa géographie. Comme s'il avait cartographié chaque tache de rousseur et appris à aimer la façon dont elle retenait son souffle quand elle peignait quelque chose de vrai.

Elle ne savait pas comment désirer quelqu'un si ouvertement.

Ne savait pas comment être désirée en retour.

Mais ici, dans cet atelier baigné de soleil, avec de la peinture sur les doigts et du jazz dans l'air, elle commençait à se souvenir.

— Parfait, murmura Julian en reculant pour étudier leur œuvre.

Il ne regardait pas la toile.

Il la regardait, elle.

Et pour la première fois depuis des années, Nora ne tressaillit pas d'être vue.

Elle ne fit qu'ajouter un autre coup de pinceau et se laissa aimer.

une alchimie
éclaboussée de peinture

. . .

LA FRESQUE MURALE ÉTAIT HIDEUSE.

Pas d'un point de vue artistique. Plutôt dans le genre « voilà ce qui arrive quand on laisse des enfants de sept ans voter pour une palette de couleurs ».

Nora se tenait sur la place du village, son pinceau dégoulinant d'un vert lime électrique, les yeux fixés sur ce que l'on ne pouvait décrire que comme un arc-en-ciel en pleine crise de nerfs, étalé sur le mur de la quincaillerie Miller. Une voix derrière elle remarqua :

— C'est… vibrant.

Elle se retourna et vit Julian s'approcher, deux tasses de café à la main et l'expression de quelqu'un qui faisait de gros efforts pour ne pas rire.

— Vibrant est un mot pour le décrire. Qui vous brûle la rétine en est un autre.

— Je donne un cours d'arts plastiques à des enfants et c'est une œuvre collective. Les enfants en sont très fiers.

Julian lui tendit une tasse – un latte au lait d'avoine, un shot supplémentaire, de la cannelle – exactement comme elle l'aimait, bien qu'elle n'eût aucun souvenir de le lui avoir dit.

— Mme Henley a spécifiquement demandé « plus de violet dans la zone du ciel ».

Nora désigna le mur, où des nuages violets flottaient au milieu de ce qui ressemblait à une aurore boréale vert lime.

— Je crois qu'on a atteint le maximum de violet.

— On pourrait mettre plus de jaune, lança une petite voix.

Ils se retournèrent tous les deux. Emma, six ans, se tenait là, les mains couvertes de peinture et avec l'assurance de quelqu'un qui n'avait jamais rencontré une couleur qu'elle n'aimait pas.

— Plus de jaune, où ça ?

Nora s'accroupit au niveau d'Emma.

— Partout. Le jaune, c'est la joie.

Emma était sérieuse. Julian croisa le regard de Nora et sourit.

— La directrice artistique a parlé.

— D'accord, soupira Nora en chargeant son pinceau de jaune de cadmium. Mais si quelqu'un se plaint que ça ressemble à une explosion de licorne, ce sera de ta faute.

— Marché conclu.

Il ajoutait déjà des touches de jaune à un arbre violet défiant plusieurs lois de la botanique.

Une heure plus tard, la fresque était passée de hideuse à magnifiquement chaotique.

Emma avait recruté trois autres enfants, qui avaient tous des Avis Bien Tranchés sur l'emplacement du jaune. Julian avait réussi, on ne sait comment, à convaincre Mme Henley que le ciel vert lime rappelait « les débuts de Rothko, mais en plus optimiste ».

Nora était en train d'ajouter des pois jaunes sur un éléphant bleu (à la demande d'Emma) quand elle sentit un regard sur elle.

Elle leva les yeux et vit que Julian la regardait avec, de nouveau, cette expression – celle qui lui donnait l'impression d'être observée pour un portrait pour lequel elle n'avait jamais accepté de poser.

— Quoi ?

Elle essuya machinalement une tache de peinture sur sa joue.

— Rien. Tu es juste… Tu es dans ton élément. Heureuse.

Il s'approcha, tendant la main pour glisser une mèche striée de peinture derrière son oreille. Le mot resta suspendu entre eux, comme une chose précieuse et fragile.

— Je le suis.

Elle était surprise de le penser.

— Tant mieux, murmura-t-il, son pouce effleurant sa mâchoire. J'adore te regarder créer des choses.

Avant qu'elle ne puisse trop y réfléchir – avant que la panique ne puisse s'installer – il l'embrassa.

Pas les baisers prudents sur la tempe de ce matin. Celui-ci était réel. Doux mais assuré, avec un goût de café et de possibilités.

Ses genoux faillirent se dérober. Elle faillit reculer – faillit dire « ce n'est pas à moi » – mais alors il l'embrassa de nouveau, et elle s'autorisa à oublier les règles.

Quand ils se séparèrent, Nora se sentit prise de vertige.

— Démonstration d'affection en public ! annonça Emma à voix haute. Dégueu !

Julian rit, sans s'éloigner.

— Désolé, Em. Je n'ai pas pu m'en empêcher.

— Beurk. Vous allez vous marier ?

Emma souriait. Le cœur de Nora s'arrêta.

— Pas aujourd'hui. Mais merci pour le rappel.

Julian serra tranquillement la main de Nora.

Un rappel ?

Emma s'éloigna en sautillant pour terroriser l'éléphant violet avec encore plus de jaune, laissant Nora dévisager Julian.

— Un rappel ? parvint-elle à demander.

Il fronça légèrement les sourcils.

— La réunion pour l'organisation du mariage ? Demain ? Avec ta sœur ?

Nora cilla.

— Ma… sœur ?

L'expression de Julian vira à l'inquiétude.

— Nora, tu te sens bien ? Tu as été bizarre toute la journée. Tu t'es cogné la tête ?

— Je vais bien. Juste… distraite par tout ce jaune.

Mais elle n'allait pas bien. Parce qu'apparemment, dans cette vie, elle avait une sœur. Et elles organisaient un mariage. Son mariage. Avec Julian.

Et elle n'avait absolument aucun souvenir de tout ça.

L'épicerie était un champ de mines d'intimité familière.

Julian poussait le chariot pendant que Nora errait dans les rayons, hébétée, essayant de faire comme si elle savait ce dont ils avaient besoin pour le mystérieux club de lecture du lendemain.

— Du fromage, c'est noté : « du bon fromage, pas du fromage triste ».

Julian consultait la liste qu'elle avait écrite.

— C'est ça, du fromage anti-tristesse.

Au rayon des vins, une femme âgée aux cheveux argentés et aux ongles tachés de peinture leur fit un signe de la main.

— Nora, ma chère ! Ça avance, la fresque murale ?

— Haut en couleur.

Ce qui sembla la satisfaire.

— Et Julian, dites à votre mère que j'ai trouvé le livre qu'elle cherchait. Celui qui parle de la femme qui parle aux plantes.

— Je n'y manquerai pas, madame Patterson.

Tout le monde les connaissait. Tout le monde avait un avis sur leur vie, leur mariage et leur choix de sauce pour les pâtes (apparemment, ils étaient de la Team Marinara, une position que Julian défendait avec une passion surprenante).

Au moment de passer à la caisse, Nora eut l'impression de se noyer sous les suppositions des autres sur qui elle était. Et en chargeant les courses dans la voiture, Julian demanda :

— Ça va ? Tu es toute pâle.

— Juste un peu dépassée.

Ce qui n'était pas un mensonge.

Il s'arrêta et la regarda sérieusement en lui prenant la main :

— Hé, qu'est-ce qui se passe ? Et ne me dis pas « rien ». Je vois bien quand tu pars en vrille.

La gentillesse dans sa voix faillit la faire craquer.

— Et si…

Comment expliquer qu'elle se sentait comme une usurpatrice dans sa propre vie ?

— Et si je n'étais pas celle que tu crois ?

L'expression de Julian s'adoucit. Il lui prit doucement le visage, ses pouces caressant ses joues.

— Nora, je sais exactement qui tu es. Tu es la femme qui pleure devant les vidéos de chiens mais qui prétend que c'est à cause de ses allergies. Qui range ses peintures par intensité émotionnelle. Qui a passé trois heures à convaincre Mme Henley que la quincaillerie avait besoin d'une fresque murale parce que « l'art est la démocratie en action ».

Chaque détail la frappa comme une petite révélation.

— Tu es la personne qui me donne envie d'être meilleur. Pas parfait. Juste… plus moi-même. Et si tu as le trac avant le mariage, c'est normal. Mais ne doute pas de ça. Ne doute pas de nous.

Avant qu'elle ne puisse répondre, il lui déposa un baiser sur le front et retourna charger les courses.

Laissant Nora plantée là, le cœur à la fois comblé et brisé.

Parce qu'il était si sûr de lui. Si certain de leur histoire.

Et elle n'était qu'une visiteuse, volant des moments qui appartenaient à quelqu'un d'autre.

Ce soir-là, ils préparèrent le dîner ensemble dans leur cuisine baignée de soleil.

Julian découpait les légumes avec la précision de quelqu'un qui lisait vraiment les magazines de cuisine. Nora remuait le risotto en essayant de ne pas penser à quel point ce moment semblait domestique, à quel point il semblait juste.

— Alors, tu veux parler de ce qui te tracasse vraiment ?

Julian continua de couper ses légumes. La cuillère de Nora s'immobilisa.

— Je te l'ai dit, je suis juste…

— Dépassée. Je sais. Mais ce n'est pas un sentiment normal. C'est du genre « je ne reconnais pas ma propre vie ».

Elle se tourna vers lui, surprise par sa franchise.

— Ça se voit tant que ça ?

— Seulement pour moi. Tu as ce regard quand tu essaies de résoudre un problème que tu ne peux pas régler à coups de pinceau.

Il posa son couteau et se rapprocha, sans l'envahir, mais assez près pour qu'elle puisse sentir l'odeur de son savon, quelque chose de propre et de boisé, au parfum de cèdre.

— Parle-moi.

Nora le dévisagea — cet homme qui connaissait ses tics, qui lui apportait exactement le bon café, qui l'embrassait comme s'il l'avait toujours fait.

— Et si tu te réveillais un jour et que tout le monde s'attendait à ce que tu sois quelqu'un que tu n'étais pas sûr de pouvoir être ?

Julian réfléchit.

— Comme un imposteur ?

— Quelque chose comme ça.

— Alors je paniquerais sûrement pendant un moment. Et puis je me souviendrais que les gens qui m'aiment n'aiment pas une version parfaite. Ils m'aiment moi, avec tout mon bazar.

Il tendit la main, replaçant derrière son oreille cette mèche perpétuellement rebelle.

— Tu n'as pas besoin d'être parfaite, Nora. Tu as juste besoin d'être là.

Ces mots la touchèrent plus profondément qu'ils n'auraient dû.

Parce qu'elle n'était pas sûre de pouvoir l'être. Là, présente, réelle.

Pas quand toute cette vie semblait empruntée.

Mais quand Julian lui sourit — patient, compréhensif, entièrement à elle — elle eut envie d'essayer.

Même si ce n'était que pour l'instant.

Même si elle mentait à tout le monde, y compris à elle-même.

Elle l'embrassa — plus fort qu'elle ne l'avait voulu, un baiser plein de confusion, de culpabilité et de ce désir terrible pour quelque chose qui ne lui appartenait pas.

Quand ils se séparèrent, il semblait hébété.

— C'était pour quoi, ça ?

— Pour ta patience avec moi. Pour me connaître mieux que je ne me connais moi-même parfois.

— Toujours.

Que Dieu lui pardonne, elle le crut.

usurpation d'identité, mais en version existentielle

• • •

LA SŒUR qu'elle n'avait jamais eue arriva à neuf heures tapantes avec un classeur de la taille d'un petit porte-avions et l'énergie organisationnelle de quelqu'un qui aurait classé ses épices par ordre alphabétique pour le plaisir.

— La circulation était un enfer, annonça-t-elle en entrant dans la cuisine comme si elle était chez elle, mais j'ai apporté des mimosas et un planning avec code couleur pour les six prochaines semaines.

Nora resta bouche bée.

La femme avait sa taille, sa carrure, son nez, mais avec un éclat qui suggérait des visites régulières au spa et un fonds de pension. Ses cheveux avaient des mèches faites par un professionnel, sa manucure était fraîche, et elle arborait le genre de confiance qui venait du fait de n'avoir jamais douté de sa place dans le monde. Julian était derrière Nora.

— Nora ? Tu te souviens de Claire, n'est-ce pas ? Ta sœur ?

Claire.

Le nom sonnait étranger dans sa bouche, comme un mot d'une langue qu'elle n'avait jamais apprise.

— Bien sûr, salut, Claire.

Claire s'interrompit en pleine extraction de classeur, étudiant Nora avec des yeux bleus perçants — les yeux de leur mère, apparemment.

— Tu as une mine affreuse. Tu dors ? Tu manges ? Julian, est-ce qu'elle mange ?

Claire dégageait une franchise toute fraternelle. Julian lui répondit laconiquement :

— Elle a beaucoup peint.

— De la peinture antistress, diagnostiqua Claire en tirant une chaise. J'ai apporté des vitamines B. Et une robe de mariée de rechange, parce que, te connaissant, tu as probablement renversé de la peinture sur la première.

Nora eut la bouche sèche.

— Une robe de rechange ?

— La Vera Wang. Celle qu'on a choisie le mois dernier ? Celle pour laquelle tu as pleuré parce qu'elle te donnait l'air d'une « déesse qui aurait appris à valser » ?

Rien. Pas même une lueur de reconnaissance.

Julian la regardait de nouveau, ce pli soucieux entre ses sourcils s'accentuant.

— On devrait peut-être reporter la session de préparation, suggéra-t-il doucement. Nora a été…

Mais Claire était déjà en train d'étaler des papiers sur la table de la cuisine.

— N'importe quoi. Le mariage est dans six semaines. Le traiteur a besoin des chiffres définitifs, le fleuriste menace de remplacer les pivoines par des roses de jardin, et ne me lance même pas sur le sujet du groupe de musique.

Elle leva les yeux vers Nora d'un air interrogateur.

— Dis-moi que tu te souviens du problème avec le groupe de musique, s'il te plaît.

Nora regarda Julian, désemparée, qui articula sans un bruit : « *Ils se sont séparés.* »

— Ils… se sont séparés ?

Claire eut un air triomphant.

— Tu vois ? C'est exactement pour ça que j'ai prévu des plans de secours. L'option A, c'est le quatuor à cordes du country club. L'option

B, c'est ce duo acoustique que tu avais aimé au marché de producteurs. L'option C, c'est un DJ, mais il faudra me passer sur le corps.

Pendant l'heure qui suivit, Claire démonta et remonta systématiquement un mariage que Nora avait apparemment planifié pendant des mois. Les arrangements floraux furent débattus. Les plans de table furent révisés. Les options de menu furent discutées avec l'intensité d'une négociation de paix à l'ONU.

Nora hocha la tête, sourit et essaya d'avoir l'air investie tandis que son estomac se nouait à chaque nouveau détail.

Parce que ce n'était pas seulement la vie de Julian qu'elle empruntait.

Elle avait volé une famille entière.

— Tu es bizarre.

Claire lui fit la remarque alors que Julian était parti chercher le déjeuner.

Elles étaient seules à la table de la cuisine, entourées par les débris des préparatifs du mariage : des échantillons de tissu, des photos du lieu, un planning qui semblait exiger une précision militaire pour être exécuté.

— Je ne suis pas bizarre, protesta Nora.

— Si, tu l'es. Tu as accepté tout ce que j'ai suggéré sans le moindre argument. Hier, tu te serais battue avec moi pour la couleur des serviettes.

Claire se pencha en arrière sur sa chaise, étudiant Nora comme des mots croisés particulièrement ardus. Elle inclina la tête.

— Tu t'es cogné la tête ou tu as eu une sorte de crise de la quarantaine et tu as oublié de me le dire ?

— Je vais bien.

— Alors, qu'est-ce qui se passe ? Le trac d'avant-mariage ? Tu as des doutes ? Tu as changé d'avis à propos de Julian ?

— Non ! Julian est… Julian est parfait.

— Alors quoi ?

Comment pouvait-elle l'expliquer ? *Salut, en fait je ne suis pas ta sœur. Je suis une femme triste venue d'un autre univers qui a emprunté la vie de ta Nora et qui est tombée amoureuse de son fiancé.*

Nora chercha ses mots.

— C'est juste que… parfois, j'ai l'impression de ne pas mériter ça. Rien de tout ça.

L'expression de Claire s'adoucit. Elle tendit la main sur la table et prit celle de Nora.

— Nora, tu planifies ce mariage depuis que tu as douze ans. Tu me forçais à jouer à la mariée et au marié avec tes peluches.

Un souvenir qui n'était pas le sien. Une enfance qui appartenait à quelqu'un d'autre.

— Tu mérites d'être heureuse. Tu mérites Julian. Tu mérites l'atelier d'art, la maison, la fresque ridicule qui rend Mme Henley célèbre sur TikTok.

— TikTok ?

— Emma a posté une vidéo de toi en train de peindre l'éléphant. Tu es virale, apparemment. #MamanMurale est en tendance.

Nora cligna des yeux.

— Je suis un hashtag ?

— Tu es beaucoup de choses, mais certainement pas indigne, ça c'est sûr.

Claire lui serra la main. La gentillesse dans sa voix était pire qu'une accusation. Car Claire — cette sœur qu'elle n'avait jamais eue — la défendait contre elle-même.

Et elle leur mentait à tous.

Après le départ de Claire (qui avait promis de « régler le problème de l'orchestre » et menacé d'« organiser une intervention » si Nora ne se mettait pas à manger plus de légumes), Nora s'enfuit dans l'atelier.

Elle avait besoin de peindre. Besoin de bouger ses mains, d'apaiser son esprit et peut-être de donner un sens à la tornade d'émotions qui la démolissait de l'intérieur.

Mais quand elle s'assit devant le chevalet, elle se figea.

Elle ne reconnaissait pas ses propres coups de pinceau.

Ils étaient audacieux. Joyeux. Sans crainte. La femme qui avait peint ces toiles n'avait jamais douté de son droit à prendre sa place, ne s'était jamais excusée pour l'éclat de ses couleurs ou l'audace de sa joie.

Nora n'avait rien ressenti de tout cela depuis... eh bien, depuis toujours.

Un bruit léger la fit se retourner.

Une femme était assise sur le tabouret maculé de peinture près de la fenêtre. Vêtue de lin, sereine, complètement déplacée dans ce chaos de création.

Celeste.

— Bonjour, Nora. Comment vous acclimatez-vous ?

Le cœur de Nora se mit à battre la chamade.

— Qu'est-ce que vous faites ici ?

— Je viens prendre de vos nouvelles. C'est généralement à ce moment-là que les visiteurs commencent à... avoir des difficultés.

— Je n'ai aucune difficulté.

Celeste haussa un sourcil.

— Vous avez menti à votre sœur à propos de vos propres préparatifs de mariage. Vous traversez une crise d'identité dans une vie d'emprunt. Et vous avez embrassé un homme qui pense vous connaître, tout en vous sentant comme une usurpatrice.

Chaque mot la frappa, telle une fléchette atteignant sa cible.

— Ce n'est pas avoir des difficultés. C'est se noyer.

Nora s'affaissa sur un tabouret, soudainement épuisée.

— Elle a une sœur. Toute une famille. Une vie pleine de gens qui l'aiment.

— Oui.

— Et je suis en train de la lui voler.

— L'êtes-vous vraiment ? Ou êtes-vous en train de la vivre ?

— Y a-t-il une différence ?

Celeste se leva et se déplaça pour examiner une toile à moitié terminée, un paysage aux couleurs impossibles et à la joie sauvage.

— Cette vie existe parce qu'une autre version de vous l'a choisie. A choisi de rester ouverte après une peine de cœur. A choisi de faire confiance à l'amour quand il est enfin arrivé. A choisi de créer au lieu de se cacher.

Elle se tourna pour faire face à Nora.

— La question est : que choisiriez-vous ?

Nora la dévisagea.

— Que voulez-vous dire ?

— Je veux dire que cela n'a pas à être temporaire.

L'air de l'atelier devint soudain immobile.

— Quoi ?

— Vous pourriez rester. Définitivement. Cette vie pourrait être la vôtre.

Nora eut le souffle coupé.

— Mais qu'en est-il de... l'autre moi ? Celle qui a construit tout ça ?

L'expression de Celeste était soigneusement neutre.

— Elle... ferait une transition. Vers une autre possibilité. Un autre chemin.

— Vous voulez dire qu'elle disparaîtrait.

— Je veux dire qu'elle trouverait une histoire différente.

Les mots flottaient entre elles comme de la fumée.

Nora regarda autour d'elle dans l'atelier : les toiles pleines de lumière, les pinceaux usés par l'usage, le chevalet où Julian et elle avaient peint ensemble la veille encore.

— Je pourrais rester, murmura-t-elle.

— Vous pourriez. Si c'est ce que vous choisissez.

— Et Julian ne saurait jamais ?

— Il connaîtrait la femme dont il est tombé amoureux. Celle qui est assise en face de moi en ce moment même.

Les mains de Nora tremblaient. Parce que l'offre était tout ce qu'elle n'avait jamais osé désirer. L'amour. L'art. Une sœur qui apportait des mimosas et se chamaillait sur la couleur des serviettes. Un homme qui l'embrassait comme si elle était précieuse.

Une vie où elle comptait.

— Combien de temps ai-je pour décider ?

Celeste sourit, d'un air peiné et entendu.

— Vous êtes déjà en train de décider. Chaque instant où vous choisissez de rester, chaque baiser que vous ne repoussez pas, chaque fois que vous vous autorisez à croire que cela pourrait être réel.

Elle se dirigea vers la porte et s'arrêta sur le seuil.

— Le cœur n'attend pas la permission, Nora. Il aime, tout simplement. La question est de savoir si vous êtes assez courageuse pour le laisser faire.

Puis elle disparut, laissant Nora seule avec sa peinture, ses choix, et la terrible et merveilleuse possibilité qu'elle puisse garder cette vie.

Si elle était prête à la prendre à quelqu'un d'autre.

Julian la trouva une heure plus tard, assise sur le sol de l'atelier, de la peinture dans les cheveux et des larmes sur les joues. Il s'installa à côté d'elle.

— Salut. Qu'est-ce qui ne va pas ?

Elle le regarda, cet homme qui était devenu le centre d'une vie qu'elle n'avait jamais vécue, et sentit son cœur se briser un peu plus.

— Est-ce que tu te demandes parfois si tu ne vis pas la mauvaise vie ?

Il réfléchit sérieusement à la question.

— Parfois. Généralement, quand je suis coincé dans les embouteillages ou que j'essaie de monter des meubles IKEA.

Cela lui arracha un rire noyé de larmes.

— Mais ensuite, je rentre à la maison et je te retrouve. Et tout me semble à nouveau juste.

Il tendit la main pour essuyer de la peinture sur sa tempe.

— Et si je ne suis pas celle que tu crois ?

— Alors j'aimerai celle que tu es vraiment. C'est comme ça que ça marche, Nora. Je ne t'aime pas parce que tu es parfaite. Je t'aime parce que tu es toi.

Il se pencha et appuya son front contre le sien.

— Toi, bizarre, couverte de peinture et parfois existentielle.

Il marqua une pause, la voix plus douce.

— Et même si tu changeais, je saurais toujours comment te retrouver.

Elle ferma les yeux, gravant cet instant dans sa mémoire. Le poids de sa tête contre la sienne. L'odeur du cèdre et du café. La certitude absolue dans sa voix quand il dit qu'il l'aimait.

Même si la « elle » qu'il aimait était en réalité une toute autre personne.

— Je t'aime aussi, murmura-t-elle.

Et pour la première fois depuis son arrivée, elle le pensait entièrement.

Ce qui était précisément le problème.

miroir, miroir, cœur qui bat la chamade

· · ·

NORA N'ARRIVAIT PAS à dormir.

Elle était allongée dans le lit parfait aux draps parfaits, écoutant la respiration régulière de Julian à ses côtés, et avait l'impression de se noyer dans la soie et la culpabilité.

Chaque fois qu'elle fermait les yeux, elle revoyait le visage de Claire. La facilité avec laquelle elle avait dit : « *Tu mérites d'être heureuse.* » L'intimité désinvolte de souvenirs d'enfance partagés qui n'étaient pas les siens. Le classeur de mariage rempli de rêves qui appartenaient à quelqu'un d'autre.

À trois heures du matin, elle abandonna et se glissa hors de la chambre.

La maison était différente dans le noir — des ombres plus douces, des silences plus profonds. Elle se dirigea sans bruit vers la cuisine et se prépara un thé qu'elle n'allait pas boire, ayant simplement besoin du rituel de la normalité.

Mais lorsqu'elle se retourna, tasse en main, son reflet dans la vitre la laissa glacée.

Non pas parce que c'était son reflet.

Mais parce que ça ne l'était pas.

La femme dans la vitre avait le même visage, les mêmes cheveux en bataille, mais ses yeux étaient différents. Plus calmes. Plus posés. Elle portait une chemise de nuit tachée de peinture au lieu du pyjama en soie que Nora avait trouvé dans le tiroir.

L'autre Nora.

La vraie.

Sa bouche bougea en silence : « *Il faut qu'on parle.* »

La tasse de thé de Nora glissa de ses doigts inertes, se brisant en éclats sur le carrelage de la cuisine.

Le miroir de la salle de bains l'attendait.

Pas le joyeux meuble de toilette bleu-vert d'avant. Cette fois, la glace était sombre, reflétant la lueur de bougies qui semblait venir d'un tout autre endroit.

L'autre Nora était assise sur ce qui ressemblait à un simple tabouret en bois, les mains jointes sur ses genoux. Elle avait l'air… fatiguée. Pas brisée, mais usée à la manière de quelqu'un qui a porté un lourd fardeau pendant trop longtemps.

— Tu restes.

Ce n'était pas une question.

Nora pressa ses paumes contre la glace.

— Je ne sais pas. Peut-être. Je…

— Tu l'aimes.

Les mots la frappèrent comme un coup physique.

— Je ne voulais pas.

— Je sais.

Le sourire de l'autre Nora était peiné mais pas méchant.

— C'est impossible de ne pas l'aimer, n'est-ce pas ? Il te donne l'impression d'être la meilleure version de toi-même.

Nora hocha la tête, la gorge serrée. L'autre Nora se pencha en avant.

— Mais voilà le problème. Je suis la meilleure version de toi-même. Je suis celle que tu es devenue quand tu as choisi l'amour plutôt que la peur. Quand tu es restée ouverte au lieu de te refermer. Quand tu as pris un pinceau au lieu de ranger tes peintures en rangées impeccables et intouchables.

— Je sais, murmura Nora.

— Vraiment ?

L'autre Nora pencha la tête.

— Parce que si tu restes, je disparais. Pas seulement de cet univers — de partout. Chaque choix que j'ai fait, chaque moment de joie que j'ai trouvé, chaque tableau que j'ai créé. Disparus.

Le miroir semblait vibrer à chaque mot.

— Et Claire ? Elle n'a pas d'autre sœur. Elle se retrouve avec une étrangère qui porte mon visage, qui prétend se souvenir des anniversaires, des blagues entre nous et de la fois où on a eu une intoxication alimentaire à cause de ce resto à sushis douteux et où on a juré de ne jamais le dire à maman.

Chaque détail était un coup de poignard.

— Julian ne pourra pas continuer à m'aimer, moi. Il aimera quelqu'un qui fera toujours semblant en partie. Quelqu'un qui ne connaîtra jamais tout à fait toutes les histoires, tout le passé, tous les petits moments qui ont fait de nous… nous.

La vision de Nora se brouilla.

— Alors qu'est-ce que je suis censée faire ? Retourner à n'être rien ? Retourner me cacher ?

— Tu n'as jamais été rien.

La voix de l'autre Nora était maintenant féroce.

— Tu as juste oublié comment te voir clairement.

Elle se leva, s'approchant de la glace.

— Je ne suis pas devenue cette version par magie, Nora. Je le suis devenue en choisissant, encore et encore, d'être courageuse. D'essayer. D'échouer et d'essayer à nouveau.

— Je ne sais pas comment faire.

— Si, tu le sais. Tu l'as fait toute la semaine. Chaque fois que tu as peint avec lui, chaque fois que tu t'es autorisée à rire, chaque fois que tu n'as pas reculée quand il t'a embrassée… c'était toi, qui étais courageuse.

L'autre Nora posa sa main contre la glace.

— Tu n'as pas besoin de ma vie. Tu as juste besoin d'arrêter d'avoir peur de la tienne.

Nora imita le geste, leurs paumes séparées seulement par la barrière impossible du choix et des conséquences.

— Et si je n'y arrive pas toute seule ?

— Qui a dit que tu devais être seule ?

Le miroir scintilla.

Et soudain, Nora put voir de l'autre côté — pas seulement l'autre Nora, mais l'espace au-delà. Un atelier différent. Plus simple, plus petit, mais rempli de la même lumière dorée. Et là, à peine visible dans le coin, une silhouette familière penchée sur une toile.

Julian.

Mais pas son Julian. Celui-ci était plus âgé, un peu plus rondouillard. Les tempes grisonnantes. De la peinture sous les ongles.

Il avait une petite cicatrice sur la main gauche — pâle mais familière. Elle se souvint de la nuit où il se l'était faite en ouvrant un pot de gesso récalcitrant et avait insisté sur le fait que c'était une « blessure de guerre au nom de l'art ».

Et quand il leva les yeux, comme s'il sentait quelque chose, son regard contenait un autre genre d'amour — plus calme, plus profond, gagné au fil des années de petits moments et de luttes partagées.

Nora eut le souffle coupé.

— Comment le sais-tu ?

— Parce que l'amour n'existe pas seulement à un seul endroit, Nora. Il se propage. Il trouve un moyen.

La vision s'estompa, ne laissant que le miroir et deux femmes qui partageaient leur visage mais pas leur destin.

— Je dois y retourner.

Les mots avaient à la fois un goût de perte et de justesse.

— Oui. Tu le dois.

— Est-ce que je me souviendrai de ça ? De tout ça ?

— L'amour ? Oui. La leçon ? Je l'espère. Les détails précis ? Probablement pas. Mais tu te souviendras de ce que ça faisait d'être courageuse. D'être vue. De croire que tu méritais de bonnes choses.

L'autre Nora eut un sourire, pour la première fois, un vrai sourire.

Elle recula du miroir.

— C'est assez. C'est tout ce qui compte.

Le miroir commença à s'assombrir, la connexion vacillant comme la flamme d'une bougie dans le vent.

— Merci, murmura Nora.

— Merci de m'avoir rendu ma vie.

Et puis elle disparut, laissant Nora seule avec son reflet — fatiguée, tachée de peinture, réelle.

Mais d'une certaine manière, enfin, elle se suffisait.

Elle trouva Julian dans la cuisine, accroupi à côté de la tasse de thé cassée, une pelle à poussière à la main et les mouvements précaution-neux de quelqu'un qui essaie de ne pas réveiller une maison endormie. Il ne leva pas les yeux.

— J'ai entendu le fracas, toi non plus, tu n'arrivais pas à dormir ?

— Quelque chose comme ça.

Il leva alors les yeux vers elle, observant son visage pâle et ses yeux rougis.

— Ça va ?

Elle eut envie de mentir. De prétendre que tout allait bien, qu'elle n'était pas sur le point de leur briser le cœur à tous les deux pour le bonheur d'une autre. Mais elle décida d'être honnête.

— Il faut que je te dise quelque chose.

Il posa la pelle à poussière, lui accordant toute son attention.

— Ça va te paraître insensé.

— Essaie toujours.

Alors elle le fit.

Elle lui parla de la galerie, de Celeste, de son réveil dans une vie qui ressemblait à un rêve. Elle lui parla du miroir, de l'autre Nora, du choix qu'elle devait faire.

Elle s'attendait à ce qu'il rie. Qu'il la traite de folle. Qu'il lui suggère une thérapie, des médicaments ou de longues vacances quelque part où des femmes mystérieuses vêtues de lin n'offrent pas de cadeaux impossibles.

Au lieu de ça, il écouta.

Quand elle eut fini, la cuisine était silencieuse, à l'exception du bourdonnement du réfrigérateur et du bruit lointain de la pluie qui commençait à tomber.

— Eh bien, lâcha finalement Julian, ça explique pourquoi tu me regardais comme si tu essayais de mémoriser mon visage.

Elle cligna des yeux.

— Tu me crois ?

— Je crois que quelque chose a changé. Je crois que tu te débats avec quelque chose de plus grand que le trac du mariage.

Il se rapprocha, sans l'envahir, mais assez près pour qu'elle puisse voir les éclats dorés dans ses yeux bruns.

— Et je crois que tu m'aimes assez pour me dire la vérité, même quand ça fait mal.

— Julian…

— Laisse-moi finir.

Sa voix était douce mais ferme.

— Je crois aussi que qui que tu sois — d'où que tu viennes — tu es toujours la femme dont je suis tombé amoureux. Peut-être pas la même histoire, mais le même cœur.

Les larmes coulèrent alors, chaudes et irrépressibles.

— Je dois y retourner, murmura-t-elle.

— Je sais.

— Et tu vas m'oublier.

— Peut-être. Ou peut-être que je me souviendrai juste de toi différemment.

Il leva la main, lui prenant le visage entre ses paumes.

— Peut-être que je me souviendrai de toi comme de la femme qui m'a appris que l'amour n'a pas besoin d'être logique pour être réel.

Il l'embrassa alors — un baiser doux, précautionneux, comme s'il essayait d'imprimer ce souvenir sur sa peau.

Quand ils se séparèrent, elle pouvait sentir le goût du sel sur ses lèvres.

— Comment je fais ça ? Comment je te quitte ?

— De la même manière que tu m'as trouvé, avec du courage.

Dehors, la pluie s'intensifia, martelant les fenêtres avec l'insistance d'un monde qui attendait qu'elle fasse son choix.

— Est-ce que ça ira ?

Julian sourit, un sourire triste mais sincère.

— Ça ira très bien. Et toi aussi.

— Comment peux-tu en être si sûr ?

Il essuya une larme sur sa joue.

— Parce que tu es plus courageuse que tu ne le penses. Tu l'as toujours été.

Ils restèrent assis ensemble jusqu'à l'aube, sans beaucoup parler, se contentant de respirer le même air et de mémoriser la présence de l'autre.

Quand les premières lueurs se glissèrent par les fenêtres de la cuisine, Julian prépara du café avec la précision minutieuse de quelqu'un qui essaie de faire durer un moment ordinaire.

— Je devrais y aller.

Chaque cellule de son corps se rebellait contre ces mots.

— Tu devrais, concéda Julian.

— Mais pas encore.

— Pas encore.

Il lui tendit un mug — pas la menaçante céramique de la veille, mais quelque chose de simple, blanc et pur.

— Pour la route.

Ils burent en silence, regardant le monde s'éveiller derrière leurs fenêtres. Des oiseaux s'appelant les uns les autres. La lumière peignant lentement le jardin d'or. Le miracle ordinaire d'un autre jour qui commence.

— Ça va me manquer.

— À moi aussi.

Quand elle se leva finalement pour partir, Julian lui attrapa la main.

— Hé, quand tu seras de retour dans ta vie, sois indulgente avec toi-même. Et peut-être... peut-être que tu donneras sa chance à ce type.

— Quel type ?

Le sourire de Julian était un mélange de mystère, de malice et d'adieu.

— Tu le reconnaîtras quand tu le verras.

Elle l'embrassa une dernière fois — un baiser rapide, intense, final.

Puis elle s'éloigna, laissant son cœur dans une cuisine qui n'avait jamais été la sienne et emportant le souvenir de l'amour comme une boussole indiquant le chemin du retour.

La pluie avait cessé, mais le monde scintillait encore de possibilités.

Elle marcha dans le matin calme, le cœur toujours endolori mais les mains enfin ouvertes — prêtes à créer quelque chose de nouveau.

une dernière peinture

. . .

NORA SE RÉVEILLA au son de son vieux ventilateur de plafond.

Pas le doux craquement des poutres en bois usées par le temps, mais le gémissement familier du plâtre vieillissant qui se tassait contre des cloisons sèches bon marché. Ses yeux s'ouvrirent sur des taches d'humidité en forme de nuages d'orage et le goutte-à-goutte persistant de la salle de bains du voisin du dessus, que d'innombrables plaintes n'avaient jamais réussi à faire réparer.

Chez elle.

Elle resta immobile un long moment, répertoriant les différences. Les draps râpeux qui sentaient l'adoucissant premier prix et non le sel marin et le champ des possibles. La fenêtre étroite qui donnait sur le mur de briques et l'escalier de secours, au lieu de jardins débordants d'une abondance irréelle. Le silence ; non pas paisible, mais creux, comme une caisse de résonance pour la déception.

Ses mains se portèrent à ses ongles, s'attendant à y trouver du vernis corail, mais n'y découvrant qu'une couche de transparent écaillée. Le pyjama en soie avait disparu, remplacé par un vieux t-shirt d'une course de 5 km qu'elle n'avait jamais terminée et un pantalon en flanelle troué près du genou gauche.

Elle se redressa lentement, son corps protestant d'une manière qu'il ne connaissait pas dans l'autre réalité. Son dos était endolori par le matelas bas de gamme. Sa nuque était raide. Même sa peau semblait différente, plus terne, comme si quelqu'un avait baissé la saturation du monde et avait oublié de la remonter.

L'appartement était exactement comme elle l'avait laissé. Rangé au point d'être stérile. Les livres classés par taille et non par affinité. Le chevalet dans le coin, toujours recouvert d'un drap maculé de peinture, tel un cadavre sous son linceul.

Mais quelque chose clochait.

Pas seulement l'absence de Julian, de Claire et de la maison inondée de lumière. Quelque chose dans sa poitrine était différent à présent, comme un meuble qui aurait été déplacé sans être tout à fait remis à sa place.

Elle se rendit à pas feutrés jusqu'à la salle de bains et fixa son reflet.

Même visage. Mêmes yeux fatigués. Même bouche qui avait oublié comment désirer.

Mais sous tout cela, quelque chose de nouveau. Une agitation. La connaissance de ce qui était possible et qui faisait de sa vie actuelle un costume devenu trop petit pour elle.

Elle toucha la glace, s'attendant presque à y voir l'autre Nora lui faire face.

Seul son propre reflet lui répondit, les yeux cernés, sans peinture, seule.

La galerie avait des allures de tombeau.

Nora se tenait sur le seuil, les clés lourdes dans sa main, à contempler l'espace qui avait été son sanctuaire et qui ressemblait maintenant à un monument à toutes les occasions qu'elle n'avait jamais saisies.

Le cœur n'attend pas la permission, pensa-t-elle soudain, les mots de Celeste résonnant dans son esprit comme une chanson à moitié oubliée. *Il se contente d'aimer.*

Les murs d'un blanc immaculé se moquaient d'elle. Les pinceaux soigneusement rangés — toujours triés par hostilité — semblaient la juger depuis leur pot. Même la lumière était mauvaise, fluorescente et crue au lieu de la chaleur dorée qui avait baigné chaque chose dans l'autre réalité.

Elle se déplaça dans l'espace comme un fantôme, touchant des surfaces qui semblaient étrangères sous ses doigts. Le comptoir où Mme Chen avait laissé de la soupe. Le coin où attendait son portfolio, toujours fermé, cachant encore le croquis de Julian sous des couches de poussière et de regret.

Lorsqu'elle l'ouvrit, son visage la dévisagea : jeune, rieur, en pleine réflexion. Les mêmes yeux qui l'avaient regardée peindre avec une telle tendresse quelques heures plus tôt. Ou quelques vies plus tôt. Ou jamais.

Sa poitrine se serra.

Elle avait embrassé cette bouche. Avait senti ces mains retirer la peinture de ses cheveux. Avait vu ce visage s'adoucir d'amour pour une version d'elle qui le méritait.

Désormais, ce n'était plus que de l'encre sur du papier. Le souvenir de quelque chose qui n'avait jamais vraiment été à elle.

Elle traça le contour du croquis du bout du doigt, prenant soin de ne pas tacher les lignes qui étaient tout ce qu'il lui restait de lui.

— Je suis désolée, murmura-t-elle à la galerie vide. À Julian. À l'autre Nora. À elle-même.

Désolée d'avoir emprunté ce qui n'était pas à elle. Désolée d'être partie. Désolée de ne pas avoir été assez courageuse pour mériter sa propre version de cet amour.

Désolée d'être revenue à une vie qui ne lui allait plus.

Elle essaya de peindre.

Trois fois.

La première tentative dura quinze minutes avant qu'elle n'abandonne, fixant une toile qui donnait l'impression que quelqu'un y avait éternué de la couleur, sans but ni passion.

La deuxième fois, elle parvint à mélanger un bleu qui capturait presque la couleur des yeux de Julian. Elle trempa son pinceau dans la couleur — si intense que c'en était douloureux — et, l'espace d'une seconde, sa main bougea sans réfléchir, traçant la courbe d'une clavicule qu'elle n'avait pas vue depuis son réveil.

Elle se souvint des mains de Julian sur les siennes, guidant son pinceau dans cet atelier baigné de soleil, lui murmurant :

— Laisse-le s'exprimer avant d'essayer de le corriger.

Le souvenir la frappa comme un coup. Sa main trembla, et le coup de pinceau partit dans tous les sens, zébrant la toile de bleu comme une cicatrice.

Maintenant, la toile la dévisageait — silencieuse, obstinée, vierge à l'exception de cette unique marque de désespoir.

Elle posa le pinceau et s'éloigna, les mains tremblantes.

La troisième fois, elle ne prit même pas de pinceau. Elle s'assit simplement sur le tabouret devant le chevalet et pleura — des sanglots bruyants, déchirants, qui résonnaient contre les murs de la galerie comme des accusations.

Parce qu'elle le sentait lui filer entre les doigts.

La confiance. La joie. Le sentiment d'être quelqu'un qui méritait d'être aimé.

Déjà, les souvenirs commençaient à s'estomper. La nuance exacte des murs de la cuisine. Le son du rire de Julian. La sensation de la lumière, si différente quand elle peignait avec intention plutôt que par obligation.

Elle perdait les dons de l'autre Nora aussi sûrement que s'il s'était agi de vêtements empruntés qu'elle devait rendre.

Dans l'après-midi, elle se convainquit que tout cela n'avait été qu'un rêve. Une hallucination due au stress, provoquée par trop d'isolement et trop peu de contacts humains. La manière qu'avait son esprit de lui montrer ce qu'elle désirait si désespérément qu'elle avait inventé une réalité alternative entière pour l'abriter.

C'était plus logique que la magie du temps.

Cela rendait tout plus facile à supporter.

Madame Chen apparut à seize heures trente avec un autre thermos et l'expression déterminée de quelqu'un qui refusait d'être ignoré.

— Tu as l'air encore plus mal en point, lança-t-elle en entrant sans y être invitée. Mince, triste et maintenant hantée. Ce n'est pas une amélioration.

Nora réussit à esquisser un faible sourire.

— Je suis heureuse de vous voir aussi, madame Chen.

— Ne me réponds pas. Assieds-toi. Mange.

Elle tendit le thermos à Nora avec l'autorité de quelqu'un qui avait passé des décennies à nourrir de force des gens récalcitrants.

— C'est une soupe de poulet et nouilles cette fois. Avec un supplément de gingembre pour soigner ce qui te donne l'air d'avoir vu des fantômes.

Cette gentillesse frappa Nora comme un coup physique. Un si petit geste — une soupe un jour difficile — mais qui lui rappelait d'autres bontés. Les mimosas et les robes de mariée de secours de Claire. La manière attentionnée de Julian de préparer le café exactement comme elle l'aimait.

Des gens qui se souciaient assez d'elle pour remarquer quand elle avait des difficultés.

Des gens qu'elle n'avait jamais vraiment eus.

Madame Chen s'arrêta près du portfolio ouvert, plissant les yeux devant le croquis de Julian.

— Bel homme. On dirait qu'il te briserait la vie avec douceur.

Nora eut un rire cassant.

— Il était… gentil.

— Ils le sont généralement, ceux qu'on n'oublie jamais tout à fait.

Madame Chen s'installa dans le fauteuil en face d'elle, étudiant Nora de ses yeux perçants.

— Un amour perdu ?

— Quelque chose comme ça.

— Ah, fit madame Chen d'un air entendu. J'en ai connu un. Avant monsieur Chen. Un garçon magnifique qui m'écrivait des poèmes et qui a quitté la ville le lendemain de la remise des diplômes. Il m'a si complètement brisé le cœur que j'ai cru ne jamais m'en remettre.

Elle but une gorgée pensive dans sa propre petite tasse.

— Mais les chagrins d'amour t'apprennent des choses. Ils te font connaître la différence entre l'amour qui te nourrit et l'amour qui t'affame. Quand monsieur Chen est arrivé, plus calme, plus stable, j'ai failli passer à côté de lui parce qu'il n'écrivait pas de poèmes.

— L'avez-vous regretté ? De ne pas être partie avec le poète ?

Madame Chen sourit.

— Pendant environ dix ans. Puis monsieur Chen a commencé à me laisser des petits mots dans ma boîte de déjeuner. Pas des poèmes, des listes de courses, pour la plupart. Mais écrites avec un tel soin, une telle attention à ce dont j'avais besoin…

Elle haussa les épaules.

— La poésie se présente sous de nombreuses formes, ma chérie.

— Madame Chen, avez-vous des frères et sœurs ?

Madame Chen parut surprise par la question.

— Trois sœurs. Toutes plus jeunes, toutes plus bruyantes, et toutes convaincues qu'elles savent mieux que moi pour tout.

Son expression s'adoucit.

— Pourquoi ?

— Je me demandais juste ce que ça faisait. D'avoir une famille qui vous connaisse si bien.

Elle lui répondit avec un ton amusé.

— Horrible la plupart du temps. Elles m'appellent chaque semaine pour se disputer au sujet de recettes et me dire que je me coiffe mal. Mais quand mon mari est mort, elles ont toutes débarqué avec des gratins et de mauvais conseils et ont refusé de partir jusqu'à ce que je me remette à manger.

Elle étudia Nora de ses yeux vifs.

— Tu penses à contacter les tiens ?

Nora ravala des larmes soudaines.

— Je n'en… je n'en ai pas. De frères et sœurs, je veux dire.

— Ah.

Madame Chen hocha la tête comme si cela expliquait tout.

— Eh bien, la famille, ce n'est pas seulement les liens du sang, ma chérie. Parfois, ce sont les gens qui t'apportent de la soupe quand tu as une tête de déterrée.

Elle tapota la main de Nora comme elle le faisait toujours — brièvement, mais d'un geste chaud, réel — et se dirigea vers la porte.

— Mange la soupe, lança-t-elle par-dessus son épaule. Et pense peut-être à appeler quelqu'un. N'importe qui. Être trop seule rend les gens bizarres.

Après son départ, Nora resta assise avec le thermos, essayant de ne pas penser au rire de Claire ou à la façon dont Julian fredonnait en préparant le petit-déjeuner, ou à ce que l'on ressentait en faisant partie de quelque chose de plus grand que soi.

À la place, elle ouvrit son ordinateur portable et fit défiler de vieux e-mails de sa mère — de brèves mises au point fonctionnelles sur la météo, les rendez-vous chez le médecin et les rencontres à l'épicerie avec d'anciens voisins.

Aucune préparation de mariage. Aucun souvenir partagé. Aucune dispute fraternelle sur la couleur des serviettes.

Juste la politesse prudente de personnes qui s'aimaient à distance et avaient oublié comment combler le fossé.

L'absence de ce qu'elle n'avait jamais eu était maintenant plus vive.

Comme perdre quelque chose qu'elle n'avait qu'emprunté mais dont elle avait appris à avoir besoin.

L'homme arriva au moment où elle fermait.

Nora tournait le panneau « Ouvert » pour afficher « Fermé » quand un mouvement dans la rue attira son attention. Quelqu'un marchait lentement devant les vitrines de la galerie, s'arrêtant pour regarder les tableaux exposés.

Elle ne distinguait pas bien son visage à travers la vitre, juste une silhouette en contre-jour sous la lumière des lampadaires. Grand, élancé, il portait une veste qui avait connu des jours meilleurs. Sa posture avait quelque chose de familier qui lui serra la poitrine.

Pendant un instant, elle fut certaine d'halluciner.

Le stress de la journée, le contrecoup émotionnel du retour à une vie qui ne lui convenait plus... tout cela lui avait finalement détraqué quelque chose dans le cerveau. Elle voyait Julian parce qu'elle voulait le voir, parce qu'une partie d'elle ne pouvait pas accepter qu'il appartînt à un tout autre univers.

Mais l'homme s'approcha alors de la vitrine, et elle put voir son visage plus distinctement.

Pas Julian.

Mais il y avait quelque chose dans ses yeux...

Il hésita devant la porte, la main levée comme pour frapper, puis sembla remarquer le panneau « Fermé ». Ses épaules tombèrent légèrement, signe de sa déception.

Nora se retrouva devant la porte avant même d'avoir consciemment décidé de bouger. Sa main flotta au-dessus de la serrure.

N'aie pas peur, se dit-elle. *Quel est le pire qui puisse arriver ?*

Elle ouvrit la porte.

— Nous sommes fermés, mais si vous cherchiez quelque chose de précis...

L'homme se retourna, et elle le vit distinctement pour la première fois.

Il était plus âgé qu'elle ne l'avait imaginé, de cette manière un peu brute et tranquille qui suggérait qu'il lisait plus qu'il ne parlait. Des rides d'expression encadraient sa bouche, et ses cheveux — bruns mais parsemés de gris — bouclaient légèrement sur le col de son manteau, comme s'ils n'avaient pas été coupés depuis un moment. Ses vêtements étaient souples et usés, comme s'il sortait d'une matinée paisible et non d'une vie menée à cent à l'heure.

Il n'y avait rien de familier en lui, et pourtant... quelque chose dans sa présence semblait stable. Ancré. Comme le silence qui précède l'inspiration.

Pas Julian. Pas même de loin.

Mais quand il sourit, quelque chose en elle frémit tout de même.

— Je voulais juste...

Puis il marqua une pause, étudiant son visage avec une intensité qui lui coupa le souffle.

— Ça va peut-être vous paraître étrange, et je sais que ça a l'air complètement fou, mais... on s'est déjà rencontrés ? Je jurerais que j'ai rêvé de votre visage.

Le cœur de Nora s'arrêta.

Puis repartit, plus vite. Elle réussit finalement à parler :

— Je ne crois pas, mais… vous voulez entrer quand même ?

Il sourit alors — un sourire qui n'avait rien de celui de Julian ; celui-ci était de travers, juvénile, sans défense, mais suffisamment proche pour lui redonner foi dans les possibles.

— J'aimerais beaucoup.

Tandis qu'il franchissait le seuil, Nora perçut une odeur presque familière : du cèdre, du café, et quelque chose de propre qui lui fit penser à un nouveau départ. Elle lui tendit la main.

— Je m'appelle Nora.

— Victor.

Il lui serra la main, mais la garda un instant de plus que nécessaire, et elle sentit une étincelle — pas vraiment de la reconnaissance, mais une résonance. Comme un diapason trouvant sa note d'accord.

— Et j'ai l'étrange impression que nous étions censés nous rencontrer.

Dehors, les premières neiges de la saison commencèrent à tomber, poudrant les vitrines de la galerie de quelque chose qui ressemblait presque à de la magie.

devenir en coups de pinceau

· · ·

LA CLÉ ÉTAIT TOUJOURS COINCÉE dans la serrure, comme à son habitude.

Nora la secoua deux fois, marmonna quelque chose d'inavouable entre ses dents et finit par pousser la porte de la galerie, qui s'ouvrit dans un grincement familier et une bouffée d'air sentant la poussière.

Mais cette fois, cette résistance ne la dérangeait pas.

Cette fois, elle ripostait.

Elle resta un long moment dans l'embrasure de la porte, percevant l'espace non pas tel qu'il était — stérile, prudent, presque désolé — mais tel qu'il pourrait être. La lumière du matin filtrait différemment par les vitrines, ou peut-être était-ce elle qui regardait avec des yeux neufs. Quoi qu'il en soit, une promesse de possibilités fredonnait dans l'air, telle une chanson qu'elle était enfin prête à entendre.

Victor était resté jusqu'à près de minuit, à parler d'art, de lumière et de la manière étrange dont l'inspiration frappe quand on ne s'y attend pas. Il avait examiné chaque œuvre de la galerie avec l'attention minutieuse de quelqu'un qui comprenait que la création exigeait du courage, que de montrer son travail au monde était un acte de foi.

— Tu as une perspective intéressante, avait-il remarqué en s'arrêtant devant une petite aquarelle qu'elle avait peinte des années auparavant et oubliée. Il y a de l'honnêteté ici. De la vulnérabilité. La plupart des gens ont peur d'être aussi… présents.

— J'étais plus courageuse avant, avait-elle admis.

— Tu l'es toujours. Tu l'as juste oublié pendant un temps.

Quand il était enfin parti — avec la promesse de revenir, d'apporter son propre carnet de croquis, de lui montrer le centre d'art communautaire où il donnait des cours le week-end — Nora, seule dans sa galerie, avait ressenti quelque chose qu'elle n'avait pas éprouvé depuis des années.

L'espoir.

Pas le genre d'espoir désespéré et avide qui s'accroche à des rêves impossibles, mais celui, calme et constant, qui sème des graines et s'en occupe patiemment.

Maintenant, dans la lumière du matin, elle se mit au travail.

La première chose qu'elle fit fut de replacer le chevalet au centre de la pièce.

Non pas caché dans un coin pour ne choquer personne, mais en plein milieu de l'espace, où tout le monde pourrait le voir. Où l'on pourrait la regarder travailler, si on le souhaitait. Où elle pourrait cesser de se cacher derrière le courage des autres.

La deuxième chose qu'elle fit fut d'ouvrir toutes les fenêtres.

L'air frais s'engouffra, charriant un parfum de feuilles d'automne et de possibilités. La galerie expira, libérant des mois de stérilité méticuleuse.

La troisième chose qu'elle fit fut de respirer.

Des inspirations profondes et délibérées qui remplissaient ses poumons et rappelaient à son corps ce que cela faisait d'occuper l'espace.

Puis elle se mit au travail.

Elle dépoussiéra les étagères avec l'efficacité de quelqu'un qui avait passé trop de temps à organiser sa vie au lieu de la vivre. Elle réarrangea les tableaux, les groupant par émotion plutôt que par taille, créant des conversations entre les œuvres au lieu de simples expositions.

Elle déterra du matériel de coins oubliés — des pinceaux qui se souvenaient de son toucher, des peintures qui avaient gardé leur éclat, des toiles qui attendaient patiemment qu'elle soit de nouveau prête.

Et quand elle trouva le carton à dessins — celui qui contenait ses œuvres plus anciennes — elle n'hésita pas.

Elle en sortit l'autoportrait.

Celui avec le visage à moitié dans l'ombre et la faim dans le regard. Celui qui l'avait effrayée par son honnêteté, son désir brut.

En le regardant maintenant, elle voyait ce que l'autre Nora avait vu. Pas un échec, mais une tentative. Pas une imperfection, mais une vérité.

Cette femme dans le tableau n'était pas brisée.

Elle était en devenir.

Nora l'accrocha au mur de la galerie, juste à l'entrée, où quiconque passant devant pourrait le voir.

En dessous, elle plaça un petit carton blanc avec trois mots écrits de sa propre main :

En cours. Toujours.

Elle prit du recul, étudiant l'effet produit.

Le tableau paraissait différent ici, à sa juste place. Confiant. Sans excuses. Prêt à engager des conversations au lieu de les éviter.

Comme la femme qui l'avait peint.

Victor revint le mardi avec du café et un carnet de croquis usé jusqu'à la corde.

— J'ai amené des provisions. Et j'espérais que tu pourrais me montrer comment tu vois la lumière.

Il lui tendit un sac en papier prometteur qui sentait la cannelle.

— Comment je vois la lumière ?

— Dans tes peintures, précisa-t-il, posant le café sur le comptoir avec un soin respectueux. Il y a quelque chose dans la façon dont tu la captures qui la rend… vivante. Comme si elle avait un poids.

Nora sentit la chaleur lui monter aux joues.

— Je ne suis pas sûre de savoir ce que je fais la plupart du temps.

— Les meilleurs artistes ne le savent jamais. C'est ce qui en fait de l'art plutôt que de l'illustration.

Il tira un tabouret à côté de son chevalet.

Ils passèrent la matinée à peindre ensemble — non pas cette intimité désespérée et d'emprunt qu'elle avait partagée avec Julian, mais quelque chose de nouveau. Hésitant, mais réel. Deux personnes apprenant le langage créatif de l'autre, trouvant un rythme dans les espaces entre les coups de pinceau.

Victor peignait comme il parlait : de manière réfléchie, avec une conviction tranquille. Son travail avait une douceur qui lui rappelait les visites attentionnées de Mme Chen pour lui apporter de la soupe, ce réconfort offert sans attente en retour.

— Tu te retiens, observa-t-il en la regardant hésiter sur le choix d'une couleur.

— Je ne veux pas tout gâcher.

— Gâcher quoi ? Le tableau ou l'instant ?

La question la prit au dépourvu.

— Les deux ?

Victor posa son pinceau et se tourna complètement vers elle.

— Nora, quelle est la pire chose qui pourrait arriver si tu peignais exactement ce que tu ressens ?

Elle y réfléchit.

— Quelqu'un pourrait le voir. Et le juger. Et penser que je suis… trop.

— Et si cette personne pensait que tu es exactement comme il faut ?

Ces mots la frappèrent comme une petite révélation. Comme une permission qu'elle attendait depuis des années.

Elle reprit son pinceau.

Et elle peignit ce qu'elle ressentait.

L'œuvre qui émergea au cours des jours suivants n'était pas jolie.

C'était sauvage, désordonné, plein de contradictions et de couleurs impossibles. Un autoportrait, mais pas celui, soigné et ombragé, des années passées. Celui-ci était flamboyant, sans compromis. Une femme en pleine transformation, prise entre celle qu'elle avait été et celle qu'elle devenait.

Victor la regarda prendre forme avec une attention qui tenait de la prière.

Quand elle posa finalement son pinceau et recula, il remarqua :

— C'est féroce.

— C'est honnête.

— C'est la même chose.

D'autres personnes commencèrent à le remarquer aussi. Mme Chen passait maintenant tous les jours, soi-disant pour vérifier les habitudes alimentaires de Nora, mais en réalité pour voir quelle nouvelle folie avait surgi sur la toile.

Le jeudi, elle annonça en étudiant Nora et le tableau avec la même intensité :

— Vous êtes différente. Plus bruyante. Dans le bon sens du terme.

Franklin, le professeur d'art à la retraite, s'attardait plus longtemps lors de ses visites hebdomadaires, posant des questions sur la technique et l'inspiration avec un respect qu'il n'avait jamais montré pour son travail prudent et sans risque.

— Ça a du mordant. Comme si vous aviez enfin arrêté de vous cacher.

Même des inconnus avaient commencé à entrer, attirés par quelque chose qu'ils ne pouvaient pas vraiment nommer. Une jeune femme aux ongles tachés de peinture passa une heure à étudier l'autoportrait, puis demanda si Nora donnait des cours.

— Non.

Puis elle marqua une pause.

— Mais j'envisage de commencer.

L'idée germa lentement, comme des fleurs sauvages dans les fissures d'un trottoir.

Un cours. De vraies personnes, apprenant à voir la couleur comme elle la voyait. Apprenant à être courageuses avec leurs pinceaux, à cesser de s'excuser de prendre de la place sur la toile.

Quand elle en parla à Victor, il approuva :

— Je pense que tu devrais. Je pense que tu as quelque chose d'important à enseigner.

— Comme quoi ?

— Comme peindre avec tout son cœur. Comment se montrer sans sourciller.

Le cours commença modestement.

Cinq élèves la première semaine : David, le petit-fils de Mme Chen (qui avait, en effet, hérité d'un talent artistique ainsi que d'opinions bien arrêtées), deux étudiantes de l'université cherchant un exutoire créatif, une enseignante fraîchement retraitée, et Victor.

Ce premier mardi soir, il précisa :

— Je ne suis pas là en tant qu'élève. Je suis là pour le soutien moral. Et parce que j'aime te regarder enseigner.

Nora sentit ses joues s'empourprer.

— Je n'ai aucune idée de ce que je fais.

— Parfait, fit l'enseignante à la retraite, une femme nommée Joan aux cheveux d'argent et au sourire espiègle. Le meilleur apprentissage se produit quand tout le monde cherche ses marques ensemble.

À la troisième semaine, le mot s'était répandu. Le cours était passé à douze, puis à quinze élèves. Des gens avides d'obtenir la permission de créer imparfaitement, d'embrasser le désordre et la beauté de fabriquer quelque chose de leurs propres mains.

Nora était perchée sur le bord d'un tabouret pendant la séance du jeudi, tenant un pinceau comme une baguette de chef d'orchestre tout en regardant ses élèves travailler.

Elle s'approcha de l'une des étudiantes qui fronçait les sourcils devant sa toile.

— Emma, pourquoi avez-vous choisi cette couleur ?

La jeune fille leva les yeux d'une tache de bleu outremer qu'elle venait d'appliquer avec une frustration évidente.

— Je ne sais pas. Ça semblait… triste. Mais d'une bonne manière ? Est-ce que ça a un sens ?

Nora sourit.

— Ça a parfaitement un sens. Alors c'est exactement ce que c'est.

— Mais ça ne ressemble à rien.

— Ça n'a pas besoin de ressembler à autre chose qu'à un sentiment. La couleur peut être une émotion rendue visible. Laissez-la être triste. Laissez-la être bleue. Laissez-la être exactement ce que votre cœur a besoin qu'elle soit.

Le froncement de sourcils d'Emma s'adoucit. Elle trempa de nouveau son pinceau, cette fois avec détermination plutôt qu'en s'excusant.

De l'autre côté de la pièce, le petit-fils de Mme Chen ajoutait de violentes zébrures orange à ce qui avait commencé comme un paysage. Il fut sur la défensive quand il remarqua qu'elle l'observait.

— C'est censé être un coucher de soleil.

— Les couchers de soleil peuvent être en colère, répondit Nora. Surtout s'ils ont quelque chose à dire.

Joan rit depuis sa place près de la fenêtre.

— Tu nous corromps, ma chère. Tu nous rends tous dangereux avec nos pinceaux.

— Bien, répondit Nora en se déplaçant entre les chevalets, telle une douce tempête. L'art se doit d'être un peu dangereux. S'il ne vous fait pas peur, c'est que vous n'essayez pas assez fort.

Elle se surprit à dire des choses qu'elle ignorait savoir :

« La couleur n'a pas besoin d'être réaliste pour être vraie. »

« Votre première intuition est généralement la bonne. Faites-lui confiance. »

« En art, il ne s'agit pas d'être assez bon. Il s'agit d'être assez honnête. »

Voir ses étudiants découvrir leur propre voix, assister au moment où quelqu'un cessait de s'excuser pour ses coups de pinceau et commençait à les célébrer — cela comblait en Nora un vide dont elle n'avait pas conscience.

C'était ce que l'autre vie avait essayé de lui apprendre.

Non pas qu'elle avait besoin d'une vie différente, mais qu'elle devait vivre la sienne avec plus de courage.

La lettre arriva un mardi, mêlée à la pile habituelle de factures et de catalogues de fournitures pour la galerie.

Son nom et son adresse étaient écrits d'une écriture soignée sur un papier crème qui semblait précieux sous ses doigts. Pas d'adresse d'expédition, juste un petit symbole de l'infini gravé dans le sceau de cire.

Le cœur de Nora s'arrêta.

À l'intérieur, une simple feuille de papier et quatre mots de l'élégante écriture de Celeste :

« Tu as bien choisi. — C »

En dessous, une photographie.

Pas celle de l'univers qu'elle avait visité, mais de quelque chose d'autre. Un mariage — petit, intime, célébré dans un jardin qui explosait de couleurs improbables. La mariée portait des baskets tachées de peinture sous sa robe et riait de tout son corps pendant que le marié la faisait tournoyer sous des guirlandes lumineuses.

Leurs visages étaient flous, saisis dans le mouvement, mais Nora pouvait en voir assez.

L'autre Nora et son Julian, célébrant un amour qu'ils avaient mérité par le choix, le courage et la décision quotidienne de rester ouverts.

Heureux.

Complets.

Ensemble dans la vie à laquelle ils appartenaient.

Nora caressa le bord de la photographie d'un doigt précautionneux, puis la glissa dans le cadre à côté de son chevalet. Non pas comme un rappel de ce qu'elle avait perdu, mais comme la preuve de ce qui était possible quand on cessait d'avoir peur de son propre cœur.

Elle n'était pas la Nora qui portait des pyjamas en soie et qui disait oui sans hésiter à un amour tombé du ciel. Elle était la Nora qui était revenue. Qui essayait à nouveau. Qui apprenait aux gens à être désordonnés, courageux et vrais. Qui gagnait son bonheur, un coup de pinceau honnête à la fois.

Cette Nora-là suffisait.

Elle était plus que suffisante.

Ce jeudi-là, elle s'attarda dans la galerie bien après le départ de ses étudiants, l'odeur de térébenthine et de possibilités flottant lourdement dans l'air. Les pinceaux trempaient dans des bocaux en verre. Les chevalets se tenaient au garde-à-vous, tels des soldats attendant leur prochaine bataille. Des tubes de peinture gisaient éparpillés sur les tables, comme les preuves d'un chaos magnifique.

L'autoportrait original était suspendu tranquillement à sa place d'honneur, n'exigeant plus d'excuses. Juste une présence.

Je suis toujours là, pensa-t-elle en regardant la femme du tableau — à demi dans l'ombre, avide, inachevée. *Et je ne me cache plus.*

La transformation n'avait pas été magique. C'avait été un choix, fait encore et encore, de se montrer telle qu'elle était au lieu de celle qu'elle pensait que les autres voulaient qu'elle soit.

Son téléphone vibra. Un texto de Victor :

Victor : Super cours ce soir. Tu es une prof née.

Avant qu'elle ne puisse répondre, la cloche de la porte tinta. Victor entra, couvert de taches de peinture et légèrement essoufflé, comme s'il avait couru depuis l'endroit où il se trouvait.

— J'ai oublié mon carnet de croquis.

Mais il ne se dirigea pas vers le comptoir où il l'avait laissé.

Au lieu de ça, il resta là, essuyant la peinture de ses mains sur son jean déjà fichu, l'air un peu nerveux et d'une manière qui fit bondir le cœur de Nora.

— Alors, je me disais qu'on pourrait… manger. Ensemble. Pas dans une pièce pleine de pinceaux. Quelque part avec de vraies serviettes.

Nora haussa un sourcil.

— Tu m'invites à sortir, M. Carnet de Croquis ?

Son sourire était de travers, incertain, absolument parfait.

— C'était l'intention, oui. Je travaille encore l'exécution. Je sais que ça pourrait compliquer les choses, mais je crois que je suis en train de tomber amoureux de toi. De ta façon de voir la lumière. De ta façon d'apprendre aux gens à ne pas avoir peur. De la façon dont tu deviens exactement celle que tu es censée être.

Le cœur de Nora fit une acrobatie compliquée dans sa poitrine.

Pas le sentiment désespéré et emprunté qu'elle avait connu avec Julian, mais quelque chose de plus stable. De plus réel. Moins comme trouver une pièce manquante et plus comme découvrir qu'elle avait toujours été entière.

— J'adorerais. Dîner. Et… tout ce qui vient après.

— Même si c'est le bazar ?

— Surtout si c'est le bazar.

Parce qu'elle avait appris quelque chose dans cette vie empruntée, quelque chose que l'autre Nora avait essayé de lui dire à travers les miroirs et les souvenirs :

L'amour, ce n'était pas de trouver la personne parfaite ou la vie parfaite.

C'était d'être assez courageux pour se montrer, imparfait et honnête, et de faire confiance au fait que quelqu'un choisirait de voir la beauté dans notre devenir.

Le sourire de Victor aurait pu alimenter la galerie pendant une semaine.

— Samedi ?

— Samedi.

Dehors, les feuilles tourbillonnaient devant les fenêtres comme des confettis, et Nora sentit quelque chose s'apaiser dans sa poitrine.

Pas un achèvement.

Mais le contentement face à l'œuvre continue de devenir soi-même.

Un coup de pinceau courageux à la fois.

l'espoir aussi est silencieux

. . .

LES FENÊTRES ÉTAIENT OUVERTES.

Juste un peu. Assez pour laisser entrer le son matinal des pneus de vélo vrombissant sur le pavé humide, des oiseaux se disputant une croûte de bagel que quelqu'un avait laissée tomber, le « flaf » occasionnel d'un joggeur trop optimiste naviguant entre les flaques de la pluie de la nuit dernière.

Nora se tenait au centre de la galerie, de la peinture sur le poignet et du graphite sur la joue, regardant la vapeur s'élever de sa tasse de café, telle de l'encens dans un temple dont elle avait enfin appris à s'occuper.

Elle n'avait pas remarqué la peinture. Ni le graphite. Ni le fait qu'elle fredonnait tout bas depuis vingt minutes un air sans nom qui semblait maintenant émerger du même endroit que ses coups de pinceau, spontané et sans gêne.

Elle souriait.

Pas la courbe soignée et professionnelle qu'elle avait perfectionnée pour les clients et les critiques, mais quelque chose de vrai et de sincère qui naissait dans sa poitrine et se propageait vers l'extérieur comme de la lumière.

La galerie sentait le romarin, la pluie et le fantôme persistant de la térébenthine du cours de la veille. Ses élèves étaient restés tard, de nouveau, réticents à quitter le cercle magique qu'ils avaient créé avec des chevalets, de l'honnêteté et la permission d'être magnifiquement imparfaits.

— Tu es différente quand tu enseignes, avait remarqué Joan en ajoutant une autre touche folle de violet sur sa toile. Comme si tu étais plus toi-même.

— Peut-être bien.

Elle le pensait.

L'autoportrait était toujours accroché sur le mur du fond, mais il avait désormais de la compagnie. D'autres pièces l'avaient rejoint : des œuvres plus audacieuses, des lignes plus libres, plus de risques dans les choix de couleurs. Les peintures de ses élèves parsemaient aussi l'espace, une galerie dans la galerie, exposant le genre de créativité intrépide qui se manifeste lorsque les gens arrêtent de s'excuser de prendre de la place.

Rien n'était parfait.

C'était tout l'intérêt.

La cloche au-dessus de la porte tinta – ce son familier et délicat qui, autrefois, la poussait à se préparer à la déception, mais qui ressemblait désormais à une possibilité qui frappait à la porte.

Une petite enfant colla son nez contre la vitrine, son souffle embuant la vitre tandis qu'elle fixait le tableau le plus proche de la rue. Sa mère lui tira doucement la main, mais la fillette était subjuguée.

Nora ouvrit la porte.

— C'est une artiste, annonça l'enfant sans préambule, en montrant la toile qui avait capté son attention – une des œuvres d'Emma du cours de mardi, toute en tourbillons de bleus et de jaunes provocateurs.

— En effet, approuva solennellement Nora. Elle a peint ses émotions.

— Moi aussi, je peins mes émotions. Mais Maman dit que je ne devrais pas utiliser les murs.

La mère avait l'air mortifiée.

— Je suis vraiment désolée, elle...

— Elle a tout à fait raison, interrompit Nora en s'accroupissant au niveau de l'enfant. Les murs, c'est pour les très grandes occasions. Mais le papier, ça marche aussi. Tu veux voir comment on fait, ici ?

L'enfant hocha vigoureusement la tête.

Nora les fit entrer, passant devant les chevalets, les pinceaux et le chaos confortable de la création. Elle aménagea un petit espace de travail avec du matériel adapté aux enfants : des pinceaux courts et trapus, des peintures lavables, du papier assez épais pour supporter l'enthousiasme.

— Quelle émotion voudrais-tu peindre aujourd'hui ?

L'enfant réfléchit à la question avec le sérieux de quelqu'un qui n'avait jamais appris à douter de ses propres émotions. Elle finit par répondre :

— Heureuse. Mais aussi un peu effrayée. Comme quand on descend du grand toboggan.

— Parfait, approuva Nora en pressant du jaune et de l'orange sur une palette. Ça me fait penser aux couleurs de l'aventure.

Elles peignirent ensemble pendant vingt minutes – l'enfant avec un abandon intrépide, Nora la guidant doucement lorsqu'on le lui demandait. La mère regardait depuis une chaise voisine, quelque chose dans son expression s'adoucissant en voyant la joie de sa fille. Elles discutèrent ensuite en nettoyant le matériel utilisé.

— Vous êtes très douée avec les enfants.

— J'apprends. Ils ont beaucoup à nous apprendre sur le courage.

Lorsqu'elles partirent – l'enfant serrant sa peinture séchée comme un trésor, planifiant déjà son prochain chef-d'œuvre – Nora sentit cette chaleur familière grandir dans sa poitrine.

C'était ça qui lui avait manqué. Pas seulement créer de l'art, mais créer un espace pour que les autres découvrent leur propre courage. Pour qu'ils se souviennent qu'ils avaient le droit de prendre de la place dans le monde.

Victor arriva alors qu'elle préparait la séance libre de l'après-midi – une expérience qu'ils avaient lancée deux semaines plus tôt, offrant une heure de peinture non structurée à tous ceux qui en avaient besoin.

— Livraison de café, annonça-t-il, en équilibrant deux gobelets et un sac en papier qui sentait divinement bon. Et possiblement le scone aux myrtilles le plus parfait du monde.

Il était différent aujourd'hui. Pas seulement à cause de ses vêtements tachés de peinture auxquels elle s'était habituée, mais à cause de quelque chose dans sa posture. Une certitude qui n'était pas là auparavant.

— Tu as l'air content de toi, remarqua-t-elle en acceptant le café avec reconnaissance.

— Je le suis.

Il posa le sac sur le comptoir et se tourna complètement vers elle.

— J'ai des nouvelles.

— Bonne nouvelle, ou nouvelle du genre « il faut qu'on s'assoie » ?

— Carrément bonne.

Son sourire était radieux.

— Le centre social a approuvé notre proposition d'atelier commun. « L'art comme expression émotionnelle » commence le mois prochain.

Nora faillit en laisser tomber son café. Ils avaient soumis la proposition trois semaines auparavant : une collaboration entre le programme bien établi de Victor et ses cours, qui connaissaient un succès grandissant, conçue pour offrir une éducation artistique aux communautés défavorisées.

— Ils ont dit oui ?

— Ils ont dit oui. Ils ont aussi dit qu'ils voulaient en faire une offre permanente si le projet pilote se passait bien.

Victor se rapprocha, ses yeux brillants d'un enthousiasme partagé.

— On va enseigner ensemble, Nora. Officiellement.

La portée de la nouvelle la frappa lentement. Un vrai programme. Une chance d'atteindre des gens qui n'entreraient peut-être jamais dans une galerie autrement. L'occasion de prouver que l'art n'était pas seulement pour les privilégiés ou les gens déjà sûrs d'eux, mais pour quiconque avait assez de courage pour prendre un pinceau. Elle était submergée par l'émotion.

— C'est… C'est incroyable.

— Oh… Qu'est-ce qui ne va pas ?

Victor tendit la main pour essuyer une de ses larmes avec son pouce. Elle rit.

— Rien. C'est ça, le problème. Je n'ai pas l'habitude que tout aille bien.

Il la prit alors dans ses bras, une étreinte qui donnait l'impression à la fois de rentrer à la maison et de partir à l'aventure.

Elle respira son odeur — un mélange de café, de cèdre et cette trace persistante de fusain qui semblait incrustée en permanence sous ses ongles.

— Habitue-toi, murmura-t-il dans ses cheveux. J'ai l'intention de rendre les choses parfaites pour toi aussi souvent que possible.

Lorsqu'ils se séparèrent, son expression avait changé, devenue plus sérieuse, plus chargée d'intention.

— Il y a autre chose.

— D'autres bonnes nouvelles ?

— Des nouvelles différentes.

Il prit ses mains, étudiant leurs doigts entrelacés comme s'ils recelaient des secrets.

— Je t'aime, Nora. Pas la version de toi que tu penses devoir être, pas un quelconque idéal impossible que tu essaies d'atteindre. Juste toi. Toi, avec ton désordre, ton génie et tes taches de peinture.

Les mots restèrent en suspens entre eux, précieux et fragiles comme du verre filé.

— Je t'aime aussi. Je ne pensais plus en être capable, mais tu me l'as rappelé.

Cet aveu lui sembla être la chose la plus naturelle du monde.

— Tant mieux, répondit-il en portant leurs mains jointes à ses lèvres et en déposant un baiser sur ses phalanges. Parce que j'espérais que tu serais d'accord pour construire quelque chose de beau avec moi. Pas seulement les ateliers… tout. Une vie. Un avenir. Tout.

Avant qu'elle ne puisse répondre, le carillon de la porte retentit de nouveau.

Victor se pencha vers elle, sa voix basse et assurée.

— Tu n'as pas à répondre maintenant. On a le temps. Je ne vais nulle part.

Mme Chen entra avec sa détermination habituelle, suivie de Franklin et de trois personnes que Nora ne reconnaissait pas — deux femmes et un homme, qui portaient tous les signes révélateurs des âmes créatives : des vêtements tachés de peinture, un regard pensif et cette sorte d'énergie fébrile qui vient quand on a trop d'idées et pas assez d'heures pour les réaliser.

— Nora, ma chère, lança Mme Chen, j'ai amené des renforts. Ces charmantes personnes ont entendu parler de vos cours et voulaient voir l'endroit.

Ce qui suivit fut un chaos maîtrisé — des présentations et des explications, des démonstrations impromptues de techniques, le genre de création de communauté organique qui se produit lorsque les gens découvrent qu'ils ne sont pas seuls dans leur désir de créer.

Nora se déplaçait au milieu de tout cela avec une confiance grandissante, répondant aux questions et offrant des encouragements, regardant des inconnus devenir des amis potentiels autour de l'admiration partagée pour un choix de couleur particulièrement audacieux.

C'était sa galerie maintenant. Pas une salle d'exposition stérile pour le courage des autres, mais un espace vivant, bouillonnant, où l'art naissait en temps réel. Où les erreurs étaient célébrées et les percées partagées, et où chacun était le bienvenu pour découvrir ce dont il était capable une fois que la peur cessait de guider le pinceau.

Victor croisa son regard à travers la pièce et lui fit un clin d'œil, son expression empreinte de fierté, d'affection et de cette sorte de certitude tranquille qui lui faisait croire que tout était possible.

Le soir venu, la galerie s'était vidée, à l'exception de Victor, qui l'aidait à nettoyer les pinceaux et à empiler les toiles avec l'aisance de quelqu'un qui s'était rendu indispensable à sa routine quotidienne.

Ils travaillaient dans un silence confortable, celui qui naît de la compréhension mutuelle des rythmes de chacun. Il lavait pendant qu'elle séchait. Elle rangeait le matériel pendant qu'il balayait les éclats de peinture sur le sol.

Ce n'était pas romantique au sens traditionnel du terme — juste deux personnes prenant soin de leur espace commun, se préparant pour les possibilités du lendemain.

Mais pour Nora, cela semblait la chose la plus romantique qu'elle ait jamais vécue.

— Question, fit Victor alors qu'ils finissaient.

— Réponse, répliqua-t-elle, ce qui le fit sourire.

— Quand tu étais petite, que voulais-tu faire quand tu serais grande ?

Nora y réfléchit en essuyant les derniers couteaux à palette.

— Une artiste. Toujours une artiste. Mais aussi…

Elle fit une pause, se remémorant.

— Je voulais être le genre de personne qui aide les autres à découvrir qu'ils sont aussi des artistes.

— Et maintenant ?

Elle regarda autour d'elle dans la galerie — les peintures qui reflétaient une douzaine de perspectives différentes, les chevalets prêts pour les élèves du lendemain, l'homme qui était devenu essentiel à son bonheur sans même qu'elle s'en aperçoive.

— Maintenant, je crois que je suis en train de devenir exactement celle que j'ai toujours été censée être.

Victor posa sa serviette et la rejoignit.

— Je peux te dire quelque chose ?

— Toujours.

— La première fois que je t'ai vue, vraiment vue, pas juste en passant, tu étais debout devant cet autoportrait, celui qui est en colère avec toutes ces ombres. On aurait dit que tu te disputais avec lui.

Nora sourit.

— C'était probablement le cas.

— Et je me suis dit : voilà quelqu'un qui sait que l'art est censé nous interpeller. Qui n'a pas peur des conversations difficiles.

Il leva la main pour glisser une boucle de cheveux striée de peinture derrière son oreille.

— Je suis un peu amoureux de toi depuis ce moment-là.

— Un peu ?

— D'accord, beaucoup. Complètement. À un point embarrassant.

Elle se mit sur la pointe des pieds et l'embrassa — un baiser doux, assuré, plein de la promesse de tous les moments magnifiques, désordonnés et imparfaits à venir.

Quand ils se séparèrent, respirant tous deux un peu plus fort, Victor posa son front contre le sien.

— Alors, prête à construire quelque chose d'incroyable ensemble ?

— Je pensais que c'était déjà le cas.

Il rit alors, la tête renversée en arrière, sans aucune retenue, et le son résonna sur les murs de la galerie comme une musique.

Plus tard, après que Victor fut rentré chez lui avec la promesse de revenir le lendemain avec du café frais et de nouvelles idées pour l'atelier communautaire, Nora se retrouva seule dans sa galerie et fit le point.

Même dans le calme, l'espace vibrait d'une énergie créatrice. Les chevalets attendaient les élèves du lendemain. Les pinceaux séchaient en rangées ordonnées, propres et prêts à l'emploi. L'autoportrait la regardait depuis sa place d'honneur, non plus comme un monument à la peur, mais comme un rappel du chemin parcouru.

Elle pensa à l'autre vie, non plus avec regret maintenant, mais avec gratitude. Cet aperçu de ce qui était possible lui avait donné le courage de construire sa propre version de l'extraordinaire. Différente de ce qu'elle avait emprunté, mais non moins belle pour être entièrement sienne.

Son téléphone vibra. C'était un texto de Victor :

> Victor : Fais de beaux rêves, ma belle. J'ai hâte
> de créer encore un peu de magie avec toi
> demain.

Elle répondit :

> Nora : Moi aussi. Merci de me voir.

Il répliqua aussitôt :

> Victor : Toujours. Même quand tu n'arrives pas
> à te voir toi-même.

Après avoir posé son téléphone, elle sortit son carnet de croquis, non pas avec urgence, mais avec affection. Un trait. Puis un autre. Juste la courbe d'une mâchoire en plein rire. L'inclinaison d'un sourire saisi dans un moment de joie pure. Elle n'avait pas besoin de le finir ce soir. Elle voulait juste se souvenir de ce que c'était que de le voir, de vraiment le voir. Et de se laisser voir en retour.

La lumière qui filtrait par les fenêtres de la façade avait de nouveau changé. Ce n'était plus l'éblouissement cru des néons d'avant, ni la magie dorée des rêves empruntés. Juste une lumière honnête. Fraîche, douce et entièrement sienne.

Elle n'avait plus besoin d'un miroir pour savoir qui elle était. Mais quelque part, une version d'elle-même lui souriait peut-être en retour.

Nora ferma la galerie à clé et sortit dans l'air du soir. La rue était calme, peinte dans les pastels doux du crépuscule. À quelques rues de là, elle pouvait voir la lueur chaude du café où Victor retrouvait parfois ses autres amis professeurs. Plus près, le magasin de fleurs de Mme Chen exposait ses bouquets du soir en vitrine, comme de petites célébrations.

Sa place était ici. Dans cette communauté, dans cette vie qu'elle avait construite avec une intention patiente et un espoir tenace.

En rentrant chez elle, Nora aperçut son reflet dans la vitrine assombrie d'un magasin. La femme qui la regardait était tachée de peinture, fatiguée et rayonnante de cette satisfaction que procure un travail qui a du sens.

Elle ressemblait à quelqu'un pour qui cela valait la peine de rentrer. Et pour la première fois depuis une éternité, elle le crut.

Fin

écrire une sage
plus intrépide

projets sans passion

. . .

SAGE TRAN AVAIT MIS sa vie au pas à l'aide d'un code couleur.

Le lundi était bleu marine : réunions clients et limitation des dégâts. Le mardi était vert sapin : livrables de projet et e-mails passifs-agressifs. Le mercredi était bordeaux : le jour où elle faisait semblant de s'intéresser aux projections trimestrielles tout en se demandant secrètement si son âme n'était pas morte quelque part aux alentours de sa troisième promotion.

Il était 7 h 43, un mercredi matin, et Sage dévisageait l'écran de son téléphone comme si elle pouvait y mettre feu par la seule force de sa volonté.

Alerte Calendrier : 8 h 00 – Session stratégique T3 avec Mitchell & Associés

Rappel : Apporter les impressions de la présentation Morrison (17 exemplaires)

Note pour moi-même : Sourire. Avoir l'air intéressée. Ne pas mentionner le vide existentiel.

Elle prit une gorgée de son troisième café — noir, car ajouter de la crème nécessitait trente secondes supplémentaires qu'elle avait éliminées de sa routine matinale par souci d'optimisation — et tenta de se souvenir à quel moment elle avait commencé à se parler via les notifications de son calendrier.

Probablement à la même époque où elle avait commencé à ne dormir que quatre heures par nuit et à qualifier ça d'« efficacité ».

Son appartement était le reflet d'une organisation qui n'existe que lorsqu'il ne reste plus aucune spontanéité à maîtriser. Tout était à sa place, chaque surface était rutilante, chaque recoin optimisé pour une productivité maximale. On aurait dit une double page de magazine intitulée « Comment vivre comme un robot très performant ».

Elle en avait été fière, autrefois. Le minimalisme épuré. Le dressing aux couleurs coordonnées. Les boîtes de repas préparés à l'avance, alignées comme de petits soldats dans son réfrigérateur immaculé.

Maintenant, elle le ressentait simplement comme une cage hors de prix.

Le problème n'était pas que Sage ait oublié comment être heureuse. Le problème, c'est qu'elle avait systématiquement éliminé toute occasion pour le bonheur de la trouver. La joie exigeait de la spontanéité. La spontanéité était inefficace. Par conséquent, la joie était inefficace.

C'était une équation parfaitement logique qui l'avait laissée avec une vie parfaitement logique, dépourvue de tout ce qui pouvait ressembler à de la chaleur.

Sage attrapa la sacoche de son ordinateur portable — en cuir noir, professionnelle, totalement dénuée de personnalité — et se dirigea vers la porte. Elle avait exactement douze minutes pour se rendre au travail, prendre les impressions Morrison sur son bureau et se transformer en le genre de personne qui se souciait profondément des stratégies de pénétration du marché.

Elle était à mi-chemin de l'ascenseur lorsque son téléphone vibra. C'était un texto de Jenna, son assistante.

> Jenna : Réunion Morrison déplacée à 9 h. Le vol de Mitchell a été retardé. Vous avez une heure de liberté inattendue !

Sage fixa le message, incertaine de la manière de traiter le concept de « liberté inattendue ». Son calendrier ne l'avait pas prévu. Elle n'avait pas de couleur pour ça.

Que faisaient les gens avec une heure inattendue ? À quand remontait la dernière fois où elle avait eu un moment non planifié qui n'était pas une crise nécessitant une optimisation immédiate ?

Elle resta plantée dans le couloir de son immeuble, sa sacoche à la main, et réalisa qu'elle n'en avait sincèrement aucune idée.

Ce café ne faisait pas partie de sa routine.

Le café matinal de Sage provenait de la machine de sa cuisine — efficace, prévisible, dépourvu d'interaction humaine. Mais avec cinquante-sept minutes à tuer sans savoir comment, elle se retrouva à pousser la porte de *The Daily Grind*, un endroit devant lequel elle passait tous les jours depuis trois ans sans jamais y entrer.

Ça sentait la cannelle et les possibilités, ce qui la rendit immédiatement méfiante.

L'intérieur était agressivement chaleureux : des meubles dépareillés, des guirlandes lumineuses accrochées avec le genre de fantaisie décontractée qui suggérait que quelqu'un avait réellement pris plaisir à les suspendre, des œuvres d'art locales couvrant chaque parcelle de mur disponible. Un menu sur ardoise proposait des boissons aux noms comme « Le Rêveur » et « Station Inspiration ».

Tout dans cet endroit murmurait la *douceur* — le genre de chaos tendre qui se produit lorsque les gens privilégient le confort à l'efficacité, les liens à la productivité.

Sage s'approcha du comptoir comme si elle entrait en territoire ennemi. La barista se dirigea vers elle :

— Que puis-je vous servir ?

C'était une femme aux cheveux parsemés de mèches argentées et avec de la peinture sur les ongles, qui dégageait le genre de calme de ceux qui n'ont jamais assisté à une session de stratégie trimestrielle de leur vie.

— Un grand café. Noir.

— Juste noir ? Rien d'amusant ? Pas une petite aventure gustative ?

La question semblait exiger plus de ressources émotionnelles que

Sage n'en possédait. À quand remontait la dernière fois qu'on lui avait parlé d'aventure ? De plaisir ? De ce qu'elle *voulait* vraiment au lieu de ce dont elle avait besoin pour être productive ?

— Juste noir, ce sera très bien.

La barista — son badge indiquait « Luna » — étudia Sage avec l'intensité de quelqu'un qui prenait les commandes de café très au sérieux.

— Vous savez quoi ? Je vais vous préparer quelque chose de différent. C'est la maison qui offre. Disons que c'est une rébellion du mercredi.

Avant que Sage ait pu protester, Luna était déjà en mouvement, moulant des grains et faisant mousser du lait avec l'assurance fluide de quelqu'un pour qui aucun problème ne résistait à la bonne boisson.

Sage se retrouva à une petite table près de la fenêtre, regardant Luna travailler et se demandant à quel moment sa vie était devenue si fade qu'une inconnue se sentait obligée de lui organiser une intervention caféinée.

Son téléphone vibra. Un e-mail du travail.

De : Robert Chen, Associé principal

Objet : Dossier Morrison — Révision urgente requise

Sage, j'ai besoin que vous réexaminiez les projections Morrison avant la réunion de ce matin. Quelque chose cloche avec les chiffres du T4. Pouvez-vous effectuer une analyse secondaire ?

L'estomac de Sage se noua. Une tâche de plus. Un autre incendie à éteindre. Une autre raison de rester tard et de survivre avec des dîners de distributeur et l'espoir qui s'éteignait lentement qu'un jour son travail puisse compter pour quelqu'un d'autre que des actionnaires qu'elle n'avait jamais rencontrés.

Elle tendait la main vers son ordinateur portable lorsque Luna apparut à côté de sa table, y posant une tasse dont l'odeur divine évoquait celle d'un café paradisiaque.

— Latte miel et lavande, annonça Luna, avec du lait d'avoine et une dose de rébellion.

— Je n'ai pas commandé…

— Vous n'avez pas commandé grand-chose. Ça ne veut pas dire que vous n'en avez pas besoin.

Le café était parfait. Onctueux, floral et complètement différent de tout ce que Sage aurait choisi pour elle-même. Il avait le goût de la *gourmandise* — comme si quelqu'un avait décidé que ses préférences comptaient plus que son emploi du temps productif.

Elle prit une autre gorgée, puis une autre, sentant quelque chose se détendre légèrement dans sa poitrine.

— Merci.

Luna sourit.

— Parfois, on a besoin que quelqu'un d'autre nous rappelle ce qu'on aime vraiment.

Après que Luna se fut éloignée pour aider d'autres clients, Sage resta assise avec son café inattendu, son e-mail urgent et un étrange sentiment de décalage, comme si elle s'était retrouvée par accident dans la vie de quelqu'un d'autre.

Elle ouvrit son ordinateur portable, chargea les fichiers Morrison et essaya de se concentrer sur les projections trimestrielles tandis que le café bourdonnait de conversations et de rires autour d'elle — le son de gens qui avaient réussi à intégrer de la joie dans leurs mercredis matins ordinaires.

Mais pour une raison quelconque, ses doigts ne cessaient de s'éloigner du tableur pour se diriger vers l'application de notes de son téléphone, où elle se surprit à taper :

Et s'il existait une femme qui avait oublié comment désirer les choses ?

Elle fixa la phrase, se demandant d'où elle venait. Cela faisait des années qu'elle n'avait rien écrit qui ne soit pas lié au travail. Elle n'avait pas eu une pensée créative qui n'impliquait pas d'optimiser les flux de travail ou de maximiser l'efficacité.

Et si elle rencontrait quelqu'un qui lui rappelait qu'elle avait le droit d'être douce ?

Les mots apparurent sans sa permission, s'écoulant d'un endroit qu'elle pensait avoir réussi à cadenasser des années auparavant.

Sage cligna des yeux, supprima les phrases et se força à revenir au dossier Morrison. Elle avait du travail à faire. Du vrai travail. Du travail important.

Un travail qui payait pour sa vie efficacement organisée, son appartement impeccable et son agenda codé par couleurs qui ne laissait aucune place aux lattes miel et lavande ou aux questions inattendues sur la douceur.

Mais tandis qu'elle plongeait dans les feuilles de calcul et les tableaux croisés dynamiques, elle ne parvenait pas à se défaire du sentiment d'avoir laissé quelque chose d'important derrière elle dans ces phrases effacées.

Quelque chose qui avait le goût de la rébellion et l'odeur des « peut-être ».

La réunion Morrison fut exactement aussi démoralisante que prévu.

Assise dans la salle de conférence B — murs beiges, éclairage fluorescent, le genre d'environnement d'entreprise stérile conçu pour tuer la créativité et l'inspiration — Sage écoutait Robert Chen discuter des stratégies de pénétration du marché avec l'enthousiasme de quelqu'un qui lirait une liste de courses.

— Les projections du T4 semblent solides, mais nous devons être plus agressifs sur la campagne de marketing numérique. Sage, que pensez-vous des indicateurs d'engagement sur les réseaux sociaux ?

Sage baissa les yeux vers ses notes — parfaitement organisées, codées par couleurs, totalement dépourvues d'inspiration — et s'entendit dire :

— Je pense que nous n'optimisons pas les bons paramètres.

Le silence se fit dans la pièce.

Robert haussa un sourcil.

— Pardon ?

Sage se surprenait elle-même.

— Les indicateurs. Nous mesurons les clics et les impressions, mais nous ne mesurons pas la connexion. Nous suivons l'engagement, mais pas l'inspiration. Nous construisons une marque qui est efficace mais pas… significative.

Les mots semblaient étrangers dans sa bouche — *connexion, inspiration, significative.* Quand avait-elle cessé d'utiliser un langage qui reconnaissait que les humains avaient un cœur en plus d'un porte-feuille ?

Mitchell — un homme mince d'une soixantaine d'années qui avait bâti sa fortune sur la culture méticuleuse de l'insignifiance — se pencha en avant.

— Le sens ne génère pas de revenus, Sage.

— Vraiment ? Et si les gens achetaient des choses parce qu'ils y croyaient ? Et si nous créions des campagnes qui faisaient ressentir quelque chose aux gens au lieu de simplement les convaincre de consommer ?

Le silence qui suivit fut assourdissant.

Robert s'éclaircit la gorge.

— C'est… une perspective intéressante. Très créative. Mais concentrons-nous sur les livrables pour l'instant.

Créative. Il l'avait dit comme si c'était un diagnostic.

Sage hocha la tête, émit des murmures d'approbation de circonstance et passa le reste de la réunion à se demander quand elle avait commencé à parler en posant des questions au lieu d'offrir des conclusions. Quand elle avait commencé à se soucier de *ressentir* au lieu de simplement *fonctionner*.

Quand la réunion se termina enfin, elle se réfugia dans les toilettes et s'examina dans le miroir sous la lumière crue des néons. Toujours les mêmes cheveux impeccablement lissés. Le même maquillage neutre. Le même blazer d'un bordeaux qu'on ne pouvait qualifier que de « résignation professionnelle ».

Mais quelque chose dans son regard semblait différent. Inquiet. Comme si elle venait de se souvenir par hasard de quelque chose d'important et ne parvenait plus à trouver le moyen de l'oublier.

Son téléphone vibra. Un SMS d'un numéro inconnu.

> Parfois, la meilleure stratégie est de savoir
> quand cesser toute stratégie. - C

Sage fixa le message. Elle ne connaissait personne dont l'initiale était C. Elle ne donnait pas son numéro à des inconnus. Et elle ne répondait certainement pas aux SMS cryptiques d'expéditeurs mystérieux.

Elle répondit.

> Sage : Qui êtes-vous ?

La réponse fut immédiate.

> Quelqu'un qui pense que vous êtes prête pour un autre genre de réunion. Le café sur la Cinquième Rue. Dans une heure. Venez avec vos questions.

Le doigt de Sage plana au-dessus de la touche « supprimer ». C'était de toute évidence un spam. Ou une arnaque. Ou le canular très élaboré de quelqu'un.

Mais quelque chose dans le message la fit hésiter. *Venez avec vos questions.*

À quand remontait la dernière fois où quelqu'un lui avait demandé quelles étaient ses questions ? À quand remontait la dernière fois où elle avait eu des questions dont la réponse ne pouvait être trouvée par l'analyse de données et la planification stratégique ?

Elle se regarda à nouveau dans le miroir des toilettes, observant cette femme qui organisait sa vie par codes couleur, optimisait ses matinées et avait oublié comment désirer des choses qui ne pouvaient être mesurées dans des tableurs.

Et s'il existait une femme qui avait oublié comment désirer des choses ?

La phrase lui revint, importune et tenace.

Et si elle rencontrait quelqu'un qui lui rappelait qu'elle avait le droit d'être douce ?

Sage secoua la tête, glissa son téléphone dans son sac et retourna à son bureau.

Mais alors qu'elle s'asseyait pour s'attaquer aux révisions du dossier Morrison, elle se surprit à chercher sur Google « café Cinquième Rue » et à se demander quel genre de questions elle pourrait bien avoir, si elle était assez courageuse pour les poser.

Elle y alla.

Sage se disait qu'elle était ridicule. Qu'elle avait du travail à faire, des délais à respecter, et absolument aucune raison de suivre les instructions cryptiques d'un inconnu.

Mais à 15 h 47, elle se retrouva de nouveau devant *The Daily Grind*, serrant la sacoche de son ordinateur comme un doudou et se demandant ce qu'elle espérait trouver au juste.

La clientèle de l'après-midi était différente de celle de la cohue du matin : moins de costumes, plus d'artistes, des ordinateurs portables et des carnets de croquis éparpillés sur les tables, comme les preuves de vies menées avec intention. Des gens qui avaient d'une manière ou d'une autre réussi à construire des carrières autour de la *joie* plutôt que de la simple *survie*.

Sage balaya la salle du regard, cherchant… quoi ? Quelqu'un qui tiendrait une pancarte disant : « Expéditeur mystérieux » ? Une personne qui rayonnerait de ce genre d'autorité calme qui envoie des messages cryptiques à des consultantes surmenées ?

— Sage ?

Elle se retourna et vit une femme s'approcher depuis le fond du café. Grande, élégante, elle portait un cardigan fluide de couleur crème qui semblait n'avoir jamais connu un matin précipité ou une réunion de crise. Ses cheveux parsemés de mèches argentées étaient relevés dans une coiffure qui suggérait qu'elle n'avait jamais perdu de temps à se demander si elle avait l'air assez professionnelle. Elle tendit une main.

— Je m'appelle Celeste. Merci d'être venue.

— Comment avez-vous…

Puis elle s'interrompit.

— Est-ce que je vous connais ?

Celeste sourit.

— Pas encore. Mais moi, je vous connais. On s'assoit ?

Avant que Sage ne pût formuler une réponse appropriée, Celeste l'avait guidée vers une table tranquille dans un coin, à l'écart du brouhaha de l'après-midi. De près, il y avait quelque chose de presque éthéré chez elle, le genre de présence qui vous donnait envie de confesser des choses que vous n'aviez même pas réalisé cacher. Elle s'installa sur sa chaise avec une grâce fluide.

— Je vais être directe. Vous êtes en train de vous noyer.

Sage cilla.

— Pardon ?

— Pas littéralement. Métaphoriquement. Spirituellement, peut-être. Vous avez construit une vie qui semble réussie de l'extérieur, mais qui vous étouffe lentement de l'intérieur.

— Je ne vois pas de quoi vous voulez parler.

Celeste pencha la tête.

— Vraiment ? À quand remonte la dernière fois où vous avez créé quelque chose juste parce que vous en aviez envie ? À quand remonte la dernière fois où vous avez suivi une impulsion qui ne pouvait être justifiée dans un rapport trimestriel ? À quand remonte la dernière fois où vous vous êtes autorisée à être douce ?

Les questions la frappèrent comme de douces flèches, chacune atteignant sa cible. Elle se mit sur la défensive.

— J'ai un bon travail. Je gagne bien ma vie. J'ai réussi.

— Selon la définition de qui ?

La simple question resta suspendue dans l'air entre elles.

Celeste fouilla dans son sac et en sortit une enveloppe de couleur crème, en papier cartonné épais, avec des lettres dorées qui semblaient scintiller dans la lumière de l'après-midi.

— Je suis ici pour vous faire une offre. Une semaine dans une vie différente. La vôtre, mais… alternative. La version où vous avez choisi le courage plutôt que la sécurité. Où vous avez suivi votre cœur au lieu de votre agenda. Où vous vous êtes souvenue que l'efficacité n'est pas la même chose que l'épanouissement.

Sage dévisagea l'enveloppe.

— Est-ce une sorte de thérapie ? Un séminaire de développement personnel ? Parce que je dois vous dire, je ne suis pas vraiment…

— C'est une expérience, une chance de voir ce qui se passe quand on arrête d'optimiser sa vie et qu'on commence à la vivre. Quand on choisit les liens humains plutôt que la productivité. Quand on s'autorise à désirer des choses qui ne peuvent pas être mesurées.

— C'est impossible.

— Vraiment ? Vous avez écrit quelque chose aujourd'hui. Dans votre application de notes. Quelque chose à propos d'une femme qui avait oublié comment désirer.

Celeste sourit. Sage retint son souffle. Elle n'avait parlé de ces phrases à personne. Elle les avait même effacées, donc Celeste n'aurait pas pu les voir en passant.

— Comment savez-vous…

— La femme dans votre histoire. Et si elle pouvait rencontrer la version d'elle-même qui n'a jamais oublié ? Et si elle pouvait passer une semaine à réapprendre à désirer ? À être douce à nouveau ? À choisir la joie plutôt que de simplement… fonctionner ?

Sage regarda autour d'elle dans le café : les artistes penchés sur leur travail, Luna derrière le comptoir qui fredonnait en préparant les boissons avec soin, les murs couverts d'œuvres d'art locales que quelqu'un avait jugées dignes d'être exposées. Des gens qui avaient d'une manière ou d'une autre réussi à construire leur vie autour du *sens* plutôt que de la simple *productivité*.

— Que devrais-je faire ?

— Dormir. Ce soir, en allant vous coucher, tenez cette carte. Demain, vous vous réveillerez dans la vie que vous auriez pu avoir si vous aviez fait des choix différents. Si vous aviez choisi le risque plutôt que la sécurité. Si vous aviez choisi les liens humains plutôt que l'efficacité. Si vous aviez choisi d'être douce.

Elle fit glisser l'enveloppe sur la table.

— Aucun engagement au-delà de la curiosité. Une semaine pour voir ce qui est possible. Si ça ne vous plaît pas, vous revenez exactement là où vous êtes maintenant.

Sage prit l'enveloppe. Elle était plus lourde qu'elle n'en avait l'air, consistante d'une manière qui la rendait importante.

— Et si ça me plaît ?

Le sourire de Celeste était mystérieux.

— Alors vous aurez des décisions intéressantes à prendre.

Elle se leva pour partir, puis marqua une pause.

— Sage ? La femme dans votre histoire, celle qui a oublié comment désirer ? Elle n'est pas brisée. Elle a juste été très, très prudente. Mais être prudente, ce n'est pas la même chose qu'être en vie.

Après le départ de Celeste, Sage resta seule avec l'enveloppe, son café tiède et l'étrange sentiment qu'on venait de lui offrir quelque chose qu'elle attendait inconsciemment depuis le début de sa vie d'adulte.

Elle ouvrit l'enveloppe avec précaution.

À l'intérieur, une unique carte avec une écriture élégante :

Retraites Temporelles
Quand votre vie n'est pas à la hauteur

En dessous, un simple message :

Une semaine. Un choix. Une chance de vous souvenir de qui vous étiez avant d'apprendre à être prudente.

Sage fixa la carte jusqu'à ce que les mots semblent scintiller et danser.

Cette nuit-là, elle était allongée dans son lit parfaitement organisé, dans son appartement parfaitement stérile, tenant la carte entre ses doigts comme un talisman.

Et s'il existait une femme qui avait oublié comment désirer ?

Elle ferma les yeux, serra la carte contre sa poitrine, et pour la première fois depuis des années, s'autorisa à désirer quelque chose qu'elle ne pouvait pas planifier.

Et si elle se souvenait comment être douce ?

Le sommeil la gagna doucement, et ses rêves eurent un goût de miel à la lavande et de rébellion.

chaos et café

· · ·

SAGE SE RÉVEILLA au son de quelque chose qui n'était certainement pas son réveil.

C'était de la musique — de la vraie musique, pas le vrombissement efficace de son téléphone — qui filtrait par ce qui semblait être une fenêtre ouverte. Quelqu'un jouait de la guitare et chantait faux, et au lieu d'être agacée par cette perturbation de sa routine matinale, Sage se surprit à… sourire ?

Elle cligna des yeux, essayant de trouver ses repères. Le plafond au-dessus d'elle n'était pas le blanc immaculé de son appartement. Celui-ci avait des poutres apparentes peintes d'un vert sauge tendre, avec des guirlandes lumineuses tendues entre elles comme des étoiles capturées. Un attrape-rêves était suspendu dans un coin, ses plumes bougeant doucement dans une brise qui sentait le café et quelque chose de sucré.

Des pancakes ?

Sage se redressa lentement, le cœur battant la chamade tandis qu'elle examinait ce qui l'entourait. Le lit était immense et défait, recouvert d'un édredon en patchwork qui semblait avoir été assemblé à partir d'une douzaine de tissus vintage différents. Des oreillers étaient éparpillés partout — certains par terre, d'autres calés contre la tête de lit, tous doux et accueillants d'une manière qui suggérait une personne qui privilégiait le confort à l'ordre.

La chambre était… chaotique. Mais d'un chaos magnifique.

Des livres étaient empilés sur toutes les surfaces disponibles — non pas classés par auteur ou par sujet, mais en tours chancelantes qui laissaient penser qu'ils avaient été lus, aimés et abandonnés en milieu de chapitre lorsque quelque chose de plus intéressant s'était présenté. Des tasses traînaient sur la table de chevet, certaines propres, d'autres arborant les auréoles de goûters oubliés. Un ordinateur portable était ouvert sur un bureau couvert de papiers, de post-it et de ce qui semblait être les vestiges de plusieurs projets créatifs différents.

Et partout — littéralement partout — des plantes.

Du lierre grimpant pendait de suspensions en macramé. Des plantes grasses s'entassaient sur le rebord de la fenêtre. Un figuier lyre massif dominait un coin, tel un doux géant vert. L'air lui-même semblait vivant, oxygéné, comme si l'on se trouvait à l'intérieur d'une serre tenue par quelqu'un avec un excellent goût et de terribles compétences en matière d'organisation.

Sage passa ses jambes par-dessus le bord du lit et se figea.

Ses pieds trouvèrent des chaussons — non pas les pantoufles pratiques de sa vie habituelle, mais des choses ridicules et duveteuses en forme de toasts. Avec des motifs de beurre en prime.

Elle portait un pyjama qu'elle ne reconnaissait pas — un short en coton doux couvert de minuscules machines à écrire et un débardeur où il était inscrit « Princesse du rebondissement » en lettres violettes délavées.

Princesse du rebondissement.

Qu'est-ce que ça pouvait bien vouloir dire ?

Sage se leva, les jambes chancelantes, et se dirigea vers le bureau, attirée par les papiers éparpillés comme une détective suivant des indices. L'écran de l'ordinateur portable était noir, mais les papiers racontaient une histoire qu'elle n'arrivait pas tout à fait à reconstituer :

- Des notes manuscrites, de sa propre écriture, sur une « structure à double univers »

- Des e-mails imprimés avec des objets comme « **Demande de prolongation de délai** » et « **Mise à jour sur l'état du manuscrit** »
- Des post-it avec des pense-bêtes énigmatiques : « Corriger les scènes du journal », « Plus d'enjeux émotionnels dans la chronologie B », « Demander à Theo pour les recherches sur le café »

Theo.

Ce nom provoqua un battement dans sa poitrine, bien qu'elle ne sut pas dire pourquoi.

Et puis elle le vit — un tableau en liège au-dessus du bureau, couvert d'épingles colorées et de notes qui se chevauchaient. Au premier plan, écrit au feutre rouge avec une urgence telle que l'encre avait traversé le papier :

Jeudi = manuscrit final à Lila sinon elle va te traquer avec son stylo rouge

En dessous, un compte à rebours écrit de sa propre main :

Lundi : plus que 4 jours
Mardi : plus que 3 jours
Mercredi : plus que 2 jours
Jeudi : Oh, mon Dieu !

Sage fixa le tableau, la panique montant dans sa poitrine comme de l'eau froide. Quatre jours. Elle avait quatre jours pour finir un livre dont elle n'avait aucun souvenir, pour une éditrice nommée Lila qui, apparemment, ne plaisantait pas avec les délais et les stylos rouges.

Elle attrapa une page imprimée du manuscrit sur le bureau :

Elena trouva le journal, niché derrière une brique descellée dans le mur de l'atelier, sa couverture en cuir douce de vieillesse et de secrets. Quand elle l'ouvrit, elle ne trouva pas des pages, mais une possibilité — des lettres écrites de sa propre main à quelqu'un qu'elle n'avait jamais rencontré, des chansons d'amour à un futur qui semblait à la fois étranger et familier.

« *Je sais que tu lis ces lignes, commençait la première entrée, je le sais parce que je t'écris depuis toujours, même lorsque j'ignorais ton nom.* »

Sage contempla la page, quelque chose se tordant dans sa poitrine. C'était… d'elle ? C'était elle qui avait écrit ça ?

La prose ne ressemblait en rien aux communications d'entreprise qu'elle rédigeait pour ses clients. Elle était douce, lyrique, pleine de désir et de magie, et d'une honnêteté émotionnelle qu'elle s'était entraînée à éviter.

C'était magnifique.

C'était aussi absolument terrifiant.

— Chérie, tu vas être en retard pour ton propre délai ! lança une voix venant de plus loin dans l'appartement — masculine, chaleureuse, teintée de rire et d'une pointe d'inquiétude.

Chérie.

Quelqu'un l'appelait *chérie*.

Sage croisa les bras, soudainement dépassée par l'ampleur de ce qui était en train de se passer. Il ne s'agissait pas seulement d'un appartement ou d'un travail différent. Il s'agissait d'une *Sage* différente — quelqu'un qui écrivait des histoires d'amour, laissait les plantes envahir son espace de vie et possédait un pyjama qui faisait des blagues sur les rebondissements de l'intrigue.

Quelqu'un qui s'autorisait à être douce.

Mais et si elle gâchait tout ? Et si elle ruinait cette version d'elle-même — cette femme qui avait d'une manière ou d'une autre réussi à construire une vie autour de la créativité, de l'amour et d'un magnifique chaos ?

Et si elle détruisait quelque chose de sacré ?

— J'arrive ! lança-t-elle en retour.

Sa voix se brisa légèrement sur le mot.

La cuisine était l'endroit où l'organisation était allée mourir de sa belle mort.

Sage se retrouva dans un espace qui donnait l'impression que quelqu'un avait pris son appartement stérile et l'avait gavé de compléments de créativité jusqu'à ce qu'il explose en un chaos glorieux et fonctionnel. Des casseroles en cuivre pendaient à des crochets, leurs fonds noircis par un usage réel. Le comptoir était couvert des preuves d'une vie vécue avec enthousiasme : un moulin à café entouré de différents types de grains, un robot pâtissier avec ses bols éparpillés à proximité, des bocaux d'épices aux étiquettes manuscrites, et des herbes fraîches poussant dans des pots dépareillés sur le rebord de la fenêtre.

Et debout devant la cuisinière, une spatule à la main et fredonnant quelque chose qui ressemblait à un croisement entre du jazz et une berceuse, se tenait le plus bel homme que Sage ait jamais vu.

Theo.

Il était grand, mais pas de manière intimidante, avec des cheveux sombres qui donnaient l'impression qu'il y avait passé les doigts en pleine réflexion. Ses épaules remplissaient un t-shirt usé sur lequel on pouvait lire « Livres & Infusions : Là où les histoires infusent », et ses avant-bras — mon Dieu, ses avant-bras — étaient saupoudrés de farine et d'une injustice totale.

Il se retourna en entendant ses pas, et son visage s'illumina de ce genre de sourire qui suggérait qu'elle était le meilleur moment de sa routine matinale. Il s'approcha d'elle avec familiarité.

— La voilà. La femme qui va révolutionner la romance à voyage temporel et nous briser le cœur à tous au passage.

Avant que Sage ait pu pleinement assimiler cette déclaration, il lui embrassa le front — un geste à la fois désinvolte et tendre, comme si c'était la chose la plus naturelle au monde.

Elle resta figée, chaque terminaison nerveuse soudain consciente de sa proximité. Il sentait les grains de café et quelque chose de propre et de chaud, et quand il recula pour étudier son visage, ses yeux étaient de la couleur du chocolat noir. Il fronça légèrement les sourcils.

— Ça va ? On dirait que tu as vu un fantôme. Ce qui, vu ce que tu écris, pourrait être littéral.

Sage cligna des yeux.

— Un fantôme littéral ?

— Les esprits du journal dans ton manuscrit ?

Theo sourit en se retournant vers la cuisinière où des pancakes grésillaient dans une poêle en fonte. Quoique tu aies dit hier que la magie était plus métaphorique. Quelque chose à propos de « hantise émotionnelle » et de « lettres d'amour à travers le temps ».

Il retourna un pancake avec l'assurance de quelqu'un qui n'avait jamais connu de petit-déjeuner qu'il ne pouvait conquérir.

— Un café ?

— S'il te plaît.

Sage essayait toujours de se faire à l'idée qu'apparemment, elle écrivait un livre sur des journaux, des esprits et une hantise émotionnelle.

Theo se déplaçait dans la cuisine comme un danseur qui en aurait mémorisé chaque pas, sortant des tasses, des grains et ce qui semblait être au moins trois méthodes différentes de préparation du café.

— Cafetière à piston ou café filtre ? J'ai pris de nouveaux grains hier dans cette boutique du centre-ville qui torréfie en petites quantités. La propriétaire dit que chaque lot est comme une chanson d'amour, mais honnêtement, je pense qu'elle est peut-être un peu perchée.

— Café filtre, ça ira.

Elle se jucha sur un tabouret près de l'îlot de cuisine en essayant de ne pas fixer la façon dont ses mains bougeaient : précises mais détendues, comme si tout ce qu'il touchait valait la peine qu'on y consacre du temps. Il entama le rituel du café avec ce qui semblait être une attention quasi cérémonielle aux détails.

— Alors, quel est le programme pour aujourd'hui ? Continuer à te battre avec le chapitre douze ? Ou vas-tu enfin admettre qu'Elena doit arrêter de trop analyser les entrées du journal et simplement faire confiance à ce que son cœur lui dit ?

Sage le dévisagea.

— Le chapitre douze ?

Theo s'interrompit au milieu de son geste, le café s'égouttant du filtre dans l'oubli.

— Chérie, ça fait trois jours que tu es coincée sur le chapitre douze. Tu n'arrêtais pas de dire qu'Elena était trop prudente, trop effrayée pour vraiment se connecter aux lettres. Ça te dit quelque chose ?

Elena. Le personnage du manuscrit. Qui avait peur de se connecter.

Sage sentit un poids glacial lui tomber sur l'estomac.

— À quel point je suis en retard ? Pour le livre ?

Theo rit, mais avec une pointe d'inquiétude.

— En retard ? Sage, tu es censée rendre le manuscrit vendredi.

C'est-à-dire dans quatre jours. C'est la date butoir qui te fait paniquer depuis deux semaines.

Cela correspondait à ce qu'elle avait vu plus tôt. Quatre jours. Elle avait quatre jours pour finir un livre qu'elle écrivait apparemment depuis des mois, sur des personnages qu'elle ne se souvenait pas d'avoir créés, dans un genre qu'elle n'avait jamais tenté.

— Il faut que je voie le manuscrit complet.

Sa voix fut plus aiguë que prévu. Theo posa la cafetière et la regarda vraiment cette fois — non pas du regard désinvolte d'un petit ami qui prend des nouvelles, mais avec l'attention concentrée de quelqu'un qui avait appris à déchiffrer ses humeurs.

— Sage, tu te sens bien ? Tu agis comme si tu n'avais jamais vu ton propre livre auparavant.

Parce que c'est le cas.

— C'est juste que... j'ai du mal à me souvenir où j'en étais.

Techniquement, c'était vrai.

L'expression de Theo s'adoucit. Il contourna l'îlot et lui prit doucement les mains, ses pouces dessinant de petits cercles sur ses jointures.

— Hé. Tu t'es vraiment mis beaucoup de pression. C'est quand la dernière fois que tu as pris une vraie pause ? Pas juste une course pour un café ou une petite marche, mais du vrai temps loin de l'histoire ?

La gentillesse dans sa voix faillit la faire craquer. Quand était-ce la dernière fois que quelqu'un lui avait demandé si elle prenait des pauses ? Si elle prenait soin d'elle ?

— Je ne m'en souviens pas.

Il lui serra les mains.

— C'est bien ce que je pensais. Bon, nouveau plan. Après le petit-déjeuner, on emmène ton ordinateur portable au café. Changement de décor. Je travaillerai sur mon set pour la scène ouverte, tu pourras te débattre avec les problèmes d'engagement d'Elena, et on se souviendra tous les deux que la créativité est censée être amusante.

— Un set pour la scène ouverte ?

Theo sourit.

— Jeudi soir au *Grind & Verse*. Je vais présenter un nouveau texte sur le fait que les cafés ne sont que des bibliothèques pour les gens qui réfléchissent mieux avec de la caféine. C'est soit génial, soit prétentieux. Voire les deux.

Il lâcha ses mains et retourna aux pancakes qui, on ne sait comment, étaient toujours parfaits alors qu'il les avait momentanément abandonnés.

— De plus, je veux pouvoir frimer un peu avec toi. Ma copine, la romancière qui va bientôt faire croire aux lecteurs du monde entier à des lettres d'amour qu'ils ne recevront jamais.

Copine. Romancière.

Les mots lui semblaient à la fois étrangers et familiers, comme si elle essayait des vêtements qui appartenaient à quelqu'un avec de meilleurs goûts.

Sage regarda Theo dresser les pancakes — parfaitement dorés, accompagnés de baies fraîches et de ce qui semblait être de la crème fouettée maison. Il accomplissait cette routine domestique avec la même confiance désinvolte dont il avait fait preuve en préparant le café, comme si prendre soin d'elle n'était qu'une autre de ces belles choses qu'il faisait sans y penser.

— Theo, ça fait combien de temps qu'on est ensemble ?

Il s'arrêta, la bouteille de sirop à mi-chemin de l'assiette.

— Quatre mois la semaine prochaine. Pourquoi ?

— C'est juste que…

Elle chercha des mots qui ne la feraient pas passer pour complètement folle.

— J'ai l'impression de continuer à découvrir des choses sur toi. Sur nous.

Son sourire était doux, compréhensif.

— C'est ce qu'il y a de mieux, n'est-ce pas ? Moi aussi, je découvre encore des choses sur toi. Comme hier, quand tu m'as parlé de ta théorie selon laquelle les cafés ne sont que du speed dating pour les introvertis et leurs futures âmes sœurs caféinées.

— J'ai dit ça ?

Il posa l'assiette devant elle avec panache.

— Oui. Juste après avoir trouvé comment régler le problème de rythme du chapitre dix. Tu as aussi dit que j'étais ton âme sœur caféinée. C'était soit le café qui parlait, soit la chose la plus romantique qu'on m'ait jamais dite.

Sage baissa les yeux sur les pancakes — moelleux, parfaits, préparés avec soin par quelqu'un qui avait appris ses préférences et s'en était soucié au point de s'en souvenir. Elle prit une bouchée, et c'était exactement ce qu'elle aurait commandé si elle avait eu le courage de vouloir quelque chose de plus gourmand que sa barre protéinée habituelle.

— Ils sont parfaits.

— Tu es parfaite… Désolé, c'était un peu niais, même pour moi. Mais tu l'es. Surtout quand tu prends cet air mystérieux et pensif.

Il s'installa sur le tabouret à côté d'elle avec sa propre assiette, assez près pour qu'elle puisse sentir la chaleur qui émanait de sa peau.

— Tu veux entendre un truc bizarre ?

— Toujours.

— J'ai fait un rêve très étrange la nuit dernière. Tu y étais, mais… différente. Plus triste. Comme si quelqu'un avait baissé ta lumière.

Il secoua la tête.

— Tu portais ce blazer bordeaux et tu étais assise dans le bureau le plus déprimant que j'aie jamais vu, et quand j'ai essayé de te parler, tu as regardé à travers moi comme si j'étais invisible.

La fourchette de Sage se figea à mi-chemin de sa bouche, le sirop du pancake dégoulinant sur l'assiette.

Blazer bordeaux. Bureau déprimant.

Elle réussit à répondre :

— C'est… précis.

— Je sais, n'est-ce pas ? Les rêves sont bizarres. Mais quand je me suis réveillé, je voulais juste te serrer dans mes bras et te rappeler que tu existes. Que tu comptes. Que tes histoires comptent.

Il lui heurta doucement l'épaule.

— C'est pourquoi nous allons te débloquer aujourd'hui. Elena va trouver comment faire confiance à ces entrées de journal, et tu vas te souvenir pourquoi tu aimes écrire des histoires d'amour.

Elle aurait dû en rire. Dire que c'était « trop de fromage pour le petit-déjeuner ». Faire une blague sur son subconscient trop dramatique.

Mais au lieu de cela, elle cligna des yeux et hocha la tête, sentant quelque chose se fissurer derrière ses côtes.

Parce que quelque part en elle, la femme au blazer bordeaux avait encore très, très peur.

— Sage ?

La voix de Theo était douce, inquiète.

— Ça va ? On dirait que je viens de décrire ton pire cauchemar.

— Je vais bien… En fait, non. Je ne vais pas bien. Je suis terrifiée.

— Par quoi ?

— De tout gâcher.

Les mots sortirent avant qu'elle ne puisse les retenir.

— Cette vie, cette version de moi-même, ce… *nous*. Et si je fichais tout en l'air ? Et si je n'étais pas aussi douée qu'elle pour être elle ?

Theo posa sa fourchette et se tourna complètement vers elle, son expression sérieuse, mais pas alarmée.

— Chérie, premièrement, il n'y a pas de « elle » et de « toi ». Il n'y a que toi. Et deuxièmement, tu ne pourrais pas gâcher ça, même en essayant.

— Tu n'en sais rien.

— Si, en fait.

Il tendit la main, glissant une mèche de cheveux derrière son oreille avec une infinie douceur.

— Parce que je t'ai vue au plus mal, complètement bloquée, frustrée, convaincue d'être une imposture. Et tu sais quoi ? Tu es toujours la femme qui écrit des lettres d'amour à travers le temps. Tu es toujours la personne qui transforme les observations de café en métaphores sur les liens humains. Tu es toujours *toi*.

Il fit une pause, étudiant son visage.

— Peu importe ce qui t'effraie ce matin — la date butoir, ou l'étrangeté générale d'être une créative —, ça ne change rien au fait que tu es exactement celle que tu es censée être.

Sage hocha la tête, la gorge soudainement nouée par des émotions qu'elle ne pouvait nommer.

Parce que la vérité, c'est qu'elle ne se souvenait pas pourquoi elle aimait écrire des histoires d'amour.

Elle ne se souvenait pas du tout de les avoir écrites.

Mais assise dans cette cuisine remplie de plantes, avec des pancakes faits par de belles mains et un café qui avait le goût de quelqu'un qui avait pris le temps de comprendre ses préférences, elle commençait à se dire qu'elle aimerait bien apprendre.

— Theo ?

— Ouais ?

— Merci. De prendre soin de moi.

Son sourire était lumière et certitude.

— Toujours, chérie. C'est ça l'amour : prendre soin des rêves de l'autre.

Alors que Sage prenait une autre bouchée de pancakes parfaits et essayait de concilier la femme qui avait apparemment construit cette vie avec la femme qui s'y était réveillée, une seule pensée tournait en boucle dans son esprit :

Cette version de moi sait comment s'autoriser à être vulnérable.

La question était : pourrait-elle aussi trouver comment être vulnérable, avant que son délai de quatre jours ne détruise tout ?

la vie d'autrice
de romance

· · ·

LE CAFÉ ÉTAIT TOUT ce que le cerveau formaté par le monde de l'entreprise de Sage jugeait inefficace, et tout ce que son âme créative, soudainement en éveil, trouvait irrésistible.

Grind & Verse occupait le rez-de-chaussée d'une maison victorienne reconvertie, un mélange de briques apparentes, de meubles dépareillés et de ce genre de chaos organisé qui suggérait que les gens venaient ici pour réfléchir plutôt que pour simplement consommer de la caféine. Des bibliothèques tapissaient les murs, bourrées de tout, des recueils de poésie aux romans d'amour, en passant par des manifestes sur la culture durable du café. Une petite scène dominait un coin, entourée de chaises qui avaient manifestement vu d'innombrables soirées scène ouverte.

— Notre table habituelle ?

Theo indiqua du menton une place dans un coin, près de la fenêtre, où quelqu'un avait gravé « L'histoire se passe ici » dans le bois.

Sage le suivit, son sac d'ordinateur portable serré contre sa poitrine comme une armure, essayant de ne pas remarquer combien de personnes leur faisaient signe. À *elle*. Comme si elle était une habituée. Comme si elle avait sa place dans ce monde de caféination créative et d'ambition artistique.

— Sage !

Une voix appela de derrière le comptoir.

— La même chose que d'habitude ? Ou tu te sens d'humeur aventureuse aujourd'hui ?

La barista avait peut-être vingt-cinq ans, des tresses complexes, de la peinture sous les ongles et ce genre de sourire qui suggérait qu'elle tenait vraiment à trouver la boisson parfaite pour chaque personne.

— La même chose que d'habitude, s'il te plaît, Maya, répondit Theo avant que Sage ne puisse paniquer à l'idée de ne pas savoir ce qu'était sa commande habituelle.

— Un latte au lait d'avoine et à la lavande avec un supplément de créativité, un ! Et pour toi, Theo, ta motivation liquide habituelle ?

— Tu sais bien.

Sage s'installa sur sa chaise — apparemment *sa* chaise, à en juger par la façon dont elle semblait moulée à ses proportions exactes — et essaya d'assimiler le fait qu'elle avait une commande *habituelle* dans un café. Que des gens la connaissaient ici. L'attendaient.

— Tu as l'air nerveuse, remarqua Theo en s'asseyant en face d'elle avec son propre ordinateur. Plus nerveuse que le trac habituel avant une séance d'écriture.

— Et si je n'y arrivais pas ?

La question lui échappa avant qu'elle ne puisse la retenir.

— Et si je m'asseyais pour écrire et que… rien ne venait ?

Theo tendit la main par-dessus la table et recouvrit celle de Sage de la sienne.

— Alors on restera assis ici à observer les gens et à inventer des histoires sur le type dans le coin qui sirote le même americano depuis deux heures en fixant son téléphone d'un air intense.

Sage suivit son regard jusqu'à un homme d'une trentaine d'années, lunettes à monture métallique, une barbe de trois jours qui suggérait qu'il écrivait depuis des heures et avait oublié de se raser.

— Il envoie un message à son ex. Enfin je veux dire…

Elle cligna des yeux, surprise par sa propre remarque.

— Tu vois ? fit Theo en souriant. Ton cerveau est déjà en marche. Continue.

— Il envoie un message à son ex. Mais il efface les messages avant de les envoyer. Il veut lui parler du roman qu'il est enfin en train de finir, celui qu'elle lui a toujours dit qu'il n'aurait jamais le courage d'écrire.

Elle était surprise par la facilité avec laquelle l'histoire lui venait.

— Et ?

— Et elle avait raison. Pendant un temps. Mais maintenant…

Sage étudia le visage de l'homme, la façon dont son pouce planait au-dessus du bouton d'envoi.

— Maintenant, il se souvient que le courage n'est pas l'absence de peur. C'est écrire l'histoire malgré tout.

L'expression de Theo devint douce, admirative.

— C'est pour ça que j'adore ton cerveau. Tu vois la vérité émotionnelle derrière chaque chose.

Maya apparut avec leurs boissons : le latte à la lavande de Sage, décoré d'un dessin dans la mousse qui ressemblait à un livre miniature, et le café noir de Theo, simple et fort.

— Des progrès sur le manuscrit ? Je n'arrête pas de dire à qui veut l'entendre que je connais une autrice de romance qui va bientôt devenir célèbre.

— Je me bats encore avec.

Cela lui semblait vrai même si elle ne pouvait pas expliquer pourquoi.

— Les problèmes d'écrivain. Ma copine est poète. Une fois, elle a passé trois semaines à essayer de trouver le mot parfait pour décrire la couleur du regret. Il s'est avéré que c'était « bordeaux ».

Après le départ de Maya, Sage ouvrit son ordinateur avec la révérence de quelqu'un qui manipule une grenade dégoupillée. L'écran s'anima, révélant un fond d'écran qui était une photo d'elle et de Theo : sa tête sur son épaule, tous deux riant de quelque chose hors champ, des guirlandes lumineuses floues derrière eux comme des étoiles capturées.

Elle avait l'air heureuse. Pas seulement contente ou satisfaite, mais véritablement, radieusement heureuse.

Quand avait-elle eu cet air pour la dernière fois ?

— Ouvre juste le document. N'y pense pas. Juste… ouvre-le.

Sage cliqua sur un fichier intitulé « Lettres d'amour à travers le temps - Version 3 » et retint son souffle.

Le document s'ouvrit pour révéler 187 pages de texte. Le compteur de mots en bas indiquait : 67 891 mots.

Elle avait écrit près de 68 000 mots d'un roman dont elle n'avait aucun souvenir.

— Je dois le lire depuis le début.

Theo tenta de l'en dissuader, mais s'interrompit en voyant son expression :

— Chérie, tu n'as pas le temps de... D'accord. Mais peut-être juste le survoler ? Pour te faire une idée de là où tu t'es arrêtée ?

Sage fit défiler jusqu'à la première page et commença à lire :

Elena Martinez avait toujours été pragmatique en amour. Elle croyait en la compatibilité plutôt qu'en l'alchimie, aux plans quinquennaux plutôt qu'aux coups de tête, à ce genre d'affection stable qui ne perturberait pas sa vie soigneusement organisée.

C'est pourquoi trouver ce journal était si peu pratique.

Il était apparu un mardi, niché derrière une brique descellée dans le mur de l'atelier d'art dont elle avait hérité de sa grand-tante. La couverture en cuir était adoucie par les années, les pages jaunies et légèrement gondolées, comme si elles avaient absorbé des décennies de secrets.

Quand elle l'ouvrit, elle y trouva sa propre écriture.

Des lettres adressées à un certain « M ».

Des lettres d'amour qu'elle n'avait jamais écrites.

Le souffle de Sage se coupa. La voix était bien la sienne — elle pouvait reconnaître son propre rythme, sa façon de faire monter la tension — mais elle était plus libre que tout ce qu'elle avait jamais écrit pour le travail. Plus émotive. Plus... audacieuse.

Elle fit défiler la page, lisant des passages au hasard :

Cher M,

J'ai encore rêvé de toi cette nuit. Nous étions dans un café qui sentait la cannelle et tous les possibles, et tu lisais par-dessus mon épaule pendant que j'écrivais. Ta main était chaude sur mon dos, et quand je me suis tournée pour te regarder, tu as dit : « C'est l'histoire que nous écrivons ensemble. »

Je me suis réveillée et une personne que je n'ai jamais rencontrée me manquait.

Comment est-ce possible ?

- E

Le cœur de Sage martelait contre ses côtes. La lettre aurait pu parler d'elle et de Theo, assis ici, dans ce café, pendant qu'elle lisait son propre travail.

— C'est…

Elle commença, puis se tut.

— Theo, ça parle de nous.

— Quoi ?

Il se pencha pour lire l'écran, son épaule effleurant la sienne.

— Oh, ce passage. Oui, tu m'as dit que c'était moi qui te l'avais inspiré. Quelque chose comme quoi être avec moi te faisait croire en un amour qui dépassait la logique.

— J'ai dit ça ?

— Oui. Juste avant de m'embrasser et de me dire que j'étais ta muse.

Il sourit.

— Ce qui était soit la chose la plus romantique du monde, soit la preuve que les écrivains sont des sortes de vampires émotionnels qui pillent leurs relations pour trouver de la matière.

Theo l'observait avec une douceur pleine de questions qu'il ne posait pas. Comme s'il avait vu son armure se fissurer sans savoir ce que ça signifiait, mais qu'il comprenait qu'il ne fallait pas insister.

Sage continua de faire défiler, découvrant d'autres lettres, chacune plus intime que la précédente :

Cher M,

Et si je te disais que j'ai eu peur toute ma vie ? Pas d'échouer, mais de réussir. Pas d'être vue, mais d'être véritablement connue.

Et si je te disais que t'aimer, c'est comme rentrer à la maison dans un endroit où je ne suis jamais allée ?

- E

— Je n'arrive pas à croire que j'ai écrit ça, murmura Sage.

— Pourquoi pas ?

— C'est si… franc. Vulnérable. Je n'écris pas comme ça.

Theo pencha la tête pour étudier son visage.

— Sage, ça fait des mois que tu écris comme ça. C'est exactement ta façon d'écrire.

Elle fit défiler le document jusqu'à la fin, cherchant l'endroit où elle s'était arrêtée. Le dernier chapitre était incomplet, s'achevant au milieu d'une phrase :

Elena serrait le journal contre sa poitrine, sentant le poids de toutes les lettres qu'elle avait écrites à un amour dont elle ne se souvenait plus mais qu'elle ne pouvait oublier. Dehors, derrière la fenêtre de l'atelier, la pluie commença à tomber, et elle pensa au courage. À la différence entre être en sécurité et être

Et c'était tout. La phrase restait en suspens, comme une question attendant une réponse. Sage fut prise de panique.

— Je ne sais pas comment la finir. Je ne sais même pas comment je l'ai commencée.

— Hé.

La voix de Theo était calme, rassurante.

— Respire un bon coup. Ça arrive à tous les écrivains. Tu n'es pas la première personne à regarder son propre travail en ayant l'impression que c'est un inconnu qui l'a écrit.

— Mais si je n'arrive pas à retrouver cette voix ? Si j'ai perdu ce je-ne-sais-quoi qui me permettait d'écrire ça ?

— Tu n'as rien perdu.

Il referma doucement l'ordinateur portable.

— Tu as juste peur. Et ce n'est pas grave. La peur, c'est la preuve que ça compte.

Le téléphone de Sage vibra, signalant une notification. Un e-mail.

De : Lila Chen, Éditrice, Moonstone Press

Objet : Des nouvelles de Lettres d'amour

L'estomac de Sage se noua. Elle ouvrit l'e-mail avec des doigts tremblants.

Sage,

J'espère que ça va mieux pour le chapitre 12 ! Je sais que vous avez eu du mal avec l'arc narratif d'Elena, mais rappelez-vous : elle n'est pas brisée, elle apprend juste à faire confiance. Parfois, les plus belles histoires d'amour sont celles de personnages qui doivent surmonter leur propre peur d'être aimés.

J'attends avec impatience le manuscrit complet pour vendredi. J'ai un très bon pressentiment pour celui-ci, les premiers lecteurs le qualifient de « croisement entre Le temps n'est rien et Vous avez un message, avec une touche de réalisme magique ». Votre structure à double temporalité est magnifique, et les enjeux émotionnels sont à tomber.

Ne vous prenez pas la tête pour la fin. Elena sait ce qu'elle veut, elle a juste peur de le saisir.

Bises,

Lila

P.S. – Le service marketing réfléchit déjà à des concepts de couverture. Ils pensent à quelque chose avec des journaux intimes vintage et des guirlandes lumineuses. Très fidèle à votre style !

Sage fixa l'e-mail, digérant simultanément plusieurs informations dévastatrices :

1. Elle avait une éditrice nommée Lila qui attendait un manuscrit complet dans quatre jours.
2. Des gens avaient déjà lu les premières versions de son livre et l'avaient apprécié.
3. Le service marketing concevait des couvertures, ce qui signifiait que tout cela était *réel*.
4. Apparemment, elle était connue pour un style particulier de roman d'amour.
5. Elle n'avait absolument aucune idée de comment « ne pas se prendre la tête pour la fin ».

— Lila a envoyé un e-mail.

Sa voix était faible.

— Qu'est-ce qu'elle dit ?

— Elle dit qu'Elena sait ce qu'elle veut, qu'elle a juste peur de le saisir.

Theo sourit.

— Ça me dit quelque chose.

— Qu'est-ce que tu veux dire ?

— Rien. Allez, au travail. Parfois, la seule façon de s'en sortir, c'est d'avancer.

Mais son expression laissait entendre qu'il avait compris quelque chose d'autre.

Sage rouvrit son ordinateur, le regard fixé sur la phrase inachevée. *À la différence entre être en sécurité et être...*

Être quoi ?

Heureuse ? Courageuse ? Vraie ?

Elle posa ses doigts sur le clavier et essaya de faire appel à la partie d'elle qui avait écrit 67 891 mots sur des lettres d'amour à travers le temps.

Rien ne venait.

Le curseur clignotait, moqueur.

— Je n'y arriverai pas, murmura-t-elle.

— Si, tu peux y arriver.

La voix de Theo était assurée, confiante.

— Ferme les yeux.

— Pardon ?

— Ferme les yeux. Maintenant, qu'est-ce qu'Elena désire plus que tout ?

Sage ferma les yeux, essayant de se représenter le personnage qu'elle avait apparemment créé. Une femme pragmatique en amour. Qui trouvait un journal rempli de lettres qu'elle avait écrites à quelqu'un qu'elle n'avait jamais rencontré.

— Elle veut croire...

Sage parlait lentement.

— Elle veut croire que l'amour peut être plus fort que la logique. Que les liens peuvent transcender le temps. Qu'elle est digne du genre d'amour qu'elle décrit dans ces lettres.

— Et qu'est-ce qui l'en empêche ?

— La peur. La peur que si elle essaie de l'atteindre, il disparaîtra. La peur de ne pas être assez courageuse pour le mériter.

— Et ?

Sage ouvrit les yeux et croisa le regard de Theo de l'autre côté de la table.

— Et elle en a marre d'avoir peur.

— Alors, écris ça.

Sage baissa les yeux vers l'écran, vers la phrase qui attendait d'être terminée :

Sur la différence entre être en sécurité et être...

Ses doigts trouvèrent les touches :

...en vie.

Les mots sonnaient juste. Vrais. Comme une porte s'ouvrant sur un chemin qu'elle avait oublié comment arpenter.

Elle continua d'écrire :

Elena avait passé tant d'années à choisir la sécurité au détriment du possible qu'elle avait oublié la sensation de son propre cœur battre quand quelque chose comptait. Mais assise ici, dans l'atelier où sa grand-tante avait jadis peint des histoires d'amour à l'aquarelle et à l'huile, entourée de l'odeur de térébenthine et de vieux secrets, elle sentit quelque chose changer.

Le journal était chaud dans ses mains. Les lettres — ses lettres — semblaient vibrer de leur propre énergie, comme si elles étaient plus que de simples mots sur une page. Comme si elles étaient des invitations.

Et si l'amour pouvait réellement transcender le temps ? Et si la personne à qui elle écrivait lui répondait ?

Et si le courage n'était qu'un autre mot pour dire oui ?

Les mots venaient plus vite maintenant, comme si elle s'était engagée sur un chemin dont ses pieds se souvenaient, même si son esprit l'avait oublié. Chaque phrase était comme la découverte de quelque chose qu'elle avait perdu, chaque paragraphe comme le retour à une langue qu'elle avait oublié comment parler.

Puis son téléphone vibra.

La notification brisa sa concentration comme une pierre traversant une vitre. Sage jeta un coup d'œil à l'écran, s'attendant à un autre courriel de Lila.

À la place, elle tomba sur un texto qui lui glaça le sang.

> Des problèmes avec votre date limite ?
> L'inspiration d'emprunt ne dure qu'un temps.
> Certains mots doivent venir de vous. -C

Sage fixa le message, le cœur battant la chamade.

Celeste.

D'une manière ou d'une autre, Celeste savait qu'elle avait des difficultés. Savait qu'elle était une usurpatrice dans cette vie de création. Savait que les mots qui coulaient si librement quelques instants plus tôt n'étaient pas entièrement les siens. Theo remarqua son immobilité soudaine.

— Tout va bien ?

Sage supprima rapidement le message.

— Oui. Juste… un spam.

Mais alors qu'elle se retournait vers le manuscrit, les mots qui avaient coulé si librement lui semblèrent de nouveau étrangers. Comme si elle portait les vêtements de quelqu'un d'autre en prétendant qu'ils lui allaient.

Et si le courage n'était qu'un autre mot pour dire oui ?

La question la dévisageait depuis l'écran et, pour la première fois depuis son réveil dans cette vie, Sage se demanda si elle était assez courageuse pour y répondre.

Ou même si elle savait comment faire.

theo, la machine
à métaphores

• • •

— TU TE PRENDS ENCORE TROP la tête. Allez. Excursion.

Theo referma doucement mais fermement son ordinateur portable.

— J'ai une échéance dans trois jours, protesta Sage, mais elle le laissait déjà la tirer de sa chaise.

— C'est précisément pour ça qu'il faut que tu te changes les idées.

Il passa son sac en bandoulière — du cuir usé couvert de taches de café et de ce qui ressemblait à des fragments de paroles de chansons écrites au marqueur.

— Fais-moi confiance.

Vingt minutes plus tard, ils étaient assis sur une couverture à Meridian Park, entourés de food trucks et de guirlandes lumineuses tendues entre les arbres, telles des constellations tombées du ciel. Theo avait réussi à dénicher des tacos, de la bière artisanale, et une petite foule s'était rassemblée autour d'une scène improvisée où une femme aux cheveux violets lisait de la poésie sur les plantes d'intérieur de son ex-petite amie.

— C'est ça, ton idée pour vaincre le syndrome de la page blanche ?

Sage prit une gorgée de bière qui avait un goût de créativité et de mauvais choix de vie.

— C'est mon idée pour se souvenir de l'importance des histoires.

Theo fit un signe de tête vers la scène.

— Regarde autour de toi. Tout le monde ici raconte des histoires — à travers la nourriture, la musique, une poésie horrible sur les plantes grasses. On essaie tous simplement de créer un lien.

La poétesse termina sous des applaudissements enthousiastes et quitta la scène d'un bond, remplacée par un homme avec une guitare qui semblait avoir appris à jouer en étudiant les chagrins d'amour.

— À votre tour, lança le guitariste en balayant la foule du regard. Allez, quelqu'un d'assez courageux pour partager quelque chose d'authentique ?

Avant que Sage ait pu l'arrêter, Theo levait déjà la main.

— Theo, non, souffla-t-elle.

Il sourit, déjà debout.

— Je présente un nouveau texte. Tu es mon groupe de discussion.

Il se dirigea d'un pas léger vers la petite scène, tout en confiance décontractée et en énergie communicative. Le guitariste lui tendit le micro en levant les yeux au ciel d'un air bon enfant.

— Bonsoir, magnifiques humains. Je m'appelle Theo, et j'ai une théorie sur les cafés.

Sa voix portait sur la foule avec une autorité surprenante. Sage observait, fascinée, comment il passait de son adorable petit ami faiseur de pancakes à une personne magnétique et sûre d'elle.

— Les cafés ne sont que du speed-dating pour les âmes. On y entre en quête de caféine, mais ce qu'on cherche vraiment, c'est ce moment de connexion parfait. Le barista qui se souvient de notre commande. L'inconnu qui propose de partager sa table. La personne qui lit le livre qu'on se promet de lire depuis trois ans.

Son regard croisa le sien dans la foule, et son sourire s'élargit.

— Les cafés sont l'endroit où nous nous entraînons à être vus. Où nous testons si le monde peut supporter le mélange particulier de chaos et de créativité que nous apportons.

Il marqua une pause, laissant les mots infuser.

— Et parfois, si nous avons beaucoup de chance, nous trouvons quelqu'un qui non seulement gère notre chaos, mais qui nous aide à le transformer en art.

La foule était silencieuse, suspendue à ses lèvres.

— L'amour, c'est simplement deux personnes qui acceptent d'être caféinées ensemble. De partager les bonnes tables. De se partager le dernier scone aux myrtilles. De s'asseoir dans un silence confortable pendant qu'elles créent des choses magnifiques séparément, qui, d'une manière ou d'une autre, forment une chose plus grande et plus belle encore.

Il regarda Sage droit dans les yeux.

— L'amour, c'est trouver quelqu'un qui pense que ton grain de folie particulier n'est pas seulement tolérable, mais essentiel. Quelqu'un qui voit tes phrases inachevées et n'essaie pas de les terminer, qui s'assoit simplement avec toi jusqu'à ce que tu trouves les mots toi-même.

Sage sentit la foule exploser autour d'elle, mais tout ce qu'elle pouvait entendre était le silence entre les battements de son cœur. Sa gorge la brûlait d'une émotion dangereusement proche de la reconnaissance. Il la voyait. La voyait vraiment. Et au lieu de reculer, il lui offrait une métaphore.

Les applaudissements furent un tonnerre. Quand Theo retourna sur leur couverture, légèrement essoufflé et rayonnant de l'énergie de la performance, elle l'embrassa. Fort.

— C'était pour quoi ?

— Pour m'avoir vue. Pour m'avoir fait sentir que mon grain de folie particulier est essentiel.

— Il l'est.

Sa voix était sérieuse maintenant, intime.

— Sage, ton cerveau fonctionne d'une manière qui me surprend constamment. Tu vois des connexions que les autres ne voient pas. Tu trouves la vérité émotionnelle dans les espaces entre les mots.

— Je suis bloquée. Sur l'histoire d'Elena. Je ne sais pas comment elle passe de la peur au courage.

Theo resta silencieux un moment, regardant le guitariste remonter sur scène.

— Et si elle n'y arrivait pas d'un seul coup ? Et si le courage n'était qu'une... série de petits « ouis » ?

— Qu'est-ce que tu veux dire ?

— Je veux dire que peut-être qu'Elena n'a pas besoin d'un grand moment de transformation. Peut-être qu'elle a juste besoin de commencer à dire oui aux choses qui lui font peur. Oui à l'idée de faire confiance au journal. Oui à la possibilité de croire en un amour qui n'a pas de sens. Oui à la possibilité qu'elle soit digne de l'histoire qu'elle est en train d'écrire.

Sage le dévisagea.

— C'est… absolument génial.

— J'ai mes moments de génie.

Il sourit.

— En plus, ça fait des semaines que je t'écoute te débattre avec cette intrigue. Je suis quasiment un expert honoraire en romance, à ce stade.

— Tu devrais écrire ton propre livre.

— Non. Je suis meilleur pour aider les autres à trouver leur voix.

Il lui toucha doucement la joue.

— D'ailleurs, quelle est la chose qui te fait le plus peur en finissant ce livre ?

La question la prit au dépourvu.

— Quoi ?

— Là, maintenant. Quelle est la partie la plus effrayante dans l'écriture de la fin d'Elena ?

Sage y réfléchit, observant les guirlandes lumineuses scintiller au-dessus d'eux.

— Que ce ne soit pas assez bien. Que je déçoive tous ceux qui se sont déjà investis dans l'histoire.

— Et ?

— Et… que peut-être je ne mérite pas de raconter des histoires d'amour alors que je ne suis même pas sûre de les comprendre moi-même.

Mais une petite partie d'elle — celle qui se souvenait encore des tableurs et de la neutralité — murmurait : *Ce n'est pas ta vie. Tu empruntes la fin heureuse de quelqu'un d'autre.*

L'expression de Theo s'adoucit, devint sérieuse.

— Sage. Regarde-moi.

Elle le regarda.

— Tu comprends l'amour mieux que quiconque. Tu comprends que c'est désordonné et compliqué, et que ça demande de le choisir chaque jour. Tu comprends qu'il ne s'agit pas de trouver quelqu'un de parfait, mais de trouver quelqu'un dont les imperfections complètent les tiennes.

Il lui prit les mains.

— Tu écris des lettres d'amour qui traversent le temps parce que tu crois que l'amour est plus fort que la logique. Et tu as raison.

— Comment le sais-tu ?

— Parce que tu as parié sur moi. Un poète de café lambda aux perspectives financières douteuses et avec une tendance à parler en métaphores.

Son sourire était doux, plein d'autodérision.

— Tu as vu en moi quelque chose qui en valait la peine.

Sage sentit quelque chose se fendre dans sa poitrine.

— Theo…

— Je sais que cette date butoir te fait tourner en bourrique. Je sais que tu as l'impression de perdre le fil de ta propre histoire.

Il lui serra les mains.

— Mais le parcours d'Elena ne consiste pas à devenir quelqu'un d'autre. Il s'agit pour elle de devenir plus elle-même. Plus honnête. Plus disposée à se laisser connaître.

— Et si se laisser connaître est terrifiant ?

— Alors tu écris sur la terreur. Tu laisses Elena être terrifiée et courageuse en même temps.

Il marqua une pause, la voix s'adoucissant.

— Tu la laisses être une mosaïque. Des morceaux brisés qui forment tout de même un tout.

Le guitariste termina son set sous de légers applaudissements, et la foule commença à se disperser. Theo se mit à remballer leur pique-nique avec des gestes efficaces, mais Sage resta assise, digérant le poids de ses paroles.

Tu la laisses être humaine.

Quand avait-elle cessé de s'autoriser à être humaine ? Quand avait-elle commencé à croire que la vulnérabilité était une faiblesse plutôt qu'un super-pouvoir ? Theo lui tendit la main.

— Prête à rentrer écrire ?

Sage leva les yeux vers lui — cet homme qui transformait en poésie les observations d'un café, qui voyait sa peur et y répondait avec tendresse, qui savait d'une manière ou d'une autre exactement ce que son héroïne de fiction avait besoin d'entendre.

— Ouais, répondit-elle en prenant sa main. Je crois que oui.

Alors qu'ils retraversaient le parc, les guirlandes lumineuses scintillant au-dessus d'eux comme des promesses, Sage sentit l'histoire se transformer dans son esprit. Elena n'avait pas besoin de se changer en quelqu'un d'intrépide. Elle avait juste besoin d'apprendre qu'avoir peur et être courageuse pouvaient coexister dans un même souffle.

Que l'amour n'était pas une question de perfection.

Il s'agissait d'être là, effrayé, plein d'espoir et merveilleusement humain, et de faire confiance à l'autre pour qu'il fasse de même. Elle brisa le silence alors qu'ils atteignaient l'orée du parc :

— Theo ?

— Ouais ?

— Merci d'être ma sorte de bizarrerie à moi.

Son rire fut chaleureux et éclatant.

— Toujours, ma belle. Toujours.

mots et rêves tus

. . .

SAGE SE RÉVEILLA à 4 heures du matin avec la voix d'Elena dans la tête.

Non pas la bousculade paniquée de l'angoisse de la date butoir, mais quelque chose de plus clair, comme si elle parvenait enfin à capter une station de radio qui n'émettait que des grésillements depuis des jours. Elle se glissa hors du lit, en prenant soin de ne pas réveiller Theo, et se dirigea à pas feutrés vers la cuisine où l'attendait son ordinateur portable.

L'appartement était différent dans l'obscurité d'avant l'aube. Plus doux. Les plantes semblaient respirer dans l'ombre, et les guirlandes lumineuses que Theo avait laissées allumées baignaient tout d'une douce lueur dorée.

Elle ouvrit le manuscrit et commença à écrire :

Elena pressa la paume de sa main contre la couverture en cuir du journal et sentit quelque chose changer — non pas dans le livre, mais en elle. Les lettres n'étaient pas magiques. C'étaient des souvenirs. Pas de choses qui s'étaient produites, mais de choses qui auraient pu se produire.

— Et si le courage, murmura-t-elle dans l'atelier vide, ne consistait pas à ne pas avoir peur ?

Les mots coulaient de source. Pendant deux heures, Sage écrit sans s'arrêter, regardant Elena comprendre enfin que le journal ne lui montrait pas une vie différente — il lui donnait la permission de désirer la vie qu'elle avait déjà.

Pour la première fois depuis son arrivée dans cette vie, Sage se sentit entière. Ça l'effrayait un peu — de voir à quel point cette plénitude pouvait facilement devenir une sorte de douleur, quand on ne savait pas si on allait pouvoir la garder.

Quand Theo émergea, les cheveux en bataille et plissant les yeux face à la lumière du matin, elle avait écrit trois mille mots. Il déposa un baiser sur le sommet de son crâne.

— Salut, ma belle. Ça fait longtemps que tu es levée ?

— Depuis quatre heures. Je crois que j'ai trouvé.

— La révélation d'Elena ?

— Tout ce qui concerne Elena. Elle n'a pas besoin que les lettres soient réelles. Elle a besoin qu'elles soient *à elle*.

Sage montra l'écran, où des paragraphes de révélation attendaient.

Theo lut par-dessus son épaule, sa présence chaleureuse et solide.

— C'est magnifique, Sage. Regarde cette phrase : « L'amour, ce n'est pas trouver la bonne personne, c'est devenir la bonne version de soi-même pour bien l'aimer. »

Sage s'interrompit, fixant la phrase qu'elle avait écrite sans réfléchir. Quand était-elle devenue quelqu'un qui comprenait assez l'amour pour en parler avec certitude ? Theo se dirigea vers la cuisine en demandant :

— Un café ?

— S'il te plaît. Et peut-être que…

Elle s'arrêta, soudain submergée par une vague de quelque chose qui ressemblait étrangement à de la panique.

— Quoi ?

— Et si ce n'était pas assez bon ? Et si je ne faisais qu'emprunter une perspicacité que je n'ai pas vraiment ?

Theo posa la cafetière et se tourna pour lui faire face.

— D'où ça vient, ça ?

Sage fit un geste impuissant vers l'écran.

— Cette voix, cette assurance sur l'amour et le courage… et si ce n'était pas vraiment la mienne ? Et si je ne faisais que mimer quelque chose que j'ai déjà entendu ?

— Chaque écrivain est influencé par ce qu'il a lu, ce qu'il a vécu. Ça ne rend pas ta voix moins authentique.

— Mais et si...

Sage s'interrompit, se retenant avant de dire quelque chose d'impossible à expliquer. *Et si toute cette vie était empruntée ? Et si rien de tout ça ne m'appartenait ?*

Theo s'assit à côté d'elle, lui prenant les mains.

— Sage, tu es sur les nerfs depuis hier. Qu'est-ce qui se passe vraiment ?

Elle plongea son regard dans ses yeux inquiets et sentit le poids du secret qu'elle ne pouvait pas partager.

— J'imagine que j'ai juste... peur de ne pas être à la hauteur. De décevoir tous ceux qui croient en ce livre.

— Y compris moi ?

— Surtout toi.

Son expression s'adoucit.

— Chérie, je suis tombé amoureux de toi bien avant que tu n'écrives le moindre mot. J'aime ta façon de penser, ta façon de voir des schémas que les autres ne remarquent pas, la façon dont tu rends les moments ordinaires significatifs. L'écriture, c'est juste... la manière dont tu laisses les autres voir ce que j'ai la chance de voir tous les jours.

Il lui serra les mains.

Avant que Sage ne puisse répondre, son téléphone vibra, signalant une notification. Un e-mail marqué comme urgent.

De : Lila Chen, Éditrice

Objet : Petite panique mais ça va sûrement aller !!!

Sage,

OK, ne panique pas, mais je viens d'avoir l'éditeur au téléphone, et ils veulent avancer la date de sortie. La bonne nouvelle : ils adorent les premiers chapitres à tel point qu'ils veulent accélérer la publication. La moins bonne nouvelle : il nous faut le manuscrit final pour demain (jeudi) au lieu de vendredi.

Je sais, je sais. Mais tu y es presque ! Et honnêtement, parfois, une date butoir serrée nous force à faire confiance à notre instinct au lieu de tout suranalyser à en mourir.

Tu vas y arriver. L'histoire d'Elena est magnifique, ne laisse pas le perfectionnisme la tuer.

Bisous,

Lila

Sage fixa l'e-mail, le sang se retirant de son visage.

— Demain. Elle en a besoin pour demain.

— Quoi ?

Theo lut par-dessus son épaule, son expression passant à l'inquiétude.

— D'accord, c'est... tendu. Mais tu as presque fini, non ? Tu viens d'écrire trois mille mots ce matin.

— J'ai écrit trois mille mots. Le livre a toujours besoin d'une fin.

— Alors écris une fin.

— Je ne sais pas comment faire !

Les mots sortirent plus brusquement qu'elle ne l'aurait voulu.

— Je ne sais pas comment Elena et Marcus font pour se retrouver à travers les différents univers. Je ne sais pas comment faire pour que le lien avec le journal paraisse significatif au lieu d'être un simple gadget. Je ne sais pas comment...

— Hé, respire...

Sage respira. Ou du moins, elle essaya.

— Qu'est-ce que ton instinct te dit à propos de la fin ?

— Mon instinct n'y connaît rien en matière de romance avec décalage temporel.

Elle était abattue.

— Mais il s'y connaît en amour.

Sage le regarda. Cet homme qui, d'une manière ou d'une autre, savait toujours exactement quoi dire, qui croyait en elle même quand elle n'y croyait plus.

— Et si je gâche tout ?

— Alors tu gâcheras tout en beauté, et on arrangera ça pendant les corrections.

Il sourit.

— Sage, ça fait des semaines que tu me dis que ce livre parle de prise de risques sur le plan émotionnel. Il est peut-être temps d'en prendre un.

Elle hocha la tête et se retourna vers son ordinateur portable. Le curseur clignotait, comme dans l'attente.

Que ferait Elena ?

Elena serait terrifiée. Mais elle en aurait aussi assez d'avoir peur.

Sage posa ses doigts sur le clavier et commença à écrire :

Elena se dirigea vers le chevalet où l'attendait sa dernière toile, un paysage qui lui avait donné du fil à retordre pendant des semaines. Mais en le regardant maintenant, elle comprenait. Elle avait peint Marcus sans connaître son nom. La façon dont la lumière du matin accrochait les cheveux de quelqu'un. La forme de mains qui savaient être douces.

— Tu n'es pas que des lettres dans un journal, dit-elle à l'atelier vide. Tu es toutes les belles choses que j'avais peur d'espérer.

Les mots sonnaient juste. Vrais. Comme si elle disait enfin quelque chose qu'elle retenait depuis des années.

Elle écrivit pendant trois heures de plus, à peine consciente de Theo qui bougeait dans l'appartement, lui apportant du café, du silence et, de temps à autre, une tape encourageante sur l'épaule.

À midi, elle avait une fin.

Elena ne trouvait pas Marcus par magie. Elle le trouvait parce qu'elle avait enfin cessé d'avoir peur de chercher. Le journal ne lui avait pas montré une autre vie, il lui avait donné la permission de désirer l'amour dans celle-ci. Le journal n'avait pas murmuré les secrets d'une autre vie. Il avait fait écho aux parts d'elle-même qu'elle avait réduites au silence dans celle-ci.

— Fini, murmura Sage en fixant le dernier paragraphe.

— Vraiment fini ?

— Vraiment fini.

Elle se pencha en arrière dans sa chaise, soudainement épuisée.

— Elena a sa fin heureuse. Il s'avère que Marcus est le propriétaire du café à qui elle était trop timide pour parler. Le journal, c'était juste… son propre cœur qui apprenait à être courageux.

Theo lut les dernières pages, son expression s'adoucissant.

— Sage, c'est magnifique. Vraiment magnifique.

— Est-ce que ça suffit ?

— C'est plus que suffisant. C'est sincère.

Sage jeta un coup d'œil à Theo, chaleureux et réel à la lisière de son champ de vision. Elle voulait mémoriser cette version de lui — les cheveux en bataille, une tasse à la main — juste au cas où elle oublierait. Juste au cas où demain apporterait des changements qu'elle ne pourrait pas contrôler.

Alors que Sage s'apprêtait à envoyer le manuscrit par e-mail à Lila, son téléphone vibra, affichant un autre texto du numéro inconnu :

> Le temps emprunté finit par s'épuiser. J'espère que vous avez trouvé ce qui vous appartenait de droit. -C

Elle fixa le message, un nœud froid se formant dans son estomac. La semaine serait bientôt terminée. Theo remarqua son changement d'attitude :

— Tout va bien ?

Elle effaça le message.

— Ça va. Juste… fatiguée.

Mais alors qu'elle cliquait sur « envoyer » pour l'e-mail contenant l'histoire d'amour achevée d'Elena, Sage ne put se défaire du sentiment qu'elle était sur le point de perdre quelque chose de précieux.

Et elle ne savait toujours pas si les mots qu'elle avait écrits — l'amour qu'elle avait trouvé — lui appartenaient vraiment.

la proposition de retraite

. . .

SAGE PASSA la journée de jeudi dans un brouillard mêlé d'accomplissement et d'angoisse.

La réponse de Lila au manuscrit était arrivée en moins d'une heure : trois paragraphes d'éloges dithyrambiques suivis d'un avenant au contrat pour deux livres. Theo avait insisté pour sabrer le champagne au déjeuner. Maya, au café, avait dessiné un cœur dans sa mousse de lait et annoncé qu'elle précommandait six exemplaires pour son club de lecture.

Tout était parfait.

Et c'était bien là le problème.

— Tu es silencieuse.

Theo le remarqua alors qu'ils déambulaient dans le marché fermier, ses doigts entrelacés aux siens.

— Le contrecoup de la date butoir ?

— Quelque chose comme ça.

Sage le regardait choisir des pêches avec l'attention méticuleuse de quelqu'un qui croyait que les fruits pouvaient être une forme de langage amoureux. Quand avait-elle appris à trouver ces gestes simples si terriblement séduisants ?

Ils passèrent devant une vendeuse de savons artisanaux, et la femme derrière l'étal s'illumina en la reconnaissant.

— Sage ! Comment avance le livre ?

Sage se figea, une vague de panique lui serrant la poitrine. Cette inconnue la connaissait. Attendait des nouvelles d'un projet créatif pour lequel elle était censée se passionner depuis des mois.

— Il est… terminé, réussit-elle à articuler.

— Oh, merveilleux ! J'ai hâte de vous lire. Votre dernière publication Instagram sur les lettres d'amour au futur m'a tiré les larmes.

Une publication Instagram ? Des lettres d'amour au futur ?

— Merci.

Elle laissa Theo l'éloigner avant qu'elle ne puisse se trahir davantage.

Un pâté de maisons plus loin, ils s'arrêtèrent chez un fromager, et Sage aperçut son reflet dans la vitrine de la boutique derrière eux. L'espace d'une seconde, elle ne reconnut pas la femme qui la dévisageait — quelqu'un avec des cheveux plus libres, des ongles tachés de peinture et des yeux qui recelaient des secrets qu'elle avait mérités, et non empruntés.

Qui était cette femme ? Et combien de temps Sage pourrait-elle prétendre être elle ?

— J'ai une surprise, enfin, plutôt une proposition.

Theo paya le vendeur et glissa le fromage dans sa sacoche à côté de ce qui semblait être une collection de notes manuscrites. Le cœur de Sage s'arrêta.

— Une quoi ?

La façon dont il l'avait dit — douce mais chargée de sens — lui noua l'estomac. Était-ce le moment ? Était-il sur le point de dire quelque chose qui rendrait son départ impossible ?

Elle n'était pas prête. Elle ne pouvait pas gérer une déclaration d'amour alors que tout allait disparaître le lendemain.

— Pas ce genre de proposition, fit-il en riant, bien que quelque chose dans son expression suggérât que cette clarification n'était peut-être pas tout à fait exacte. Un week-end en amoureux. Il y a ce chalet d'écrivain à environ deux heures au nord, il appartient à mon ami Jake. Pas de Wi-Fi, pas de distractions, juste la forêt et une cheminée, et du temps pour célébrer la fin de ton livre comme il se doit.

Le soulagement et la déception se livraient bataille dans sa poitrine. Pas une déclaration d'amour, donc. Juste une escapade romantique qui rendrait son départ encore plus déchirant.

L'invitation flottait entre eux, tel un pont qu'elle n'était pas sûre de pouvoir traverser.

— Ce week-end ?

— De ce soir à dimanche. J'ai déjà vérifié, tu n'as aucun appel prévu avec ton éditrice, et je peux déplacer mon atelier de dimanche à la semaine prochaine.

Son pouce traça des cercles sur sa paume.

— À quand remonte la dernière fois que tu as pris une vraie pause ? Pas juste une séance d'écriture dans un café, mais du vrai temps loin de tout ?

Jamais, réalisa Sage. Même dans sa vie d'entreprise, elle avait été accro à la productivité, à l'illusion qu'un mouvement constant était synonyme de progrès.

— Je ne sais pas. Je devrais probablement commencer à penser au prochain livre. Lila veut un plan pour la suite d'ici…

— Sage.

Theo s'arrêta de marcher, se tournant complètement vers elle.

— La suite peut bien attendre quarante-huit heures. Tu viens de finir quelque chose d'incroyable. Permets-toi de savourer ça.

La gentillesse dans sa voix faillit la faire craquer. Cet homme qui voulait l'emmener dans un chalet au fond des bois, qui avait prévu un week-end pour célébrer sa réussite, et qui la regardait comme si elle valait la peine de vivre une romance.

Mais Elena avait été plus courageuse. Elena avait choisi de rester dans sa propre vie, de faire confiance à un amour qui pourrait exister sans magie. Elena avait trouvé le courage de vouloir ce qui était réel plutôt que ce qui était emprunté.

J'ai donné à Elena la permission de rester, pensa Sage. *Pourquoi est-ce que je ne peux pas m'accorder la même chose ?*

— Et si je ne suis pas de bonne compagnie ? Et si je suis bizarre et perdue dans mes pensées ?

— Alors tu seras bizarre et perdue dans tes pensées dans un endroit magnifique, avec quelqu'un qui trouve que ton genre particulier de bizarrerie est fascinant.

Il esquissa un sourire.

— En plus, j'ai apporté de nouveaux poèmes à tester sur toi. Considère-toi comme un public captif.

Sage le regarda, le regarda vraiment. L'espoir dans son expression, la façon prudente dont il tenait sa main, comme si elle pouvait disparaître s'il la serrait trop fort. L'homme qui, d'une manière ou d'une autre, la faisait se sentir comprise, en sécurité, et digne d'escapades le temps d'un week-end.

Tout cela serait bientôt terminé. Elle se réveillerait dans son appartement stérile avec son calendrier à codes couleur et son travail bien payé mais qui ne nourrissait pas son âme.

Theo aurait disparu.

— D'accord. Allons-y.

Son sourire aurait pu alimenter tout le marché fermier en électricité.

— Vraiment ?

— Vraiment. Mais j'ai un droit de veto sur tous les poèmes traitant de la métaphysique des cafés.

— Marché conclu. Je vais envoyer un texto à Jake pour lui dire qu'on arrive. Toi, va préparer des vêtements confortables et peut-être ce pull bleu qui donne à tes yeux l'air de receler des secrets.

Il sortit son téléphone.

— Tu as réfléchi à l'effet de mon pull sur mes yeux ?

— Chérie, j'ai pensé à tout ce qui te concerne. C'est un peu mon truc.

Le chalet sortait tout droit d'un livre de contes — tout en rondins bruts et cheminées en pierre, niché dans un bosquet de pins qui murmuraient des secrets au vent. Un porche qui faisait le tour de la maison abritait deux fauteuils Adirondack et une balancelle en bois qui donnait l'impression d'avoir été le témoin privilégié d'innombrables conversations au crépuscule. Theo monta les marches du perron avec leurs sacs.

— Jake l'a construit lui-même. Ça lui a pris trois ans et environ dix-sept mille tutoriels sur YouTube.

L'intérieur était un mélange de bois chaleureux et d'éclairage tamisé, avec des étagères encastrées et une cuisine qui parvenait à être à la fois rustique et fonctionnelle. Mais ce fut le salon qui coupa le souffle à Sage — une immense cheminée en pierre entourée de fauteuils moelleux et une table basse couverte de livres d'art et de recueils de poésie.

Sur le manteau de la cheminée reposait une machine à écrire vintage, ses touches polies par d'innombrables histoires, et à côté, une photo encadrée de Theo et d'un autre homme — Jake, vraisemblablement — souriant en brandissant un nichoir mal assemblé.

Sage se sentit attirée par la machine à écrire, laissant courir ses doigts sur les touches. Dans sa vie d'entreprise, elle n'avait jamais remarqué des choses comme ça — la façon dont les objets pouvaient porter le poids des rêves, la beauté des outils au service de la créativité plutôt que de la productivité. Theo remarqua sa fascination.

— C'est celle du grand-père de Jake. Elle fonctionne toujours, si tu te sens d'humeur analogique.

— C'est parfait.

Elle ne parlait pas que de la machine à écrire.

— Attends de voir la vue depuis la chambre.

Theo posa leurs sacs et se dirigea aussitôt vers la cuisine.

— Je pensais à des pâtes pour le dîner ? Quelque chose qui s'accorde bien avec la célébration de ton triomphe littéraire ?

Sage déambula jusqu'au mur de fenêtres qui donnait sur un petit lac, sa surface peinte en or par le soleil de fin d'après-midi. C'était le genre d'endroit où l'on écrivait des romans sur les secondes chances et les amours qui transcendent la logique.

Le genre d'endroit où l'on pourrait tomber si éperdument amoureux qu'on en oublierait que ce n'est pas réel.

Mais elle se reprit, interceptant cette pensée dangereuse que peut-être, tout cela *pouvait* être réel, qu'elle pourrait peut-être trouver un moyen de rester, qu'elle méritait peut-être ce bonheur même si elle ne faisait que l'emprunter.

Non, se dit-elle fermement. *Ce n'est pas à toi. C'est sa vie, son amour, son bonheur. Tu n'es que de passage.*

— Theo, qu'est-ce qu'on fait ici ?

— On prépare le dîner ?

Il leva les yeux du placard où il examinait les différentes options de pâtes.

— Ou tu veux dire sur le plan existentiel ?

— Je veux dire…

Elle peinait à trouver des mots qui n'en révéleraient pas trop.

— Qu'est-ce que tu attends de ce week-end ?

Son expression devint sérieuse. Il posa la boîte de pâtes et traversa la pièce pour la rejoindre près des fenêtres, et Sage vit quelque chose monter dans son regard — quelque chose d'important qu'il rassemblait le courage de dire.

C'est le moment, réalisa-t-elle avec une pointe de panique. *C'est là que je pourrais le dire — dire que je veux ça aussi. Dire que je resterai. Mais je ne peux pas.*

— Je veux te voir te souvenir que tu as le droit de te reposer. Je veux te voir sans une date butoir qui te pende au nez. Je veux te montrer cet endroit que j'aime et peut-être…

Il marqua une pause, une lueur de vulnérabilité traversant son visage.

— Peut-être parler de la suite.

— La suite ?

— Pour nous. Pour ça.

Il fit un geste entre eux.

— Sage, ça fait des mois qu'on tourne autour du pot. Ce sentiment qu'on construit quelque chose de plus grand que des rendez-vous au café le week-end et un soutien pour nos échéances.

Le cœur de Sage martelait contre ses côtes. Elle se sentit atteindre le bord de quelque chose — l'endroit où elle pourrait dire : *Je t'aime aussi*, et le penser complètement.

Au lieu de ça, elle ravala ses mots.

— Theo…

Il interpréta mal sa panique.

— Je sais que ça fait peur. Je sais que tu t'inquiètes pour ta carrière, pour trouver l'équilibre entre l'écriture et... peu importe ce qu'il y a entre nous. Mais je pense qu'on est bien ensemble. Je pense qu'on se rend meilleurs l'un l'autre.

Il prit ses mains, et elle le laissa faire, même si tous ses instincts lui hurlaient que c'était un terrain dangereux.

— Je ne te demande pas de réponses ce soir. Je te demande juste d'être honnête. Sur ce que tu veux. Sur le fait que tu puisses imaginer un avenir où on ne ferait pas que sortir ensemble, mais où on construirait vraiment quelque chose.

La question resta en suspens entre eux, comme une confession qu'elle n'était pas prête à entendre.

Parce que la vérité était dévastatrice : elle pouvait voir cet avenir. Plus que le voir, elle le désirait avec une intensité qui l'effrayait. Elle voulait les dimanches matins paresseux dans sa cuisine et les projets créatifs communs, et ce genre de partenariat où l'on célébrait les victoires de l'autre comme des réussites partagées.

Elle voulait se réveiller chaque jour en sachant que quelqu'un croyait en son travail, en ses rêves, en sa bizarrerie bien à elle.

Mais rien de tout ça n'était réel. Rien ne lui appartenait.

— Je ne peux pas, murmura-t-elle.

L'expression de Theo changea, l'espoir se muant en confusion.

— Tu ne peux pas quoi ?

— Je ne peux pas parler de l'avenir. Pas encore. Pas... *Pas quand je sais que ça se termine bientôt.*

— D'accord. Tu peux me dire pourquoi ?

Sage regarda le lac, la parfaite lumière dorée qui peignait chaque chose de teintes douces et romantiques. Elle regarda le chalet, où un homme qui l'aimait l'avait emmenée pour célébrer une réussite qui lui semblait empruntée.

— Et si je n'étais pas celle que tu crois ?

— Qu'est-ce que tu veux dire ?

— Et si la personne dont tu es tombé amoureux n'était qu'une... version de moi ? Et si la vraie moi n'était pas assez courageuse pour ça ?

Theo resta silencieux un long moment, étudiant son visage comme s'il essayait de résoudre une énigme.

— Sage, tout le monde a plusieurs versions de soi. L'écrivaine confiante, l'humaine effrayée, la femme qui fait de terribles blagues quand elle est nerveuse.

Son sourire était doux, compréhensif.

— Je ne suis pas tombé amoureux d'une seule version. Je suis tombé amoureux de toutes.

— Même de celle qui a peur ?

— Surtout de celle qui a peur. Parce que c'est elle qui est assez courageuse pour écrire des histoires d'amour, même quand elle n'est pas sûre de croire en l'amour.

Ces paroles l'atteignirent comme des flèches trouvant leur cible.

— Mais et si...

Elle s'interrompit. Car comment pouvait-elle expliquer que sa peur ne venait pas de l'idée de ne pas être à la hauteur, mais de celle de mériter quelque chose qui appartenait à quelqu'un d'autre ?

— Hé... Peu importe à quoi tu penses, on n'a pas besoin de tout régler ce soir. Contentons-nous... d'être là. De préparer le dîner. De nous asseoir au coin du feu. Le reste attendra que tu sois prête.

Il lui embrassa le front, avec douceur et patience, et Sage sentit une fissure s'ouvrir dans sa poitrine.

Cet homme. Ce magnifique homme si compréhensif qui voulait construire un avenir avec elle, qui voyait sa peur et y répondait avec tendresse au lieu de la presser.

Elle allait le perdre.

Ce soir, elle pouvait se permettre de faire comme s'il était à elle.

— D'accord. Préparons le dîner.

Mais tandis que Theo retournait à la cuisine, fredonnant avec contentement tout en remplissant une casserole d'eau, Sage appuya sa paume contre la vitre et essaya de mémoriser le sentiment d'être aimée.

Juste au cas où le lendemain n'apporterait rien d'autre que des feuilles de calcul et l'écho de ce qui aurait pu être.

rebondissement :
autorisation accordée

· · ·

SAGE SE RÉVEILLA avant l'aube au son de la pluie contre les fenêtres du chalet et avec la certitude écrasante que c'était son dernier matin. Le week-end était passé en un éclair, avec plus de sérénité qu'elle n'avait le droit d'en ressentir.

Theo dormait à côté d'elle, un bras nonchalamment posé sur sa taille, sa respiration profonde et régulière. Elle avait mémorisé ce son au cours des deux dernières nuits : la façon dont il murmurait parfois dans son sommeil, le petit sourire qui se dessinait sur ses lèvres quand il faisait un beau rêve.

Elle avait tout mémorisé. La blague qu'il lui avait chuchotée à l'oreille la veille au soir, pendant qu'ils se brossaient les dents, une absurdité sur les poètes et l'hygiène dentaire qui l'avait fait rire jusqu'à en renifler. La façon dont il avait embrassé son omoplate hier matin pendant qu'elle tapait des notes pour son prochain livre, un geste à la fois désinvolte et plein de révérence. Le poème qu'il avait écrit sur son poignet avec un Sharpie violet la veille : « *Elle porte des histoires dans ses veines* », à peine lisible maintenant, mais toujours chaud contre sa peau.

Elle essaya de mémoriser le poids exact de son bras sur sa taille, la température précise de son torse contre son dos. Mais déjà, elle sentait ces sensations lui échapper, de la même manière que les rêves s'estompent quand on s'efforce de les retenir.

Dans six heures, tout cela disparaîtrait.

Sage se glissa hors du lit avec précaution et marcha à pas feutrés jusqu'à la cuisine, où elle prépara le café avec la précision rituelle de quelqu'un qui essaie de retenir le temps. La pluie martelait le toit comme un compte à rebours, chaque goutte marquant une seconde de plus vers l'adieu.

Par la fenêtre, le lac était gris et agité, reflétant la tempête qui faisait rage dans sa poitrine. Elle avait passé le week-end à faire semblant : à prétendre que cette vie lui appartenait, à prétendre qu'elle pouvait la garder, à prétendre que l'amour suffisait à changer les lois fondamentales du temps qui lui était compté.

Mais faire semblant avait ses limites.

— Bonjour, ma belle.

La voix de Theo était rauque de sommeil, tendre de familiarité. Il l'enlaça par-derrière, déposant un baiser au sommet de sa tête.

— Tu es levée tôt.

— Je n'ai pas réussi à dormir.

— Tu as fait de mauvais rêves ?

Non, pensa-t-elle. *Des rêves magnifiques. C'est ça, le problème.*

— Quelque chose comme ça.

Theo la fit pivoter dans ses bras, étudiant son visage avec l'attention minutieuse de quelqu'un qui avait appris à lire ses humeurs.

— Tu étais ailleurs pendant tout le week-end. Physiquement ici, mais émotionnellement… Je ne sais pas où.

Sage leva les yeux vers lui, vers cet homme qui lui avait montré ce que c'était que d'être connue, d'être chérie, d'être le premier choix de quelqu'un au lieu de son plan de secours. Qui lui avait fait croire, ne serait-ce que pour quelques jours, qu'elle était digne de vivre des histoires d'amour au lieu de simplement les écrire.

— Theo…

Elle s'arrêta. Comment aurait-elle pu l'expliquer ?

— Quoi que ce soit, dis-le-moi. S'il te plaît. Ses mains ont encadré son visage, ses pouces frôlant ses pommettes. Je peux l'encaisser. Peu importe ce qui t'effraie, ce qui te pousse à prendre tes distances... on peut trouver une solution ensemble.

La douceur dans sa voix faillit la faire craquer.

— Et si je voulais rester ? murmura-t-elle.

— Alors reste. Mon Dieu, Sage, bien sûr, reste. On peut régler ce qui te tracasse...

— Et si je te disais que je ne suis pas celle que tu crois ?

— Je te dirais que je le sais déjà. Je te dirais que tout le monde est plus complexe qu'il n'y paraît, et que j'ai hâte de découvrir toutes tes facettes.

— Et si je te disais que je pars ?

L'espoir s'éteignit dans son regard.

— Tu pars quand ? Pour combien de temps ?

— Aujourd'hui. Et je ne sais pas si je reviendrai.

Le silence s'étira entre eux comme un gouffre. Sage vit les émotions défiler sur son visage : la confusion, la peine, et quelque chose qui aurait pu être de la panique.

— C'est à cause du livre ? De la pression ? Parce qu'on peut ralentir, prendre les choses...

— Ce n'est pas à cause de ça.

— Alors c'est quoi ? Sage, je t'aime. Je sais qu'on ne l'a jamais dit, mais c'est le cas. J'aime tes cheveux en bataille le matin et la façon dont tu vois de la magie dans les choses ordinaires et comment tu me donnes envie d'écrire de meilleurs poèmes juste pour être digne de ton attention.

La voix de Theo se brisa légèrement.

Je t'aime aussi. Les mots pesaient sur sa langue comme une confession qu'elle ne pouvait pas se permettre de faire.

— J'aime que tu sois assez courageuse pour écrire sur l'amour même quand ça te terrifie. J'aime que tu voies des liens partout : entre les gens, entre les histoires, entre des moments qui semblent sans rapport jusqu'à ce que tu montres le fil qui les unit.

Chaque mot était un couteau, magnifique et dévastateur.

— Theo, arrête.

— J'aime la façon dont tu prépares le café comme si c'était une prière et comment tu classes ta bibliothèque par ordre alphabétique mais laisses des post-it dans des endroits complètement aléatoires. J'aime que tu sois là, dans cette vie, dans ma vie, et je ne veux pas l'imaginer sans toi.

— Tu vas devoir le faire.

Ces mots restèrent en suspens dans l'air, comme une sentence de mort.

Theo retira ses mains du visage de Sage, reculant comme si elle l'avait giflé.

— Qu'est-ce que ça veut dire ?

Sage enroula ses bras autour d'elle-même, soudainement glacée malgré la chaleur du chalet.

— Ça veut dire que ce n'est pas réel. Rien de tout ça. Je ne suis pas censée être ici.

— Sage, tu me fais peur. Ce que tu dis n'as aucun sens.

Elle balaya du regard le chalet — la machine à écrire qui avait captivé son imagination, les livres qu'ils s'étaient lus l'un à l'autre au coin du feu, cet endroit où, pendant trois jours, elle s'était sentie à sa place.

Sur la table basse reposait son ordinateur portable, toujours ouvert sur le dernier chapitre de l'histoire d'Elena. Le chapitre où Elena choisissait de rester dans son propre univers, de croire que l'amour pouvait exister sans magie.

— J'ai dit à Elena d'être courageuse, fit doucement Sage en fixant l'écran. Je lui ai dit qu'elle n'avait pas besoin de magie, juste de s'autoriser à vivre. Mais peut-être que je ne savais qu'écrire la vérité, pas la vivre.

— De quoi tu parles ?

— Je dois partir.

— Où ? Pourquoi ? Sage, parle-moi. Quel que soit le problème, on peut le régler. Je peux le régler.

La voix de Theo était empreinte d'un désespoir grandissant.

— Tu ne peux pas arranger ça. Personne ne le peut.

Elle se dirigea vers la chambre pour faire ses bagages, mais Theo lui attrapa doucement le bras.

— S'il te plaît, juste… explique-moi. Aide-moi à comprendre ce qui se passe.

Sage plongea son regard dans le sien — dans ces beaux yeux perplexes qui l'avaient jugée digne de lettres d'amour, d'escapades de fin de semaine et d'un avenir qu'elle n'avait jamais osé imaginer.

— Et si je te disais, articula-t-elle avec soin, que parfois, les gens ont l'occasion de voir comment leur vie aurait pu être différente ? De faire l'expérience de ce qui arrive quand ils font des choix plus courageux ?

— Je dirais que ça ressemble au début d'une de tes histoires.

— Et si ce n'était pas une histoire ?

Theo resta silencieux un long moment, scrutant son visage.

— Tu es en train de me dire que tu viens d'une sorte d'univers parallèle ?

— Je suis en train de te dire que la femme dont tu es tombé amoureux a bâti cette vie. L'a méritée. La mérite. Et moi, je ne suis que... de passage.

— C'est impossible.

— Vraiment ? Tu es poète. Tu crois aux métaphores qui deviennent réalité, à l'amour qui transcende la logique. Est-ce si difficile de croire que l'univers nous offre parfois des aperçus de ce que nous aurions pu avoir ?

Sage sourit tristement. Theo la dévisageait, et elle pouvait le voir essayer d'assimiler l'information, d'essayer de donner un sens à l'impossible.

— Les rêves. La femme au blazer bordeaux dans le bureau. C'était... toi ? La vraie toi ?

— Peut-être. Je ne sais pas comment les rêves fonctionnent.

— Et cette version — cette Sage qui écrit des romans d'amour, fait un café infect et s'endort en lisant dans son bain — elle n'est pas réelle ?

— Elle est réelle. Ce n'est juste pas moi.

Theo se laissa tomber sur le canapé, passant ses mains dans ses cheveux.

— C'est insensé.

— Je sais.

— Mais ça explique... des choses. La façon dont tu as semblé surprise par ta propre vie. Les questions que tu as posées sur notre couple et dont tu aurais dû connaître les réponses.

— Je suis désolée. Je ne voulais pas mentir. C'est juste que… je suis tombée amoureuse de cette vie. De toi. Je voulais faire semblant qu'elle pouvait être la mienne.

— Elle est à toi, protesta Theo avec ardeur en se relevant. Peu importe de quelle vie tu viens, ou ce qui t'a amenée ici… tu es là maintenant. Ça doit bien vouloir dire quelque chose.

— Ça veut dire que j'ai pu passer une semaine à apprendre ce que c'est que d'être heureuse.

— Et après ? Tu t'en vas, tout simplement ? Tu retournes à ton blazer bordeaux et à ton travail en entreprise en faisant comme si rien de tout ça n'était arrivé ?

Sage sentit des larmes lui brûler les yeux.

— Je n'ai pas le choix.

— Tout le monde a le choix.

— Pas à ce sujet.

Theo traversa de nouveau la pièce pour venir jusqu'à elle et lui prendre les mains.

— Reste. Choisis cette vie. Choisis-nous.

— Je ne peux pas.

— Pourquoi pas ?

— Parce que ce n'est pas à moi de choisir. Parce que c'est quelqu'un d'autre qui a bâti cette vie, quelqu'un d'autre qui a mérité ton amour, quelqu'un d'autre qui mérite la fin heureuse.

— Et si c'est toi que je choisis ? Et si je te dis que c'est cette version de toi, voyageuse temporelle ou non, que je veux ?

L'offre flottait entre eux, tel un salut qu'elle ne pouvait accepter.

— Et elle ? L'autre Sage ? Qu'adviendra-t-il de son histoire si je prends sa place ?

Theo resta silencieux, visiblement aux prises avec les implications de la situation.

— Je ne sais pas.

— Moi, si. Elle disparaît. Sa vie, ses choix, son amour pour toi… tout s'envole. Et je deviens quelqu'un qui porte son visage, qui prétend se souvenir de choses que je n'ai jamais vécues.

— Peut-être que ça ne marche pas comme ça.

— Peut-être que si.

La pluie s'abattait contre les fenêtres, et au loin, le tonnerre gronda, comme si le monde était en train de se disloquer.

— Je dois partir, répéta Sage, plus doucement cette fois.

— Quand ?

— Bientôt. Cet après-midi.

Theo hocha lentement la tête, acceptant l'inévitable alors même que cela le détruisait.

— Tu t'en souviendras ? Quand tu seras repartie ?

— Je ne sais pas. Peut-être des bribes. Peut-être juste la sensation.

— Et moi, est-ce que je me souviendrai de toi ?

Le cœur de Sage se brisa.

— J'espère que non. Ce serait plus facile si tu ne t'en souvenais pas.

— Je ne veux pas que ce soit plus facile. Je te veux, toi.

— Tu m'as. Tu as la version de moi qui a sa place ici, qui a bâti cette vie avec toi, qui connaît toutes tes histoires et partage tes rêves.

— Ce n'est pas pareil.

— C'est mieux. Elle est meilleure. Elle est courageuse, talentueuse et mérite tout ça.

— Toi aussi.

Sage l'embrassa alors — un baiser fougueux, désespéré, final. Un adieu qui avait le goût de tout ce qu'elle ne pourrait jamais garder.

Lorsqu'ils se séparèrent, tous deux essoufflés, Theo appuya son front contre le sien.

— Je t'aime, murmura-t-il. Quelle que soit la version de toi, d'où que tu viennes. Je t'aime.

— Je t'aime aussi, finit-elle par admettre, les mots s'échappant d'elle comme des oiseaux qu'elle aurait gardés en cage. Dans n'importe quel univers, dans n'importe quel monde, je t'aime aussi.

Ils se serrèrent l'un contre l'autre tandis que l'orage faisait rage dehors, et Sage tenta de mémoriser la sensation d'être aimée complètement, tout en se préparant à y renoncer pour toujours.

Parce que certains cadeaux n'étaient pas faits pour être gardés.

Ils étaient faits pour vous apprendre ce qui était possible.

Elle ne pouvait pas ramener le chalet chez elle. Mais elle pouvait ramener la version d'elle-même qui avait été assez courageuse pour y aimer.

Et parfois, c'était tout.

l'écriture d'un commencement plus intrépide

. . .

SAGE SE RÉVEILLA au son de son réveil : efficace, pratique, dénué de toute joie.

Le plafond au-dessus d'elle était en plâtre blanc, et non fait de poutres peintes en vert. L'air ne sentait rien, ni le café ni les promesses qu'il contenait. Son téléphone était posé sur la table de chevet, affichant une alerte de calendrier d'un bleu impersonnel : **Lundi - Réunion - Bilan du compte Morrison, 9 h.**

Elle était de retour.

Pendant un instant, elle resta parfaitement immobile, jaugeant le poids du retour à la réalité. Son appartement lui sembla plus petit que dans son souvenir, stérile d'une manière qui lui avait paru autrefois sophistiquée mais qui lui semblait maintenant suffocante. Le silence pesait sur ses tympans ; pas de bourdonnement venant de la cuisine, pas de douce respiration à ses côtés, pas de poésie murmurée sur la lumière du matin.

Mais quelque chose était différent.

Pas dans l'appartement, qui était resté exactement tel qu'elle l'avait laissé, organisé par code couleur, optimisé et émotionnellement vide. La différence était dans sa poitrine, dans sa façon de respirer, dans la certitude qui reposait derrière ses côtes comme une pierre chaude.

Elle se souvenait.

Pas de tout ; les détails s'estompaient déjà sur les bords comme des aquarelles sous la pluie. Mais elle se souvenait de la sensation de se réveiller, impatiente d'écrire. Elle se souvenait de ce que c'était que d'être aimée pour son grain de folie si particulier. Elle se souvenait du goût des latte au miel de lavande, du son de son propre rire et du concept révolutionnaire selon lequel l'efficacité n'était pas synonyme d'épanouissement.

Plus important encore, elle se souvenait qu'elle avait le droit de désirer des choses.

Sage s'assit, attrapa son ordinateur portable sur la table de chevet et ouvrit un nouveau document.

— *Et s'il existait une femme qui avait oublié comment désirer les choses ? Et si elle s'en souvenait ?*

Les mots lui semblaient familiers, comme si elle retrouvait une langue qu'elle avait toujours connue mais qu'elle avait temporairement oublié comment parler.

Elle écrivit pendant une heure avant de se préparer pour le travail. Ce n'était pas le déversement frénétique de quelqu'un qui a peur de perdre l'inspiration, mais le flot régulier de quelqu'un qui avait enfin appris à faire confiance à sa propre voix.

Quand elle ferma finalement l'ordinateur et attrapa son blazer gris, elle marqua une pause.

Au fond de son placard était suspendue une robe qu'elle avait achetée sur un coup de tête six mois plus tôt : bleu tendre avec de petits oiseaux imprimés, le genre de chose qu'une personne avec un peu de personnalité pourrait porter au travail. Elle n'avait jamais eu le courage de la mettre.

Aujourd'hui, si.

La réunion était si ennuyeuse que Sage se surprit à prendre des notes sur les gens plutôt que sur les projections. Le tic nerveux de Robert qui cliquait sur son stylo. La façon dont l'assistante de Mitchell n'arrêtait pas de regarder son téléphone, comme si elle attendait des nouvelles d'un univers plus intéressant. Les néons de la salle de conférence qui donnaient à tout le monde un air légèrement cadavérique.

C'étaient des personnages. C'étaient des histoires.

Quand Robert lui demanda son avis sur la stratégie du quatrième trimestre, Sage s'entendit dire :

— Et si on se concentrait sur le lien plutôt que sur la conversion ? Et si on créait des campagnes qui faisaient ressentir quelque chose aux gens au lieu de juste les pousser à acheter ?

Le silence se fit dans la pièce.

— C'est très… créatif, répondit Robert, avec son ton habituellement réservé aux maladies contagieuses.

— Merci.

Elle le pensait.

Après la réunion, elle ne retourna pas à son bureau pour optimiser des feuilles de calcul. Au lieu de ça, elle se retrouva dans la salle de pause, à fixer la machine à café en pensant à une barista nommée Maya qui dessinait de minuscules livres dans la mousse de ses cafés.

Une voix demanda derrière elle :

— Réunion difficile ?

Sage se retourna et vit Kyle Lee, le neveu de Robert, récemment embauché comme consultant junior et généralement ignoré de tous, y compris de Sage. Il était grand, avec des cheveux bruns dont on aurait dit qu'il y avait passé les doigts en réfléchissant, et des yeux de la couleur d'un bon café.

— Kyle, c'est ça ?

— Ouais. Et tu es Sage. La femme qui vient de dire aux associés que le lien émotionnel importe plus que la pénétration du marché.

— En effet, c'est bien ce que j'ai fait, n'est-ce pas ?

Sage sourit, surprise par sa propre audace.

— Pour ce que ça vaut, fit Kyle en allant se servir un café à la triste machine du bureau, j'ai trouvé que tu avais raison. La plupart des campagnes marketing donnent l'impression d'être des algorithmes d'entreprise qui essaient de manipuler le cœur des gens. C'est épuisant.

Sage étudia son profil tandis qu'il arrangeait son café avec l'enthousiasme de quelqu'un qui tire le meilleur parti de ressources limitées.

— On dirait que tu parles d'expérience.

— J'ai fait des études de poésie, si tu arrives à le croire. Avant de vendre mon âme aux projections trimestrielles et à l'optimisation des KPI.

— De la poésie ? Tu écris toujours ?

Le cœur de Sage rata un battement.

— Parfois. Quand l'angoisse existentielle se fait trop forte. Il y a une soirée scène ouverte dans un café du centre-ville. *Grind & Verse*. J'ai pensé y aller, mais je n'ai pas encore trouvé le courage.

Il sourit avec un air d'autodérision.

Grind & Verse.

Sage sentit une décharge électrique lui parcourir l'échine.

— Je connais cet endroit.

— Vraiment ? Tu es déjà allée à la scène ouverte ?

— Pas encore, mais j'aimerais bien.

L'expression de Kyle s'illumina.

— On pourrait peut-être… y aller ensemble ? Pour se soutenir moralement, entre deux créatifs repentis ?

Sage le regarda, le regarda vraiment. La tache de peinture sur sa manche qui suggérait qu'il peignait encore sur son temps libre. La façon dont il tenait sa tasse de café, comme si elle contenait des possibilités et pas seulement de la caféine. L'espoir dans son regard quand il avait mentionné la poésie.

Il n'était pas Theo. Il ne serait jamais Theo. Mais là n'était peut-être pas la question. L'important, c'était peut-être qu'elle était enfin assez courageuse pour dire oui à la poésie des cafés, aux créatifs repentis et aux hommes qui comprenaient que le lien émotionnel comptait plus que la pénétration du marché.

— Ça me plairait bien. Jeudi soir ?

— C'est un rencard.

Puis il rougit.

— Je veux dire… pas un vrai rencard. Sauf si tu veux que ce soit un rencard. Ce qui serait…

— Kyle, jeudi soir, c'est parfait.

Ce soir-là, Sage était assise à la table de sa cuisine devant un plat thaï à emporter et son ordinateur portable, travaillant sur l'histoire qui germait dans sa poitrine comme un jardin secret.

Ce n'était pas l'histoire d'Elena, avec ses journaux intimes et sa romance à travers le temps. C'était quelque chose de nouveau, quelque chose qui n'appartenait qu'à elle : l'histoire d'une femme qui avait oublié comment désirer les choses, jusqu'à ce que l'univers lui rappelle que le désir n'était qu'un autre mot pour l'espoir.

Elle écrivit jusqu'à minuit, puis appela sa sœur.

Elle ne lui avait pas parlé depuis quatre mois. La vie d'entreprise ne laissait pas beaucoup de place aux relations familiales qui ne pouvaient pas être optimisées ou planifiées dans des bilans trimestriels.

— Sage ?

La voix de Claire était prudente, mais chaleureuse.

— Tout va bien ? Il est tard.

— J'ai démissionné aujourd'hui.

— Tu as fait quoi ?

— J'ai démissionné. Enfin, j'ai posé ma dém. Deux semaines de préavis, très professionnel, mais j'arrête.

— Qu'est-ce qui s'est passé ? Tu fais une dépression nerveuse ?

Sage éclata de rire, et ce fut comme le premier son sincère qu'elle avait produit depuis des années.

— C'est tout le contraire d'une dépression. Je me souviens de qui j'étais avant d'apprendre à être pragmatique.

— D'accord. Et qui étais-tu avant d'être pragmatique ?

— Une écrivaine. Je voulais être écrivaine.

Le mot lui parut à la fois étrange et parfait.

— Et maintenant ?

— Maintenant, je vais essayer.

Claire resta silencieuse un instant.

— C'est terrifiant.

— Je sais.

— Et courageux.

— J'apprends à faire la différence.

Elles parlèrent pendant une heure — de rêves, de peur, et de la façon dont la vie d'entreprise pouvait vous faire oublier que vous aviez la permission de vouloir des choses peu pragmatiques. D'ateliers d'écriture, de cafés et de l'idée révolutionnaire que la réussite ne se résumait peut-être pas seulement à un salaire et à l'optimisation.

— Je suis fière de toi, conclut Claire avant qu'elles ne raccrochent. De t'être souvenue.

Le jeudi soir, Sage se retrouva devant le *Grind & Verse*, les mains tremblant légèrement alors qu'elle poussait la porte. L'endroit était exactement comme elle l'avait imaginé : briques apparentes, meubles dépareillés, le chaos nhẹ nhàng typique de ceux qui privilégiaient la créativité à l'efficacité.

Kyle était déjà là, assis à une petite table près de la scène, deux tasses de café posées devant lui. Il se leva en la voyant.

— Tu es venue.

— Je suis venue.

Elle s'installa sur la chaise en face de lui.

Le café était bon — pas de quoi changer une vie, ni inspirer un poème, mais honnête, chaud et exactement ce dont elle avait besoin. Kyle remarqua son agitation :

— Nerveuse ?

— Terrifiée, admit Sage. Je me suis inscrite pour lire.

— Vraiment ? Qu'est-ce que tu vas lire ?

— Quelque chose que j'ai écrit. Sur les secondes chances, le temps emprunté et le fait d'apprendre à être assez courageuse pour vivre sa propre vie.

Le sourire de Kyle était chaleureux, encourageant.

— On dirait que c'est parfait pour ce public.

La scène ouverte commença avec une femme qui lisait un poème sur ses plantes d'intérieur, suivie par un homme avec une guitare qui chantait sur les cafés et les âmes sœurs. Puis ce fut le tour d'une adolescente avec un texte sur l'anxiété des réseaux sociaux et d'une femme plus âgée qui lut ce qui semblait être une lettre d'amour à son défunt mari.

— Sage Tran, appela l'animatrice, une femme aux cheveux parsemés de mèches argentées et avec de la peinture sous les ongles.

Sage se leva, les jambes flageolantes, se dirigea vers la petite scène et regarda la foule d'inconnus qui s'étaient rassemblés pour partager leurs vérités.

— Ce texte parle d'une femme qui avait oublié comment désirer les choses, commença-t-elle, sa voix plus assurée que ce à quoi elle s'était attendue. Et de ce qui s'est passé quand elle s'en est souvenue.

Elle lut pendant cinq minutes — sur les cages de l'entreprise, la magie des univers alternatifs et la découverte révolutionnaire qu'on avait le droit de choisir la joie plutôt que l'efficacité. Sur l'amour qui vous apprenait à être courageuse, les cafés où l'on se sentait chez soi et le courage particulier nécessaire pour tout recommencer à vingt-huit ans.

Quand elle eut fini, les applaudissements furent chaleureux et sincères. Pas assourdissants, ni bouleversants, mais le bruit de gens qui comprenaient la difficulté d'être humain en public.

Kyle souriait jusqu'aux oreilles quand elle retourna à leur table.

— C'était incroyable.

— C'était terrifiant.

— Parfois, c'est la même chose.

Sage balaya du regard le café : les gens penchés sur leurs carnets et leurs ordinateurs portables, les œuvres d'art qui couvraient les murs, la scène où quelqu'un lisait à présent un texte sur la complexité émotionnelle de faire ses courses.

— Kyle, tu voudrais pas qu'on aille dîner ? Quelque part où l'on sert de la nourriture que tu ne peux pas manger d'une seule main en tapant au clavier ?

— J'adorerais, mais avant, est-ce que je peux te demander quelque chose ?

— Bien sûr.

— Dans ton histoire, la femme qui avait oublié comment désirer… comment est-ce qu'elle s'en est souvenue ?

Sage y réfléchit, pensant aux retraites temporelles, aux femmes enveloppées de lin et à la vie d'emprunt qui lui avait appris ce qui était possible. Quelque part, peut-être, un poète s'était réveillé avec un goût d'adieu et de lavande sur la langue.

— Elle a rencontré quelqu'un qui lui a rappelé que désirer n'était qu'un autre mot pour espérer, et qu'espérer n'était qu'un autre mot pour être en vie.

Kyle hocha la tête, et la compréhension illumina son regard.

— Et ensuite ?

— Et ensuite, elle a recommencé. Différemment d'avant, mais c'était toujours elle. Toujours à désirer. Toujours à espérer.

Dehors, la première neige de la saison se mit à tomber, poudrant les fenêtres du café de quelque chose qui ressemblait presque à de la magie.

Cette fois, la magie, c'était le courage.

Kyle l'aida à enfiler son manteau, et ensemble, ils sortirent dans la neige douce et l'infinie possibilité d'un jeudi soir où il n'y avait nulle part où aller, si ce n'était le moment présent.

— Prête pour le dîner ?

— Prête à tout.

Et pour la première fois de sa vie d'adulte, elle le pensait vraiment.

Fin

Avez-vous apprécié *Retraites temporelles* ?

Pensez à laisser un avis sur Goodreads ou la plateforme de votre libraire préféré. Les avis m'aident à toucher de nouveaux lecteurs.

Rejoignez mon infolettre pour être avisé des nouvelles traductions disponibles et des prochaines nouveautés.

à propos de l'auteure

Daisy Landish est une auteure de romances et de mystères cosy dont les histoires douces et pures ont touché le cœur des lecteurs à travers le monde. Quand elle n'écrit pas d'histoires d'amour, Daisy passe son temps à lire, à faire des randonnées à l'aube et à chevaucher au coucher du soleil sur sa jument, Rosebud.

www.daisylandishromance.com

facebook.com/daisylandishromance
x.com/daisy_landish
instagram.com/daisylandishbooks
amazon.com/author/daisylandish
bookbub.com/authors/daisy-landish
goodreads.com/Daisy_Landish

de la même auteure

Romance sans contenu mature

La série Maplewood Grove (Contemporaine)

La série Le Beau Monde (Historique)

L'île aux cerisiers

Compter sur le cowboy

Mystère cosy

La série Mystères mystiques de Moonhaven (Paranormale)

www.ingramcontent.com/pod-product-compliance
Lightning Source LLC
Chambersburg PA
CBHW031058030726
47496CB00002BA/269

* 9 7 8 1 8 3 4 1 9 1 5 1 5 *